1984 年 8 月
中国寓言文学研究会在长春举行成立大会

1998 年 11 月
中国寓言文学研究会年会在襄樊召开

2004 年 10 月
中国寓言文学研究会年会在嵊州召开

2006 年 12 月
中国寓言文学研究会年会在北京召开

2010年9月
中国寓言文学研究会年会在上海云翔寺召开

2013年11月
中国寓言文学研究会第七次会员代表大会在温州召开

2014 年 11 月
中国寓言文学研究会成立三十周年纪念大会在襄阳举行

2015 年 11 月
中国寓言文学研究会年会在黄岩召开

2017年11月
中国寓言文学研究会第八次会员代表大会在诸暨召开

2019年11月
中国寓言文学研究会年会在温州召开

2020年11月
中国寓言文学研究会年会在温州召开

2023年4月
中国寓言文学大会在温州举行

四十年书影(一)

四十年书影（二）

我们走过的路

——中国寓言文学研究会成立40周年纪念文集

孙建江 余途 主编

中原出版传媒集团
中原传媒股份公司

大象出版社
·郑州·

图书在版编目（CIP）数据

我们走过的路：中国寓言文学研究会成立40周年纪念文集 / 孙建江，余途主编. — 郑州：大象出版社，2024.5

ISBN 978-7-5711-2168-6

Ⅰ. ①我… Ⅱ. ①孙… ②余… Ⅲ. ①寓言-文学创作研究-中国-文集 Ⅳ. ①I207.74-53

中国国家版本馆 CIP 数据核字（2024）第 083455 号

WOMEN ZOU GUO DE LU
我们走过的路
——中国寓言文学研究会成立40周年纪念文集

孙建江　余　途　主编

出 版 人	汪林中
选题策划	张桂枝
责任编辑	丁子涵　司　雯　陈　灼
责任校对	张英方　代亚丽　耿新超　乔　瑞
装帧设计	张　帆

出版发行	大象出版社（郑州市郑东新区祥盛街27号　邮政编码450016）
	发行科 0371-63863551　总编室 0371-65597936
网　　址	www.daxiang.cn
印　　刷	河南新华印刷集团有限公司
经　　销	各地新华书店经销
开　　本	787 mm×1092 mm　1/16
印　　张	36
字　　数	447 千字
版　　次	2024年6月第1版　2024年6月第1次印刷
定　　价	118.00 元

若发现印、装质量问题，影响阅读，请与承印厂联系调换。
印厂地址　郑州市经五路12号
邮政编码　450002　　电话　0371-65957865

序

孙建江 余途

寓言在中国已经有了几千年的历史。"寓言"一词最早出现在《庄子·杂篇·寓言》，中国寓言人在中国寓言的道路上走了几千年的路。1984年，中国寓言文学研究会成立，中国当代寓言人在前人的寓言之路上继续前行，走过了我们的路，如今已经四十年。

四十年的路在历史的长河中只是短暂的一段，中国当代寓言人是否承载了中国寓言的历史责任，是否延续了中国寓言的历史辉煌，是否创造了中国寓言的崭新篇章，是要经受时代的考验、历史的检验，由未来评说。

为纪念中国寓言文学研究会成立四十周年，我们选编了这部文集。文集汇集对中国寓言文学研究会成立以来的历史回顾、人物评述、寓言理论、作品评论和当代寓言作家作品，十分珍贵感人，非常理性思辨，特别丰富精彩，是对我们四十年来走过的路的一次难得的集中检阅。

我们作为文集的主编荣幸地与研究会的同人回顾了这四十年的历史。

1984年，是中国寓言文学具有标志性的年份。这一年，中国寓言文学研究会宣告成立。自首任会长公木先生担任中国寓言文学研究会会长以来，现在已是第六任会长。这一年，我们两人都在做着与寓言相关的事情。孙建江担任寓言创作刊物《寓言》的责任编辑，《寓言》的顾问是严文井先生和陈伯吹先生，金江先生担任特约编辑。余途的处女作寓言《站在地平线上》发表于《北京日报》。我们与寓言文学、寓言文学研究会的关系就是这样奇妙。如今作为中国寓言文学研究会的会长和副会长兼秘书长，我们共同参与见证了中国寓言文学研究会的发展，这是我们一生中最大的荣幸。在这个历史过程中结识了诸多良师益友，我们一起为中国寓言付出努力。文集中，他们是不可或缺的存在。

寓言理论研究是中国寓言文学研究会的立会重心，研究会专家学者不辱使命，四十年来，系统梳理了古今中外寓言历史，对寓言本体、寓言创作、寓言与文学、寓言与社会各领域的关系做了深入的研究，奉献了足以代表中国寓言文学的卓越学术成果。由于篇幅所限，收入本文集的理论文章只是沧海一粟。然而仅此，也已显示了研究之路的精彩。

寓言创作体现的是中国寓言文学水准的另一面。四十年来，研究会聚集了当今最具实力的寓言写作者，寓言作品、寓言丛书、文集都是有史以来数量最多的。寓言进入政论、经济、企业管理、儿童教育，被大量编入教材、用于学生试卷，在社会各个领域发挥着广泛的影响力。在文集中我们尽可能多地展示这一时期的作家作品，以体现四十年来寓言创作的整体面貌，尤其对近年成长起来的作家作品给予关注，希望我们的路可以越走越远。

收入文集的绝大部分文章选自公开出版物，少数文章为纪念历史而特邀。我们希望能够收入更多的文章，只是由于篇幅的限制，我们不能不割爱。同时，由于著作权的要求，对于无法联系的作者作品，对于不能取得授权的作者作品，我们也只能割舍。文集分上下编，上编为四十年历史回顾，下编为寓言作家作品。

回首我们走过的路，我们由衷感谢寓言赐予我们的所有。

我们为我们走过的路骄傲。

我们为我们走过的路自豪。

我们，与我们的后来者，还有继续要走的路。寓言，是我们美好的路。

目 录

上 编

略谈寓言／严文井	2
《中国当代寓言》序／樊发稼　顾建华（执笔）	6
寓言文体、分类及历史沿革／孙建江	10
寓言和寓言性／吴其南	18
论寓言的本质／吴秋林	21
寓言的矛盾特质／孙建江	29
历史、他者与未来／胡丽娜	39
试论寓言文体特征及审美品格／李学斌	55
矛盾内核和感情逆行／薛贤荣	68

中华优秀传统文化与寓言文学的传承创新／肖惊鸿	79
浅谈中国寓言文学的起源／马筑生　林亚莉	84
睿智而深邃的诗篇／高洪波　崔乙	97
寓言诗琐谈／高洪波	108
特别有意思的"说话"谋略／班马	113
思想者的艺术　智慧的花朵／吴然	121
读世界名著《伊索寓言》／马光复	127
全国寓言文学首次讨论会开幕词／公木	133
中国寓言文学研究会成立的情况及成就／马达	141
寓言文学的春天来到了／仇春霖	145
辉煌四十年／凡夫	151
我与中国寓言文学研究会四十年／吴秋林	159
童心在他胸间跳动／高洪波	163
回忆公木先生的鼓励、鞭策／陈蒲清	168
走下去，向着遥远的目标／林春蕙	173
金色的骆驼／周冰冰	183
钟情寓言　无悔人生／张鹤鸣	190
我的寓言文学引路人金江老师／石飞	196
怀念樊发稼老师／马长山	200
记我的"樊爹"发稼先生／陈巧莉	202
快乐的儿童文学／刘秀娟	209
"文学襄军"的排头人／曲慧	215
我的寓言研究／陈蒲清	219

试金石是什么石 / 余途　　230

他的存在仿若一个童话，或许需要在多元空间予以阐释 / 胡丽娜　　236

我与叶澍的缘分 / 马筑生　　248

女神张锦贻 / 南村　　255

记忆中的一串珍珠 / 林植峰　　261

做寓言花园的园丁 / 刘岚　　268

回顾中国寓言论坛 / 桂剑雄　　272

中国闪小说 / 程思良　　277

中国寓言文学研究会简介 / 余途　　284

下　编

爬也是黑豆 / 公木　　290

小鹰试飞 / 金江　　291

风筝与雄鹰 / 韶华　　292

小马过河 / 彭文席　　293

鲤鱼跳龙门 / 徐强华　　295

乌鸦的辩解 / 吕德华　　296

麻草和青竹 / 马达　　298

想钓鱼的猫 / 仇春霖　　299

陶罐和铁罐 / 黄瑞云　　301

赶集／解普定　　　　　　　　　　303

顽强的矮树／张锦贻　　　　　　　304

小河与瀑布／陈蒲清　　　　　　　305

兔子和乌龟第二次赛跑／罗丹　　　307

牧童和柳笛／吴广孝　　　　　　　312

麻雀的评论／林植峰　　　　　　　313

蜗牛的奖杯／杨啸　　　　　　　　315

"神医"的故事／樊发稼　　　　　　319

蚂蚁看海／夏矛　　　　　　　　　321

雨花石／朱锵　　　　　　　　　　324

长颈鹿和上帝／邝金鼻　　　　　　325

宰相和农夫／许润泉　　　　　　　326

群狼出洞／彭万洲　　　　　　　　327

普雅花开／张鹤鸣　　　　　　　　328

农民与黄鼠狼／崔宝珏　　　　　　330

爱听好话的蝴蝶／卓列兵　　　　　331

假花无瑕／刘徽修　　　　　　　　333

灭火器／陆继权　　　　　　　　　334

神秘的房间／黄水清　　　　　　　335

"马上"小猴／叶澍　　　　　　　　336

吹捧术的破产／张发周　　　　　　337

战马的遗言／李继槐　　　　　　　339

狐狸和鱼鹰／刘振华　　　　　　　340

蚂蚁和犀牛 / 凝溪　　　342

猴子钓鱼 / 邱国鹰　　　343

千里驴 / 石飞　　　345

星 / 范江　　　347

遇仙画虎 / 张明智　　　348

一棵树在宣誓 / 蔡旭　　　350

渔夫织网 / 钱欣葆　　　351

牧人和狗 / 葆劼　　　353

一群人和一群猴 / 凡夫　　　355

口袋里的小兔子 / 马光复　　　356

鸡和鸭 / 黄锡安　　　358

乌鸦的恭维 / 高令中　　　359

蜜蜂的胸怀 / 赵凤普　　　360

狐狸与黑猫 / 沈冰　　　361

兔忌长尾 / 武剑　　　363

大地的风格 / 薛贤荣　　　365

兄弟俩分船 / 邱来根　　　366

缘木求鱼 / 杨福久　　　368

自负的虎 / 韩胜勋　　　370

门槛 / 李绪青　　　372

树懒的故事 / 高洪波　　　373

穷人和富人 / 马长山　　　375

老鹰抓小鸡 / 汤祥龙　　　377

最美的动物 / 刘丙钧	378
一根手指 / 卢群	379
蒙古野驴 / 马筑生	381
鞭子和驴 / 干天全	383
皮影 / 戴景新	384
鹤的耳朵 / 汤礼春	386
两只鲸鱼 / 余师夷	387
麻将的喜怒悲忧 / 李虹蔚	388
鲫鱼汤 / 陈忠义	390
小白兔与小乌龟 / 梁临芳	391
盲人和懒汉 / 肖显志	392
十只龙虾拉车 / 吴秋林	393
见过世面的老鼠 / 孙建江	394
肥皂泡 / 张一成	395
一只猎狗 / 林锡胜	397
皮球和棉花 / 晓梦	399
企鹅寄冰 / 冰波	401
幸运的猪 / 朱西京	403
老鼠和他的邻居 / 张培智	404
眼福、耳福与口福 / 周冰冰	406
吃掉自己的鲨鱼 / 刚夫	408
蠢兔之死 / 白子捷	411
羊群的背后 / 王位	413

大棒与胡萝卜 / 张进和	414
狮子追猎 / 张北峰	416
错断驴骡 / 灵信子	418
对历史的研究 / 余途	420
角落里的凤凰木 / 刘枫	422
斧头的新使命 / 蓝芝同	423
金木水火土 / 张传相	424
蝙蝠和燕子 / 焦裕平	426
食指与大拇指 / 桂剑雄	428
让位 / 侯建忠	429
出逃的羊 / 满震	430
兔子考官 / 萧杨	431
梅 / 林海蓓	433
荆棘与松树 / 唐中理	434
"钅"与"金" / 孙三周	436
"冢""家"之别 / 韦国庆	437
狼和鹰 / 汪林	438
笨大狼 / 袁秀兰	439
灰蚂蚱和绿蚂蚱 / 少军	441
死在兔岛上的狼 / 吕金华	443
虎王食日 / 文灿	444
小马的房子 / 韩雪	446
孔雀换羽毛 / 老强	448

应该感谢谁 / 王述成　　450

皇帝的金箍 / 袁家勇　　451

笼中的八哥 / 吕华阳　　453

寂寞 / 唐和耀　　455

猪的职业 / 牟丕志　　457

善良 / 桂向阳　　459

小白兔和大萝卜 / 谢乐军　　460

金钱与生命 / 吴礼鑫　　463

不留余地的狼 / 陈仓　　465

稻草人 / 安武林　　467

自由 / 云弓　　469

聪明貉喝水 / 贺维芳　　470

佛与老鼠 / 傅志伟　　472

花树眼中的园丁鸟 / 陈福荣　　473

稗草对荸荠的奚落 / 谢丙其　　474

犯了错误的狗 / 侯建臣　　475

冰山和可燃冰 / 尹翔学　　476

黑马和白马 / 商德刚　　478

四只鸡蛋的命运 / 筱枫　　479

冰凌与钢钻 / 厉剑童　　480

狮子斗犀牛 / 张振瑞　　482

狮子和驴子 / 杨启鲁　　484

想长大的小蚂蚁 / 张菱儿　　485

马品 / 张孝成　　487

登高 / 金雷泉　　489

沉入湖底的青铜剑 / 白水平　　490

熊和猴 / 李爱眉　　491

伯乐授徒 / 王大春　　492

蜗牛和母鸡 / 庄严　　494

花儿与风筝 / 张卫华　　495

相捧与相拆 / 王宏理　　496

神的由来 / 朱丽秋　　498

纯白狐狸 / 来卫东　　499

蜕变 / 吴宏鹏　　501

小泉叮咚 / 窦晶　　502

最丑的好朋友 / 李宏声　　504

智慧有道 / 刘毅新　　506

千里牛 / 晓雷　　507

两头野牛 / 程思良　　509

被拔高的羊 / 胡明宝　　510

蜘蛛织网 / 黄学之　　512

禅师与灰尘 / 李菊香　　513

想了一夜 / 俞春江　　514

谁是英雄 / 晓舟　　516

不涸之泉 / 李官珊　　518

一片飞翔的叶子 / 邹海鹏　　519

人参和花椒 / 楚林　　520

兔副教授评职称 / 渔火　　522

黄牛和狗 / 王俊楚　　524

最受欢迎的小马 / 李日伟　　525

两棵树 / 赵航　　527

爱发火的小犀牛 / 何光占　　528

燕子与麻雀 / 王宝泉　　530

三颗种子 / 未沐　　532

两片叶子 / 陈巧莉　　534

小公鸡找爸爸 / 华发生　　535

桶 / 青山外　　537

一只找老虎决斗的猴子 / 白沙地　　538

猎狗的奖励 / 周科章　　539

宠物狗与流浪猫 / 谢尚江　　541

生活滋味 / 林玉椿　　542

门 / 陆生作　　544

小黄瓜和老黄瓜 / 王焱　　545

三文鱼的同情 / 汪琦　　546

想飞的猪 / 曾龙　　547

附录

中国寓言文学研究会大事记（1984—2023）　　549

上编

略谈寓言
——致周冰冰

严文井

严文井老师：

您好！

当您收到这封来信，一定会感到我很冒昧，实在不想打扰您，可是出于无奈，因为我在文学创作的崎岖小路上，遇到目前无法逾越的思想障碍，所以，只好求教于您了。

我叫周冰冰，现年二十三岁，原在部队从事文艺工作，今年刚刚复员回到地方。近两年来，我试探着写了一些寓言、诗和小说，在刊物上也发表了几篇。可是我最喜欢的是写寓言，我偏爱它的短小精悍、犀利、深刻，同时也拜读了您的一些作品，从中受到不少启示。但有人告诉我不要写寓言，理由是寓言的内容大部分是针砭、讽刺，不能反映当前的大好形势，语里音间也流露出似乎寓言这种文学形式已不适合当今的要求。我从各种刊物中也看得出，寓言确实不为编辑们所注重，只是在一些群众性的刊物上才能看见，有些似乎是为了增补版面而安插，寓言好像成了插科打诨的小玩意儿。面对现实，我有些茫然，在伊索、克雷洛夫、莱辛、拉封丹那里，又找不出答案。我不知是放弃它还是继续写下去，恳切希望您能给一个初出茅庐的寓言习作者指出一条路。

附上寓言至二十一篇，请提出意见。

祝您

安好！

周冰冰

1981 年 11 月 23 日

* * *

周冰冰同志：

你的寓言我收到后很快就看了，因为它们都短，而且富有特色。只是文字老练得有些不像一个二十三岁的人写的，这点很引起我的好奇心。下次来信，希望能更多告诉我一些关于你自己的经历，特别是你阅读文学作品的历程。我认为你是能运用这种形式来表达自己的感受和思想的。当然，二十一篇寓言，水平有高有低，但其中不乏我认为可以发表的较好的篇章。

信回晚了一些，一是为了给这些可以发表的篇章找出路；二是为了回答你提出的问题，我得有一段思考和安下心来写信的时间。

出路问题现在已经解决了。前几天我找《丑小鸭》（一个以培养和发现新作者为主旨的文学刊物，即将出版）编辑部的负责人郭晨同志等商量了，他们也立即阅读了你的寓言，并和我一起从中挑选了六七篇，准备发表，但可能在第四期以后。据我所知，《丑小鸭》第一、二期早已付印，第三期也早已发稿，只能这样安排。

下面就来回答问题。很可能文不对题。如果能接触到一下问题的边缘，我自己就会感到很高兴。但无论怎样，我都没有信心认为我所说的话会令你满意。

我有一个偏见，就是：近代好的文学作品，无论是什么样式，都越来越具有寓言的色彩，运用（作者自觉或不自觉）寓言特有的手段，抓住甲事物和乙事物的类似处和可以相比较的特征，找出它们彼此间的内在联系，由此及彼地揭示出一些哲理来，引人深思。例如，海明威的《老人与海》、卡夫卡的《城堡》都是小说，而又都可以当作寓言来看。梅特林克的戏剧《青鸟》，既可以说是童话，也可以当成寓言（至少我是把它当作寓言来看的）。

鲁迅的《野草》集里，所有的那些名篇，几乎都具备这样的特点，既是好的散文诗，又是精彩的寓言，类似情况，在另外一些优秀的老年和中年作家的成功作品里，例子也不少，我就不一一列举了。

既然如此，本来就当作寓言来写的寓言，我们有什么理由来担心它们能否存在和有无价值呢？

寓言是有感而发的，这些"感"都来自现实生活。如果希望感得深，作者所触及的现实面首先是要宽，接触了之后不能就此撒手，还得挖掘一下。这一挖掘，就会给人以尖刻之感。许多短小的古典寓言，就像一把把小刀，好的寓言就像锋利的小刀。而刀具有双重性，既有用而又总是一种危险的东西。即使是手术刀，如果医生不高明，也是可以让病人受不必要的痛苦甚至致命的。所以，寓言并不那么好写。对有些事物，应该给以致命的一击；对有些事物，则是开刀动手术，目的是治病救人。如何分辨，如何掌握，也许能说上千条万条，或许还要多。我可没有这样的学问和这样的经验。

其实你自己的寓言，已经部分地对这些问题作了回答。

你不是赞扬了大蒜吗？我觉得寓言也像大蒜。大蒜有防病、治病的作用，但那个气味不大好闻，刺激鼻子，特别刺激舌头，自己吃起来还可以，而吃后呼出来的气味，就令人讨厌。在一个电影院里充满了大蒜的气味，我以为是会破坏那个电影院的"大好形势"的。而我们中国并不是一个电影院，大蒜破坏不了中国的大好形势。揭穿了灵芝不灵，肯定了大蒜的功用，我认为是会有助于大好形势的发展的。

你不是肯定了镜子吗？我觉得寓言也像镜子。我觉得"大好形势"还会有这样的度量，不会害怕看见自己身边现存的问题和缺点的。深刻地发现问题，痛下决心解决问题，这就是大好形势。揭穿了影子的随和善变，肯定了镜子的帮人清醒认识现实的功用，我认为是有助于大好形势的发展的。

寓言是小玩意儿，也是大玩意儿（前面已经说到）。如果是真正的寓言，虽然小，也可以小中见大。如果不是真正的寓言，也不是别的样式的真正文学作品，虽然大，也可以大而无当。

一般说来，寓言的体积还是比较小的。但是一些有广阔胸怀、志向远大的人，出于对广阔世界和远大未来的关心，为了方便时间不多而喜欢动脑筋的读者，却要设法把许多东西装进小小的寓言里面，收到一针见血的效果，这真是一种智慧。因此写寓言，并不因其小就变得轻而易举。一个人住四间房，不管他多么笨，多么不整洁，他还是很容易就安排下睡和坐的地方来的。但是，四个人住一间房，要安排得大家都有床，都有桌子，这就是一门学问，一种艺术。

既然爱好寓言，就不必因别人的轻视而放弃它。当然，你也可以在寓言之外试试别的文学样式。

在取得丰富阅历和大量读书之后，你自己会告诉自己究竟应该怎样做的。路时常是出现在"山穷水尽"的地方。

严文井
1982年2月8日

选自1985年7月人民文学出版社《严文井散文选》

《中国当代寓言》序

樊发稼　顾建华（执笔）

中国寓言文学研究会在成立三十周年之际，为全面、集中地展示我国当代寓言创作所取得的成就，编选了此套文选。这是值得庆贺的极有意义的事情。

众所周知，中国是世界寓言三大发祥地之一。中国古代寓言，曾以其独特的东方智慧为人类文明的发展做出了不可磨灭的贡献；进入现代以来，又在继承本国传统的基础上，吸收、融入了西方寓言的长处，内容和形式都有了新的发展。新中国诞生后的当代寓言则是直接衔接现代寓言而来的，在已经过去的六十五年里，随着国家的命运、社会的变迁，时起时伏，蜿蜒前行，终于在改革开放的新时代逐渐迎来了新的繁荣，呈现出万紫千红的盛况。

作为当代寓言开篇的，是儿童文学作家金江1953年11月创作、1954年1月30日发表于《大公报》上的《小鹰试飞》等四则寓言。刘征在1954年第2期《文艺报》上发表的《木偶探海记》，则是中国当代第一首寓言诗。1956年至1958年金江接连出版了五本寓言集。在此前后，吴丈蜀、湛卢、余毅忠、黄益庸、吕德华、刘饶民、申均之等十余人都出版了寓言集，舫夫（仇春霖）在20世纪60年代初出版了三本寓言集。

在短短十年的时间里能有这么多的寓言集问世，这在过去是没有的，说明当代寓言从初始期就受到人们的重视，特别是少年儿童的欢迎。但1964年后由于极左思潮越来越盛行，寓言便难见踪影了。

"文革"十年，是当代寓言的蛰伏期。寓言因其借此喻彼的特性，在文化人饱受迫害的年代，尤易被别有用心者妄加揣测，给安上种种莫须有的罪名，因而作者只得噤声，"焚笔裂砚"，寓坛万马齐喑。然而依然有冒着生命危险写寓言的人，这就是"要留真火在人间"的黄瑞云。他写了许多现实性政治性很强、犀利明晰而又沉郁隽永的寓言，抨击丑类的倒行逆施，藏在无人知晓的地方，直到"文革"后才见天日。

1978年十一届三中全会的召开，使人们被禁锢的思想大大得到解放，当代寓言进入了复兴期，已经销声匿迹的寓言像雨后春笋一样冒了出来，仅1979年一年就有金江、吴广孝、李延祜等人出版了十多本寓言集。此后更是一发不可收，寓言作品常常见诸报端杂志，每年都有数量可观的寓言集问世。不仅老作家重新拿起笔写寓言，还出现了一大批新作者。在20世纪80年代经常创作寓言并取得成就的，除前面提到的作家外，还有韶华、陈模、凝溪、林植峰、马达、杨啸、刘猛、罗丹、樊发稼、孙建江、叶澍、凡夫、孙传泽、柯玉生、陈乃祥、叶永烈、许润泉、吴秋林、李继槐、邝金鼻、方崇智、薛贤荣、卢培英、海代泉、徐强华、陈必铮、邱国鹰、少军、石飞、范江、周冰冰……达数十人之多。

1984年中国寓言文学研究会的成立，是当代寓言从复苏走向振兴的标志。为了检阅新中国成立四十年来的成果，进一步振兴寓言，由研究会全体常务理事任编委，公木、韶华任顾问，仇春霖任主编，马达、顾建华、盖壤任副主编，于1989年编选出版了《当代中国寓言大系》，收入163名作者共1178篇新中国成立后发表的优秀作品，计109万字。

从20世纪90年代起，寓言创新的呼声渐高，特别是到了新世纪，许多有作为的作者不再满足于寓言创作的数量，而在努力提高作品的质量。他们深知新的时代需要新的寓言，力求做到寓意新、题材新、手法新、形式新、风格新，用寓言反映新生活，揭示新思想，创造新境界，当代寓言可谓进入了创新期。经过二十多年的探索，现在已经取得一定的成效。如张鹤鸣、马长山、钱欣葆、余途、桂剑雄、侯建忠、杨福久、吕金华、张孝成、海星、邱来根、筱枫、贺维芳、肖邦祥、余师夷、孙三周、唐中理、韩雪等老中青作家都是以自己新意迭出的作品赢得寓言界同道的喝彩。

回顾中国当代寓言的历程，我们可以看到它延续和强化了中国现代寓言开启的变化。以读者对象而言，中国古代寓言主要是写给成人看的，及至明末，《伊索寓言》（其译名曾是《意拾蒙引》）传入，有些寓言才被看作儿童启蒙读物。到了现代，专为少年儿童创作的寓言开始多了起来，接踵而来的当代更是涌现出很多写作寓言的儿童文学作者，乃至现在大多数寓言都是儿童寓言（当代和现代一样，成人寓言并没有消失，仍有相当大的数量，占有一定的比重）。与此同时，大多数寓言作品的主题思想主要是向儿童宣传道德教训，富有教育意义；儿童寓言在写法上则是吸取了童话的手法、技巧，动植物、非生物成为寓言的主角，篇幅变长，故事性增强。有些寓言其实也可看作童话。此外白话文至当代已臻成熟，寓言的语言晓畅，朗朗上口，适合诵读。

中国当代寓言与现代寓言相比又有了许多新的发展。寓言作者队伍不再限于大城市有限的几位知名作家，而是大大扩充，遍及各地。全国仅已经加入中国寓言文学研究会的会员就有五百多人，其中形成自己独特风格、在国内外产生较大影响的有一二十人。作家、学者、教师、学生、职工、公务员、企业家、经济学家、科技工作者、自由职业者……各行各业都有寓言创作的佼佼者。与此同时，当代寓言的题材，当代寓言所反映的社会生活、思想情感，也远比现代寓言更加宽阔、丰富，具有强烈的当代的人文意识、忧患意识、生命意识、生态意识，触及当今社会关注的各种热点问题，如绿色寓言、生态寓言、管理寓言、职场寓言、时事寓言、政治寓言、谋略寓言、廉政寓言、爱情寓言、旅游寓言、养生寓言、科普寓言等，都与新时代的现实生活密切相连。当代寓言在角色、故事、风格、样式、手法、语言等各个方面，也多有创新之处。如智者系列寓言、愚者系列寓言、常人系列寓言、汉字寓言、幽默寓言、讽刺寓言、贝壳寓言、短信寓言、独白寓言、对话寓言、格言式寓言、一句话寓言、戏剧寓言、相声寓言、漫画寓言、摄影寓言、二人转寓言、说唱寓言……都在突破传统寓言的模式，让人耳目一新。

"诗文随世运，无日不趋新。"寓言亦然。继承了中外寓言优秀传统的中国当代寓言，有着自己崭新的时代风貌；它在前进着，发展着。文学史家、寓言家郑振铎说："寓言是不很容易作的。自古代到了现在，成功的寓言作家，屈指数来，不到十余人。"我们有理由相信，在日趋繁荣的中国当代寓言中，必将有人跨入历史上、世界上最成功的寓言作家的行列。

本书是继《当代中国寓言大系》之后的又一部具有权威性的大型当代寓言选集，收集了当代两百多位寓言名家作者近九百篇新中国成立后的优秀作品，特别是1989年以来近二十五年间的佳作。主编凡夫和副主编孙建江、余途，在编选时注意了作品的代表性、作者的广泛性、体裁的多样性、文本的纪念性，因此本书不仅是开卷有益、老少咸宜的精良读物，而且具有文献价值和珍藏价值，为寓言作家、研究家和文学爱好者提供了学习和研究的宝贵资料。我们期待着它的出版。

是为序。

选自2014年10月浙江少年儿童出版社《中国当代寓言》

寓言文体、分类及历史沿革

孙建江

"寓言"一词最早见于《庄子》。"寓言十九,重言十七,卮言日出,和以天倪。"(《庄子·杂篇·寓言》)郭象认为:"寄之他人,则十言而九见信。""十九"是说十居其九,这是指寓言在全书中所占的比例。庄子行文,寓言中含重言,重言中又含寓言,两种表达方式往往交互使用。据《释文》解释"寓言十九"曰:"寓,寄也。以人不信己,故托之他人,十言而九见信。"郭象等认为,在《庄子》中,假托虚构人物的话,叫作寓言。在当时,"寓言"并不指文体,而是指"借虚构人物说出的话""假托权威人士发表的言论"等。在此基础上,后人对寓言概念做了宽泛的理解。德国寓言家莱辛对"寓言"有如下定义:"要是我们把一句普通的道德格言引回到一件特殊的事件上,同时把真实性赋予这个特殊事件,用这个事件写一个故事,在这个故事里大家可以形象地认识出这个普通的道德格言,那么,这个虚构的故事便是一则寓言。"(莱辛《论寓言的本质》)

寓言文体

寓言是文学创作的一种文体。这一文体主要由两大要素构成，一是寓体，一是寓意。

寓体指的是寓言形式，也即寓言故事。寓言故事不同于一般故事，寓言故事除本身包含故事要素外，还必须有更深层次的含义。寓言故事是寄托着深层含义的故事。莱辛所指的"道德格言"是广义的，意为表达真理和显现智慧及经验教训总结的言语的总和。"特殊事件"，即典型性事件。"道德格言"只有与"特殊事件"相结合，这个虚构的故事才能成为一则寓言。

寓意指的是寓言所要强调的"意味"。通常而言，一般故事是不拥有寓意的，但某个故事如果经由寓言作者根据寓言创作的规律和方法，对故事情节、人物性格、特定对话等进行一系列的加工，将寓言作者对事物本质的认知、日常生活的智慧以及经验教训提升至某种艺术境界，寓意亦随之呈现。寓意是寓言作品的精髓所在，体现着寓言作者对于生活的真知灼见、思想高度和审美评价。

寓言展示寓意的方式不尽相同，通常来讲，常用的方式有以下两种。一种是直接点明寓意，直接告诉读者，这个故事强调的是什么。这种方式多采用故事结束之后，用专门一句话或一段话来点明寓意。当然，有的作品也会把这一句话或一段话放在故事的开头。一种是不直接点明寓意，让读者在故事中慢慢品味，自行体会。直接点明寓意的方式，在伊索等西方寓言创作中比较常见。当代寓言创作中，这两种方式都有，相对说来，不直接点明寓意的方式更多一些。

由于寓言采用的是寓体加寓意的方式，目的明确，因而通常寓言作品的篇幅都比较精练短小，言简意赅。

寓言不等同于儿童文学。寓言的读者既包含成年人，也包含儿童。中国古代寓言的读者更多的是成年人，以伊索等为代表的西方寓言的读者更多的是儿童。鉴于寓言文学特殊的呈现方式，在当代中国，寓言读者中，儿童读者占有较大的比重。

寓言分类

寓言分类因角度不同各有侧重。常见的寓言分类有以下一些。

从叙述语体形式上分，可分为散文寓言、韵文寓言和糅合体寓言。散文寓言，即用散文形式创作的寓言。散文寓言是寓言创作的主体。中国古代寓言、古印度寓言、古希腊伊索寓言均属此类型创作。韵文寓言，即用诗体形式创作的寓言。诗体寓言源自古罗马时代，这是欧洲寓言创作的另一个传统。古罗马费德鲁斯寓言、法国拉封丹寓言、俄国克雷洛夫寓言等均属此类创作。糅合体寓言，即糅合了散文、韵文以及其他叙述形式创作的寓言。

从角色上分，可分为人物寓言、动物寓言、植物寓言、器物寓言、混合物寓言。人物寓言包含神话人物、历史人物、现实人物、虚拟人物等。动物寓言包含家禽、野兽、昆虫、海洋生物等。植物寓言包含各种植物，草本、木本等。器物寓言包含各种非生命物件。混合物寓言包含了不同角色类型。

从题材上分，可分为神话题材、历史题材、现实题材、虚构题材等。

从篇幅上分，可分为常见短寓言、系列寓言、长寓言、超长寓言、微型寓言、一句话寓言等。

从不同文体相互交融渗透上分，可分为神话寓言、童话寓言、小说寓言、戏剧寓言、政论寓言、宗教寓言、知识寓言、科学寓言等。

寓言发展脉络

　　寓言是最古老的文学样式之一。按照马克思主义的文艺理论思想，文学起源于劳动，劳动人民在劳动生产中创造了寓言。寓言作为一种独特的文学样式，它的发生与其他文学样式的发生也还有着一定的区别。它晚于蒙昧的神话时代，又早于理性色彩、人性色彩偏重的散文、小说时代。它大抵发生于人类从自然、神的主体走向社会、人的主体的时代。根据现有资料，最早的寓言大约产生于距今五千年前的两河流域（古巴比伦）。在两河流域的考古发掘中，人们发现了苏美尔文明，考古学家在泥板上破译了若干古苏美尔人用楔形文字创作的寓言残片。由于天灾、人祸、王朝频繁更迭等原因，包括寓言在内的苏美尔文明曾长期沉寂于地底，一直不为后人知晓。直到19世纪，随着考古发掘和楔形文字成功解读，苏美尔寓言始重见天日。客观上说，它对后世的寓言影响是十分有限的。

　　迄今为止，学界比较一致的认知是，寓言有三大发源地。这三大发源地为古希腊、古印度和古代中国。对于这三大寓言发源地的起始时间，各家说法不一。一般认为，三大寓言发源地的起始时间大致相近，大致都发端于公元前6世纪前后。

　　古希腊寓言的代表人物首推被誉为"寓言鼻祖"的伊索。伊索其人，学界看法不一。有人认为他是寓言作家；有人认为他只是讲述寓言故事的能手；有人认为他是萨摩斯岛雅德蒙家的奴隶；有人认为"伊索"是后人假托的名字，其实没有这个人；也有人认为真正的"寓言鼻祖"是早于伊索五百年的埃塞俄比亚寓言家陆克曼。不过学界较为一致的看法是，《伊索寓言》是古希腊公元前6世纪前后留存的寓言总集，虽归于伊索名下，但其实只有少数为伊索所作。公元前3世纪，古希腊哲学家得墨特里俄斯辑录了第一部散文体《伊索故事集成》。这是古代文献中提到的最早的古希腊寓言集，可惜已散失不存。现存最早的古希腊寓言集是公元2世纪巴布里乌斯编著的寓言诗集，因其内容多系根据流传的伊索寓言改写，因而称作《伊索寓言》。现存最早的罗马拉丁文寓言集是1世纪费德鲁斯所作，主要用诗体改写伊索寓言，书名亦称作《伊索寓言》。伊索寓言在西方世界影响甚大。伊索以降，欧洲寓言蓬勃发展，涌现出了众多寓言大家及其作品。比如罗马寓言、法国拉封丹寓言、德国莱辛寓言、俄国克雷洛夫寓言等。

古印度寓言的主干是民间故事和佛经故事。代表性作品有《五卷书》等。《五卷书》的确切成书年代已难以考证。梵文《五卷书》早已失传。6世纪，《五卷书》被译为波斯巴列维文和叙利亚文，这些译本也已遗散。8世纪，阿拉伯作家伊本·穆格法将其由巴列维文译成阿拉伯文，又增加了一些新内容，取名《卡里来和笛木乃》。11世纪，西班牙国王下令译成西班牙文，后又译成其他欧洲文字，称之为《白得巴寓言》或《比尔贝寓言》。《佛本生故事》为古印度小乘佛教故事集，产生时间约为公元前3世纪，后在东南亚国家广为流传。此书也通过不同途径进入中国。《百喻经》是大乘佛教故事集，故事来源、传播途径类似于《佛本生故事》。汉译佛经中出现过许多《五卷书》故事，但完整《五卷书》译本直到新中国成立后才得以出版。古印度寓言大抵分东方和西方两个方向向外传播。向东方传播多通过佛经典籍载体进入东南亚、中国等地，影响广泛。向西方传播多通过《五卷书》等古印度典籍，经阿拉伯，进入欧洲，其影响力仅次于伊索寓言。

中国是四大文明古国中唯一一个没有中断历史的国度。在三大寓言发源地中，中国古代寓言史料充分，发展脉络最为清晰。中国古代寓言历经漫长的酝酿和尝试，在先秦时代达到了高潮，战国中后期进入了黄金发展期。那是风起云涌、唇枪舌剑、著书立说的年代。为了驳倒对手，说服主人，诸子们在争鸣论辩中大量采用神话传说、民间故事和历史事件，巧设话题，犀利论证，竞相采用比喻艺术，力求听众心悦诚服。先秦寓言服务政治的目的很明确，大多为诸子阐述政治理念和抱负而设置，具有很强的哲理性。从寓言文体角度看，寓言尚没有形成独立的地位，尚附属于政治散文。然而，正是因为比喻性文字、简洁精辟的说理故事的大量运用，寓言应运而生，而且异彩纷呈。先秦诸子文集和典籍中几乎都包含寓言，总数在千篇以上。艺术手法、创作风格成熟而多样化。《望洋兴叹》（《庄子》）、《鹬蚌相争》（《战国策》）、《唇亡齿寒》（《吕氏春秋》）、《买椟还珠》（《韩非子》）、《杞人忧天》（《列子》）等，世代流传，深入人心，家喻户晓。

中国寓言

中国寓言在世界寓言发展格局中脉络清晰，特色鲜明，独树一帜，一直占有重要位置。大抵来说，中国寓言发展经历了先秦、两汉、唐宋、明清、现代、当代等历史阶段。

先秦是中国寓言发展的第一个黄金时代，拥有众多寓言创作者和不同创作风格的作品。诸子百家，各显神通，各领风骚。庄子的汪洋恣意、气势奔放、想象奇诡；韩非子的精辟简峭、辞章考究、犀利透彻；孟子的酣畅淋漓、滔滔雄辩、有的放矢；《吕氏春秋》的奇巧构思、贴切设喻、生动形象；等等。百家争鸣，开风气之先。先秦寓言对后世中国寓言的发展影响巨大。

两汉寓言虽不及先秦，但整体面貌亦值得肯定。两汉时期的特点在于：

不仅史传文学和理论著述中杂有寓言作品，而且出现了像《说苑》《新序》《淮南子》等以寓言为主体的劝诫性极强的故事专集。在这些著述中，不少是脍炙人口的寓言作品，比如《螳螂捕蝉》(《说苑》)、《叶公好龙》(《新序》)、《塞翁失马》(《淮南子》)等。

唐宋是中国文学上的黄金时代。在各种文学样式普遍繁荣的大背景下，寓言创作也取得了巨大成就。其中，最具标志意义的成果是，寓言取得了文体上的独立地位。柳宗元的《黔之驴》《捕蛇者说》《永某氏之鼠》《临江之麋鹿》等作品，有具体篇名，有丰满故事，有明确寓意，创作理念清晰，独立完整，是中国古代寓言的重要收获。唐宋寓言的另一个特征是形式多样，名家辈出。有以韩愈、柳宗元、欧阳修、王安石、苏东坡、邓牧等为代表创作的独立的散文体寓言，也有以寒山子、刘禹锡等为代表创作的独立的寓言诗。南宋传奇中的《枕中记》《南柯太守传》等寓言体小说以及笔记、杂著、类书中的一些寓言也都引人注目。宋代相传为苏东坡创作的《艾子杂说》，是继《笑林》之后的又一部笑话寓言专集。

明清中的明代是中国寓言的又一座高峰期。这一时期，涌现出了大量寓言人才，刘基、宋濂、陆灼、江盈科、冯梦龙等都是具有重要影响力的寓言作家。刘基的寓言专集《郁离子》及单篇寓言《卖柑者言》，宋濂的寓言专集《龙门子凝道记》《燕书》，陆灼的笑话专集《艾子后语》，江盈科笑话专集《雪涛谐史》，冯梦龙的笑话专集《笑府》等，皆是中国寓言史上的重要收获。明中叶出现的《中山狼传》是中国寓言史上具有里程碑意义的作品。清代寓言以幽默诙谐为主要特征，代表性作品有吴趼人的《俏皮话》等。蒲松龄的志怪小说《聊斋志异》中也有不少独具艺术魅力的寓言作品。

现代寓言呈现出新的面貌。一方面继承了中国古代寓言的优良传统，另一方面接触吸收了西方寓言的优长。五四以来，一批文化巨匠如鲁迅、胡适、郑振铎、茅盾等都创作、翻译或整理过寓言。鲁迅散文集《野草》中的《聪明人和傻子和奴才》《狗的驳诘》《立论》等被公认为重要寓言作品。茅盾编纂过《中国寓言初编》。在现代，寓言创作成就最大的首推冯雪峰。冯雪峰结集出版了《今寓言》《雪峰寓言三百篇（上）》等作品。此外，还改写了《百喻经》。冯雪峰寓言充满现实主义精神，具有很强的针对性和战斗性，既富哲理又不乏诗意。其他作家，如严文井、艾青、陈伯吹、贺宜、何公超等也都创作了不少寓言作品。

新中国成立后，中国寓言进入了一个全新的时代。可以说，国家层面对寓言的重视程度，从事寓言创作的人数，内容的丰富，题材的拓展，文体的创新，创作风格的多样，优秀作品的数量等方面，都达到了空前的高度。1984年，在首批顾问张天翼、宗白华、严文井、季羡林、罗念生、陈伯吹等的支持下，成立了过去从不曾有过的中国寓言文学研究会。中国寓言文学研究会系在民政部登记注册的国家一级社团组织，首任会长公木。中国寓言文学研究会自成立以来开展了大量卓有成效的工作，组织编纂出版有《古代中国寓言大系》《当代中国寓言大系》《外国寓言大系》《中国新时期寓言选》《中国当代寓言》等大型寓言选本。当代寓言借鉴、汲取国内外经典寓言的优良传统，开拓创新，承前启后，继往开来。寓言队伍壮大，人才济济，成果丰硕，成就斐然。金江、黄瑞云等为代表性人物。

［本文系作者应《中国大百科全书》（第三版）之邀撰写的"寓言"词条。篇名为另取］

选自2023年12月浙江少年儿童出版社《中国寓言研究》（第四辑）

寓言和寓言性

吴其南

在文学批评领域，特别是儿童文学批评领域，"寓言化"常常是被作为一个带点儿消极性的词语来使用的。如20世纪五六十年代，人们批评童话，使用最多的词语之一就是说它们有一种寓言化的倾向，并说这是童话创作的"痼疾"之一。直到今天，这种批评还常常出现在一些评论文章中。

不能说这些批评完全没有合理性。寓言是一种相对简单的文体，用一个感性的小故事表现某种认识，一是内容较为理性，二是感性的故事和理性内容又常常坚硬地对峙着，不像成熟的叙事。理之于情，如水中盐、花中蜜，性存体匿，无痕有味。文学创作中，特别是给小孩子写的童话作品，确实常常看到这样的现象：为了引导小朋友养成讲卫生的习惯，编个小猪洗澡的故事；为了教育小朋友团结友爱，讲个小猴智救小兔的故事。故事就是为着那点教训而写，浅近直白，不仅内容没有创意，就是故事显现意义的方式，也一览无余，读者感到浅陋也就是自然的了。

但这不应该是寓言和寓言化的错。有好的寓言，也有不好的寓言；有好的寓言化，也有不好的寓言化。人们可以举出一些借用寓言化却写得并不成功的例子，也可以找到一些很好地运用寓言性极大地优化了作品效果的例子。如班扬的《天路历程》、卡夫卡的《城堡》和《变形记》、鲁迅的《长明灯》、钱锺书的《围城》等。儿童文学中，曹文轩的《云雾中的古堡》应是一个运用寓言性较为成功的作品。

《云雾中的古堡》是一个写于"文革"之后不久的故事。都说离他们不远的高山顶上有一座古堡，如何神奇，如何古老，但谁也没有真正爬上去用自己的眼睛看见过，只是一代一代地流传，越传越神，越神越能传播。几个孩子好奇，觉得光听传说不过瘾，于是结伴爬山，要用自己的眼睛去看一看那座古堡。但当他们历尽艰难终于爬到山顶时，发现那座传说中的古堡并不存在。想看古堡却发现古堡并不存在，是胜利了还是失败了？作者没有直接给出答案，只是说，几个孩子在感到有点失望时，回过身，看到一轮刚刚升起的又大又红的太阳。

这个作品的最显著特点是意蕴的深邃。

都说山上有一座古堡却没有爬上去看一看，明明没有看到古堡却传得神乎其神，为什么？这便是话语的力量。相信了某种话语，就被这种话语所控制，不相信也看不到话语以外的东西，而且越传越神，人和世界都进入虚妄。作者让两个还没有被这种话语控制的孩子登上山顶，用自己的眼睛证明了传说的虚妄，这是一次成功的证伪。在人类认识史上，证伪和证实一样重要，在某些特殊的情况下，甚至更重要。"文革"前后的那段时间，情形恰是这样。各种各样的迷信话语像云雾一样遮蔽了人们的头脑，即使是根本不存在的内容，也能到处传扬，为很多人所接受。这时，寻找真理最需要的就是去蔽，即从话语的遮蔽中走出来，还历史本来的面目。在历史中，哥白尼、布鲁诺、伽利略等人做的不正是类似的事情吗？以几个孩子对一座传说中的古堡的探索，曹文轩将《云雾中的古堡》变成了一个反迷信的寓言。

《云雾中的古堡》的成功还表现在它特殊的表现方式。一般说，成熟的文学作品讲究将理性溶解在感性里，水乳交融。做不到这一点，容易给人一种不和谐的感觉。但这只是一般的情况。文学中的思想与情感的融合可以有多种方式。寓言化的作品确可使人感到文中有感性的故事和理性的认识两个层次的存在，但如果两者间不是坚硬地对峙而是氤氲着柔性的世界呢？《云雾中的古堡》有意识地拉开故事和意蕴的距离，在孩子爬上山顶探寻古堡的故事后面，隐隐地有一个人类历史上许多像哥白尼、伽利略、布鲁诺那样艰苦探索的意象层次，不仅作品中故事与意蕴的对峙不再坚硬，而且有了一些象征的意味。这就给读者留出一个巨大的想象空间。20世纪现代派文学中，象征主义大行其道，应与这种特殊的表现方式紧密相关。《云雾中的古堡》也可被称为带些象征主义意味的作品。

　　寓言性作品不等于寓言。寓言性的作品，不仅延伸了寓言性的覆盖面，而且还可以反过来加深我们对寓言的理解。近见一寓言：

　　地主临死前把儿子叫到身边叮嘱："如果家里的牛嫌干活多，快累死了，猪嫌泔水清，吃不饱，鸡嫌鸡笼窄，活动空间小、环境臭，拉磨的驴嫌转圈头晕，成天蒙着眼看不到外面的世界，你怎么办？"儿子说："减轻牛的工作负荷量；改善猪的泔水营养；扩建鸡舍，改善活动生存环境；驴的眼罩也拿掉，给驴一些知情权。"地主说："错，你应该告诉这群畜生，外面有狼……"

　　这就很得寓言的真髓。深刻、机智，甚至有些隽永。所以，文学中寓言性不仅拓宽了文学的表现方式，也深化了寓言本身，寓言创作也可以从中学到有用的东西。

选自2020年11月浙江少年儿童出版社《中国寓言研究》（第二辑）

论寓言的本质

吴秋林

寓言的历史非常悠久，是人类最古老的文学样式之一。人类最古老的寓言是西亚苏美尔人的作品，年代约在公元前三千年前后，据克拉默的《历史始于苏美尔》的记述和转载的寓言来看，当时苏美尔人的寓言从形式到内容都已经十分成熟，并不逊色于伊索寓言。不妨转引一则如下：

狐狸向恩利尔神要求有野牛的角，于是它长上了野牛的两只角。可是不久风雨大作，它再也进不了自己的洞。到了夜快尽的时分，冷风凄雨浸透了它。它说：只要天一亮……

可惜，这是一段被寓言忽略了的历史，因而，一般地认为，寓言从形式到内容的基本样式的形成在公元前六世纪的希腊。这种看法，不但忽略了古巴比伦和苏美尔，也忽略了对世界寓言发展有过巨大贡献的印度，这方面，还有许多问题需要我们去认识、探索和发现。

在我国，先秦寓言的出现，几乎与伊索寓言在同一时期完成了寓言的基本样式，而且还有所创造，形式比伊索寓言更为丰富，同时，更具有中国气派和中国特色。但先秦寓言与伊索寓言有一点不同，即没有形成一种独立的文体，直到唐代才趋完成。而伊索寓言在当时就形成了一种独立的文体，受到希腊社会极其广泛的重视。形成了一种独立的文体，这是对世界寓言史一个划时代的贡献，希腊寓言成功的秘诀就在这里。

伊索寓言、先秦寓言造就了寓言史上不可攀越的时代，永远为后代敬仰，但是，什么是寓言？寓言的本质何在？这在古希腊和先秦时代，人们只限于较直觉的认识。古人能明白地知道什么是寓言，什么不是寓言，但理论上的探讨却是微弱的。

在我国，寓言这个词最早见于《庄子》："寓言十九，藉外论之。"（《庄子·杂篇·寓言》）"以天下为沉浊，不可与庄语，以卮言为曼衍，以重言为真，以寓言为广。"（《庄子·杂篇·天下》）

这是中国最早的对寓言的认识，这时庄周的所谓寓言，意为寄托之言，就是假借别人的话，论说自己的理。这自然与今天人们所理解的寓言相去甚远，但这却是中国寓言本质探讨的滥觞，不可忽视。况且，这种认识还对后人产生了极其深远的影响，仍把寓言的含义简单地理解为"寄托"，在今天还不乏其人。

较早的探讨者还有刘勰，他说："䜛者，隐也；遁辞以隐意，谲譬以指事也。"

"谲譬以指事也"指的就是寓言。但他把隐语、笑话、寓言概而论之，没有把寓言从中区别出来，而且，他对寓言的认识仍限于寄托——寓意于言。这在当时是有意义的，但对今天的寓言认识来讲，局限性太大。

接下去，对寓言的认识多种多样。

"寓言是理性的诗歌。"（别林斯基）

"寓言是一种文学作品。"（陈伯吹）

寓言"是世界上最古老的文学体裁之一"。（陈洪文）

寓言"是比喻的最高境界"。（臧克家）

寓言"是譬喻的最高形式"。（王焕镳）

"寓言是一种小的讽喻故事。"（刘诤）

"寓言是委婉说理的艺术形式。"（邱永山）

"寓言是一种通过短小有趣的故事说明一个道理的文学样式。"（邱振声）

"寓言是基于人生现象和自然现象的真实精密的观察而采取的一种特殊的文学样式。"（莫干河）

"寓言总是一种短小而精悍的匕首。"（魏金枝）

"寓言是人类智慧的语言。"（贺宜）

还有诸如"寓言是讽刺文学的鼻祖""寓言是叙述体的文学样式"等看法。

它们在排除了某些不正确的见解之后（如寓言不可能是譬喻，哪怕是最高的譬喻；更不可能是象征和影射。这三者连同"讽刺"都只能是寓言的某方面的特性而已），都能多多少少地说明和解决寓言中的某方面的问题。

别林斯基说明了寓言应是寓言的理性与诗歌的诗情力量的有机结合。

陈伯吹强调寓言是文学作品，肯定了寓言作为一种文学样式的独立性。

陈洪文肯定了此体裁在文学史上的历史地位。

刘诤则强调了寓言的短小和它的讽刺性。

邱永山、邱振声则通过寓言的用途来说明寓言是什么样的文学样式。

莫干河则通过寓言人物与生活的密切关系来说明寓言。

魏金枝形象地表现了寓言这种文学样式的轻捷、精悍。

贺宜总结了寓言对人类语言发展的贡献。

以上种种对寓言的理解，单单从各人的角度来讲，都是有一定道理的，但是，关键的问题在于它们并没有揭示寓言的本质。寓言的本质是什么呢？这个问题，在1759年的时候，德国的莱辛花费了大量的心血，对寓

言的本质问题进行了比较深入的精细的探讨。这里,我把他对寓言本质的认识的结论抄录如下:

"要是我们把一句普通的道德格言引回到一件特殊的事件上,同时把真实性赋予这个特殊事件,用这个事件写一个故事,在这个故事里大家可以形象地认识出这个普通的道德格言,那么,这个虚构的故事便是一则寓言。"

这个对寓言概念的解释,是目前为止最科学、最接近寓言本质的解释了。"格言",是表达真理和显现智慧的语言。冠予"道德",是把这个真理和智慧的言语提高到哲学的高度,使之在具有一定倾向性的同时,更富于普遍意义。这是对寓言的最高要求,通俗点讲,莱辛要求每个寓言都能表达具有普遍意义的人生哲理,达到哲学意味的最高境界。也就是说,莱辛要求每一个真正的寓言作家所写的寓言合起来都能是一部形象的容易被人接受的哲学著作。莱辛的这个极其严格的要求不是没有根据的,只要你去看看先秦寓言和伊索寓言,就可看出莱辛这个要求的现实基础。人们从《伊索寓言》中所学到的世俗的人生哲学比从任一本哲学著作中所学到的人生哲学都要多得多。这些,都是人们所熟识和公认的事实了。

"把真实性赋予这个特殊事件"是在"把一句普通的道德格言引回到一件特殊的事件上"之后的一个最重要的环节。所谓"把真实性赋予这个特殊事件"就是要求这个特殊事件在带有普遍意义的"道德格言"的时候,还要有自己寓言形象的个性存在。没有个性的存在,也就无从谈起这个特殊事件的真实性,也无从谈起寓言艺术的根本要求(这方面,拉封丹寓言和克雷洛夫寓言作了最彻底的证明,它们许多的故事——特殊事件是伊索的、印度的,但寓言却是拉封丹的——法国民族的和克雷洛夫的——俄国民族的)。因此,如果仅限于"把一句普通的道德格言引回到一件特殊的事件上",那就是用寓言图解概念,使寓言没有真实感,因而也就缺乏生动、形象的认识。

接着,莱辛要求把这个事件写成一个故事。狐狸花言巧语地骗吃了乌鸦嘴里的肉;一个画蛇人在他最先画好的蛇上又添了多余的四只脚;一个大零圈圈嘲笑一个小零圈圈无知;等等。这些故事有它自己的情节要求。狐狸骗到了乌鸦嘴里的肉,至此,寓言的情节也就完成了,人们没有必要再继续看到狐狸吃肉时的得意情景和乌鸦受骗后的哀伤和悔恨。乌鸦受骗这一情节已经完成了这则寓言贯穿在其中的意图,已经使人们形象地看到了一个有关虚荣的道德教训,目的已经达到,而在幕后继续下去的情节与寓言是无关的。

莱辛说:"叙述诗和戏剧的情节,除诗人贯穿在情节的意图外,必须具有一种内在的属于情节本身的意图。而寓言的情节却并不需要这种内在的意图,它只要能使诗人达到自己的目的,也就很够了。"

那种在幕后继续下去的与寓言无关的情节,就是"内在的属于情节本身的意图"。

这个普通的道德格言中的"这个",是有独指意义的。"这个"决不能同时又是"那个",要么是此,要么是彼。也就是说,从一则寓言中引出的道德教训只能有一个,而不是同时有两个或两个以上。而且寓言情节中的变化都必须为一个道德教训服务。莱辛说:"所有这些变化必须汇合起来,在我们心里唤起独一无二的一个形象化的概念。倘若这些变化在心里唤起若干个概念,倘若这虚构的寓言中所含有的教训不止一条,那么情节就不一致,也就是说,情节便缺少了原来成为情节的东西,所以正确些说,它便不能叫作情节,而只能叫作事变。"而其情节成为事变的寓言还能叫作寓言吗?不能!它已经变成了另外的东西,已经形成了情节本身的内在意图,变成一个故事、一个童话、一部叙述诗或戏剧。

以上是我对莱辛这个寓言概念的理解，它包含了寓言的情节要求，寓言的真实性，寓言道德教训的单一、明了，指出了寓言是虚构性的故事等诸方面的内容。论述明确雄辩，兼顾了寓言的多方面。赫尔德高度赞扬了莱辛在寓言方面的建树，说他的寓言理论是"最简洁明晰……最富于哲学意味的理论"。

但是，这位大师的解释是不是就完美无缺，没有什么要补充的了呢？不是的，至少对"寓言"和"寓言故事"这两个概念的区分和解释，在目前来说，就十分必要（他那个时代还没有这种区分必要的）。原因在于，世界上百多年来的寓言创作中出现了一些新的东西，如谢德林式的寓言（它们大大扩张了寓言的讽刺的属性），已经不是本真的寓言了，而应该叫作"寓言故事"或者"寓言小说"（我国在明代就出现了这类东西，最著名的是马中锡的《中山狼传》。我国当代也有不少这样的东西）。"寓言故事"在新的历史时期有了新的含义，不能再与"寓言"相提并论了。这时，如果不对这两个概念作一个适当的区分和解释，势必造成对寓言认识的混乱，有害于寓言创作。

本来，"寓言"和"寓言故事"并没有什么可以区别的，寓言就是一个具备了寓言要求的故事构成的，寓言可以说是故事的一种。寓言包含了构成这个寓言的故事，寓言故事则表明这个故事的属性，以区别于其他故事，如童话故事、动物故事、风物故事等。应该说，寓言和寓言故事并不矛盾，但寓言中新的东西出现，已经破坏了它的不矛盾性，这也就需要新的解释，以适应寓言的发展。

我们知道，寓言包含了一个故事，对这个故事的情节有着自己特殊的要求，即只有"贯穿在情节的意图"，而没有"一种内在的属于情节本身的意图"。"寓言故事"或"寓言小说"却同时具有这两种意图。这是寓言与寓言故事、寓言小说最本质的区别所在。寓言十分注重故事的寓言性，而寓言故事却更多地注重故事性，准确地说，这样的寓言故事、寓言小说应当叫作"故事寓言""小说寓言"。寓言只服从于"贯穿在情节的意图"，故事常常无因无果，而"寓言故事"则可突破第一个意图，应用第二个意图，把一个寓言故事写得既有道德教训，又有始有终，有因有果。从这一点出发，它带来了一系列新的变化。它可以把故事写得很长，而没有本真寓言短小精练的限制；教训的单一、明了在这里也不起作用了；语言的质朴、简洁也不是它必要的要求了。

在这个问题上，莱辛虽然没有明确地阐述过，但他还是有一定的预感的。他反对拉封丹对寓言的矫饰就说明了这个问题，因为对寓言的矫饰的根源就在于寓言作者对"故事"的过分嗜好和对寓言真理的优美的淡漠。

寓言故事还有寓言的教训存在，但已脱离了寓言，更接近于童话、动物故事（现代的），即有"道德教训"存在的同时，又有道德意义的存在（这方面，陈伯吹先生已经敏锐地感觉到了）。这样一来，这种寓言故事常常只为了话中有话而出现，以表达一些不好直接表达的东西。因而，它大大扩张了讽刺、象征、影射这些只属于本真寓言某方面特性的东西，把讽刺、象征、影射提高到另一个高度，以达到另外的目的。这些使寓言故事的讽刺性、象征性、影射作用比本真寓言要强烈得多。

说到这里，我们看到了寓言故事中有了许多本真寓言不应该有的东西，我们暂且不管这些东西对于寓言的价值如何，但正确地区分它们，是有利于本真寓言纯洁健康地发展的。这里有一点需要表明，我的这种区分不是为了否定彼此，而是力求对寓言本质的深入广泛地探讨。应该说，寓言故事在某些方面，特别是对社会生活问题的某方面的揭示是十分深刻的，如谢德林的《野地主》。但是，这已经是文艺另一种反映现实方式了。

总的说来：寓言要用个别表现一般，这个"个别表现一般"不是逻辑上的思辨，而是具体的"特殊事件"，这个事件表现为一虚构性质的故事。来完成这个故事的人、动植物、无生物都是要有个性的，即要有"真实性"的。对寓言的情节，只要猫干什么，狗干什么，并不要求猫为什么干，狗为什么干。这一点，应该在寓言创作中得到进一步的强调。狗、猫的形象，善恶的判别，审美意义都是附加和次要的，造成了寓言的情节，通过它引出一个道德教训，寓言的情节就算完成，哪怕是最引人入胜的幕后情节都得中止。狐狸吃不到葡萄说葡萄是酸的，这就够了，再说如何咽口水，如何一步三回头就多余了。莱辛说："倘若这篇寓言包含的内容多了一点，超过了使这条教训生动明显地显示出来所需要的，或者少了一点，不足以使这条教训生动明显地显示出来，那么，这则寓言便不成其为十全十美的寓言。"

伏尔泰老人又说："哲学的真正的装饰应该是井然有序，清晰明了，特别是真理。"

最后，我还想谈谈由寓言理性所决定的一个问题，即寓言中的激情。严格地讲，寓言不欢迎激情，不需要同情和怜悯，它需要的是机智和诙谐。感情的激动必然破坏理智上的认识，而寓言恰恰就是为了理智上的认识而产生的艺术品。它主要是为认知服务，而不为激情服务，不是催人泪下的艺术品。寓言中出现的激情有害无益。

寓言的语言要求尽量质朴、简洁、凝练、准确，过分的修饰是不必要的。寓言中采用动植物作主人公，其最重要的原因就是为了简化它的主人公性格描写。狐狸的狡猾，驴的愚蠢，这样固定的众所周知的性格是不必再多说一个字的。那么，作为寓言的文字运用还有什么理由不遵照它的法则呢？

选自1985年第2期《贵州大学学报》

寓言的矛盾特质

孙建江

往往有这样的情况，不少看似类同的文学现象只要加以细细比较，便不难发现这类同中的差异，而且当这一差异恰恰又是某文学现象的根本性的特质的时候，我们便有可能由此而切入到问题的关键。

考察寓言这一特殊的文学样式，不能不想到它与其他文学样式的类同中存在的差异，想到这种差异在寓言中的特殊地位。

一

也许任何文艺作品都或多或少地需要一些矛盾冲突，但是，可以说没有任何作品是像寓言这样如此地依靠矛盾，如此地讲究矛盾，如此地强调矛盾了。它的矛盾远比其他文学样式（比如戏剧等）的矛盾来得直截了当，来得简洁明白，来得灵活多样。小说可以把情节淡化，写得行云流水，完全略去矛盾。戏剧可以诗化剧情，使冲突减少到最低限度。诗歌更可以写情绪，写感觉，注重抒情氛围。寓言尽管其形式可以是诗体，也可以是散文体，其表现手法可以多种多样，但是，它却离不开矛盾。矛盾是作为整个寓言作品的内核而存在的。寓言的这一内核是通过故事（常常是一个不完整的故事片段）表达出来的。读者当然是通过故事才接受寓言的训意的。不少论者谈及寓言的特征时，都特别强调故事性。这并不错，但过于简单。因为我们可以说没有故事便没有寓言，但却不能说只要有故事就一定是寓言。寓言需要有训意，但训意从何而来呢？比如有这样一个故事，妈妈让我吃饭，我觉得菜不好就没有吃。后来妈妈打我，我就哇哇大哭。这个故事算什么呢，它的训意何在？显然，这不能算作寓言。道理很简单：不具备矛盾性的故事，哪怕故事再生动、有趣，也不能称其为寓言。皮之不存，毛将焉附？虽然不能说每篇寓言作品都自始至终展开矛盾，但寓言的内容都是围绕着矛盾这一内核而设置的。无论是中国寓言还是外国寓言，莫不如是。

让我们来看看中国古代寓言。《揠苗助长》中那位好心的宋人，为了使苗儿长得更快而去拔苗的故事，不正是客观规律与主观蛮干这一矛盾的具体体现？我们可以指出任何一篇寓言的矛盾内核，这一点儿都不困难。比如《掩耳盗铃》的意识与存在，《愚公移山》的有限与无限，《塞翁失马》的一分为二，《望洋兴叹》的相对与绝对，《守株待兔》的偶然与必然，《画皮》的本质与现象，《公输刻凤》的量变与质变，《庖丁解牛》的自由与必然，《楚人学齐语》的主体与环境，《东施效颦》的内因与外因，等等。

再看外国寓言。外国寓言（尤其是欧洲寓言）不像中国古代寓言在取材上多以人物为主。它的作品主人公常常由动物等非人物来充任。不过这不影响我们对问题的探讨。《狼与小羊》（《伊索寓言》）中说，狼想吃掉小羊，便找理由说小羊把河水搅浑了，使他喝不上清水，小羊说自己是在下游，不可能把上游的水搅浑；狼又说，小羊去年骂过他的爸爸，小羊说去年自己还没有出生；狼干脆对小羊说："即使你善于辩解，难道我就不吃你了吗？"到底是谁"善于辩解"，这确实是个问题。

一方有理，但却总是"无理"；一方无理，可始终"有理"。作品正是通过这一矛盾去吸引、打动读者，最后完成作品的教训目的的。

有趣的是许多寓言作品的题目本身就点出或暗示了矛盾的双方，点出或暗示了矛盾实体的存在。《南辕北辙》《自相矛盾》《鹬蚌相争》这类明显预示矛盾冲突的作品且不说它，单就上面提到的《狼与小羊》这类名称的作品就大有所在。无论是伊索寓言、莱辛寓言，抑或是克雷洛夫寓言、拉封丹寓言，我们都可以指出许许多多像"××与××"（或"××和××"）篇名的作品。如果我们留心观察当代寓言的创作，就不难发现，我们目前的寓言作品，说得保守一些，至少有一半是以"××与××"为题目的。当然寓言中的角色"某某"与"某某"，可以是相同的种类（比如黑猫与白猫，人与人），也可以是不同的种类（比如猫与老鼠，动物与人），但不管是哪种情况，他们之间必定有着行动或观念上的差异性。如果黑猫与白猫的行动或观念都很一致，那这篇寓言是不存在的。以这样的格式为题目，在其他文学样式中虽然也有，然而像寓言这样大量、普遍的情况却是没有的。寓言的这种情况显然不是一种偶然的现象。这说明寓言这一古老的文学样式发展到今天，尽管它在篇幅格局、表现手法、取材内容上有所发展、更新，但它的矛盾特质却始终没有变，换句话说，如果没有矛盾这一特质，寓言也就不存在了。

二

从总体上来讲寓言是通过各种手段来制造矛盾的。寓言可以将无法共同相处的有生命物或无生命物聚拢在一起，比如势不两立的猫与老鼠，他们可以一度成为朋友。而深山老林里的狮子和大海里的鱼虾，他们处于不同的地域，但他们可以在一起畅通无阻地交谈。寓言可以根据自己的需求打破时序。它可以让太阳在夜里放光,让雪花在夏天飘飞。它可以让古人生活在今天,让今人回到古代。在写作手法上,寓言可以采用写实手法,也可以采用荒诞手法,当然更可以采用象征的手法。然而不管是内容上空间和时间的变化,还是谋篇上手法的不同,它们都是为了更好地揭示、强化以至设置矛盾,从而去打动读者。

自然,寓言的矛盾绝不仅仅表现为甲与乙的如何如何不和,如果那样,问题就简单得多了。寓言的矛盾往往是从表到里、从现象到本质、从个别到一般地展开的。比如当代作品《习惯》(严文井)。猪和马的生活习惯是如此的不同,一个想着舒适安逸,一个念着驰骋奔跑。这样两个人物(拟人化了的动物)碰在一起必然要产生矛盾冲突。如果猪只顾自己倒地酣睡那倒也罢了,问题偏偏不是这样。他越是想着舒舒服服地睡大觉,越是觉得他的朋友马不可理解:天黑了,该睡觉了,可马为什么还站着?当猪得知马这样站着就算开始睡觉了的时候,他更不能理解了。他一方面感到吃惊,另一方面又凭借自己的切身体验开导马说:"站着怎么睡觉呢,这样是一点也不安逸的。"读到这里,我们的心情开始复杂了起来。应该说猪的话是诚诚恳恳、发自内心的。但是猪越是这样诚恳,我们就越是感到有一种悲哀。悲哀的倒不在于像猪这样类型的人只知道享受安逸,而在于他们还偏偏以自己的习惯去作为衡量一切的标准,还以为自己的习惯就是万物之本呢。最后马不得不回敬猪说:"安逸,这是你的习惯。作为马,我们习惯的就是奔驰。所以,就是在睡觉的时候,我们也随时准备奔驰。"可见,作品是借马和猪的不同习惯这一表面矛盾,阐述一种人生的哲理。

寓言的矛盾往往给人以一种整体的感觉。这种整体感常常是通过作品的假定性与合理性的组合来获得的。假定性与合理性并存于一个故事中,这在有些文学作品中很难获得统一,寓言却极讲究两者的统一。而且寓言还不仅只是两者的并存,它往往把假定性和合理性都推到各自的极端,造成读者思维的双向(相反方向)运动,从而打破读者的幻觉真实。寓言强调合理性,首先,在取材上选取那些尽可能地接近生活真实的材料。比如《叶公好龙》中那个活灵活现的叶公,《乌龟和兔子》中那只始终缓缓爬行的乌龟。其次,在观念上尽可能地接近人们固有的认识。比如狐狸的狡猾,羊羔的温存,蛇的阴险,狼的凶狠。(至于说因民族习惯、心理等原因造成的对动物属性的不同看法,那是另外一个问题,非本文讨论的范围)此外,在具体细节的描写上尽可能逼真。比如前面提及的马可以站着休息入睡,猪只能趴着睡觉。寓言又总想造成一种间离效果,一再强调作品的假定性,使读者对故事抱怀疑态度。兔子与乌龟会在一起赛跑?当然不会。狼会吃羊,但他们却无从对话。自然猪不可能去开导马,马也无所谓自己的高明与不高明。然而寓言特殊的艺术效果就在这里,它能够将假定性与合理性这一矛盾在更高的层次上统一起来。比起生活的真,人们更愿意相信艺术中的美。因为真正的艺术美,不但汲取了真实生活的精髓,还包孕着人们的美好心愿,这种艺术的美更近乎人们的情感需求。当寓言的角色登场活动时,当这些角色具备了人的品质(美好的或丑恶的)、具备了人的观念(先进的或落后的)、具备了人的灵性(机敏的或呆板的)、具备了人的情感(丰富的或贫乏的)时,当这些角色观照着人类社会,观照着现实生活时,读者便与其信其虚,不如认其真了。虽然理性知道这些都是幻想,但情感却得到了满足。理性的怀疑态度和情感的认知倾向促使我们相信并接受了寓言所述的故事。这就是假定性与真实性这一矛盾构成的深层意义。

  作为问题的两个方面,矛盾是一个不可分割的集合体。矛盾的双方,相互介入、相互依赖,各以自己的对立面为存在发展的前提。这也就是寓言往往对作品中的角色采取一种无情的嘲讽和彻底的毁坏,以达到某种同情和某种建立的原因。

寓言的故事总是在一种情景下显示出两种不同的意义。一个是作品人物（包括动植物）赋予它的可能意义，一个是读者给它的实际意义。读者之所以能看出这个情景的实际意义，那是因为作家已经把它的各个方面都暗示给我们看了，而寓言中的角色却往往只知道一个方面。这当然就要产生矛盾，产生角色对身边发生的事情以及对他们自己的言行作出的错误判断。读者既看到他们错误的判断，也知道什么是正确的判断；既看到他们赋予情景的可能的意义，也知道情景实际的意义。我们的情感就是沿着这一双向运动而发展的。矛盾的强弱与情感的幅度成正比关系。两者的反差越大，我们的情感波动就越大；反之亦然。在寓言里，每一个角色都牵连在一个与自己有关，对之有自己看法并据之言论行动的事件之中。这些角色按照自己的艺术空间独立地发展着，然而在一定的时刻，他们必定要彼此汇合交叉起来。也就是说矛盾的两个方面必定要统一在一种行动（或是一个动物，或是一句话）上，总之，统一在一个结局中，使矛盾达到激化。这一过程作用于读者，就使得读者的两种逆向发展的情感产生撞击，并由此而达到新的平衡。这正是寓言故事给我们带来的特殊的艺术效果。伊索写《狼与小羊》，一开始就把矛盾推到了读者的面前，一方是善良弱小的小羊，一方是强壮凶诈的狼。小羊为保全自己的性命，再三说明自己的清白无辜，狼欲行凶作恶拼命寻找口实。这样作品就将读者的情感导入了两个方向，让读者同时审视两种趋向：一种是作品中显示出的趋向，一种是实际意义上的趋向。在小羊看来自己是正义的一方，只要据理力争，就一定能获得胜利。而且，由此看去，也确乎如此。因为狼和小羊斗争的每一个回合都是以小羊的胜利而告结束。小羊在狼面前内心充实，堂堂正正。可实际上却恰恰相反，他的每一次胜利非但没有摆脱狼的无理纠缠，反而加深了自己的困境，加重了自己死亡天平上的砝码。这一矛盾的深刻之处就在于：读者越明显地感到小羊的胜利，就越是清楚地意识到小羊在走向死亡。胜利和死亡最后重叠在一起，成了同一情景的结局，即归结到狼对小羊所说的那句话："即使你善于辩解，难道我就不吃你了吗？"对小羊来说，这无疑是一个彻底的毁灭。但对读者来说，也正是在这一毁灭中，一种形而上的观念建立了——在强盗面前一切弱者都是有罪的。很显然，狼最后尽管获得了"胜利"，但这却是一个极其荒唐、极其野蛮，也极其可怜、极其悲哀的"胜利"。如果说读者对小羊最后的命运是报以深深的同情的话，那么对狼的结局则是除了厌恶，一种充满讽喻、鄙夷的厌恶，别无他言。这就是寓言的"二律背反"。

这个故事再清楚不过地告诉我们，寓言的内核在于矛盾，在于矛盾双方的相互依赖，相互介入。因为舍弃任何一方，这个寓言都将不复存在。

也许有人会认为，我所举的例子过于典型，如果作品中不直接出现对立的角色（狭义的），那情况又会怎么样呢？其实角色的直接对立也好，角色的不直接对立也好，这不过是表现形式的不同而已，重要的是看作品本身是否具备矛盾特质。《井底之蛙》似乎没有什么对立的角色。青蛙永远是那样的无忧无虑，永远是那样的自我感觉良好。他有自己的天空，有自己的水域。风来了可避，雨来了可躲。无须说，这里的一切都是青蛙说了算，他高兴怎么做就可以怎么做，他是这里的主宰。青蛙的对立面是什么呢？是井壁，是井水，抑或是井孔？显然不能这样说。然而细细琢磨，作品又实实在在充溢着矛盾。特别是当青蛙大谈井中的一切就是整个世界的时候，我们便明显地感到了这一矛盾的存在。这个矛盾藏在娓娓道来，看似平缓、简单的寓言结构的下面。这就是井内的小天和井外的大世界之间的矛盾，就是青蛙的主观臆想和现实存在之间的矛盾。

不过从作品外部具体的表现形式来看，寓言的矛盾往往都比较集中明了。如果试用几何概念来描述的话，似可这样说，寓言的矛盾（不论是显露的，还是隐匿的）是以圆周为轨迹，逆方向发展的（寓言的矛盾很少呈波浪形或以其他复杂的方式展开，这当是寓言的篇幅使然）。有的作品可能一开始就产生双方的对立，处于圆周的两个点上；有的作品可能一开始双方并没有什么对立，同处于一个点上，而后分歧越来越大。但不管是哪一种情况，最后他们都得碰撞在一起，产生冲突，达到矛盾的高潮。须指出的是，这最后的碰撞至关重要。如果说圆周轨迹是寓言训意的传递渠道，那么最后的碰撞就是寓言训意的传递出口。试想，若是伊索《农夫与蛇》只是农夫与蛇的对立存在，而没有蛇最后对农夫致命的一口，即没有最后的冲突，那么，这种矛盾的存在就失去了积极意义。因为它不能最终激起读者的情感波澜。没有一个情感的喷发口，一切都等于零。

三

矛盾在寓言中占有如此重要的地位，那么，寓言为什么会产生矛盾呢？我们当然可以说，因为它重要，或者说因为生活本身就充满矛盾，但这说明不了什么问题。应该说要回答这个问题并不是件容易的事，不过既然我们的探讨已经触及了这一点，那么我们没有理由不对此进行一些思考。

我想可以从以下两个方面来看。

首先从寓言的目的（功能）看。寓言在众多的文学样式中，它最显著的地方在于它的教训性。寓言如果没有教训，就不成其为寓言。可以说，没有任何一种文学样式能像寓言一样将自己的道德教训毫无保留地、明明白白地直接述诸读者了。其他文学作品若是直接点明教训，往往不是说明作品的深刻，相反却说明作品的浅薄，说明作者把握生活的无力。而寓言却恰好相反。寓言常常在故事的末了拖一个"尾巴"或开头戴一顶"帽子"，以点明作品的训意。有些寓言没有"尾巴"，也没有"帽子"，那是因为所述说的故事已经足以使读者接受训意了。但是，寓言是文学，而文学最忌干巴巴生硬的说教。这样一来便产生了一个矛盾，一个要表达严肃的教训，一个要讲究生动的故事性。寓言不能忘掉表达教训是它的目的，同时又必须时时记着讲究生动的故事性是自己表达教训的保证，而这一切又都须在极短的篇幅下面完成。于是寓言想到了一个最简捷有力的手段，这就是在作品中设置矛盾。因为这是短时间内调动起读者情绪，激发读者情感波澜的最佳途径；它可以迅速将读者的情感作逆向的撞击，从而实现作品表达教训的目的。就价值观点来看，寓言是经济性与合理性的产物。从这个意义上讲，寓言的矛盾性有着其他文学样式不可比拟的优越性。

其次从寓言的取材看。黑格尔在他的《美学》（第二卷）"比喻的艺术形式"一章中，曾把寓言和比喻放在一起进行论述，这不是没有原因的。因为寓言实际上是一种比喻的艺术，寓言表情达意的总体效果是通过比喻来实现的。寓言的比喻与一般的比喻不同，它首先得有一个故事来作为喻体。一般的比喻仅仅是同一层面上两个不同事物的类比；而寓言的比喻则是从表到里，从现象到本质的对照。因而寓言的比喻是一种象征，一种影射。很显然，要实现象征和影射，喻体的选取是一个关键。而寓言又不可能绝对如实地照搬生活，它只能在幻想的事物与现实的事物两者之间寻找某种类似点。如果要想从两者间寻找出完全相同的东西，那样就使寓言的创作成为了不可能，因为并不存在这种相同——这就决定了寓言在选取喻体，即选取故事时，特别注意选择那些具有两重性的材料，以求最大限度地吻合现实与幻想之间存在的距离和差异。事实上也确实如此。寓言总是选取那些现实中没有但想必可以产生的故事，这些故事看上去背离了现实的可能性，但却没有失去现实内在的合理性。

正是这一两重性,这一矛盾的统一,构成了寓言文学内在的真正艺术魅力。

1986年夏　杭州翠苑

选自1987年6月第21辑《儿童文学研究》

历史、他者与未来
——关于中国寓言及其当代传播的多维度思考

胡丽娜

当我们在谈论寓言的时候,我们在谈论什么?这是在关注寓言这一文类时,不得不面对的重要问题。在对中外寓言创作与研究相关文献的集中阅读和研究之后,我发现要谈论寓言是有难度的。一个显在的事实是,我国寓言的历史悠久,作品丰富多样,对文学文化产生了源远流长的影响。《鹬蚌相争》《守株待兔》《愚公移山》等从各类典籍中诞生的寓言,已渗透融入民族文化精神和日常生活的方方面面,足见寓言的生命力和影响力。可是,当我们试图从学术角度对寓言进行审视时,却遇到很多问题。本文试从历史、他者与未来这三个不同的维度,在中外儿童文学比较的视野下,以《伊索寓言》在西方儿童文学史上的重要学术地位为参照,辨析和考察寓言概念、儿童文学概念,省思以欧洲寓言、儿童文学传统和特质来统筹并限定寓言、儿童文学整体及其美学品质的偏颇之处,寻求打破西方理论话语霸权,建构本土寓言理论话语体系,彰显寓言这一文类在本土儿童文学发展历程及理论建设中的重要地位。在此基础上,本文结合《伊索寓言》在中国的传播与接受及其广泛影响,翔实梳理晚清以来寓言整理、创作和出版情况,并以图画书这一图像时代重要儿童文学形式为载体，选取《进城》《狐狸和葡萄》《三个和尚》等改编自寓言的图画书创作，从儿童观的转换、语言的现代转化、情节的增删与结尾的改编等方面，探寻通过寓言的图画书转化，拓展并优化其当代传播的可行路径。

一、他山之石的启示：西方儿童文学史视野中的《伊索寓言》以及儿童文学概念

在《〈印度寓言〉序》中，郑振铎曾经这样论述寓言的历史："寓言的历史，可以追溯到极古……当这时，世界还在童年，野蛮人的思想，以为万物都是与人类一样，是具有灵魂的、会说话、会思想、会做如人类所做的行动的。于是动物乃至植物的故事，乃为这种童心的民族所创造、所传说。于是禽兽便披上了人的衣饰，说人所说的话，做人所做的事。寓言亦由此而兴起。在这时，寓言还只有一个躯壳，即故事本身，还未具有它的灵魂，即道德的训条，他们为说故事而说故事，并不含有传达什么教训之意。也许这些故事，多少带些解释自然现象的意思，但却绝未带有道德的观念。自旧世界以至新世界，自冰岛以至澳大利亚洲，这些禽兽故事都在传说着。在这些初民传说之后，我们才见到真正的所谓'寓言'的出现。"尽管寓言的起源有着同一性，但在其历史发展中，缘于其历史文明与文学文化传统的差异性，逐渐形成了各具特色的世界三大寓言体系。较之于印度南亚中东寓言体系、以希腊为起点的欧洲寓言体系，以中国为核心的东亚寓言体系自有其传统和特色。这些来自不同地域和历史文明的寓言作品，紧密关联着各自的历史特点以及文明程度与文学传统，以其差异性丰富了世界寓言的艺术长廊，是考察和衡量寓言这一文类不可或缺的重要板块。但就寓言理论话语建设来说，长期以来都是

欧洲寓言体系居于主导地位，甚至存在着以欧洲寓言的特征来统筹寓言的整体艺术特性的不均衡状态。如《简明不列颠百科全书》对寓言词条的概述：

寓言fable，以散文或诗歌体写成的短小精悍、有教诲意义的故事，每则故事往往带有一个寓意。最早广为流传的寓言是印度、埃及和希腊的动物寓言。在西方，人们最喜爱的是伊索和巴布里乌斯；在东方，《梵天、毗湿奴寓言故事》和《贤哲寓言集》最受人欢迎。此后，这种体裁的大师包括17世纪法国寓言诗人拉封丹和18世纪英国诗人J．盖依。19世纪著名寓言家有美国人J.C．哈里斯，他以其雷姆大叔的故事而崭露头角，《丛林故事》的作者英国人R．吉卜林。上述两位作家和20世纪的G．艾德及J．瑟伯都以散文体撰写寓言。艾德和瑟伯的作品包括《俚语寓言》和《当代寓言》。

在对世界寓言体系和历史发展的宏观把握中，该词条的内容并未提及中国寓言。这种对中国寓言的遗漏或者说遮蔽，充分显示了中国寓言在世界寓言理论体系中尚未被重视的境况。事实上，西方对fable的梳理更多注重的是从伊索以来形成的传统，以动物故事为主，即在寓言中大量采用动物形象，广泛采用拟人化手法，思想内容侧重反映世俗生活，体式上使用韵文。莱辛寓言、拉封丹寓言都鲜明体现了这一特点。中国的寓言庞杂多元，有不少以人物故事为主的创作，启用夸张诙谐手法，有着浓郁的政治伦理色彩，体式上多为散文，风格凝练。为此，中国寓言远远不是fable能涵盖的，陈蒲清认为中国的寓言存在应该包含三种对应的英文词fable、parable还有allegory，乃至morality plays，大体可对译为英语中的allegoric tale，意思即是作者另有所寄托的故事。为此，基于中国寓言独特历史与传统，在世界寓言理论体系建构中探寻理论话语空间，就成为中国寓言理论研究的重要课题。在西方，《伊索寓言》一直被视为儿童文学的起源和典范。尽管寓言并不等同于儿童文学，但当我们参照西方儿童文学理论体系，把寓言放入儿童文学范畴予以讨论时，我们能更清晰地观照寓言理论建设的一些问题。

作为西方儿童文学经典之作，《伊索寓言》在儿童文学理论坐标中具有开放多元的讨论空间。聚焦西方儿童文学历史溯源和发展进程的儿童文学史论著作，《伊索寓言》是一个绕不开的重要话题。在《儿童文学史：从〈伊索寓言〉到〈哈利·波特〉》这一侧重读者维度，热衷于研究历史上重要的图书和作者随着时间流逝而产生变化的论著中，作者直言不讳：寓言是"儿童文学的经典形式""始终是儿童的核心读物"。他甚至认为，没有哪位作家能像伊索那样与儿童文学有如此紧密又深远的联系。因为《伊索寓言》自柏拉图时代起就被认为是儿童阅读和教育的核心篇章。从中世纪直到文艺复兴和现代社会，人们都能在政治和社会讽刺作品以及道德教育中找到该书的身影，由此，寓言就被定义为西方文学中一种典型体裁。基于此，他认为"《伊索寓言》的演变轨迹反映了西方教育和家庭生活的历史，以及寓言、翻译、抄本、印刷和数字化的历史"。另一部《英语儿童文学史纲》也认为"《伊索寓言》通过口耳相传的方式一代代传承，是儿童获取故事的重要来源"。

《伊索寓言》在西方儿童文学史上的尊崇地位，与其在西方文化语境下绵延的影响力紧密相关，其经验并不能简单移植到中国语境中。如果将中国寓言放置于儿童文学的论域中，无疑会有很多问题。现代意义的儿童文学概念是在晚清西学东渐的时代大潮中诞生与发展的，其文类划分与艺术品性的考察，更多的是建基于西方儿童文学的历史及其艺术沉淀与成就。儿童文学在文学体裁四分法即小说、诗歌、戏剧、散文的基础上，根据儿童文学的特殊性加入了寓言、童话和图画书。尽管儿童文学是一个具有开放和流动性的概念，是持续打破和拓展艺术疆界，不断丰富概念内涵和外延的生成过程。其实，西方学者本身对文类的划分也有异议，如诺德曼与雷默就对各文类之间的具体分别有所怀疑，强调"……关于文类的思索所具有的最主要功效并不在于提供读者可遵循的简易法则，以便据此理解或评断诸多文本。重点在于使读者得以感知到那多样性以及变异性，并就其所具备的意义加以思索。申言之，审视文本的共通之处，使得聚焦于其相异之处的那更为有趣的问题成为了可能"。从中外儿童文学发展历程来看，文体的界定本身是一个相对的限定。随着文学创作面貌的不断丰富，势必会在原有童话、小说等基本文体之上增添新的种类。如图画书、幻想小说这些新的品类。只是这些新增加的品类，其艺术积淀和探索大多由西方儿童文学主导，中国儿童文学在整个儿童文学之林的声音依旧微弱，由此有着漫长历史传统和文化特色的寓言要纳入儿童文学理论话语依然有不少阻隔。

正如有的学者的反思，这种带有西方话语霸权色彩的概念界定成为一刀切式的评判尺度时，中国儿童文学的现代发展和艺术探求，对包括寓言、传奇等形式在内的古代文学遗存的审视，必然形成很大的限制。台东大学儿童文学研究者杜明城曾撰文《西方范畴的霸权与他乡儿童文学的低靡》，他指出：儿童文学的分类是基于西方文化脉络逐步发展出来的一套抽象的分类法。这种文类划分所具有的意义源自其涉入一种知识／权力辩证关系的事实。当我们以西方模式之下的分类法则来定义儿童文学的边界所在时，中国传统的文类划分方式被请下神坛。在中国源远流长并大受青少年追捧的言情小说、历史小说以及武侠小说等文类就很难被纳入儿童文学范畴。他认为中国古典小说相较其他的文化包含了更为多样化的灵界成员，缘何没有在童话以外杜撰出一个更具广泛性的字汇来涵盖涉及魂魄、幽灵、神祇、狐仙、妖精、鬼魅与其他对象的故事呢？在问题探讨的最后，他认为较为可行的方式是：

> 中国古典文学的深厚传统，可以构成儿童文学的绝佳资源。信手拈来，《三

国演义》《水浒传》《红楼梦》《西游记》《镜花缘》《封神演义》还有《聊斋志异》这些都是上乘之作。我们并不会仅仅在将其重新复印的同时声称当中存在哪些固有的儿童文学要素或者是仅仅制作成对年轻读者来说更简短、平易的版本而已。反之，这需要更多如同兰姆姊弟那样的一种将经典特别为孩童来重写与重述的才华。反击文化的霸权，意味着创造出一个有所不同的来。选择跟着流行的脚步走，会使令人不满的现状永久持续下去，并且扼制了使文学走向臻至成熟完善的康庄大道。

杜明城所探讨的问题，这固然与概念在翻译中的误导有关系，但更重要的警醒在于，儿童文学概念的建立与艺术发展，要汲取西方儿童文学滋养与艺术成绩的同时，还要基于中国立场对本土资源予以现代转换，并进而从理论建构维度自觉省思儿童文学理论体系，以此尝试建立一种更有益于儿童文学整体发展的分类法则和艺术评判标准。这其中"将经典特别为孩童来重写与重述"就是极为重要的课题，这不仅是寓言文学当代传播面临的议题，也是与寓言一样有着"身份认同"困境的传奇、志怪、话本、武侠小说等传统文学遗存的共同出路。

这种对传统文学遗存进行改编和重述，以现代文学方式焕发其生机和艺术魅力的认识，亦是深受国外儿童文学影响而走上文学创作道路的老一辈作家们的艺术省思。陈伯吹在《蹩脚的"自画像"》中曾以"弯路"为题对自己儿童文学创作和理论研究进行总结反思。他认为自己在创作上之所以"舍本逐末、弃近求远地走进了狭隘的胡同"，没有写出中国气派、中国作风的儿童文学作品，最主要的原因在于过度倾心于西洋的文学与儿童文学，以致在有意识地学习儿童文学的时候，其蓝本不外乎《格林童话》《安徒生童话》《水孩子》《金河王》《杨柳风》《木偶奇遇记》等"洋货"。但是，待到系统回顾反思自己的儿童文学道路时，却发现，欧洲较早、较著名的童话作家，他们的辉煌硕果，都生发自民间文学的根柢。而《格林童话》等作品流传不衰的秘诀却在于对本民族的民间文学遗产的充分吸收，以及在此基础上的艺术加工和推陈出新。在强调创作上要"古为今用，洋为中用"的重要性之后，陈伯吹进一步对自己的理论文字开刀，认为在理论论述中引经据典的往往是外国作家的作品，不结合中国的具体实际，犯了"数典忘祖"的错误，同时这也是漠视民间文学，轻视土生土长的现代文学的"崇洋思想"作祟的结果。这种省思对当下儿童文学的发展与理论研究都有着醍醐灌顶之效。

在中国传统儿童文学资源被漠视的整体语境下，在童话、小说、故事、图画书等文类中，寓言甚至是最受冷落的一种。以全国优秀儿童文学奖获奖作品来说，迄今斩获这一殊荣的只有《狐狸艾克》《美食家狩猎》等屈指可数的寓言作品。同时，从中国儿童文学史的建设布局来看，寓言也是在儿童文学史版图中长期被忽略的一块，各类儿童文学史中给予寓言的篇幅也很小。国内专门性儿童文学史论著作的出现相对较晚，直到20世纪80年代后期开始涌现，如蒋风主编的《中国现代儿童文学史》《中国当代儿童文学史》、孙建江的《二十世纪中国儿童文学导论》等。20世纪之后，各种儿童文学史论著作相继涌现，在各类儿童文学史论著作中，中国古代是否有儿童文学是一个长期存在争议的问题，如果存在儿童文学，那么古代丰富的寓言和儿童文学发生了怎样的关系，这是中国儿童文学史中值得深究和追问的重要理论问题。综上所述，较之于《伊索寓言》备受推崇的文学史地位，同样作为世界三大寓言体系之一的中国寓言，其之于中国儿童文学的价值和意义、在中国儿童文学理论体系中的重要位置尚待提升。

二、有意味的他者及其启示：《伊索寓言》在中国的传播与中国寓言的再发现

当我们在儿童文学范畴中谈及寓言，脑海中浮现的最为直接和自然的第一印象是《伊索寓言》。《伊索寓言》不仅被收录于小学语文教科书中，而且被列入各类学生必读书目。而源于该书的很多寓言故事如《狐狸和葡萄》《狐狸和乌鸦》《农夫和蛇》早已成为家喻户晓的故事。《伊索寓言》在中国的传播与接受过程，其在不同历史时期适应于中国文化发展和接受语境的各种编选、编译的策略，以及语言从文言到白话文的转变，都是中国古代寓言进行再发现和现代化改编与传播的"他山之石"。

早在明万历年间，意大利传教士利玛窦的《畸人十篇》就有对《伊索寓言》的选译，当时选译的篇目有《肚胀的狐狸》《两树木》《狮子和狐狸》等。此后，1625年的明抄本《况义》，这是《伊索寓言》的第一本真正的汉译本，由法国金尼阁口述、中国张赓笔录。该书共收寓言38篇，包括《牧牛人与赫拉克莱斯》《蜜蜂与宙斯》《宙斯与狐狸》《赫拉克莱斯与雅典娜》《两只口袋》等耳熟能详的篇目。此后，在中国文学语言转型进程中，《伊索寓言》的翻译从文言转向白话，《意拾喻言》是晚清第一个《伊索寓言》的汉译本，1840年在广东出版。由英国人罗伯聃（Robert Thom）和他的中文老师蒙昧先生合作翻译，其翻译的用意在于将其作为西方人学习汉文辞章句读的范例，寓言体被改写成了杂录体笔记小说。1888年由张赤山所编的《海国妙喻》，收《伊索寓言》73则。张赤山是依据《意拾喻言》改写的，是抱着"启迪蒙愚"的愿望进行辑录的。张赤山的《海国妙喻》后来经过裘毓芳（笔名梅侣女史）的白话改写，在《无锡白话报》连载。这份注重开启民智的白话报刊对《伊索寓言》中国化的最大贡献是语言上的白话化，即将文言改写为浅显明白的白话，

同时将原本的语言标题改为传统七言回目，如《不吃肉良犬尽忠》《骑驴叟生成软耳》等。

最能体现《伊索寓言》在中国传播进程中适应中国读者需求而进行种种变换的例证是林纾的译本。清光绪二十九年（1903年），商务印书馆出版了由严培南、严璩口译，林纾笔述的《希腊名士伊索寓言》。林纾翻译《伊索寓言》有明确的目的性，即"日为叫旦之鸡，冀吾同胞儆醒"。他在《伊索寓言》序中说："夫寓言之妙，莫吾蒙庄若也，特其书精深，于蒙学实未有裨……伊索氏之书，阅历有得之书也，言多诡托草木禽兽之相酬答，味之弥有至理。欧人启蒙，类多撷拾其说，以益童慧。"林译本《伊索寓言》用文言翻译在一定程度上限制了其读者范围，不过该译本影响却很大。究其缘由，应该得益于林纾借由该译本来寄寓其救亡图存和启蒙的政治意图，这集中体现在以阐述故事的主旨和教训的"畏庐曰"。"畏庐曰"的"借他人之酒杯，浇自己心中之块垒"，即以《伊索寓言》为载体，阐发了对西方列强恃强凌弱的侵略行径的抨击，对晚清社会内忧外患现实困境的忧虑，对国人勿忘国忧、团结合力御敌自强的倡导，对国人的崇洋媚外、懦弱、好内斗等劣根性及诸多小人丑恶行径的批判，对立法、变例的需求等。

《伊索寓言》的启蒙价值还通过教科书的形式扩大影响，《伊索寓言》也成为学童的启蒙读物。孙毓修指出，寓言"自教育大兴，以此颇合于儿童之性，可使不懈而几于道。教科书遂采用之。高文典册一变而成为妇孺皆知之书矣。古之专以寓言者著书，自成一子者，昉于希腊之伊索"。光绪庚子年（1900年）江南书局印行的学生课外读物《中西异闻益智录》，其卷十一共辑有19则寓言，基本为伊索寓言。光绪辛丑年（1901年）出版的教科书《蒙学课本》、光绪甲辰年（1904年）出版的教科书《绘图蒙学课本》及《启蒙课本初稿》等，都选入了中西寓言。在辛亥革命之后，《伊索寓言》被更多的教科书选用，其影响力进一步提升。

上述《伊索寓言》漂洋过海在中国语境下的传播过程，一则说明了寓言文学在不同文化语境下顽强的生长力量，这也充分证明了寓言这一文类独特的艺术价值；二则域外寓言在中国的持续翻译和广泛传播亦证明了国人对寓言的热衷，而这也为本土寓言的再发现提供了条件。

在中国儿童文学的发展进程中，中国寓言的再发现，即对寓言的重新整理和挖掘，中国寓言从古代到现代的转换，都是在以《伊索寓言》为代表的域外寓言的启示和影响之下进行的。茅盾的《中国寓言初编》正是其对"寓言"进行现代的理解之后，着手进行的古代寓言遗存的整理。孙毓修在该书的"序言"中曾感慨："译学既兴，浅见者流，惊伊索为独步，奉诘支为祖师。贫子忘己之珠，东施效人之颦，亦文林之憾事，诚艺苑之阙典。"如果说，孙毓修编辑的《童话丛书》所秉持的对童话概念的理解是宽泛的，童话就相当于儿童文学，是一个无所不包，将历史故事、童话、小说都涵盖其中的广义概念，那么他对寓言的概念的认识则是相对狭窄的。孙毓修明确指出"寓言"一词与西文"fable"的对译关系，体现为编选实践中，这一中国古代寓言的最早选本，内容仅限秦汉时期的寓言。囿于对寓言概念理解的局限，或者说把寓言概念的分歧作为出发点的重新整理和发掘，一定程度上影响了对本土寓言再发现的深度和广度。

三、一种可能的路径的探寻：本土寓言的当代传播与图画书转化

陈效东在《中国寓言出版现状及对策》一文中系统整理了国内寓言创作和出版的主要成绩，尤其是自1984年中国寓言文学研究会成立以来致力于当代寓言发展的系列成就。如《当代中国寓言大系》（辽宁少年儿童出版社）、《中国当代寓言》（三卷本，浙江少年儿童出版社）的编纂出版。此外，还有"中国寓言名家名作"、"中国当代寓言名家名作"、"中

国当代寓言精品丛书"、"中国当代寓言精华丛书"漫画系列、"中国新寓言少儿智慧成长文库"等重要寓言类丛书的问世。但就读者对寓言的接受度来说,《伊索寓言》依然占据着阅读的主要视线。开卷公司寓言图书销售监测数据显示,2019年1—9月寓言类图书销售共计374万册,其中伊索寓言179万册,约占近一半的销售数字。另外,寓言图书销售排行榜中,1—9月份销售1万册以上的图书共有52种,其中伊索寓言27种,占比超过一半,中国古代寓言占14种,克雷洛夫寓言6种,拉封丹寓言3种,另有其他寓言故事两种。相对其他图书品类,寓言是儿童文学版图中较为薄弱的板块,而在域外寓言占据大半壁江山的格局下,如何更好面向儿童传播寓言就上升为重要议事日程。较之传统的文字图书,图画书是进入视觉文化时代最受读者青睐的儿童文学形式之一。要突破寓言在当代传播中的困境与瓶颈问题,结合图画书的艺术形式与特点,进行寓言的图画书转化不失为提升寓言传播效果、优化传播的一种路径。

回溯国内图画书艺术发展历程,从20世纪初《儿童世界》连载图画故事逐步展开对图画书艺术的探索以来,包括寓言文学在内的传统文化资源一直是图画书创作极为倚重的内容来源。中华书局、商务印书馆等各大出版机构都曾出版专门的图画故事丛书。这些图画故事创作在内容上明显有对民间故事和寓言的倚重:"现在出版的图画故事取材于我国自己的民间故事似更多于外国。例如北新的《乞丐变乞丐》和商务的《两乞丐》,便都是取材于我国民间故事的。又北新的《黑熊上当》和商务的《好计策》就是取材于我国的《老虎精》型故事(用钟敬文《中国民谭型式》的定名)。"这些改编自寓言和民间故事的图画故事,是寓言在图像时代现代传播的有益尝试,是寓言和民间故事图画书转化的艺术之旅的积极探索。尽管用现代意义图画书的艺术眼光来衡量,这些探索明显存在各种问题,如作者的署名只有编著者,没有绘图者的名字。同时在文图的关系上，插图是附属于文字的，"每面都有清晰的插图和简单的说明"。1949年之后，图画故事的创作和出版纳入到低幼读物板块。杨永青、胡永凯、田原、詹同、温泉源等致力于丰饶的传统资源图画书转化，涌现了一大批各类取材于诸子百家故事、民间故事和传说的经典之作。早在20世纪六七十年代，郑马先生就着手整理、改写和出版中国寓言。1970年出版了《国学启蒙·中国寓言》系列图画书。新时期以来，蔡皋、熊亮、周翔等在此领域继续垦拓，创作了《一园青菜成了精》《耗子大爷在家吗》《宝儿》《六月六晒龙袍》《百鸟羽衣》等系列作品。1980年，少年儿童出版社出版了郑马改写绘画的《中国古代寓言》，收录了《狐假虎威》《鹬蚌相争》等寓言，采用上图下文彩绘的方式进行寓言的图画书改编。2008年出版的《国学启蒙·中国寓言》系列试图打造原创绘本的古代版，汇集了贺友直、张培成等著名画家的作品，每本收录了6篇中国古代寓言故事，是寓言图画书转化的重要收获。而《绘心寓意·中国古代寓言典藏图画书》以3~8岁儿童为受众，内容方面注重中国古代优秀的寓言故事的现代转换，邀约了贺友直、韩硕、速泰熙、蔡皋、朱成梁、周翔、张培成、缪惟、叶露盈、符文征等现当代著名画家，以国画等方式绘画而成，这些图文并茂、故事与画面的完美结合的创作，充分展现了中国古代寓言所蕴含的独特韵味和隽永的魅力。再如《给孩子的诸子百家寓言》精选《庄子》《燕书》等典籍中的寓言故事，在延续寓言原来的寓意的同时，增强故事文本的趣味性，将文言文改写为浅显生动的现代文，同时在绘画上，给每一个故事寻找适宜的绘画风格，清晰地传递古老寓言的立意。此外，以动物形象代替人物形象，更加贴近儿童的审美兴趣，整体来看活泼生动。在域外译介作品占据主导地位的格局中，这些植根于中华悠久历史与文明，彰显中华文化特色的图画书成为全球化背景下凸显中国文化异质性的重要存在。

包括寓言、民间故事在内的传统文化作为图画书创作的源泉，这个不争的事实背后包蕴着一个极为复杂的难题，即传统文化如何实现现代转化。传统文化本身是驳杂纷繁的大熔炉，从现代儿童本位论的立场审视之，并非传统文化的全部都适宜于儿童文学建设，这就势必要对传统文化进行排查与筛选，花一番审查的功夫，并进一步进行改编工作。所谓"改编"，是英语 rewrite 的翻译语，它是指将民间文学、成人文学中具有童话和儿童文学因素的成人文学作品、所谓大众文学等，根据儿童文学的定义和条件改编而成的文学。根据现代儿童文学的定义和条件，对传统文化资源进行改编，是传统文化实现图画书转化的必经之路。放眼世界图画书创作谱系，寓言、民间故事、童谣向来是图画书创作的"源头活水"。斩获凯迪克奖的诸多作品就来源于世界各地的民间故事，《世界第一傻瓜和他的飞船》来源于俄罗斯民间故事，《从前有一只老鼠》取材自印度《五卷书》，《约瑟夫有件旧外套》是意第绪（犹太语的一种）民谣，《晴朗的一天》则是古老的亚美尼亚民间故事。具体到中国传统文化的图画书改编方面，依托传统文化的现代转换进行图画书艺术创作的自觉追求，在斩获凯迪克奖等重要图画书奖项的华裔创作者身上同样体现明显，如杨志成的创作既有取材自民间故事的《狼婆婆》，又有改编自寓言《盲人摸象》的《七只瞎老鼠》。因此，融合图画书的这一现代艺术样式，生动有效地弘扬寓言文化已成为寓言当代传播中一个极为重要的历史命题。而上述改编自民间故事的优秀图画书，为包括寓言在内的中国传统文化的图画书转化洞开了广阔而宏伟的艺术世界，同时在文本改编、图画呈现、形式创新等方面提供了积极的借鉴意义。

寓言，连同神话、童谣、民间故事等为代表的传统文化，为图画书的创作提供了丰饶的素材资源，是中国图画书鲜明特色与独特优势的根本，但其作为图画书的内容资源要经由语言的转换、情节内容的

"增""删""改"等艺术处理。

第一,寓言内容的当代表达和语言的转换。古代寓言虽有丰富的遗存,但大都以文言为寓言。尽管有的寓言图画书在文本上全盘移植传统资源,不做任何删改,其重心放在绘画的表情达意上,找寻传统与现代之间的某种平衡点。但这样沿用"原文"的创作相对较少,大多源自寓言的图画书都经过从文言到白话再到故事化的语言的转换,如《绘心寓意·中国古代寓言典藏图画书》中几十则寓言故事都从文言文转换为白话文。如《愚公移山》,开篇就是"从前,有一位老人愚公,他家门前有两座大山,一座叫太行山,一座叫王屋山"。语言的现代化处理还体现在语言的儿童性和韵律节奏,增加了细节、对话等以增加故事性和趣味性,赋予故事以新的意义。如《朝三暮四》出自《庄子·齐物论》,原文如下:"狙公赋芧,曰:朝三而暮四。众狙皆怒。曰:然则朝四而暮三。众狙皆悦。名实未亏而喜怒为用,亦因是也。"而在郑马对该寓言的改编中,则增加了生动有趣的对话:"早上三颗,晚上四颗,你们吃不饱。那就这样,早上四颗,晚上三颗,总够了吧。"这种语言的转换,从文言到浅易直白语言的转换,以及符合人物个性的对话的增加,成功地为故事增添浓郁的趣味性。

第二,情节内容的"增""删""改"。如何对寓言驳杂多元的内容进行现代转换,改编成适宜当下孩子接受的内容,是寓言的图画书转化不可回避的话题。为此,要用现代儿童观统摄,重新进行文化编码,进行情节内容的"增""删""改",更好地重塑这些素材。

如《给孩子的诸子百家寓言》中《爱显摆的猴子》源自《庄子·杂篇·徐无鬼》,国王巡察猴山,猴子们都很害怕。偏偏有一只很爱显摆的猴子,喜欢出风头,原文结尾是"狙执死",也就是被卫兵射死了。而图画书的结尾是"这下,爱显摆的猴子终于得到了教训,再也不敢嚣张了"。

将原文惨烈的结尾调整为明确的惩戒，更符合儿童的接受心理和情感教育的特点。再如蔡皋的《三个和尚》改编自家喻户晓的《三个和尚》的故事。这则寓言原本指向的是人心不齐，但在图画书创作中，蔡皋以为"人与人不应该成为彼此的障碍，应该怀着朴素的心绪，发现生活中的美"，于是改写了原来寓言故事的结尾，把结尾予以调整，三个和尚一起努力找到了解决用水的好办法："就地取材，劈开竹子，架起水槽，终于把水引到庙里来了。"这样的结尾反转更好地贴合儿童文学书写美与善的轻逸美学，同时也富有童趣。

就寓言的文本改编而言，邓正祺改编自《狐狸和葡萄》的图画书《葡萄》提供了新的思路。在《伊索寓言》中，饥饿的狐狸吃不到葡萄就说"这葡萄没有熟，肯定是酸的"，其寓意是"有些人能力小，做不成事，就借口说时机未成熟"。而在汉语语境中，"吃不到葡萄倒说葡萄酸"已经成为形容某种心境的代名词。《葡萄》巧妙化解了这一经典"影响的焦虑"，而是化用了原来寓言故事的形象，进行了故事内核的现代转化，描绘了一只勤勤恳恳努力种植出甜葡萄的可爱的狐狸形象。

第三，图文关系和图画书形式的创新。图画书的创作要以创意为王，其创意主要表现为三个方面：第一是文字故事的创意，主要包括故事意蕴和叙述方式两个方面；第二是美术设计方面的创意，包括视觉、造型、色彩、构图、媒材等方面的创意；第三是文字与绘画关系方面的创意。图画书是一种视、听觉融合为一体的艺术。图画书的文、图之间就更需要形成紧密、和谐，相互生成的关系。《七只瞎老鼠》为角色辨识度处理提供了创作思路，该书将盲人摸象的行为分解为七只小老鼠。七只颜色的老鼠，从星期一到星期天逐个摸索到大象的不同部位，再进行想象和描述。改编自寓言的《进城》，不仅在图画风格上极具中国特色，而且融合黑色剪纸和皮影戏的效果进行图文关系的拓展。具体来说，就是在原先单线叙事的基础上，穿插进中国古典文化当中有代表性的人物，比如孙悟空、张飞、林黛玉等人物形象，将这些人物形象与进城的父子俩相遇，从而产生意味丰富的故事。此外，寓言的图画书转化在图画书的美术设计和装帧方面也有新的尝试。如取自庄子《逍遥游》的《北冥有鱼》，以长条形开本与故事的"北冥有鱼"形体特点十分契合，更好地表现了磅礴的气势。

  寓言的图画书转化是一个系统的工程，一方面需要充分挖掘传统寓言的优势资源和当代寓言创作精华，进行内容和形式的双重创新；另一方面需以《伊索寓言》等域外寓言的跨媒介传播成功案例为参照，汲取其图画书转化的创作经验和智慧，在古今转换、中外比较与对话中，持续探索寓言在图像化时代新的传播路径和可能。

    选自2021年10月浙江少年儿童出版社《中国寓言研究》（第三辑）

试论寓言文体特征及审美品格

李学斌

一、寓言探源

（一）中国文化中的"寓言"

"寓言"在中国文化史上出现很早。先秦时期，散见于诸子著作和史书中的寓言主要是适应战国时期纵横游说之风的一种政治辩论和游说劝谏手段，其作为一种文学言说形式，还没有上升到文体层面。先秦、两汉时期，"寓言"概念极其宽泛，名称也不统一，另称"储说""偶言""譬喻"等。具体说来，"寓言"一词最早见于《庄子》。《庄子·杂篇·寓言》曰："寓言十九，藉外论之。"其中，"寓，寄也。以人不信己，故托之他人，十言而九信"。"言"，有所寄托的话，也指寄托作者想要表达道理的外在形式。庄子以为，寓言的特点是假借外物以说明道理，他并没有强调寓言的故事性。

相较于先秦寓言鲜明的说理性，两汉及魏晋南北朝时期的《说苑》《新语》《新书》《淮南子》《笑林》等典籍中的寓言在题材内容、价值取向上进一步拓展，其中在劝喻和借鉴等价值基础上，又增添了诙谐、嘲讽等审美功能。

到了唐代,柳宗元创造性地运用寓言这种表达形式进行创作,使寓言在中国文学史上获得了独立文体地位。比如,先秦寓言往往寄寓着先秦诸子高标独逸的思想观念,不仅说理性强,且多具有社会、人生的指导意义。而柳宗元以《黔之驴》《三戒》《憎王孙文》等为代表的寓言则体现出强烈的主体意识和实践性品格。因此,柳宗元的寓言创作充分体现了中国古代寓言的文体自觉。至此,中国古代寓言实际上开辟了一条从"文本"到"文体",从"他者之言"到"自我寄寓"的艺术嬗变之路。

此后,无论是宋、元、明、清寓言,还是近、现代寓言,基本上都延续了唐代寓言的发展轨迹。

至于中国寓言的称谓,1902年,林纾翻译出版了《伊索寓言》。此时,中国寓言第一次和欧洲的fable(寓言)合二为一;到1917年,茅盾先生整理先秦两汉诸子著作中的寓言,出版了《中国寓言(初稿)》。至此,中国文化中对"寓言"文体有了统一称谓。

(二)西方文学中的"寓言"

汉语"寓言"一词,在英语中对应的词为fable。fable来自拉丁语fabula一词,意思是话语或故事。fable作为"寓言"概念,最初意为"虚构的故事或描述性的陈述",后演变为"寓言"专称,意指"散文体或诗体写成的简短故事,用以表达某种教训"。至此,"寓言"基本确立了"简短故事"和"道德教训"两部分的内容构成。

此后,德国美学家莱辛在《论寓言的本质》中对"寓言"文体本质予以进一步阐释:"要是我们把一句普通的道德格言引回到一件特殊的事件上,同时把真实性赋予这个特殊事件,用这个事件写一个故事,在这个故事里大家可以形象地认识出这个普通的道德格言,那么,这个虚构的故事便是一则寓言。"

无独有偶，黑格尔在论及《伊索寓言》时，也对"寓言"予以界定："……所以我们在这里所要讨论的是一种自然现象或事件，其中包含着一种特殊情况或过程，可以用作一种象征，去表现人类行动和希求的范围中的某一普遍意义，某一伦理的教训，或某一种为人处世的箴言；总之，这里所说的意义，就内容来说，是一种关于人的事情，即意志方面的事情，应如何处理的感想。"在黑格尔的定义中，所谓"寓言"，就是将自然现象或社会事件，通过故事形式，去表现人类行动或希求的普遍意义、伦理教训、处世箴言。

足见，无论是莱辛，还是黑格尔，在他们对"寓言"的界定中，承载特殊事件或自然现象"真实性"的"象征故事"都极其重要。换句话说，以"故事"承载和传达"道德格言""普遍意义"的"形式"，是"寓言"文体存在的基石，它与"普遍意义"或"道德格言"等文本内容同等重要。

需要说明的是，和中国古代寓言在唐宋才获得文体自觉有所不同，欧洲的 fable 从肇始之初就成为独立的文体存在。公元前 8 世纪，荷马、赫西俄德等古希腊诗人以民间流传的寓言故事为素材进行诗歌创作。伊索之后，罗马的费德鲁斯用拉丁韵文写了五卷寓言。此后，达·芬奇寓言、拉封丹寓言、莱辛寓言、克雷洛夫寓言等寓言作品渐次出现。

而且，和中国古代寓言多以人事为素材进行思维演绎不同，西方寓言多以动物为主角，用类比形式揭示人类行为特质以及人与人之间的关系。此外，有别于中国古代寓言的散文体形式，西方寓言中，诗体形式居多。

二、寓言文体特征与审美品格

论及寓言的文体结构，柯勒律治认为："一则寓言只不过是把抽观念转换成图画式的语言,这一语言本身不过是感觉对象的一种抽象化。"而艾布拉姆斯则提供了一个堪称"典范"的"寓言"定义:"无论在散文中,还是在诗中,寓言都是一种叙事体。在寓言中,作者用人物、行动以及背景以解释'字面上的'或第一层意义;与此同时,还传递了一个与第一层字面意义相关联的第二层意义。"

结合上文莱辛和黑格尔对"寓言"文体内涵的阐释,不难得出寓言的基本结构。总体而言,"寓言"由寓本和寓旨两部分构成,其分别对应着寓象和寓意两方面内容。换言之,寓言的文体基础是"寓象",即外在形式;寓言的文体要旨为"寓意"。"寓象"是灵活的,它既可以"故事"面目出现,也可以"诗歌""戏剧"示人。"寓意"是丰赡的,它包孕着多层次的意涵。寓言中,"寓意"和"寓象"并非直接关联,而是以隐喻方式表达出来。由此,"寓言"往往显示着"言意分离""叙事性""隐喻性"和"多义性"等特征,并分别营构了"复调之美""形象之美""语言之美"和"智慧之美"四种审美品格。

首先,寓言具有"言意分离"特征和"复调之美"。

统览古今中外的寓言,无论其外在形式是故事、散文、诗歌或戏剧,只要以"寓言"形态出现,必然包含"言"(寓象)和"意"(寓意)两部分。而且,与其他文学样式"言意统一"的文体结构不同,寓言"言意分离"特征异常突出。比如,《狐假虎威》:

虎求百兽而食之,得狐。

狐曰:"子无敢食我也!天帝使我长百兽,今子食我,是逆天帝命也。子以我为不信,吾为子先行,子随我后,观百兽之见我而敢不走乎?"

虎以为然,故遂与之行。兽见之皆走。

虎不知兽畏己而走也,以为畏狐也。

——《战国策·楚策一》

这则寓言中,"言"(故事)的主体内容为老虎被狐狸的虚张声势所蒙蔽,最终上当受骗。"意"(寓意)则是嘲讽、鞭笞狐狸巧言令色、欺世盗名的卑劣行径。换言之,这则寓言表层结构为"老虎上当受骗经过",深层结构是"明辨并鞭笞狐狸弄虚作假、欺世盗名不良行为"的道德训诫。"言"在此,而"意"在彼,"言""意"之间存在明显"分离"倾向。

同样,克雷洛夫寓言《狮子的教育》中,表层结构"寓象"是老狮王费尽心思为小狮子遴选老师,最终却使小狮子虚掷光阴、劳而无益的荒诞故事;而深层结构"寓意"则是"对于一个国王来说,最最重要的学问,就是要熟悉子民的特性和自己国家的优越之处"。"言"的内容是"小狮子教育的失败","意"的指向为"老狮王的自我认知",两者之间颇有些南辕北辙的意味。实际上,也正是这种"言意分离"的文本结构,让"寓言"有一种"复调之美"。

所谓"复调",本是音乐术语,指古典音乐中无分主次、多声部层叠的一种音乐形式。苏联学者巴赫金借"复调"术语命意陀思妥耶夫斯基小说"多调性""对话体"之美学特征。在笔者看来,寓言的"复调之美"主要通过"言意分离"的双向表达呈现出来。

比如,《狐假虎威》中,如果说"寓象"层面的"老虎上当受骗事件"带给读者惊异、生趣,那么,在"寓意"层面,读者体悟到的不仅有"狐狸不该弄虚作假、装腔作势"的道德教训,还有"老虎和百兽为什么会上当受骗"的是非判断与思维启迪。同理,《刻舟求剑》这则寓言,"寓象"标示了"楚人涉江求剑"的荒唐言行,"寓意"则蕴含着"事物在时间与空间中存在,变化永恒",以及"生活面前人要审时度势,体现主体性、能动性"等多层意涵;《乌鸦和狐狸》里,"寓本"故事以生动场景营造趣味,"寓旨"主题既鞭笞狐狸奸诈狡黠、不劳而获的卑劣行径,也揭示生命世界里"善恶交锋""正邪对立"的生存逻辑;而在《狮子的教育》里,"寓象"尽显铺陈叙事之美,"寓意"则昭示"知己知彼,物尽其用"的生存箴言与"物竞天择,各安其命,各得其所"的哲学之思……

所有这些,不仅印证了贺拉斯所述"快感和教训"(《诗艺》)、莱辛所言"理性魅力"(《寓言的本质》),而且也是艾布拉姆斯所说的叙事体"第一层意义"的充分表达。这一点中国古代寓言(如《孟子》《庄子》《郁离子》《列子》《三戒》等)亦然,《伊索寓言》《拉封丹寓言》《克雷洛夫寓言》等西方寓言中也如是。这无疑充分体现了寓言"言意分离"文体结构所昭示的"复调之美"。

其次,寓言伴生着叙事性特质并深涵"形象之美"。

说到寓言文体属性,艾布拉姆斯认为:"无论在散文还是诗中,寓言都是一种叙事体。"其本质,则正如托马舍夫斯基所言——"其本事,就是具有某种寓意的故事"。足见叙事性可谓寓言形式层面的典型特征。

既是叙事文体,寓言就少不了要交代故事背景、叙述事件来龙去脉、表现寓言形象内涵。不过,与小说、戏剧、童话等其他叙事性文体不同,寓言的"叙事"属于简约化叙事,即多用白描手法概括事件过程、勾勒寓言形象,绝少进行细节刻画和氛围渲染。尽管如此,因为寓言描摹形象多用"点睛法",故即便其文本叙述不重形象塑造,故事推演中,形象依然形神兼备、呼之欲出。这也充分体现了寓言作为叙事性文体的"形象之美"。

《礼记·檀弓下》中有"嗟来之食"一篇:

齐大饥,黔敖为食于路,以待饿者而食之。有饥者,蒙袂辑屦,贸贸然来。黔敖左奉食,右执饮,曰:"嗟,来食!"扬其面而视之,曰:"予唯不食嗟来之食,以至于斯也。"从而谢焉。终不食而死。

故事里,写到齐国饥者,仅用"蒙袂辑屦,贸贸然来""扬其面而视之""从而谢焉"十余字概述其动作、语言、神态,可谓简约至极。

可尽管如此，齐国这个落魄汉子"饥馑不失其尊""贫贱不移其志"的血性、骨气依然历历在目、跃然纸上。

再来看俄国寓言家米哈尔科夫寓言《狮子与标签》中，狮子出场时的阵势：狮子睡醒，乱蹦乱窜，吼声如雷，震地惊天——

而当发现尾巴上挂了个"公驴"标签时，狮子先是"勃然大怒"，接着，"狂怒的狮子来到野兽中间"，"激怒地发问"，"心慌意乱地吼着"，"低三下四地求援"，"向豺狼求情"，"向鬣狗鸣冤"……直至"消瘦下去，失去威严的容貌"，并最终"发出嗷嗷的驴叫"。

故事里，随着情节不断推进，狮子外强中干、色厉内荏的形象通过其"狂怒嘶吼"的叫嚷、慌乱无措的状态和失魂落魄的举止生动展现了出来。这样的情节结构充分体现了寓言叙事层面的"形象之美"。

再次，寓言呈示隐喻性面貌且映现出"语言之美"。

诚如上文所说，寓言由"寓象"和"寓意"，也即"言""意"两部分构成。在寓言中，表层结构的"言"往往并不直接传达"意"，而是通过隐喻方式，由读者经由表面的情节感知、形象理解而探求并把握深层结构的"意"。足见隐喻性可谓寓言"深层结构"之外化表达。

说到"隐喻"，从修辞层面看，隐喻也叫暗喻，它是生活中一种常见的表达方式，其特征在于以隐含方式喻示不同事物之间的内在关联。就具体文本而言，它往往是零散的、局部性的（这与象征有本质区别）。比如海子的诗句"面朝大海，春暖花开"，其中"大海"和"春暖""花开"都是隐喻。隐喻多通过语言、色彩、线条、造型、音节等符号抒发情感、表达哲思。具体到寓言这种文体形式，其隐喻性往往经由"设喻取象""异质类比""夸饰虚拟"等语言手段达成。这在很大程度上也就营造了寓言的"语言之美"。

如先秦诸子散文中《五十步笑百步》《揠苗助长》（《孟子》），

《庖丁解牛》《东施效颦》(《庄子》),《自相矛盾》《守株待兔》《买椟还珠》《三人成虎》(《韩非子》),《刻舟求剑》《一鸣惊人》(《吕氏春秋》),《画蛇添足》《狐假虎威》《鹬蚌相争》(《战国策》)等篇目,无一例外都是借人间市井百态或动物关系隐喻生命本相、人性弱点、道德误区、现实悖谬等种种怪象,其"善于设譬,深于取象"的场景刻画和"言在此而意在彼"的隐喻表达,让人读后印象深刻,浮想联翩,以至于连类比附、类比推理,获得了超越时空的诸多新解。而这恰恰是寓言"隐喻性"表达所体现的语言审美效应。

类似文例在欧洲寓言中也多有体现,只不过与先秦诸子寓言多取材于人间世相不同,西方寓言更多借助于拟人体动物故事隐喻社会、人生。比如,《伊索寓言》多以动物关系隐喻社会矛盾,其动物形象常常具有某种现实对应性。与《伊索寓言》相似,拉封丹寓言也多以动物交往隐喻社会关系。与《伊索寓言》不同的是,拉封丹寓言诗惯于以"强弱对比、善恶冲突、智愚交锋"等二元对立模式结构故事,隐喻道德评价、现实判断。其二元对立故事所蕴含的理性思维与价值态度,时常让拉封丹寓言诗弥散着拙朴圆润的"语言之美"。

最后,寓言生成多义性题旨并催生"智慧之美"。

这一点,要自阅读说起。同其他文类的阅读一样,寓言阅读也是一种文本与读者互动的过程,其本质上是审美经验支配下一种连续不断的价值获得或意义生成活动。它的发生与延续,很大程度上依赖于先在的阅读图式。鉴于寓言的"隐喻性"表达方式,不同阅读背景的读者面对寓言深层意义,其"寓意"解读往往具有不确定性,这就带来了寓言文本的内涵开放性、意义生成性,换言之,也铸就了寓言的"多义性"特征。而正是寓言的"多义性"引发了寓言阐释的多元性、无限性,催生出寓言文学的"智慧之美"。

试以读者耳熟能详的寓言《陶罐和铁罐》（作者：黄瑞云）为例做简要分析。

陶罐和铁罐

国王的御厨里有两个罐子：一个是陶的，一个是铁的。骄傲的铁罐看不起陶罐，常常奚落它。

"你敢碰我吗，陶罐子？"铁罐傲慢地问。

"不敢，铁罐兄弟。"陶罐谦虚地回答。

"我就知道你不敢，懦弱的东西！"铁罐说，带着更加轻蔑的神气。

"我确实不敢碰你，但并不是懦弱。"陶罐争辩说，"我们生来就是盛东西的，并不是来互相碰撞的。说到盛东西，我不见得就比你差。再说……"

"住嘴！"铁罐恼怒了，"你怎么敢和我相提并论！你等着吧，要不了几天，你就会破成碎片，我却永远在这里，什么也不怕。"

"何必这样说呢？"陶罐说，"我们还是和睦相处吧，有什么可吵的呢？"

"和你在一起，我感到羞耻，你算什么东西！"铁罐说，"走着瞧吧，总有一天，我要把你碰成碎片！"

陶罐不再理会铁罐。

时间在流逝，世界上发生了许多事情。王朝覆灭了，宫殿倒塌了。两个罐子遗落在荒凉的场地上，上面覆盖了厚厚的尘土。

许多年以后的一天，人们来到这里，掘开厚厚的堆积物，发现了那个陶罐。

"哟，这里有一个罐子！"一个人惊讶地说。

"真的，一个陶罐！"其他的人都高兴地叫起来。

大家把陶罐捧起，把它身上的泥土刷掉，擦洗干净，它还是那样光洁、朴素、美观。

"多美的陶罐！"一个人说，"小心点儿，千万别把它碰坏了，这是古代的东西，很有价值的。"

"谢谢你们！"陶罐兴奋地说，"我的兄弟铁罐就在我旁边，请你们把它掘出来吧，它一定闷得够受了。"

人们立即动手，翻来覆去，把土都掘遍了，但是，连铁罐的影子也没见到。它，不知在什么年代，就已经完全氧化，无影无踪了。

——拿自己的长处去比别人的短处是没有必要的，别人也有比你强的地方。

这则寓言通过陶罐和铁罐的言语交锋塑造了两个个性鲜明的寓言形象。陶罐谦虚、平和、宽厚、善良，铁罐傲慢、自大、无知、狭隘。而在时间的洗礼中，它们各自不同的结局也印证了铁罐的虚妄和陶罐的诚实。

单从第一层面的"寓象"看，陶罐与铁罐的冲突及自我认知颇为简单，但结合其各自形象定位及命运遭际，其"寓旨"之隐喻性却颇为宽广、深邃。比如，就陶、铁的不同属性而言，"寓意"可归纳为"认识之客观性源自知己知彼"，或"寸有所长，尺有所短。不能以己之长，度人之短"；而从"认识标准"层面，"寓旨"则为"时间是一把尺。事实胜于雄辩"；从价值观层面，可抽绎出"价值多元与价值内隐"的"寓旨"主题；从生命观角度，可引申出"速朽与不朽""内在与外在"的辩证"寓意"；从伦理道德层面，可得出"谦逊是一种美德，要学会尊重和欣赏别人"的道德箴言；从人际交往层面，可以获得"与人为善是正道，不争是生命相处法则"之人生启示；从文化学角度，则又得出"知识孕育判断力，品行体现价值"之寓旨……

上述意义生成和寓意解析都基于《陶罐和铁罐》"寓意"层面的"多义性"。这既是基于文本而超越文本的意义建构，也是把握寓言"隐喻"表达和"复调"特质的必然创造。而这种以事件、故事隐含多元哲思、丰富意涵的文本结构，也充分体现了寓言文体的"智慧之美"。

类似《陶罐和铁罐》"多义性"寓意特质，及其所昭示的寓言"智慧之美"，无论在中国古代寓言还是西方寓言中不胜枚举，限于篇幅，这里不再引述。

三、从"文体"到"文本":寓言的文学泛化及意义

寓言是借助于虚拟人物、拟人化动植物,甚至非生物寄寓劝谏、蕴含哲理的叙事性文体。其叙事性特点,决定了表层结构的"事件""故事""形象"是承载和传达寓意的形式通道。当此时,渗透并弥散着作家文学理想、审美观念、主观情感、理性思维的"故事""事件""形象"作为寄托哲思、传达寓意的叙事本体,构成了寓言的基座,而潜藏其后、隐匿其中的道德箴言、生命哲意、伦理法则,则是辉映并照亮文字空间、文本通道的灯盏。换言之,寓言中无论是"陌生化"的虚拟人物,还是人性化的动植物或非生物,无疑都是审美主体理性统摄的结果。其"言意分离"特质下的理性思辨色彩让寓言在文本结构上显示出"思维大于形象"的文体规定性,而其内容表达上的"隐喻性"又使寓言在题旨"多义性"的基础上,启迪文本接受不断开启"形象大于思维"的意义建构景观。

这一定程度上昭示了寓言文体形态演变和艺术再生的轨迹。

实际上,寓言确实具有多种艺术形态。

席勒所理解的寓言是道德格言的形象化。

柯勒律治认为,所谓寓言是抽象概念的图像化表达。

托马舍夫斯基认为,寓言是一种用事例来说明一般原则的证明系统。

艾布拉姆斯觉得,寓言是由双层意义构成的一种叙事体。

黑格尔所理解的寓言则是抽象概念的人格化。

20世纪初叶,瓦尔特·本雅明在其寓言理论《德国悲剧的起源》中借助于对巴洛克悲剧的艺术特征分析,对寓言进行了全新内涵阐释和审美界定,揭示并确立了寓言的破碎性、忧郁性、废墟性、救赎性等审美

特征。应该说，本雅明的寓言理论较古典主义的寓言观，既显示了颠覆性，也具有一定的建构性。

比如，本雅明认为，在古典时代，艺术的最高境界是和谐、统一，形式和内容统一、感性和理性统一、人性和物性统一、社会与自然统一。这种"和谐、统一"在寓言中却遭遇困境，因为寓言的本质是"言意分离"二元结构。寓言表面叙述一望而知的浅显故事，深层却蕴含着意义丰赡的生命哲思、道德箴言。既如此，古典时代作为整齐划一的诗性社会，显然并不适合寓言文体生长。遭遇这般语境，寓言不独表现空间狭窄，而且审美价值也相对有限。

而现代社会则不同。本雅明认为，现代社会里包括审美、意识形态在内的文化是"破碎性"的，这种"破碎性"美学反映在文学艺术中，就是"形式与意义的分离"。如此，现代社会的审美方式与寓言"言意分离"的结构特征就达到了内在的契合。因此，在现代社会，寓言的表现范围急剧扩大。当此时，寓言已经不只是一种文体、一种语言表达方式，更是一种认知现象、一种思维范式。也正是在这个意义上，本雅明认为："寓言是我们这个时代最有意义的思想形式。"

此外，在本雅明看来，寓言的隐喻性首先是寓言的天然属性。形式和意义的"间离"导致了隐喻性的产生。作家可用寓言形式来隐喻他所要表达的意义，通过对一个事件的叙述，隐喻社会、人生的异质形态，隐喻意识形态、伦理道德的反向面貌。

从这个意义上说，在世界文学中，《变形记》《审判》《荒原》《蝇王》《等待戈多》《老人与海》《交叉小径的花园》《小王子》《铁皮鼓》都是隐喻表达。而中国当代文学里，《绿化树》《古船》《透明的红萝卜》《地球上的王家庄》也是隐喻表达。以此类比，儿童文学中，《古堡》《鱼幻》《蓝鸟》《寻找鱼王》《大熊的女儿》《水妖喀喀莎》《一千朵跳跃的花蕾》

也多有隐喻呈现。上述作品里，那种对成长的期许，对生命本源及其意义的探寻在以童年表达为依托的叙事中都意味深长。而之所以如此，奥妙就在于，寓言"言意分离"的内容结构、无处不在的隐喻表达和多义性寓旨与现代社会的思维方式具有内在同构性。

因此，依照本雅明寓言理论，现当代社会，寓言文体泛化实属必然。而寓言的泛化对文学，尤其是对儿童文学而言，可谓意义非凡。它一方面开辟了寓言新的价值空间，使寓言在新的社会文化语境中重新获得了文学生命力；另一方面，它由"文体"而"文本"的泛化，也昭示了寓言表达的无限可能性，使得寓言在文学园囿里得以柳暗花明、涅槃重生。

选自2020年11月浙江少年儿童出版社《中国寓言研究》（第二辑）

矛盾内核和感情逆行
——"寓言味"的几种表现形式

薛贤荣

寓言以单一性和简洁性著称,故事从开端到结局,往往只是一瞬间的事。之所以如此,是因为寓言的目的不仅仅是让读者去欣赏故事,还在于让读者清晰而生动地理解、认识故事后面的道德规则,作家担心冗长的叙述可能会冲淡或模糊读者的认识,因而常摒弃不用。

优秀的寓言作品,总能在匆匆而过的叙述中打动我们,其主要原因是作者巧妙地设置了至少一组矛盾,构筑起故事的核心情节,使读者在阅读寓言时能迅速"入戏",并利用了文学语言的模糊、多义和不确定性,有意引导读者的感情发生逆行。也就是说,使读者的感情向相反的方向发展,从而起到了意想不到的审美效果。如伊索寓言《狐狸和乌鸦》,狐狸为了骗取乌鸦的肉,一个劲儿吹捧,可读者觉得这些吹捧话怎么看都像是嘲讽,绝不像是出自内心的赞美。再如庄子寓言《坎井之蛙》,那只目光短浅的井蛙对自己的居所赞不绝口,可在读者看来,却像是在自己打脸。这种审美效果也就是我们通常所说的"寓言味"。这也从一个侧面解释了读者为什么能对纯属假定和虚构的寓言故事产生兴趣,并自愿陷入其中,最终从虚构的故事中接受真理的原因。

感情的逆行是建立在激烈的矛盾冲突基础之上的，从这一点看，寓言类似于戏剧。在简短的故事中，矛盾冲突的产生、发展、爆发、结局相对完整；读者在阅读过程中，审美心理发生变化，并对世界有了理性的认识。从文本的表现形式看，激烈的矛盾冲突，可能是行动上的，如狼吃小羊；可能是语言上的，如庄子和惠子关于鱼的对话；也可能是心理活动，如疑邻盗斧；而大多数是综合性的。在经典寓言中，这一技巧被广泛应用，已成为寓言的一个标志性元素。在当代寓言中这一技巧同样得到了继承和发扬。以下是以我国当代寓言作品为例，对常见的几种体现"寓言味"的形式，做一些归纳分析。

一、现实的迫切需要和事实的绝无可能

《乌鸦兄弟》是金江的代表作，影响巨大。其成功之初，得力于作者抓住了核心矛盾，并将其推向高潮。作者写道，寒冷的冬天到了，乌鸦兄弟的窠破了，不修的话就会冻死，修窠，就是现实的迫切需要。寓言同时告诉我们，这件事绝对不可能实现，因为乌鸦兄弟俩同时把修窠的希望寄托在对方身上，并且丝毫没有让步的可能。这样的结局当然是惨烈的：两只乌鸦都冻僵了。当两只乌鸦信心满满地认为对方一定会修窠时，读者已经心知肚明，它们谁也不会去修，悲剧性结局是必然的。两只乌鸦之间激烈的矛盾冲突，是通过心理活动完成的，没有对白，没有行动，却成功表达了寓意。我们试想一下，两只乌鸦之间的矛盾冲突，能否通过争吵或打斗来表现呢？当然可以，不过艺术效果可能会打折扣。

凝溪的《音乐会》是通过行动和语言完成冲突的。熊过生日举办音乐会，邀请了驴、羊、牛、猴参加，熊想办一个欢快的音乐会，但这是绝无可能的，因为客人们发现音乐会上所用的乐器，都是用羊皮、牛角、

驴骨等做成的。音乐越是欢快，客人们就越痛苦，感情的逆行，如此强烈！熊想把自己的快乐建立在别人的痛苦之上，这能行吗？

伊索寓言《云雀和它的孩子》核心情节是这样的：春天，云雀在嫩绿的麦垄上筑巢，随着时间推移，它的孩子渐渐大了。到了秋天，麦子成熟了。每当云雀外出归来的时候，孩子们就惊慌地告诉它，农民要收麦了，需要搬家了。第一天，农民说请邻居帮忙收麦，第二天，农民说请亲戚帮忙收麦。云雀听到这些话，告诉孩子们不用惊慌，无须搬家。这里，小云雀越是惊慌，云雀妈妈越是冷静，二者形成强烈对比，寓意在此产生：依靠别人帮忙，是靠不住的。最后，当云雀得知农民决定自己收麦，就带着孩子们搬走了。

二、低调者的成功和高调者的毁灭

此类寓言数量可观，其中佼佼者首推黄瑞云的《陶罐与铁罐》。陶罐处事低调，只想做好自己的本职工作，铁罐却逞强好斗，惹是生非。随着岁月的流逝，低调的陶罐获得了永恒的价值，高调的铁罐在历史的尘埃中灰飞烟灭了。这则寓言，寓意深刻隽永，角色选取恰到好处，而两者之间的矛盾冲突及其结局的设置独具匠心，两个罐子的际遇和命运符合读者的审美预期。我们在欣赏这则寓言时，铁罐越是高调，越是飞扬跋扈，我们心理上越是反感；陶罐越是低调，越是谦恭退让，我们心理上越是同情。读者的感情在逆行中得到满足。

鲁兵寓言《原来肚子里是空空的》也塑造了一个高调者的形象：大鼓。崆峒寺的大殿上有一面大鼓、一口大钟，有一天，那面大鼓忽然毫无来由地自我膨胀起来，认为全寺庙的大小僧众和佛祖菩萨都是仰仗自己生活的，便想离开寺庙独闯天下。大钟好心相劝，却惹得大鼓一时火起，从架上跳下来，一路滚下山去，结果跌破了鼓皮，被牧童发现叫得最响的大鼓，原来肚子里是空空的。大鼓的自我感觉与实际情况产生了严重错位，最终导致了毁灭。不恰当地高估自己是人性的弱点，寓言作家将生活中的真实事件典型化、艺术化，创造出寓言事件，类似于在人们面前竖起一面镜子，让读者都来照一照，以警醒自己。高调者的言行，在读者看来，往往就是他们的自我嘲讽。

鲁兵的另一篇寓言《歪脖子树苗》以及胡树化的《泰山与极顶石》《雨后的小水沟》等，也成功运用了这一技巧。

三、表面的精明和实质的短视

凡夫的《一群人和一群猴》巧妙设置了两个对立的群体，洪水把一群人和一群猴逼到一个山顶上，他们没有东西吃，饿得奄奄一息。在生死攸关之际，人和猴分别从水里捞起一个苹果，但各自对苹果的处置恰恰相反。在人这一边，男人把苹果让给女人，女人把苹果让给老人，老人最后把苹果让给小孩儿；在猴这一边，老猴把苹果从小猴手中夺了去，母猴又把它从老猴手中夺了去，最后苹果落在了猴王嘴里。从表面看，人与猴之间并没有发生矛盾冲突，既没有动手也没有动口；实际上，二者的冲突是异常激烈的。这是人性和兽性的冲突，是文明和野蛮的冲突，是真智慧和假精明的冲突。猴子认为人"真憨"，自己饿得要死却把吃的东西让给别人。自以为精明的猴子实质上是短视的，他们不明白人之所以为人必须遵循的道理，所以造成了种族的悲剧，失去了做人的机会。

马长山的《得不偿失》有异曲同工之妙。"大小冠军拿过十几个"的拳击手为了报复影响他休息的跳蚤，竟然请宙斯把自己变成一只大跳蚤，轻而易举地弄死了那个小家伙。这种异想天开的举动，着实太精明，只是他从此变不回去了，只能以跳蚤的面目生活在世上。拳击手的遭遇震撼了读者的心灵，使读者从感情上完全能够接受这样的教训：在生活中追求渺小的目标，即使成功，也是得不偿失的。

唐和耀的《兄弟俩用牛》在平淡的叙述中揭示了一个深邃的道理：貌似精明的兄弟俩干了件天大的傻事，却毫不自知，反而说出贻笑大方的蠢话。王宏理的《母鸡的翅膀》也同样是平淡中显深邃的佳作，在读者习以为常的生活场景中挖掘真理。这两篇寓言，都将表面的精明和实质的短视这对矛盾演绎得恰到好处，是近期创作中不多见的好作品。

四、虚幻的表象和残忍的真相

余途寓言《狮子》以其简短的文字，揭示了表象与真相的矛盾。"饱餐后的狮子、慵懒地躺在草地上享受阳光、路过的兔子说、狮子不像人说的那样强悍、躲在远处的羊说、那是你没看见、狮子吃人的模样"饱餐后晒太阳的狮子并未给兔子以强悍的感觉，甚至让它感觉有点儿慈祥，但这只是表象，因为兔子缺乏社会阅历，没有见过甚至没有听过狮子行凶作恶的场景。羊说出了真相：狮子吃人。我们所处的世界，是个真相与假象共存的世界，是个是与非难辨的世界。辨别真假，判断是非，是人生必修课。寓言家写出了狮子虚幻的假象和残忍的真相，写出了它的双重性。这个形象的塑造是有意义的。在文艺理论界常有"圆形人物"和"扁平人物"的争论，一般认为在小说中写出圆形人物是好的，可以给人以立体感，让读者有多种解读，而寓意形象，总是单线条的，只能有一个侧面，一种性格。从这篇寓言来看，并非如此。优秀的寓言形象，同样可以有多种解读，而情节常常沿着两条线向前推进，当双性合一或两性交叉碰撞的时候，寓意就产生了。

再来看大解寓言《农药依赖症》,作品讲述了这么一个荒诞的故事:一个城里的干部到极其偏远的山区任职,一去就是三年,那个山区还处在非常原始的生产生活状态,连化肥农药都买不到。当地人所吃的东西是绿色食品,没有污染。一年后,这个干部得了一种名为"农药依赖症"的怪病。因为他吃惯了城里的饭菜,对农药产生了依赖,突然改变饮食结构,身体极度不适应,必须补充农药。下乡干部患怪病,当然是表象,而污染严重,食品安全堪忧,这才是真相。民间新谚语说:"你可以不吃中药,你可以不吃西药,但你不能不吃农药。"说的是同一种现实。寓言情节有两条线,干部患病及治疗的过程是明线,严重的食品污染现状是暗线。表象是虚幻的,真相是残忍的,二者相交于患病的干部身上,形成了寓言特有的意味。顺便说一说,多年前我读过一篇外国小说,一个人在污浊的空气中生活久了,来到一个空气清新的原始山林,结果生病了。后来一位高明的医生让他去吸汽车尾气,治好了他的病。这篇小说其实也具有"寓言味"。

五、感觉良好的当下和即将到来的灭亡

少军寓言《水泡》恰到好处地诠释了这一对矛盾。故事大意如下:大雨乍停,水面上还漂浮着串串水泡,一个大水泡,不停地吞噬着一个个小水泡,这样,它的身体渐渐变大了。就在它十分得意,想要再次吞噬同伴的时候,悲剧发生了,这个水泡爆裂了,猝然不见了。喜与悲的转换,对读者的心理造成极大冲击,感情的逆转瞬间完成,故事后面的寓意也随之显现:自我膨胀的结局必然是灭亡。

黄瑞云寓言《次灵》是另一个典型的范例。古代,某地人喜欢吃猴脑,就蓄养了一些猴子。当需要猴脑招待贵客时,就陪着客人去选一只猴子

杀了备用。猴子们都很聪明，一见客人前来，马上明白是怎么回事，便惊恐万状。当客人选定了一只猴子，其余的猴子就一拥而上，把这只猴子推出去，然后它们蹦蹦跳跳、高高兴兴，对即将到来的厄运毫无感觉了。暂时的欢庆与即将到来的灭亡，就这样巧妙地同时呈现出来。当猴子们欢庆的时候，也就是读者为它们即将到来的厄运担忧的时候；猴子们越是为自己的劫后余生欢欣鼓舞，读者越是明白它们的灭亡即将到来，一个也跑不掉。这就是感情的逆行。

值得一提的还有严文井的《回声的结局》。人们都知道，回声来源于声音，没有声音，便没有回声。但寓言里的回声相当固执自负，认为自己比声音强。结果，一旦声音不响了，回声也就消失了。声音与回声的关系本来只是一个生活事件，作者给它注入了"寓言味"，使之成为一个艺术事件。

六、表面的热情和事实的冷酷

钱欣葆寓言《鸡妈妈的新房子》情节单纯，文字浅显，内容令人回味无穷。作家在简短的篇幅中巧妙设置了双重矛盾。一是鹅大哥和狐狸之间的矛盾，鸡妈妈盖了新房子，鹅大哥和狐狸都给鸡妈妈提了建议，但建议的目的完全不同，鹅大哥是为小鸡们的健康着想的，狐狸则是为了偷吃小鸡。二是狐狸自己言与行的矛盾，表面看它的建议是在热情帮忙，事实上却是冷酷无情，包藏祸心。鸡妈妈听了鹅大哥的话，小鸡的健康得到了保障；听了狐狸的话，小鸡的生命受到了威胁。

表面的热情和事实上的冷酷，或与之相反，表面的冷酷和事实上的热情，在寓言中经常出现。吴广孝寓言《科学家和定律》是艺术地处理冷与热矛盾关系成功的典范。寓言写道，科学家抓住一个定律，这本是一件喜事，不料科学家像个铁石心肠的人，一次一次故意非难定律，甚至为它准备了绞刑架和断头台。定律被折磨得流下眼泪，不明白科学家为什么这么做，问道："亲爱的科学家，你呕心沥血甚至不惜自己的生命才捉住我，可是你为什么这样对待我呢？"科学家回答："我这样做的目的只是希望在我化成尘埃的时候，你仍然能够立足于世界！"读到这里，读者一下明白了，科学家冷酷的面孔后面，有一颗热烈的心。这样，冷热之间发生了逆转，艺术辩证法的魅力大放异彩。

湛卢寓言《驴子有一袋花生》也是如此，许多动物对驴子热情有加，原来看中的是它的花生，当花生被它们吃完之后，这些朋友立即换了一副冷面孔。冷与热的辩证艺术，在寓言中常被用到，大多数情况下，都会取得不错的效果。在克里洛夫寓言《杰米扬的汤》里，读者发现杰米扬越是显得热情待客，对他的客人来说就越是一种折磨。达·芬奇寓言《飞蛾与灯火》写了一只飞蛾，在热情的灯火的诱惑下，走向毁灭的过程。寓意是盲目崇拜带有光环的偶像，是危险的。寓言中的灯火，既热情又冷酷，是矛盾的统一体。庄子寓言《涸辙之鲋》写了一条鲋鱼向庄子求救，请他施舍一点水以便活命，庄子却说将来会将东海的水引来救它。寓言中，庄子越是热情描绘美好的前景，绝望中的鲋鱼越是心寒。一冷一热，相反相成，使"寓言味"的魅力得到了充分展示。

当然，这里所说的冷和热，并不是物理上的概念，主要还是指心理上的感觉和前途、命运的博弈，甚至还有更深层的含义。冷和热的感情逆行及其辩证关系生活中并不少见，比如一个胸怀远大志向的人，表面上可能很冷静，而表面上轰轰烈烈的人，内心可能已经熄灭了理想之火。

七、可以原谅的错误和不可原谅的恶行

孙建江寓言曾获中国作协全国优秀儿童文学奖，是当代中国寓言宝库中的一颗明珠。他创作的寓言形象，基本上都成双成对，两两构成一组矛盾，情节在矛盾中展开，又在矛盾中结束，矛盾的终结也就是故事的结局。他笔下的寓言形象，大都是不完美的，或具有缺点错误，或犯下不可饶恕的罪行。前者是可以原谅的，后者因本性邪恶，最终会走向灭亡。这些形象都可以在生活中找到原型，读者很容易将寓言人物的言行举止同生活中具体的人联系起来，从而达到警示的作用。就寓言和生活的关系而言，孙建江的寓言是贴近生活的，他并非轻易地将一则格言、一个警句演绎成寓言故事，反之，努力将生活现象归纳升华，用寓言的形式加以表现，并从中得出教训。我们先分析一下《山和雾》，山和雾的生活空间有交叉，本来应该是亲密无间、相得益彰的伙伴。山在雾中若隐若现，朦朦胧胧，这才是美的，但是山自我感觉良好，误以为游客们的赞美与雾无关，其实一览无余的山是吸引不了游客的。山和雾的矛盾，是由山自身的无知造成的，一旦在事实中碰了钉子，很容易醒悟过来，也不会造成重大危害，因而，山的错误是可以原谅的。这则寓言，对读者，尤其是少年儿童读者的教诲、启迪作用是显而易见的。在生活中，怎样做"山"，怎样做"雾"，都会从中得到有益的启迪。

另一篇寓言《沙砾和水珠》中的沙砾和水珠，则犯下了无法挽回的恶行。它们互相伤害，同归于尽。沙沉于海底，永无出头之日；水珠在沙漠中蒸发得无影无踪。这种惨痛的教训令人心惊。

追溯寓言史，我们在中外寓言中都可以找到这样极端的例子，《战国策》寓言《鹬蚌相争》、伊索寓言《两只羊过河》、柯玉生寓言《杀人害己》等，都是如此。在当代寓言创作实践中，由于生活中你死我活

的对抗性矛盾不多，又考虑到儿童读者的需求，在设置寓言人物之间矛盾冲突时，大多选择可以原谅的错误，让他们有改正的空间，而很少将矛盾推向不可挽回的地步。

中外许多学者都认为寓言含有戏剧和诗的元素，在孙建江的寓言里，我们的确发现了它们的踪影。孙建江寓言的戏剧性，主要表现是矛盾冲突，我们知道，矛盾冲突是戏剧的灵魂，没有矛盾冲突，就没有戏剧。而诗的灵魂是抒情，抒情有两种方式，一是直接抒情，二是间接抒情，或曰渗透性抒情，将感情隐藏于叙事之中。孙建江寓言，基本属于后者。以上分析，也同样适合其他许多优秀的作家作品。

八、现实的需求和认知的遮蔽

桂剑雄寓言《求猫派虎》写了这么一个故事：大象不堪老鼠的骚扰，去向狮王求猫，不料狮王给它派了一只虎。狮王的观点是虎的本领比猫大，捕鼠效果一定更好。这则貌似荒诞的故事，揭示了现实中一种常见的情景：由于认知的遮蔽，某些人采取的一些做法与现实的需求背道而驰。老虎的本领的确比猫大，在捕鼠这一点上却不如猫，狮王只知其一不知其二，认知上出现了遮蔽，也就是有了盲点，所以做出荒诞的事。事实上，每个人无论你知识多么丰厚，都会有认知上的盲点。一般说，危害性是不大的，但一旦你身居高位需要作出重大决策时，你的认知出现了遮蔽，出现了盲点，出现了短路，而又独断专行固执己见强行决策，便会造成重大损失。

当代寓言作品中涉及此类矛盾的并不少见，樊发稼《笼子里的黄莺》可算一例。黄莺每天卖力为主人唱歌，但它不知道主人是聋子，听不见它的歌声，这就是需求和付出产生了矛盾。方崇智的《征友启事》是一则影响广泛的儿童寓言,其核心情节也是由需求与认知之间的矛盾构成的,但表现形式更加复杂一点。小牛犊想找一个朋友,就贴出"征友启事",要找个陪它一道吃草、一道玩耍、一道晒太阳、一道耕田的朋友,但找来找去找不到。后来认识到"对朋友不能求全,否则就会失去所有的朋友",于是分别找了陪它一道吃草的山羊、一道玩耍的猎狗、一道晒太阳的花猫、一道耕田的马驹,小牛犊一下就拥有了许多朋友。《吕氏春秋》中的《刻舟求剑》《掩耳盗铃》,《百喻经》中的《三重楼》,伊索寓言中的《老鼠会议》,都属于这种类型。

巧妙设置矛盾,营造感情逆行的效果,从而体现"寓言味"的表现形式还有很多,如王述成的《黄牛点赞》中,肯定与否定的矛盾及其转换,伊索寓言《狼和小羊》中法律上的胜利和现实中的悲剧之间的矛盾及其转换,陈忠义寓言《只告诉你一个》中的保密和泄密之间的矛盾及其转换,等等。当代著名寓言作家叶澍、仇春霖、韶华、林植峰、周冰冰、张鹤鸣、陈必铮、张孝成、邱来根、邱国鹰、范江、罗丹、肖邦祥、石飞、林锡胜、孙光礼、吴秋林、吴礼鑫、金雷泉等,都在自己的创作中或多或少采用过类似的增加"寓言味"的写作技巧,并取得了可喜的艺术效果,限于篇幅很难一一列举,祈请谅宥。

选自 2023 年 12 月浙江少年儿童出版社《中国寓言研究》(第四辑)

中华优秀传统文化与寓言文学的传承创新

肖惊鸿

习近平新时代中国特色社会主义思想和新时代党的文艺工作的论述,以及党对文艺工作的总要求,对寓言文学在习近平新时代中国特色社会主义思想建构和新时代文学创作以及社团组织工作诸方面提出全新的理论架构。梳理阐释寓言文学在新时代传承创新的学理逻辑,构建中国寓言文学在新时代的评价体系,确立中国寓言文学在新时代文学中的地位和作用以及重要价值,对树立中国寓言文学研究会(以下简称:中寓会)的理论自信,为中寓会的组织工作夯实学术根基,为中寓会在新时代的高质量发展保驾护航,有着极为重要的作用和价值。

习近平总书记在党的二十大报告及系列讲话中多次引用寓言故事,"刻舟求剑""守株待兔""叶公好龙""杀鸡取卵""竭泽而渔""愚公移山"等。寓言文学及其所蕴含的中华优秀传统文化精华以及在新时代的创新应用,在习近平新时代中国特色社会主义思想建树中发挥了前所未有的作用,对"加快构建新发展格局,着力推动高质量发展""推进中国式现代化""推动构建人类命运共同体"作出了独特的贡献。在习近平总书记的讲话中,具有千年传统的中国寓言文学典籍得以创造性转化和创新性发展。

新时代以来，中国寓言文学研究进入了新发展阶段，特别是习近平总书记对文艺工作的重要论述，为寓言文学指明了创新发展的方向。探索研究寓言文学在新时代的传承创新，体现出中国寓言文学研究会专家学者以敏锐的学术眼光和学术功力，勇立新时代潮头，学习研究党的二十大报告精神，特别是第八部分"推进文化自信自强，铸就社会主义文化新辉煌"，研究运用新时代的文艺思想，推进中华优秀传统文化创造性转化，创新性发展，并内化为学术自觉。

新时代寓言文学亟须传承与创新研究

中国寓言文学具有数千年的历史，素有"文学皇冠上的明珠"之称。许多寓言典故已成为文学经典，流传至今，成就了中国文学"不老的神话"。寓言文学作为新时代文艺工作的重要组成部分，是推进中国式现代化的重要一环，也是加快构建新发展格局，着力推动高质量发展的重要内容和手段。中国古代的先秦文学、诸子百家等著作中大量的寓言故事，成就了中华文学乃至政治文化宝藏中的思想精华。寓言文学作为一种独特而有影响力的文学样式，对文学诸门类的形成产生了积极而深远的影响。

进入新时代以来，中国寓言文学创作和研究领域发出了更多的声音，并在多个领域出现了寓言文学与其他文体融合的趋势，发挥着世界观和方法论的双重作用。国外寓言文学创作和研究亦有可资借鉴的文献。这在客观上表明，寓言文学优秀传统在新时代再次焕发出强大生命力，对新时代文学起着不可忽视的重要作用。这不仅是寓言文学的传承发展，更是以寓言文学为代表的中华优秀传统文化在文化强国、实现中华民族伟大复兴中国梦的实践中彰显出的创新力量。

目前，知网以"寓言文学研究"为主题的论文主要以古代寓言文学研究为主，针对新时代寓言文学的传承与创新的研究十分薄弱。相对于已有研究，如何紧紧围绕习近平新时代中国特色社会主义思想和新时代的文艺工作的论述，紧紧围绕党对新时代文学创作与研究和社团组织工作的总体要求，站位高、立意远，提出创新观点，并以翔实有力的论据体现出不同于以往研究的重要的学术价值和应用价值，已是极为迫切、势在必行。

寓言文学不只是文学也不止于文学。习近平总书记在党的二十大报告第八部分"推进文化自信自强，铸就社会主义文化新辉煌"中指出，繁荣发展文化事业和文化产业，增强中华文明传播力影响力。寓言文学跨学科多领域的借鉴融合，不仅是对中华优秀传统文化的发扬光大，而且为新时代文学创作研究创立了一个新的研究维度。在新时代文学实践中，中国寓言文学研究会继承寓言文学传统与创新并重，勇于探索开拓，在寓言文学的哲理意义与习近平新时代中国特色社会主义思想相关联的大前提下，在寓言文学与千年传统、寓言文学与儿童文学、寓言文学与网络文学、寓言文学与科幻文学、寓言文学与教育教学、寓言文学与文化产业诸方面开拓探索，并取得一些成绩，也为进一步进行深入研究提供了实践基础。

聚焦寓言文学在新时代的创新作用和价值

那么，寓言文学在新时代的研究亟须解决的课题有哪些呢？笔者认为有这么几个重要方面：研究携带中华优秀传统文化基因的寓言文学在习近平新时代中国特色社会主义思想中的作用和价值；研究寓言文学在新时代文学创新发展中的作用和价值，包括寓言文学与儿童文学、寓言文学与网络文学、寓言文学与科幻文学、寓言文学与教育教学、寓言文学与文化产业等。

寓言文学与当代文化有着极其密切的关系。寓言文学是一种独特的文学样式，它与当代文化之间的关系值得深入研究，特别是在国家文化影响力中的作用，可以探究寓言文学在当代文化中的地位和作用，以及寓言文学如何适应当代文化的需求和变化。

寓言文学有着多样化的表现形式与传播途径。随着媒体技术的不断发展，寓言文学的表现形式和传播途径也在不断变化，广泛存在于动画、漫画、游戏等多种当代数字艺术中，并以多样化的新媒体渠道传播。

寓言文学正在进入现代化创新发展。在传承寓言文学经典的基础上，在新时代的创新潮流中，为适应当代社会的需求，寓言故事正广泛应用于现代社会问题的探讨，以及通过科技手段来创新寓言文学的表现形式。

寓言文学在跨文化交流中发挥着重要作用。寓言文学在全球范围内都有着广泛的传承和影响，通过研究不同国家和地区的寓言文学传统，探究其异同之处，从而发现跨文化交流对本国寓言文学传承和创新的影响。

进一步发掘寓言文学在价值观引导中的作用。寓言文学传统中蕴含着丰富的道德和哲学观念。通过研究寓言文学的价值观引导作用，探究利用寓言文学对社会价值观进行塑造。

以上举例，旨在通过研究中华优秀传统文化坐标中的寓言文学的历史与传承、发展与创新，聚焦于新时代寓言文学传承之中的新经验、新表达、新突破，以激发全民族文化创新创造活力，增强实现中华民族伟大复兴的精神力量。习近平总书记在党的二十大报告中提出：要发展社会主义先进文化，传承中华优秀传统文化，满足人民日益增长的精神文化需求，繁荣发展文化产业，不断提升国家文化软实力和中华文化影响力。坚守中华文化立场，提炼展示中华文明的精神标识和文化精髓，加快构建中国话语和中国叙事体系,着重于"讲好中国故事""加快构建新发展格局,着力推动高质量发展""构建中国叙事和话语体系""展现可信、可爱、可敬的中国形象"等创新研究。并针对"要坚持教育优先发展,加快建设教育强国"的要求,在青少年教育成长过程中,充分发挥寓言文学的导向性,对培育面向现代化、面向世界、面向未来的文化文学艺术人才,培育建设下一代文学队伍发挥重要作用。

新时代的中国正发生日新月异、翻天覆地的变化。寓言文学在新时代的研究,关乎中华优秀传统文化的传承创新,具有重要意义。

选自2023年12月浙江少年儿童出版社《中国寓言研究》(第四辑)

浅谈中国寓言文学的起源

马筑生　林亚莉

可以说，任何一部文学史的编撰都存在着"敞亮性"与"遮蔽性"的问题。中国寓言文学史的书写由于"新历史主义"观念的影响，一方面缩小了寓言史的"敞亮性"，一方面扩大了寓言史的"遮蔽性"。在单一性寓言文学史观话语下，中国各少数民族寓言文学和中国民间口头流传的寓言文学存在的现实基本上被忽视被遮蔽，这导致了我国"多民族的国别寓言文学史"建设严重地滞后。如何客观地理解包括民间寓言文学在内的各少数民族寓言文学在中国整体"寓言文学"中的地位和关联，这两个方面都涉及对不同"寓言文学史观"的反思与研讨，这个议题理当成为对中国寓言文学进行溯源的学术前沿。

中国寓言文学是由各民族各族群的一个个具体的口传寓言作品和书面寓言作品构成的，且具有传承性。中国寓言文学史本应该是一种"多民族的国别寓言文学史"。然而，寓言界对中国寓言文学史的书写却与此大相径庭。中国寓言文学史的书写应不应该向"中华多民族文学史观"认识论进行转型？学术界这种"中华民族多元一体格局"学说应不应该成为中国寓言文学研究的基石性质的理论支撑？这不应该是一个难以解决的问题。《中华人民共和国宪法》"序言"明确指出："中国是世界上历史最悠久的国家之一。中国各族人民共同创造了光辉灿烂的文化……"我国是一个由众多民族单元构成的大一统国家,真正意义上的中国寓言文学史,应该是包含所有民族单元文学的"多民族寓言文学史"。

中国寓言文学史的书写,应在"夷夏互补"的背景下进行"多元族群共生的中国寓言文学"叙事,强调"中国"概念同时具有的结构性与过程性,把中国寓言文学同史学结合在一起考察,体现出"多历史"与"多寓言文学"的特点,以实现一种向重新反观包含各少数民族、族群寓言文学和民间活态寓言文学在内的寓言文学遗产的认识论转型。梳理中国原生活态寓言文学,树立起原生活态寓言文学是寓言文学真谛的寓言文学观,不但对了解和理解中国少数民族地域寓言文学有着重要的意义,而且对中国寓言文学学者们所持的几乎千人一面的寓言文学观来说,无疑也是一种冲击。

一、多元族群共生的中国寓言文学

中国是一个多民族的国家。各民族在共同开垦的中华土地上,共同创建了悠久的历史和灿烂的中华文化。寓言文学,就是这灿烂的中华文化中一枝鲜艳的玫瑰。表述中国寓言文学史,须清醒地警惕汉族中心主义、"文本"中心主义、西方中心主义、中原中心主义的强劲影响。作为中国文化重要组成部分的中国寓言文学,有着独特的精微特质,它由两大块构成:一是各民族原生活态寓言文学;二是各民族作家创作的书面固态寓言文学。

中国寓言文学特别是幻想色彩浓厚的民间叙事性寓言文学作品,"原始性"成分很浓。即使是进入了文明社会中,中国民间寓言文学在相当程度上仍然在民众中流传,而且其传播方式在相当一部分民众中主要是第一传播媒介——口头语言。

中国的多民族多族群共生性，使生活在各地域的民族或族群的语言与汉族主流文明发达地域的不同，影响了汉族主流文明的书面文学被感受，这也是中国原生活态寓言文学在现代社会中仍然非常发达的一个主因。文学是用语言塑造形象来反映社会生活和人的主观情感的艺术，书面文学的表现形式本身是文字符号，而文字符号使文学失去了直观性，从文字符号的表面不能看到、听到任何形象，必须头脑中有相当数量以词为信号所形成的条件反射作基础，文字符号才能在读者心中唤起它所指示的形象。这就使书面寓言文学作品只能限制在一定的范围内被人欣赏。多民族多族群共生的中国民众欣赏寓言文学作品，就常常受到这种文字符号的限制。好在文字符号有其声音的层面，通过讲述或朗诵也能够唤起文字符号所指示的寓言形象和寓意。这也是来自书面寓言文学在接受上相对弱势的一个主因。

中国寓言文学是多元族群互动的寓言文学，是包括汉族和各少数民族在内的所有民族寓言文学的总汇，而不是单一汉字寓言文学。每一个民族的文化观不尽相同，各民族的寓言文学，都以其丰富多彩的内容、形式以及深厚的文化蕴涵，显示出它独有的本土优长和特色。每一个民族的寓言文学，都有自己发生、发展的历史。所有民族的寓言文学以各自特有的进程，共同汇成了中国寓言文学丰沛的历史长河。各民族寓言文学在长期的共同发展过程中，互相影响，互相渗透，互相借鉴，互相推动，各民族寓言文学异彩交辉，相融并进，使得中国寓言文学具有了历史悠远的、多元化的民族蕴涵和极为深厚、极为丰富的民族特色。

中国各民族都有着丰富多彩的寓言文学作品在民间广泛流传。比如，主要生活在中国西南的侗族用以教育子孙而创造的含义深刻、比喻形象、节奏明快、音调和谐、有一定对仗和声律，具有哲理性和通俗性的文学体裁"条理话",堪称世界最古老的"寓言式"作品之一,从中可以看到寓言的萌芽状况。

比如,维吾尔族形象的民间机智人物故事《巴依理发》,请看以下叙述:

阿凡提问他:"胡子要不要?"巴依答道:"要!""好嘞!"阿凡提手起刀落,巴依的两撇胡子立刻到他的手中。他将胡子递到巴依面前,说道:"要就拿去吧!"

巴依大怒道:"你怎么把我的胡子刮了?"阿凡提装出一脸无辜的表情说:"不是你说要的吗?所以我就把它刮下来交给您了!"巴依气得干瞪眼,说不出话。

接下来,阿凡提又问:"眉毛要不要?"巴依吸取了刚才的教训,连忙说:"不要,不要!"阿凡提飕飕两刀刮下巴依的眉毛,然后随手扔到地上:"不要,那就丢掉吧!"

《巴依理发》也是一则寓言,寓意可以多元理解:一是说话要表达清楚,不要留下被别人钻空子的漏洞;二是犯错误不怕,怕的是犯相同的错误。

比如藏族著名民间幻想故事《咕咚》,利用误会法写了一出百兽大逃亡的喜剧。故事讲:湖边有片木瓜林,林中住着六只兔子。一次,木瓜熟了,落水发出"咕咚"的响声,兔子吓得撒腿就跑,狐狸问它跑什么,兔子边跑边说:"咕咚来了!"狐狸马上跟着跑。后来,猴子、鹿、猪、水牛、犀牛、大象、狗熊、马熊、豹、老虎、狮子……一个跟着一个都拼命逃跑。直到大家都累得跑不动了,才一个个地查问原委,弄明白了是自己吓自己。这个故事也是一则寓言,寓意深刻揭示了社会的盲从心理。

比如蒙古族《诺颜判案》《空心树》《聪明的老汉》,回族《口袋山》,藏族《兔子判官》《金锭、银锭、氆氇、藏鞋和粮食的争论》,维吾尔族《大毛拉》《善人》《机智的少妇》,苗族《山羊和老虎》《求婚》《水牛和老虎》,彝族《蛐蛐》《智慧果》,壮族《请教吹笛》《大鹏与龙虾》《蜗牛和它的硬壳屋》,布依族《水珠和大海》《大象和小花猫》,侗族《龟婆孵蛋》《老虎和螃蟹》《小鹿遇虎》,朝鲜族《篇幅的本事》,瑶族《稻苗与稗草》《蚂蚁和穿山甲》《穿山甲的教训》,白族《棕树与槐树》,土家族《五老庚种菜》,哈萨克族《巴依和牧工》《狐狸为王》《自作聪明的小兔》,傣族《狗做国王》《虎王、牛王为什么被狐狸吃掉的》《见肉说肉见鱼说鱼的故事》,黎族《椰子壳》,佤族《潭水和山泉》《一只好胜的老虎》《岩石、风和白花》,畲族《捡元宝》《公鸡》,高山族《懒女人变老鼠》《鲸》,东乡族《虚荣的喜鹊》,纳西族《挂眼儿里牵牛》,景颇族《金草帽和糯米粑粑》《大拇指夸本事》《有勇无谋的狮子》,乌孜别克族《狐狸的礼品》《大方人和吝啬鬼》等。这是中国寓言文学书写者必须重视的多元族群共生的中国寓言文学现象。

二、中国民间口头寓言文学与书面寓言文学

中国口传原生活态寓言文学源远流长,上古即已有之,这是客观的事实。原生活态寓言文学,是指相对于被文字文本固定化的寓言文学作品,至今依然活在百姓生活之中的寓言文学现象。它是后来书面寓言文学之源。并非只有文字才是符号,凡被人类赋予了思想、意识的事物都是符号,都对人的思想、精神、文化产生着影响。文化是意识的成果。在书写的寓言文学文本的遮蔽背后去探寻古老寓言文学的口头渊源,揭示其源流与体裁的丰富多样性,是建立中国寓言文学史新观念的一个起点,会引导人们进入中国地域远古歌者和说者的通神语境的再认识:寓言文学的口传根源,在于巫祝、卜筮与萨满的祝告、祷告类行为。文字记载的各民族民间寓言文学,不过是通神通灵的神圣语境的标记遗留到书写文本

中的符号。活态寓言文学的研究还能够相对地还原固态寓言文学所发生的活态文化语境。

中国是一个多民族国家，少数民族地域原生活态寓言文学非常发达。这使我们必须清醒地认识到原生活态的多元族群寓言文学在中国寓言文学中占有很大的比重。人类以文字成文的历史不过三四千年，而口传文化史少说也有十万年之久。站在宏观的整合性文学视野立场看问题，书写的文本只是人类文学史的末端，占据不了首要位置，文字独尊特权也不存在。所以，书写的文学和没有书写的文学应该是平起平坐的。中国原生活态寓言文学自远古起就活跃于远古歌者、说者的通神语境之中，活跃于巫师、歌师的祝告、祷告或传唱类行为之中，以口口相传的方式在中国各民族、各族群中代代传承，形成了丰富多彩的中华民族民间寓言文学。我们不光要走入民间搜集整理和借助于对广大无文字社会寓言文学传承方式的研究，还要反思汉语书面寓言文学发生的文化语境和口传渊源，以达到超越文本中心主义的深层认识。我们不能按照后代书写文明的惯例去以今度古，这样是不能正确理解早期文字文献特点的。

三、重新认识中国寓言文学的起源

没有一定的寓言文学史观作指导，便无法将分散的寓言文学现象凝聚成寓言文学史。我们应当将"寓言史观""寓言史识""寓言史路"辩证有机地统一起来。王国维在《宋元戏曲考》自序中说"凡一代有一代之文学……"在上古黄帝、炎帝、蚩尤、尧、舜、禹时代，是否有其"一代之文学"？笔者认为答案应该是肯定的。虽然还没有发现上古时代有文字的系统，但现代考古已经发现了不少上古文字的蛛丝马迹。我们可以暂且不论上古文字的有无，但在上古，语言是有的，那时代的文学，是民间流传的口头文学。我们从一些古籍的记载看，上古时代是有韵文学和故事文学的。

汉代赵晔所著的《吴越春秋·勾践阴谋外传》载，范蠡进善射者稀，勾践询以弓弹之理，陈音于应对中引古歌曰："断竹，续竹，飞土，逐宍。"

楚国善射者陈音深谙"弓弹之理"，引用《弹歌》向勾践进行说明。这正是庄周所谓"寓言十九，藉外论之"——寄寓之言，十句有九句是会让人相信的，这是因为借助于客观事物的实际来进行论述的缘故。这首被命名为《弹歌》的歌谣，一般认为是有文字记载的中国第一首诗歌。从它的内容和形式看，这无疑是一首比较原始的猎歌。《弹歌》有一个连贯的故事情节：人们砍伐竹子，制作弓箭，抟土制作泥丸为弹，并用之攻击、追逐猎物。有人认为，这是黄帝时代的歌谣。作品寓意颇有哲理性。《论语·卫灵公》：子贡问为仁。子曰："工欲善其事，必先利其器。居是邦也，事其大夫之贤者，友其士之仁者。""工欲善其事，必先利其器"与《弹歌》的寓旨其实是一样的。陈音引用《弹歌》向勾践进行说明的"弓弹之理"正是"工欲善其事，必先利其器"。而《弹歌》是用故事的形式来凸显寓意的，是一首寓言歌谣。

吴其南在《中国童话史》中说，在早期寓言中，我们确已看到这样一些作品，它们虽也以某些认识为指归，但它蕴含的不是一个十分明确的道理，而是一种思索，一种感受，一种包含了某种哲理却又一时无法用逻辑语言说清的东西，但读者通过故事却能感受、意会到作品内在的意义——有时还不止一层意义。这样，寓言故事实际上已突破寓意的逻辑框架，形象超越理念而显示出自己独立的审美价值，它微微隆起，超越二度平面，成为意义不十分确定的象征系统，在很大程度已接近一般文学了。

我们再来看以下一些例子：

《淮南子·本经训》记载的《羿射九日》：

逮至尧之时，十日并出，焦禾稼，杀草木，而民无所食。猰貐、凿齿、九婴、大风、封豨、修蛇皆为民害。尧乃使羿诛凿齿于畴华之野，杀九婴于凶水之上，缴大风于青丘之泽，上射十日，而下杀猰貐，断修蛇于洞庭，擒封豨于桑林。万民皆喜，置尧以为天子。

这是尧时代的故事。当代寓言作家凝溪认为《羿射九日》“虽是篇神话，其寓意甚深，可以说是篇中国古代杰出的神话寓言”。

水族的“旭早”寓言《老虎和虹龙》。“旭早”，水语词，“早”即“双”，“旭”即“歌”，汉译“双歌”。“双歌”是以水族歌谣为基础，采用传说、寓言、故事的表达方式，借助民歌的音调叙唱，以民俗为载体的民间说唱艺术。《老虎和虹龙》是水族双歌中比较有代表性的作品。虹龙是水族神话中的神龙。作品“说白”部分引出老虎和虹龙两个人物，每个人物各唱一首歌：

说白部分：

人们放火烧山，老虎住不成了，往外乱跑，汗水淋淋。它又渴又累，便到河边去喝水。虹龙见了问道：“哎哟，我道是哪个呢，却是你呀，山大王！打哪儿来哟，怎么累成这个样子？”老虎叹道：“呃，不好说，龙大哥，差点儿见不着你啦！”虹龙又问道：“到底为个哪子吗？你我古老时代的伙计，都不肯对我讲讲！”老虎说：“好，你既要问，我就对你说吧。”

吟唱部分：

老虎：到海边／有幸见你／你多彩／红绿紫蓝／光灿灿／胜过云彩／拱弯弯／从天上来／咱伙计／你最高贵／只我傻／净住草山／人烧坡／差点完蛋／逃出来／毛焦皮烂／想起来／真是凄惨／我的虹龙友呵！

虹龙：听水响／我出来看／不见脸／只见脑袋／花嘟噜／很是好

看 / 到跟前 / 看清脸面 / 知是你 / 古老伙计 / 你既累 / 又是口渴 / 舔水吃 / 咕嘟咕嘟 / 多可怜 / 我的伙计 / 你往日 / 威风凛凛 / 今日里 / 有点狼狈 / 我高贵的山大王呵!

这是一则动物形象的寓言故事,通过拟人化的虹龙和老虎,说出歌者想说的话。有着明显的劝诫那些目空一切、妄自尊大、好逞强之人尽快克服自身缺陷,以免陷入像老虎一样的困境,落到狼狈可笑地步的寓意。"双歌"特点,重在言外,这则故事的寓意,歌里不着一字,用隐喻、象征表现。《老虎和虹龙》取材于水族神话,与水族历史文化有一定关联。水族神话讲,开天辟地之初,人和龙、雷、虎等是同胞兄弟。大家都想占平坝而居,便以比试本领来决定,最强者得平坝。龙、雷、虎本领惊人,力量强大,而人却以智慧取胜,以大火迫使雷逃上天,虎窜山林,虹龙入大海。《老虎和虹龙》用"人、龙、雷、虎争天下"的神话内容,通过虹龙对老虎的劝诫,寄寓"尽管彼此有矛盾,但毕竟是兄弟朋友,只要各自改正缺点,依旧可以和睦相处"的寓意。对水族历史文化有所了解,有助于加深对"双歌"文化蕴涵的理解。

《山海经·北山经》记载的《精卫填海》:

又北二百里,曰发鸠之山,其上多柘木。有鸟焉,其状如乌,文首、白喙、赤足,名曰精卫,其鸣自詨。是炎帝之少女,名曰女娃。女娃游于东海,溺而不返,故为精卫。常衔西山之木石,以堙于东海。漳水出焉,东流注于河。

倪浓水从叙事学角度将《精卫填海》解读为"南北方文化斗争"的一个寓言和象征,"认为它是当时南北历史文化和政治对抗的一种隐喻性神话叙事"。

《山海经·海外西经》记载的《刑天舞干戚》:

刑天与帝至此争神,帝断其首,葬之常羊之山。乃以乳为目,以脐为口,操干戚以舞。

《山海经·海外北经》记载的《夸父逐日》：

夸父与日逐走，入日；渴，欲得饮，饮于河、渭；河、渭不足，北饮大泽。未至，道渴而死。弃其杖，化为邓林。

《精卫填海》《刑天舞干戚》与《夸父逐日》三个神话故事，寓意都很明显：宣扬不屈不挠的斗争精神，宣扬百折不回的毅力，是具有道德意识的神话寓言，故事和寓意都很突出，可以作寓言解读。值得注意的是，《精卫填海》明确地点明了这个故事发生在炎帝时代，《刑天舞干戚》明确地点明了这个故事发生在黄帝时代。《夸父逐日》中的夸父，是中国上古时期神话传说人物之一。其族居住在黄帝时期北方大荒名"成都载天"大山中，称夸父族，亦称"巨人族"。曾助蚩尤对抗黄帝。《山海经·大荒北经》记载："蚩尤作兵伐黄帝，黄帝乃令应龙攻之冀州之野。应龙畜水，蚩尤请风伯、雨师纵大风雨。黄帝乃下天女曰魃，雨止，遂杀蚩尤。"《国语·晋语》载："昔少典娶于有蟜氏，生黄帝、炎帝。黄帝以姬水（今陕西武功漆水河）成，炎帝以姜水（今陕西宝鸡清姜河）成。成而异德，故黄帝为姬，炎帝为姜。二帝用师以相济也，异德之故也。"神话传说中，炎帝是中国上古时期姜姓部落的首领尊称，号神农氏，又号魁隗氏、连山氏、列山氏；黄帝是中国上古时期姬姓部落的首领尊称，号轩辕氏，又号有熊氏、帝鸿氏。他们都生活在距今约4800年前。

居住于贵州地域的侗族《侗族古歌》中人类起源神话《龟婆孵蛋》：

四个龟婆在脚坡 / 它们各孵一个蛋 / 三个寡蛋丢去了 / 剩个好蛋孵出壳 / 孵出一个男孩叫松恩 / 聪明又灵活 / 四个龟婆在寨脚 / 它们又孵四个蛋 / 三个寡蛋丢去了 / 剩个好蛋孵出壳 / 孵出一个姑娘叫松桑 / 美丽如花朵 / 就从那时起 / 人才世上落 / 松恩松桑传后代 / 世上的人儿渐渐多。

《龟婆孵蛋》故事叙述得非常形象，一是有人物形象和人物形象的活动:蛋孵出的聪明又灵活的男孩松恩、美丽如花朵的女孩松桑和孵蛋的八个龟婆。二是故事所描写的龟婆孵蛋传人烟的故事采用了幻想的表现手法,表现出原始人的泛灵思维。三是故事中龟婆孵蛋传人烟的情节采用了变形、拟人、象征等艺术手法。四是具有明显的寓言性——故事的寓意具有多元指向:一方面是物竞天择,适者生存;另一方面是世间万物,以人为本。物竞天择是达尔文进化论的核心。故事传达的那种"物竞天择""以人为本"的人文精神对人类的发展是有很好的启示作用的。

《龟婆孵蛋》在侗族民间一直流传至今,梁丁香搜集整理的《侗族民间童话选》(贵州民族出版社,2012年9月版)就以"童话"之名记载了这个神话故事。它的时代,当比《精卫填海》的时代更早些。现代著名学者杨昌溪先生在《童话概论》中有这样一段话:"关于童话的起源和发生,在民俗上早已是议论纷纷的了。平常的人认为神话可以包括神话,传说,童话三种,茫然地认为三种发生的程序表示这样顺序的。据修兰翁特(Wondt)教授在《民族心理学》的意见,由周作人先生的介绍中,认为'广义的童话发生得最早,在图腾(Totmism)时代,人民相信灵魂和魔怪,便据了空想传述他们的行事,或借以说明某种现象;这种童话有几样特点,其一是没有一定的时地和人名,其二是多讲魔术,讲动物的事情:大抵与后世存留的童话相同,所不同只是那些童话在图腾社会中为群众所信罢了'。依翁特教授的意见,在英雄和神的时代,总是传说以及深化(狭义的)发生的时候。童话的主人公是异物,传说的主人公是英雄,乃是人;异物都有魔力,英雄虽亦常有魔术与法宝的辅助,但是,仍具有人类的属性,多凭了自力成就他的事业。童话也有人,但大多处于被动的地位,先在则有独立的人格,公然与异物对抗,足以表现民族思想的变迁。英雄是理想的好人,神郎是理想的英雄;先以人与异物对立,复折衷而成为神的观念,故神话就同时兴起了。这样,便可以看出童话的发生是较早于神话和传说了。"

杨昌溪先生还认为："有的人以为童话是和神话一样的东西,而从广义上说,神话,童话和传说也有时常因为共通性而相混。"

神话的内容是包含着：(一)想象的故事；(二)极古时代的故事或神与英雄的故事；(三)如实际的历史似的传说着的通常故事。神话的主旨是为说明原始的社会组织、习惯、环境等的特性,神或超自然的存在之行为,而企图说明人类与宇宙的关系,在叙述上具有很重大的宗教价值。所以,原始人对于宇宙间的现象,如日月星辰的出没、山川河海及云雷雨的变化等看来近似神奇而为他们的智力所不能解释的一切东西,便自然而然地构成了作为原人科学和哲学的"解释神话"（Explanatorymyths）。因此,神话也和传说一样的,在结构上似乎不像虚构的,内中所表现的人物,时间和地点都明白地记出。因为有了宗教的意味,而且在原始社会又为民族文学的真髓,那样,无论在古今中外,都具有一种使人不得不虔信的力量。

周作人1914年在《古童话释义》中说："中国虽古无童话之名,然实固有成文之童话。"周氏着眼点虽然定位在文字符号化了的童话文本上,但他所举的例子,却是几千年前就口头流传在中国贵州地区的"灰姑娘型"童话《吴洞》。

寓言与童话有着高度的相似性。周作人说"寓言实在只是童话的一种,不过略为简短,又多含着教训的意思,普通就称作寓言"(《儿童的文学》,1920年10月26日在北平孔德学校的演讲)。客观来看,有些童话,其实也是寓言。吴其南在其《中国童话史》中说："寓言是最早出现的文学样式之一","寓言"对后来的文学,特别是童话产生重要影响","寓言也是哺育童话的主要母体文学样式之一"。比如上例炎帝时代的神话寓言《精卫填海》,吴其南《中国童话史》就认为是上古童话。

董乃斌说:"文学史本体是一种客观实在,是在历史中确确实实发生过的、存在过的……它正如人类的社会生活一样,是毫无疑问的客观实在。要不然,我们就不是唯物主义者了。但话不能说到此为止。文学史本体又是相对而无限的……也只能是无限地逼近那曾经客观存在过的历史真实,犹如我们逼近绝对真理而永不能达到它一样。"笔者希望,中国寓言文学史的书写,能够"无限地逼近那曾经客观存在过的历史真实",因此,对中国寓言文学的起源进行探讨,应该引起寓言文学界的重视。

2021年10月
参加中国寓言文学研究会研讨会论文

睿智而深邃的诗篇
——试谈严文井寓言的特色

高洪波 崔乙

一

寓言是什么？严文井曾作过如下的阐述：

寓言是一个魔袋，袋子很小，却能从里面取出很多东西来，甚至能取出比袋子大得多的东西。

寓言是一个怪物，当它朝你走过来的时候，分明是一个故事，生动活泼，而当它转身要走开的时候，却突然变成了一个哲理，严肃认真。

寓言是一座奇特的桥梁，通过它，可以从复杂走向简单，又可以从单纯走向丰富。在这座桥上来回走几遍，我们既看见了五光十色的生活现象，又发现了生活的内在意义。

寓言是一把钥匙，用巧妙的比喻做成。这把钥匙可以打开心灵之门，启发智慧，让思想活跃。

以上的文字，精辟而准确地概括了寓言的特点以及在艺术上所具有的魅力，可谓寓言的知音和挚友！我们认真分析和研究他的作品，可以更深刻地理解这位老作家的初衷。

严文井的寓言,从数量看并不多,在新近出版的《严文井童话寓言集》里收入十一篇。除《胆小的青蛙》是解放前写的外,其余都是解放后创作的。翻开这本集子,《小溪流的歌》赫然排在首位(严格说,这是一篇抒情性极浓的、介乎童话与寓言之间的文学精品),然后就是富有幽默感与哲理性的《三只蚊子和一个阴影》《大卡车上的几粒尘土》《尘土的"独立思考"》《会摇尾巴的狼》和《向日葵和石头》,这六篇都创作于20世纪50年代。进入新时期,他又写了四篇短小精悍、犀利敏锐的新作:《习惯》《回声的结局》《浓烟和烟囱》及《飞蛾和台灯》。以字数计算,加起来不过两万字,然而这些寓言所蕴涵的思想容量却是巨大的,只要认真加以咀嚼,就不难看出作为儿童文学作家的严文井的思想深度和艺术造诣。我们认为,他的寓言如同他的童话一样,仍然保持着作家一贯的艺术风格:幽默中显露着机智,哲理中包容着诗情,在想象和虚构的艺术世界里,置放起一面反映现实的镜子。让人在不知不觉的阅读中,得到潜移默化的教益,在会心的微笑中,悟出讽刺的真谛。正像别林斯基所说的:"寓言是理性的诗歌。它不要求忽然渗透绝对思想秘密时所引起的深刻的灵感;它要求的是那样一种振奋,那是为拥有安详、文静的天性、无忧无虑,同时又是善于观察的性格的人们所惯有的,并且是与生俱来的欢乐精神的果实。"严文井的寓言,正是属于"理性的诗歌",带着"欢乐精神的果实"所固有的幽默感,触动着人们敏感的心灵。

二

寓言,就其本身的性质而言,就是借助于形象阐述一个道理。它可以借此喻彼,借远喻近,也可以借古喻今,借小喻大。选择形象只是手段,而目的在于使自己阐发的道理一目了然、一针见血。因此,古今中外优秀的寓言，大都是寓思想于形象，寓哲理于诗情。严文井的寓言也不例外。思想性和哲学性的体现，是严文井寓言的灵魂，而这种"灵魂"存身的实体，却是老作家强烈的现实感和时代精神。他在致一位青年作者的信中，这样写道："寓言是有感而发的，这些'感'都来自现实生活。"严文井的寓言正是"有感而发的"，篇篇都有现实的针对性，并充溢着浓郁的生活气息。因为这种现实感，使得他的寓言犀利深刻，精警独到，闪现着熠熠的斗争锋芒。

如在《三只蚊子和一个阴影》里，作家借助于三只吸血的蚊子及其帮凶阴影的形象，尖锐地揭露了现实生活中某些反面人物和伪君子的行径。通过它们各自发出的荒唐可笑的愤懑不平，以及提出的咄咄逼人的要求，把喜欢黑暗的吸血者的心理活动入木三分地刻画出来。而对帮凶阴影居心叵测的捧哏和旁白所作的抨击，更具有强烈的现实感，令人深思和回味。《大卡车上的几粒尘土》和《尘土的"独立思考"》是姊妹篇，作家以尘土为主人公，前者通过前进的卡车和被抛弃的尘土之间的关系，形象地阐发了个人和集体、革命和保守以及前进与落伍之间的关系。把前进中的落伍者的阴暗心理揭示得清清楚楚，他们不求上进、暮气沉沉、牢骚满腹、妄自尊大的性格特色，至今仍可为现实生活中某些人物的画像。《尘土的"独立思考"》紧扣住"独立思考"的主题，用夸张的语言，把政治生活中出现的"风派"人物嘲笑了一番。你看，这位尘土先生是多么自负啊！当燕子歌唱春天时，他加以斥责；当开满了花的桃树赞美太阳时，他予以鄙视；而当大道伸向前方，激怒的尘土竟然按捺不住火气，冲过去要掩埋大道。尘土这种企图掩埋大道的行径，委实荒唐可笑。但在这可笑背后，不正埋藏着深刻的哲理吗？随风起舞的尘土，本身毫无根基可言，却偏偏要"独立思考"；自己轻浮飘荡，却容忍不了大道的坚实坦荡；自己浅薄庸俗，目光短浅，却嘲笑歌唱春光的燕子。像这样"独立思考"的尘土，作家除去把它安置在路旁的水沟，实在别无安置之处。现实生活中的那些"风派"人物，除有的得意于一时外，从结局看，必然也要遭到人们的唾弃。

也许是"文化大革命"十年内乱在老作家心灵上留下了难以磨灭的痕迹，他对于"风派"人物的表演有了更深一层认识，正因为如此，鞭挞才愈加用力。近作《浓烟和烟囱》，通过生活中常见的两个形象，把浓烟的狂妄自负和烟囱的沉稳厚重作了拟人化的对比，批判了自我欣赏、不断膨胀和扩散的、终于自我毁灭了的浓烟，褒赏了沉默矗立、目标坚定的烟囱。批判锋芒所指，是异常清楚明白的。而《习惯》则借助于猪和马的对话，刻画了老骥伏枥，志在千里的骏马性格，有着昂奋的进取精神和警策意义。在这篇寓意里，作家巧妙地运用了一个科学常识，即马和猪各自睡觉的方式，引申出两类不同目标、不同性格的人物的人生观之差异。当猪对于马的睡眠方式感到不可理解，而发出疑问时，马的回答是意味深长的："安逸，这是你的习惯。作为马，我们习惯的就是奔驰。所以，就是在睡觉的时候，我们也随时准备奔驰。"豪放而幽默地歌颂了新时期奋斗不止的战斗者。此外，讽刺缺乏独立见解、人云亦云的《回声的结局》，批评主观片面性、帮助人们确立全局观念和懂得事物之间普遍联系的《飞蛾和台灯》，以及揭示新生事物必然发展壮大的《向日葵和石头》等篇，也都充满着现实感和时代精神。这种现实感和时代精神，应该说是严文井寓言的一个重要特色。寓言，虽然是一种幻想和虚构的产物，但它毕竟属于文学的范畴，自它诞生时日起，便以其对现实生活曲折的反映而著称于世。正是这种对生活和现实的密切关注和思考，严文井的寓言才显出自己的特色，有着强烈的现实意义。我们知道，作为人类灵魂工程师的作家，首先必须而且应该成为一个思想家。浅薄而随俗的思想孕育浅薄而随俗的"作家"，同样的道理，睿智而深邃的思想造就睿智而深邃的作家。然而一旦失去了对生活的热爱、对现实的关注和对时代的思索，再深刻的见解也无从表述，这样的作家，犹如整日里蒙头大睡却时刻幻想夺得世界冠军的运动员，结果可想而知。呈现在严文井寓言中的这种深刻的思想和精辟的哲理，不是凭空产生的，应归功于生活和时代的推动，得益于老作家对现实热诚的关注和思索。

三

如果说现实感和时代精神是严文井寓言的一个重要特色，那么，浓郁的诗意和严密的逻辑性可以称为又一个显著特点。诗意，对于优秀的文学作品来说，应该是一个显而易见、并非苛刻的要求，而寓言和诗的情谊似乎又格外深挚。从我国古代庄子的汪洋恣肆的《逍遥游》到柳宗元精妙绝伦的《三戒》，诗意充盈在字里行间。从法国拉封丹的《寓言诗》到俄国克雷洛夫幽默深刻的寓言，也是诗味蕴藉，耐人咀嚼。而拉封丹索性以"寓言诗"冠之于自己的作品。由此可见，作为一种普遍的标准，诗意对于寓言是不可欠缺的。严文井创作的寓言，诗意葱茏，文采焕然，这是由他本人的气质和艺术个性决定的。他曾这样阐述过自己童话创作中的追求："我认为好的童话都是一些'无画的画贴'，或者又是一些没有诗的形式的诗篇。这些奇异的画贴或诗篇具有一种魔力，尽管它们描绘的常常是不存在的事物和荒诞的境界，然而却能帮助人们看清和理解真实的生活，使人们想起前进和向上，不甘心沉没在平庸和丑恶的事物之中。"童话是这样，寓言何尝不是如此！在严文井的寓言里，诗意不是偶然地作为某些美丽的句子而显现出来，相反是作为贯通全篇的神韵而存在，尽管这种诗意有时为讽刺锋芒所掩盖，但在一些事物的对比描写中，常常自然地流露出来。正像雨果所说过的："诗人的两只眼睛，其一注视人类,其一注视大自然。他的前一只眼叫做观察,后一只眼称为想象。"严文井寓言的诗意,正是这种"两只眼睛"注视所产生的必然映象。在《浓烟和烟囱》里,那自我欣赏、在空中摇摇摆摆升腾翻卷的浓烟,那"色彩却越变越淡,声音也越来越微弱"的形象,不正像一首绝妙的讽刺诗吗?而《习惯》又使我们想起骏马在扬鬃奔驰的情景,激昂壮烈之情浓缩于简短的对话,令人回味无穷,仿佛一首简练的格言诗。《向日葵和石头》通过种子萌生成长的过程,歌唱生命和阳光、春天和秋天、追求和运动。尤其是把一块喜爱安静的"古老的石头"作为对立面,动静相比,生死相对,使得这篇寓言气势雄伟,像一首雄辩而形象的哲理诗。而《小溪流的歌》则用明丽的色彩、悦耳的音响和饱满的激情,烘托出浓郁的诗意。请看作家是怎样描绘小溪流的吧:

小溪流一边奔流,一边玩耍。他一会儿拍拍岸边五颜六色的石卵,一会儿摸摸沙地上才伸出脑袋来的小草。他一会儿让那些漂浮着的小树叶打个转儿,一会儿挠挠那些追赶他的小蝌蚪的痒痒。……

小溪流笑着往前跑。有巨大的石块拦住他的去路,他就轻轻跳跃两下,一股劲儿冲了下去。什么也阻止不了他的奔流。他用清亮的嗓子歌唱,山谷里不断响着的回声也是清脆的,叫人听了就会忘记疲劳和忧愁。

这里有山谷的景色,有溪流的声响,在拟人化手法的运用中,我们看到了一个顽皮天真的孩子的可爱形象。如画的描绘增加了作品的魅力,诗意散发出迷人的光彩。《小溪流的歌》当然不仅仅是这种诗情画意的动态描写,更主要的是作家气势恢宏的构思、生动准确的形象和哲理性语言之间有机的融合,使得全篇浑如一首格调高昂的抒情诗。小溪流奔流向前,汇成江河,涌入大海,动荡不止,追求不已,而运动正是生命力的源泉。奔腾着的小溪流象征着无法遏止的革命洪流,必将扬弃泡沫渣滓、泥沙枯叶,直达自己既定的目标。《小溪流的歌》所包蕴的诗意境界雄阔，壮彩飞动，涓涓淙淙，滚滚滔滔，构成一曲赞美宇宙常动不息的交响乐；内中群山的静谧安详，溪流的清澈蜿蜒，与大海的蔚蓝坦荡、江河的阔大奔放相映成趣，形成一幅美妙的大写意画，给读者以美感教育的同时，让你不知不觉融汇到诗的氛围里。

如果说诗意存在于严文井的寓言中，就像岚气浮动在山谷里一样自然的话，那么内在的逻辑性和生活现象的合理性，就像这岚气浮动的山谷。山谷，是实实在在的，是生长花草树木的基地，是云雾岚气存身的母体。假如失去了内在的逻辑性和生活现象的合理性，寓言就显得造作而牵强。有人以为寓言可以率意为之，只要说出自己的寓意，而生活现象的合理性与内在的逻辑性似乎不必多虑，这是不对的。在寓言创作中，固然，虚构是允许的，夸张更不可少，如伊索笔下的狐狸竟成为吃葡萄的动物，尽管大自然中根本没有这一类素食的狐狸，可是人们仍然承认伊索塑造的狐狸形象是真实的。这是因为他虚构了某种生活的真实的同时，那艺术夸张下的真实为人们所接受了。假如把狐狸改为无生物——桌子或水桶，显然就失去了内在的逻辑性，变得滑稽而荒诞。严文井的寓言是夸张的、幻想的，但同时又严格地遵守真实生活的逻辑性，因而夸张而不怪诞，虚幻而不失真，显示出作家观察生活和自然的细致独到，艺术构思的完整统一。

如《向日葵和石头》，作家选择的石头与种子，不动的石头和有生命的种子的形象，以及造成种子成长壮大的变化万端的自然条件——冷风、热风、雨水、阳光等，都合理而真切。石头以哲学家自居，想做成一篇《论不动是世界永恒的规律》的哲学论文。然而落在它身边的一粒向日葵种子却要发芽生长，打破了石头的永恒不变的梦。于是石头恨透了种子，它希望刮风，"风倒是刮起来了，而且是一阵风接一阵风，先是冷风，后是热风。或者说，是冷风带来了热风，寒冷带来了温暖，冬天带来了春天。终于,春天在风声里出现了"。结果种子不但没被冻死,反而发了芽,生了根,从石头下面穿过去,挤出了地面。石头为了顽固地坚持自己永恒不变的哲学理论,又盼着下暴雨,把幼芽摧折。结果是雨水滋润了幼苗,使种子终于在大自然的怀抱里成熟。而石头"在冷和热的不断交战,在潮湿和干燥不断更替,在植物根不断穿透以后,终于碎裂了,变成了植物的养料"。这是自然的辩证法,也是从自然现象中总结出的哲理,这种哲理依附于内在的逻辑真实,显得坚实可信。

《回声的结局》同样是这样一篇作品。在自然界里,声音和回声是因果关系。声音引起回声,回声再现声音。没有声音,自然也无从谈起回声。这是显而易见而又极为平常的道理。但严文井在这一平常中寄寓了不平凡的见解:把回声赋予固执而自负的性格,并安排一个生动的戏剧场面。尽管老作家只写了十句对话,却一层层揭示了回声可笑的傲慢和可悲的顽固。几个回合过后,声音忍耐一下,不再争辩,"回声也就没办法再进行什么比赛,再继续争辩自己的优越性,而且,他只好从世界上消灭了。这就是回声所应该得到的结局"。结局在情理之中,令人深思和回味。最近,在一次谈话中,严文井同志曾谈及自己的寓言创作,要力求生活本身和悟出的道理两头都站得住。我们认为,他的创作实践很能证实这一点。除上述两篇作品外,《三只蚊子和一个阴影》,把蚊子喜欢黑暗的生活特征展现得极为生动。《大卡车上的几粒尘土》《尘土的"独立思考"》捕捉了卡车奔驰时扬起灰尘的镜头,赋予鲜明的思想内容和时代特色;而尘土要掩埋大道的夸张,以及路上常见的尘土飞扬现象,作家用艺术的镜头对准他们之后,使人看到了丰富的内涵。严文井的这些寓言,浑如峨眉山寺庙里的一副对联:"一粒米中见世界,半边壶内煮乾坤。"小中见大,平中见奇,寓丰富于单纯,藏深刻于浅显。的确是别具一格,有着自己独特的风格和个性。

四

寓言作为一种文学体裁，是人类和人生早晨时期的文学。人生的早晨，是美丽单纯、快乐天真的童年时期，也是充满幻想和想象的年龄。因此，寓言对于儿童有着极大的吸引力。别林斯基在谈到克雷洛夫寓言对于教育儿童的巨大作用时写道："儿童不自觉地、直感地从它们里面吸取俄国精神，掌握俄国语言，用那对于几乎唯一被他们所理解的诗歌的美好印象来丰富自己。"作为一位著名儿童文学作家，严文井懂得并理解自己寓言的读者对象，虽然不完全是小读者，但必须力争顾及小读者的审美兴趣和理解能力。因此，生动的故事性和幽默的儿童情趣就成为严文井寓言的另一个重要特色。

无疑，寓言本身就具有故事的素质，它是简短明了的小故事，同时又是一针见血的"小型火器里喷射出的连续不断的火舌"（弗朗茨·梅林），但这些特征所借助的表现形式只有语言才能胜任。严文井的寓言，常常用幽默风趣的语言讲述一个生动的故事，用精练的对话勾勒故事中的人物性格，给读者留下难以磨灭的印象。像《飞蛾和台灯》里，作家描写了围着台灯打转转的飞蛾，他一会儿赞扬闪亮的灯泡，一会儿批评绿色的灯罩和黄色的灯座。同时写出飞蛾最讨厌黑色开关的原因，是"因为他好几次都碰在开关上，把脑袋都碰肿了"。活脱脱地写出了飞蛾的神态和盲目的性格。在《会摇尾巴的狼》里，通过老山羊对冒充狗的老狼的"问""看""退""再退""回绝"等五个连贯运作，生动地刻画了山羊沉着、冷静、谨慎的性格，而掉进陷阱里的老狼为了伪装所作出的摇尾巴动作，以及迫使自己说出那些献媚求救的话，都突出了狼的暴虐伪善的性格："为了友情的缘故，只要你伸下一条腿来，我马上就可以得救了。我一出来马上就报答你。比方，我可以给你舔舔毛，帮你咬咬虱子。真的，我是非常喜欢羊，特别是老山羊的。"读到这里，使人感到狼的内心所思与嘴巴上的甜言蜜语，形成可笑的矛盾，尤其狼的报酬行为，更十分滑稽。严文井寓言的幽默风趣，正是在这类对话中表现得分外明显。《三只蚊子和一个阴影》里蚊子们的对话，无论是牢骚还是叫嚣，都极为性格化，像对从前充满美妙回忆的第三只蚊子，"他最欣赏的是孩子们的血液。因为孩子们喜欢吃糖，他们的血中带点难以形容的甜味，显然比成人们的血是高出一筹的"。活脱脱写出了吸血鬼的逻辑，但又极易为孩子所接受。风趣幽默的语言缩短了寓言和儿童之间的距离，让小读者在痛快地笑过之后，悟到老作家的匠心，从而获得教益。这种教益是生活具体化，容易印在孩子们单纯的心灵上，使他们一生都难以忘却。对于一位儿童文学作家来说，这无疑是一种最高的褒赏。

五

严文井的寓言，在艺术手法上，多采用拟人化和对比的描写，很少在结尾时点破主题，而是让人们在阅读中渐入佳境。他力求用形象来说话，让寓言中的人物来表演，在他的笔下，有生物与无生物交替出现，但都为完成主题服务。他善于从现象中发现本质，并巧妙地运用哲学思想加以阐述，哲理和诗情融为一体，冷静的思考和热情的描绘化为一身。在语言运用上，他追求简洁、明快的风格，既口语化又性格化，并具有铿锵的节奏和内在的韵律，因此他的寓言便于朗诵。在艺术构思上，力求平中见奇，往往通过常见的生活现象加以发掘，结尾时戛然而止，余音回绕，耐人寻味。总之，严文井的寓言，每一篇都因为艺术上的成熟、文笔的清新和风格的独特而令人赞佩。

严文井是当代著名老作家,也是一位颇有声望的儿童文学家。他给孩子们写了许多优美的童话,深受广大小读者欢迎和喜爱。虽然,他写的寓言没有童话多,但在寓言创作上所提供的经验非常宝贵,值得我们认真学习和借鉴。从他的作品中汲取营养,对发展和繁荣我国寓言创作是有益的。寓言是文艺百花园中的一枝花,应该有更多的人培植它,爱护它,使它在文艺园地上,同其他花一样绚丽开放,竞相争妍!

　　选自1987年2月安徽少年儿童出版社《鹅背驮着的童话——中外儿童文学管窥》

寓言诗琐谈
——兼评刘征的《海燕戒》

高洪波

也许是童心未泯的缘故,我特别爱读寓言诗。尤其是那种寓意深邃、诗意盎然而又幽默风趣的寓言诗,读罢常使人在不知不觉中感受到理智的启迪,道德的熏陶和生活的知识。使你从夸张的描写中窥见现实的世界,自鸟语兽言中发现人类心灵的秘密,从辛辣的讽刺中悟到人生的真谛。

要谈寓言诗,不能不先涉及它的母体——寓言这一文学体裁。别林斯基曾说过:"寓言是理性的诗歌。它不要求忽然渗透绝对思想秘密时所引起的深刻的灵感;它要求的是那样一种振奋,那是为拥有安详、文静的天性、无忧无虑,同时又是善于观察的性格的人们所惯有的,并且是与生俱来的欢乐精神的果实。"这里,"理性的诗歌"与"欢乐精神的果实",绝不是自相矛盾的,而是从寓言的性质和作用两个角度进行了恰如其分的概括。寓言是如此,寓言诗更不能例外。它是诗,有着诗的凝练含蓄,诗的意境氛围;同时是寓言,寓言有的特征它都具备,寓言没有的长处,它能补充。寓言诗,在古今中外的文学史上,以其独特的外表,呈现着永久的魅力。

曹植似乎是作寓言诗的高手，他面对兄长的威逼，七步吟成的"煮豆燃豆萁，豆在釜中泣。本是同根生，相煎何太急？"就是机智绝伦的一首寓言诗。而左思在著名的《咏史八首》中，曾借大自然中的植物生长现象，表达了对门第观念、豪门权贵的愤懑："郁郁涧底松，离离山上苗。以彼径寸茎，荫此百尺条……"人世之不平，命运之多舛，借助于"涧底松"与"山上苗"两个形象的艺术对比，显得形神毕现！这就是寓言诗的奇妙！

如果把中国古代的寓言诗比为璀璨的明珠的话，外国文学中拉封丹的寓言诗、莱辛的诗体寓言，则犹如晶莹的宝石，同样有着不可估量的审美价值和艺术价值。世界上的寓言诗，大都脱胎于动物故事，而又继承了本民族和外民族寓言动物故事的传统，并且推陈出新，自成一家。在他们的笔下，飞禽走兽，草木虫鱼，并非人类抽象缺点的图解，而是有着栩栩如生的性格，富有典型意义的角色。无论是夸夸其谈的麻雀，还是不自量力的蚊虫，也无论是"一会儿飞到车夫座前，一会儿飞到车夫鼻尖；后来马车重新驶动，它就自认为立了大功"的可厌的苍蝇，还是毫无自知之明的可笑复可怜的《百兽自夸》，都入木三分地剖析了他们所处的那个时代的某些病症，不仅描写了生活，而且解剖生活，裁判生活。例如拉封丹笔下的《两牛相斗》，提炼出封建时代"大人物"你争我夺，"小百姓"无辜遭殃的主题。他笔下的动物，实际是一种社会人物的代表。狮子往往是国王，熊或老虎代表贵族，狡诈的狐狸是官员，猫则充当伪善的教士，狼自然是坏蛋加恶棍。这些众多的形象，帮助他完成了对封建的法国社会的揭露与讽刺，并给后人留下了许多可资借鉴的训诫。正像拉封丹自己承认的那样："一个寓言可分为身体与灵魂两部，所述的故事好比是身体，所给予人们的教训好比是灵魂。"而弗朗茨·梅林谈到莱辛的寓言时也认为是"小型火器里喷射出的连续不断的火舌"。

托马斯·曼也称赞莱辛"锥刺了愚蠢，仇视欺诈，鞭挞了奴性和精神上的懒惰，并极其敬重地维护了思想上的自由"。寓言诗，自问世以来，便是战斗的利器，时至今日，又读到刘征同志近三十年的寓言诗结集《海燕戒》，不能不说是一件让人高兴的事。从时代的需要和人民的利益来看，有必要大大丰富和加强寓言诗的创作，因此，分析一下《海燕戒》的思想内容和艺术特色，对于我们了解寓言诗的创作，无疑大有裨益。

《海燕戒》共收录了五十余首诗，其中大部分创作于"文化大革命"十年内乱之前。这一时期的诗作，尽管是寓言诗，却没有回避时代的呼唤，仍然努力在表现着我们上升着的人民民主共和国的风貌。但这种表现是曲折隐晦的，甚至是借助于讽刺的透光镜折射出来。如在《自命不凡的跳蚤》和《跳蚤三迁记》里，对于无知而又自命不凡的人，对于在爱情上挑挑拣拣，见异思迁的人，作了严肃的批评，在戏谑中感觉出诗人的态度是真挚的、诚恳的。《骏马和老驴》一诗，对于"大便都有传统的规矩"的保守主义者，《小甲虫和蜜蜂》中"自以为参观了整个大厅，却只在一个果皮箱里团团打转"的事务主义者的批评，都是一针见血的。而《八哥儿的艺术》，所涉及的艺术如何适应群众的需要的问题，也具有强烈的现实意义。社会主义的文学，是为着社会主义建设和社会主义事业服务的，社会主义时期的寓言诗，自然也应责无旁贷地起到这个作用。但由于寓言诗的特殊形式，不可能像其他体裁一样，那么直接而坦率地表达自己的感情，奔向自己所希望企及的目标。寓言诗的生命是讽刺和教育，脱离了这一特征，也就脱离了寓言诗的本身。刘征的《海燕戒》里，这种情况表达得尤为突出。诗人通过一只动物园长大的小海燕，企图征服大海时的无知与狂妄，表达了一个深刻的思想："不要以为海燕的子孙一定是海燕，只有海燕的翎毛并不能驾驭大海。"思想的深刻性，借助于泼辣的讽刺显现出来。

但是，寓言诗尽管要说明或阐述一种思想或观念，但却不能滚进干巴巴的石灰堆里，弄得使人望而生厌。它要求这种思想找到恰如其分的形象的躯体，然后自然而然地流露出来。别林斯基论及这一点时曾说过："寓言也直接地表露自己的目标，但不是通过冷淡的说教，不是通过死板的道德箴言，而是通过戏谑的句法，这些句法逐渐变成了谚语、俗话。"这就要求寓言诗在艺术性上必须有所追求，没有巧妙的构思，是无法把作者悟到的深刻的思想表现出来的。刘征的寓言诗，比较注意诗的构思和结构，尽量避开了冗长、沉闷的说教，因而显得机智幽默，读后令人回味之余，又忍俊不禁地浮出会心的微笑。做到这一点，是很不容易的。《老虎贴告示》一诗，通过山大王老虎贴告示的内容，把一个残暴而又专横、狡猾而又愚蠢的老虎刻画得活灵活现：你看它多么"公允平等"又多么"仁慈宽厚"，为了和平和自由，"一禁头上生角，永绝抵触争吵"；"二禁天空飞行，保证上帝安宁"；"三禁水中游泳，保证饮水卫生"；却独独不禁"利爪尖牙"，还"一律宣布合法"。虽然通篇不着一个"帝国主义"，但读者已从中清楚地看见了帝国主义和一切反动派的实质，从笑声中受到教育。这种效果除去精心构思，别无他法。与《老虎贴告示》相辅相成的，是粉碎"四人帮"后刘征同志创作的《鸳鸯和鸭子》（二首），他把那个荒唐的年月里荒唐的做法，用逻辑学上的"归谬法"并在一处，通过鸳鸯被判死刑和鸭子春风得意的形象对比，表现出了对于"四人帮"的鄙夷和唾弃。由于有着鲜明的时代特色，所以读来让人痛快淋漓。再如《春风燕语》，诗人匠心独运地物色了一对春燕，借它们讨论孵卵育雏的新巢问题，对那些松懈怠惰、毫无工作效率的领导机构的官僚作风，作了辛辣的讽刺。如果抽掉了燕子准备在局长的办公桌上筑巢这一生动的构思，而只是泛泛地嘲笑一下"划圈"的现象，显然是达不到如此强烈的效果的。

寓言诗,要想片言居要,警策人心,还必须首先是诗。要保持诗意盎然,除了依靠巧妙的诗思,还需要富有个性化的语言。语言如同诗的建筑材料,不注意选材,则极易出现诗的坍塌。

在《老虎的命名日》一诗里,诗人用富有个性化的语言,刻画了察言观色的狐狸的狡猾。它对毛脱齿落却又不甘衰老的凶暴的老虎,先称他是"弱小者的救星",又说"老虎身上出现越来越多的羊性",最后索性鼓舌如簧:

您应该叫做羊的善心的保姆,因为您见到羊就疼爱得用舌头舐。

或者叫做跟羊融为一体的新型老虎。

只是爪牙不同,但不在乎这一点点。

这些话,除掉狐狸,别的动物是说不出来的。这种出色的描写,如别林斯基所说,"闪耀着戏谑和讥嘲的烟火",而个性化的语言,对于它,又永远是一捆难得的青柴火。我们的寓言诗人,对这捆"青柴火"是需要下一番辛苦才能收割到手的。

文学进入新时期以来,寓言诗挣脱了加在身上的枷锁,出现了一种可喜的局面,除去刘征同志倾尽全力进行寓言诗创作,其他诗人也有些尝试。记得有人说过,不懂得幽默的民族是可悲的。我国是一个富有寓言传统的国度,我们的民族是快乐而风趣的民族,以我们的悠久历史和文化根底,理应多涌现一些有才华的寓言诗人,使我们的生活多一些快乐的笑声,使我们的工作多一面明亮的镜子,使我们的孩子多一些可爱的朋友。

我们期待着寓言诗的繁荣!

选自1987年2月安徽少年儿童出版社《鹅背驮着的童话——中外儿童文学管窥》

特别有意思的"说话"谋略
——探读孙建江的一行"微寓言"东方美学意味

班马

"说"个"话",还要"谋略"?至于吗?

那是必须的。今天人工智能就用"语言"来搞我们人类。

"语言"真是不得了,据说它才是我们人类的文明之根,也才所以就被ChatGPT掌握了去,而来同我们"对话"并"说"得我们一愣一愣的。我在写这一篇探读孙建江寓言艺术的文章之时,就真的在想:好你个机器人,我就给你喂进全世界的"寓言":龟兔、鹬蚌、在船板上刻一把剑、狐狸、葡萄、酒杯里的一条假蛇、一支矛和一只盾这两件兵器在那里斗嘴、庄子、伊索、一只呆兔撞昏在树下结果引来一个傻瓜等。不行,我还要给这个机器大模型发一条指令"只能用一行字"来回答,让它来回答"写微寓言的智者"这个高难度问题。它傻了?它没傻,人家三秒钟之后就吐给我了这两行"话":标题一行"孙建江"/完。文字一行"一个故作神秘的东方儿童文学唯物讲述者"/完。什么意思?这家伙还真有点鬼精:其一它竟极其迅速地"学"会了孙建江微寓言的精髓,那就是它巧妙应用了标题文字而又可不计入内文作为一行的实际信息发布对冲;再以"一行"来完美模拟和展示孙建江文体。其二那就很难判断它是否道德,但起码它精准地复制了任溶溶先生对孙建江微寓言的高度概括。你看,"有一个题目——是一样东西。正文是一句话——是那东西说的话"。任老精准啊,点出一个"物"。"孙建江"是"物"吗?你以为不是"物"?是"人物"好不好!都是实实在在的东西!你知道我真正有点佩服它的是在什么地方?这个 ChatGPT 自己知道它是被"英语"训练出来的,所以还算比较谦虚地暗示了对"东方神秘"语言的敬畏之心。

你突然想到了没有:中国人的"言外之意",能不能搞蒙语言大模型?好啊!我们就用"寓言"来玩它。

读孙建江微寓言,我都不好意思写长文了

短。太短了。极短。短到"一行"。

孙建江微寓言在日本的翻译,就被译作"中国一口寓言"(中由美子)。

这样"说话"有意思吗?结果,真是太有语言之妙的意思了。

仅先举一个例子,读读看——

扩音器

阁下执意问是不是原声,我只能说:是,又不是。这个回答您满意吗?

真妙啊。有声有色。有人。有物。有说不清的情绪。

让我想了半天。结果竟还想到了人工智能身上去了呢。

字短。意长。一个"东西",一个"梗"。抛出一个"题",回你一个"怼"。

别给我来形而上,"我"就是"物","物语"——老天(建江惯用语),这不就是当今网络语态?手机对话?动画感十足。"架空"一代的思维状态?好个游戏问答。这种的"借题"发挥,这种"寓"之文学,这种"含"的"说话"方式,都让我们在一怔之际的思维张力之时,来想想这个了得的"人类说话"的东方式"言外之意",如果它从春秋战国竟至能贯通于今天,那么这种

寓言精神的"背后"含意还真是启悟着当今之惶惶人类，或许对人工智能获得一个猫没有教给虎上树那般保留的"语言绝招"。

你有感受到寓言的场景化和动漫感吗

　　你有没有这样想过：寓言，都不是一种"好好说话"的正常语言方式。你看，正话反说；说这个又不是说这个而是要让你"猜"那个；摆下一个"故事"来跟你"绕"着说。还有，你有没有这样的感觉：其实寓言都很"可爱"！它的说话方式，从人类学来看还真就是十分"可爱"；因为寓言之盛恰在战争、外交、流派辩论、政治斗争的背景之中，中国古代就更体现这种东方"说话方式"，一个大使级的人物孤身进入敌国而对大王却说了一个"故事"，一个静观政治风暴的庄子突然说起山中"大树"，一个引颈自刎的志士在剑下讲述了"某植物"生长史而被对方慨而松绑并拜为上座，以至我在读到《战国策》之中某人以某寓言来当面讥讽某大王之际哑然失笑，但见"王顾左右而言它"的这番当庭反应的"萌"的可爱场景之时，觉得这真好比"动漫"！这"可爱"就在于它来自人类的"早期"。伊索寓言也一样，那只要吃小羊的狼，奇了怪，吃之前还要"说"那么多的"对话"。

　　这就对了。我请你们用动画思维来读孙建江微寓言。

　　你将读到的，正是正宗东方寓言的精神。我们不如"分行"以列出：

　　你数数标题？不用数了，它们全都正是"物"。

　　它们就是那么的一句"直说"都没有。全是"绕"的。

　　强烈感觉吧？充满自嘲、怼你、呛人，还有机智的"对话"。

　　但都是些可爱的"东西"；好玩的"游戏"语言。

　　请注意，特别注意，它们又全都是一个个"场景"。

还有，真不能忘记，有关"寓言"与"天下"：

孙建江微寓言，站立在当今时代的赞扬、犀利与警世。

读"物"，如读"人"

作为中国寓言写作的大家人物，孙建江对此的写作年龄"老"到竟等同于我们这一代的初创写作起始年代的20世纪80年代早期，在纵横于儿童文学理论建构著述之余，他发表寓言作品时所用的"雨雨"笔名，显然其本身就是一种寓言，就让我来"猜"一下：点点。滴滴。从高而下。普世。滋润大地。还有，关键了："雨"和"寓"相通矣。要你猜个鬼，牵强而已。

是的，还不如让我用一个真实经历来"读"孙建江。

今天来集中一读建江创作的微寓言，不由触"物"而感，更让我加重了对"作者—作品"深度连接的品性理解，甚至也引导我对原来略知皮毛的"寓言"品质的加深了解，那就是对这"物"的寓言性的感受力——让我由此而记忆起的一件"物"，是早在1988年际来自杭州的整整一筐"青壳红油鸭蛋"，那年我和韦伶曾一度困顿在杭州（不必去乱猜好吧），结果有三位友人而三种特性，冰波豪气请客吃西餐大虾另加浪漫开怀（果然童话大家），婴音善良体贴从生活细节到心理关怀（果然家庭社会小说独到精湛），孙建江老兄某一日提一大筐鸭蛋出现在我们暂住的满觉陇作协小居，指"蛋"而不知所云："喏……咯……喏……"人走"蛋"留。扎扎实实的整一筐"青壳红油鸭蛋"。朴朴实实的"食物"。诸位，你们是否有人想到了什么"鸭蛋的寓言"，或"寓言的鸭蛋"，那你想多了。此事若反向角色，换了我而去关怀别人，极有可能手捧别出心裁的大把奇异花束外加一首附上的诗歌。这建江现实的"物"的见地，感悟世界的"物"的路径，本真的"物"的表述，对他其中的这一种质地，我也是直到今天集中阅读他的寓言作品之时才有所感悟而可能接通了一个有关他的"质地"与寓言的"质地"之间的连接。

于是，我就敢于来说：寓言的本质并不连接"诗"的精神。

寓言，深深连接着"现实"人生、世间可触的"实物"。

寓言寓"物"而言，物我两忘，物我对话。

孙建江微寓言，则极致凸显了这"物语"。

就像他们的老祖宗庄子那样的"神与物游"。

这寓言的"说话方式"，不游戏才怪。

走向极简，可能是理论家的实践

孙建江在1986年夏天写作了《寓言的矛盾特质》论作。

它在1987年发表于《儿童文学研究》。

你看我这样的一种郑重其事的表达，正是在于我认为此事对于当代中国"寓言"及其"寓言学"所含有的重要意义。如此一本正经地凸显这一个"年代"，就因为那个年代对中国当代儿童文学的美学建设高潮具有的时代指标性。人工智能将"查"到这份时间表。孙建江在那么早的年代将"寓言"的理论思维带入《儿童文学研究》论坛，其实除开寓言理论本身，它还有着一层更深的关于儿童文学本体真正原生价值的纯正定位：我认为，所有秉持和切入诸如"儿歌""童话""戏剧（游戏）""绕口令（游艺）"等，还有"寓言"的这些角度来进入"儿童文学"的，那才是正宗和纯正的儿童文学美学特质。中国当代儿童文学实际上恰走过了漫长一段"奉小说为主流"的发展歧路而不自知。由此，如"寓言理论"在其当时被一时湮没，当可想见。

重读建江的这篇早期"寓言论述",也令我重回那个美学、思辨与充满探研精神的时代,因为其文章之中就是这样的一种扎扎实实、层层递进、逻辑相扣的有如学科建设那般的试图"完形"和"自构"的认真劲头。我不懂寓言,也不在这里来多涉这篇难能可贵的早期寓言论述之中明显的层次感、逻辑点、推导结构等"理论",在这里我更将兴趣和关注放置在孙建江寓言"理论—实践"的这一层面之中:中国的寓言写作者有吗?当然有。多吗?不太多。有深具寓言理论而又持之以恒创作的寓言大家,我相信唯"孙建江"当是者也。

他为什么一直在坚持尝试"微寓言"探索?

为什么如此极简——一个"标题",一行"文本"。

为什么要这么特别地"说话"?

我试图想要发现。我好像"发现"一点。你确认不是人工智能帮你发现的?它?算了吧,它这种英语思维的语言模型想要破译孙建江微寓言人家这种只有"一口""一行"的东方神秘主义和"笑而不答"的隐含、偈语式的"短句"?我看它还是去统计统计孙建江微寓言的诸如"物"的选择规律、孙建江社会观的喜怒哀乐的频次什么的吧。你是说,东方式的,隐含式的,话不是"说"的而是让你"想"的这一种"极短语",就那么"玄"?人工智能是可以达到"假玄"的,它能不断吐出各类组合的玄语。要了悟玄机?它还要加深东方化。其实我并不认为孙建江微寓言是"玄",甚至也不是"妙"。其实我所谓发现的一条线索,实际上恰就是孙建江自己在那篇寓言论述之中所立论依据的"矛盾"这一概念——他通篇正是建立在剖析"矛盾"对于"寓言"本性和特质的决定性意义!

实际上我并没"发现",我只是领悟到了孙建江论证"矛盾"是为"寓言"本体的奥妙甚至是文体精神的这一深层意义——

你将"矛盾"分开，变成"矛"与"盾"。废话。
没"盾"，"矛"也没劲。孙建江谓之"对手"。
"某某"与"某某"。孙建江直接切入寓言之体。
正反之绕。正话反说。明白了吧？
一阴，一阳，阴阳相对相搏。正反不分。玄吗？
正是这个"一对"，不得了，世间皆为"相倚"。
孙建江非常重要地给出了"寓言"博纳"万物"。
（所以你可读到"微寓言"却实为"大千世界"）
重要的到了："正反"是关键！一正，一反，足矣！
极简的微寓言＝一正一反之相搏。足矣。
对手的"相斗"，那就是"好玩"。
竟由此将寓言"对手化"和"对话化"。
（谁还看不出孙建江微寓言越来越"游戏"语态）
你从"反作用力"去想想。挺妙的。
（所以孙建江也是力主"幽默"一派）
这样的"一句话"艺术，别的文类还真做不到。
极简到"一语"，寓言是怎样做到的？
这里就到了我的"发现"：
那就是中国极简的"成语"好不好！
"成语"很多就来自"寓言"好不好！
这也能算"发现"？我们从小就懂。
反正，这从形式之上论证了"一行"寓言体。

东方少年，可以加强一点"寓言式"说话方式

  中国人特别的"说话方式"，东方式的"言外之意"，故意或特意留下大片"空白"的"短语"，那都正是西方人投向中国文化、禅句、偈语及至古典诗词的那种"东方智慧"或"东方神秘"的一个重要落点。你知道吗，在老外热衷的唐诗之中可能列为第一的是哪一首？那就是讲中国古人"说话方式"的，就是李白的《山中问答》：其中的"问余何意栖碧山，笑而不答心自闲"，好玩吧？如果用这种"笑而不答"来玩人工智能，人家都"无语"或"短语"，你让"语言大模型"情何以堪。我们既然是东方少年，其实也是可以在"说话方式""言语能力""语言智慧"之上（比如正话反说、反话正说、自问自答的等）来有意识地领悟一点"东方的隐含"美学取向。其中，寓言显然正为一种。有如西方人，那才不"寓"呢，什么都"直说"的好吧；甚至都不屑于"说"，游猎性和海盗性就直接"打"的好吧。你不信我信，"说话"也是一种中国智慧。

  孙建江微寓言，我认为就充满了那种极有意思的"对话谋略"。

选自 2023 年 12 月浙江少年儿童出版社《中国寓言研究》（第四辑）

思想者的艺术　智慧的花朵
——读余途小札

吴然

一

2019年的中国寓言文学年会，我有幸见到余途。实在是相见恨晚！

我原以为"余途"姓"余"。后来，他从他的多部著作中，挑选了《余途寓言》《心上荷灯》和《愚说》各有特点的三本书寄赠予我。从作者简介中，我才知道，余途本名"陈唯斌"，"余途"是他的笔名。这个笔名似乎蕴涵了某种哲思，并体现或者说充盈在他大量的寓言和"闪小说"中。

在古汉语里，"余"是"我"的指称。"余途"或可以说，既是直白地表明"我的路"，又清醒地警醒自己：人生苦短，所"余"不多，故而要珍惜每一步，走好每一步。"余途"二字，说的即是还有很多路要走。就每一个人来说，除了已走过的路，不论平坦还是坎坷，继续朝前迈步，都是前者的"余途"。余兄以"余途"为笔名，或可以说，这正是提醒和坚定自己的一个警语，尽管对他来说充满了难以想象的艰辛和对毅力的考验。因此读他的书，总让我心生敬意。

二

我不知道卡通版的《余途寓言》，是不是余途的第一本寓言集。这本书是20多年前的2000年，由华艺出版社出版的，装帧素朴雅致。满占封面的，是类似写意木刻的年轻余途的头像；右下角的一个卡通人物，摊开两只手，似乎正在风趣地讲述"余途寓言"。全书分"人言篇""人物篇""动物篇""物言篇""余途篇"五辑，计152篇，一文一图，文图互动，特色浓郁。

马光复先生为这本寓言集所写序言，让我知道余途早在1980年，就参加了北京的一个青年作者培训班，并钟情于寓言的创作。因此，他的"一摞习作"中，最让马老师注重的是寓言。在马老师讲了寓言课之后，余途"还留下来"，提了有关寓言的"许多问题"，马老师——作了简要的解答。余途也"有些腼腆地讲述他读克雷洛夫寓言的体会"。余途喜欢克雷洛夫寓言。由此可以看出，余途很早就向经典致敬，对生活和万物细致观察，锐利思考。有意思的是，大作家、大翻译家任溶溶老先生50年前就翻译了克雷洛夫的诗体寓言。可是直到3年前，手稿居然才像文物一样地被发现！任老把这部译本交给他的忘年"至交好友"孙建江。最近已由浙江少年儿童出版社配以原图出版面市。余途当年读的不知是哪位翻译家的译作，这暂且不管。他说，前几年他曾依据中文克雷洛夫寓言，为北京广播电台"小雨姐姐"改编了20多则适合给小朋友讲故事播音的克雷洛夫寓言，经电台播出并制成CD，挺受欢迎。如今，浙江少年儿童出版社这部任老的传奇译本，他也如获至宝地得到了。余途当年给马光复老师的印象是："认真、向上、刻苦、谦虚、好学。"培训班结束后，余途和他的同学，经常去找马老师请教，探讨寓言文学问题，交流阅读和写作。之后，余途开始在《北京日报》和《学与玩》杂志发表寓言作品。不久，《北京晚报》和其他报刊也开始陆续发表他的寓言新作。从此，"余途寓言"为人所知。他在"人言篇"的《质的较量》中写道——

一个小孩子手里拿着铜球和泥球。他只想用颜色把它们区分开，可两个球都涂着相同的颜色。

一位老人对孩子说："颜色往往造成假象。你掂量一下，哪个重，那便是铜球。"

孩子告诉老人："我分不清谁更重些。"

老人问："你想要什么球？"

孩子果断地答道："铜球！"

老人说："那么，你用力把它们撞在一起，就会分清你需要什么。"

泥球被撞得粉碎，孩子抱走了他要的铜球。

寓言创作，正是"质的较量"。余途以"质"取胜。《余途寓言》中的许多作品，引发读者对旧事物沉没的思考，更激起对创造新生活的向往，并为此不懈地努力和奋进。而勤奋地创作，使余途成为当代寓言名家！

三

"余"与"愚"同音，余途自信而乐观地调侃自己的作品乃"愚说"。2018年浙江少年儿童出版社为他出的寓言选集即以《愚说》为书名。

这是一部诗体寓言。书封上用"言说妙趣横生之事，寓含意味深长之理"来概括这部寓言。余途在"后记"中也说："这本《愚说》用了诗的形式，而每一篇后面都有'愚说'的一句话。诗可以独立，句子也可以独立，诗和句子互为补充，合起来仍然是完整而独立的。"

在我看来，说这是寓言文体的一种创新，亦未不可。多年前，孙建江的"一句话"寓言集《美食家狩猎》以体例的独特和深含哲思意蕴而广获好评，并荣获全国优秀儿童文学奖。现在余途把二者无缝对接，互为渗透而为新品，故而如本书编辑所称"每每有令人叫绝之处"，是颇有道理的。特别是那些"保持孩子般的眼光，如孩子似的发问"的篇什，如《荷花》中"总拿污泥／做我的陪衬／其实／出生在哪儿／并不重要／无论／在哪儿生长／都是一样的／纯粹"，配上"愚说：即便不能改变环境，也要洁身自好"，这样互为补充印证就很完整，更便于孩子们理解寓蕴之所在了。余途说，至于"还有一类作品是孩子暂时难以完全理解的，我想孩子是会成长的，也要长成大人，他们早晚会理解《愚说》究竟在说什么。我们知道，世界并不因为孩子弱小就不向他们展示强悍的特性，孩子恰恰是在不断的接触和不断的积累中增加对世界的了解和认识"。"何况，如今的孩子心智发育早，想象能力丰富，理解能力强，不可小瞧他们"。余途是对的。浙江少年儿童出版社编辑的眼光和胸怀，也是对的，令人感佩。而未能看到儿子余途这本书的母亲，也会在另一个世界喜欢看她儿子写的文字。余途为自己也为读者告慰了亲爱的母亲。

相信《愚说》会作为一本难得的智慧之书，而广受关注和欢迎。

四

我总觉得，寓言是高难度写作。它短小、精悍而蕴含哲思。寓言是思想者的艺术，智慧的花朵。余途深谙此道。他的寓言，总有一种锐利的思想光芒。从1984年4月7日发表第一篇寓言至今，他创作了数百篇寓言。他说："寓言给我带来很多，我也要好好回馈寓言。"

他给自己定了一条写作信条：把写短作为一种习惯。这是他为他的"闪小说"《心上荷灯》（河北人民出版社，2013年版）写的自序的题目。

说到"闪小说"，我想起20世纪六七十年代曾流行的"小小说"，字数一般在千字以内。而"闪小说"这些年的流行，应该说和网络的发达以及人们工作、生活节奏加快有直接关系。我从寓言年会群内看到王宏理先生所发《2020年中国闪小说精选目录》，十分惊讶有一个广大广泛的"闪小说"作家群，其中不乏小说名家、大家。从一些资料看，余途亦为"闪小说"早期倡导者、实践者之一。他从2007年就开始创作"闪小说"。这本《心上荷灯》中的作品，大部分创作于10年前。他说有一部分作品的创作年代还更早一些，而且大体是以寓言形式写成的，收入集子时，又作了修改。显然，这本书像是他对自己创作的一次回顾。不论是小说还是寓言，他都要求自己：短，还是短。而且要写出点"思想、韵味、诗意、火花"，能塑造一两个有特点的人物形象等。正是"为了一定的写作目标去写，在一定的字数范围内创作"，他"把写短作为一种习惯"，"能200字的就不要300字"。这是要定力，也要毅力的！余途做到了，如他所说，"短是一种境界，短是一种习惯"。而我不得要领地叙说，已经有违余途关于"要尽可能地短"的原则。最后，让我们读一篇他的题为《让》的"闪小说"——

让

挤进公交车，我轻舒了一口气。

车上传来售票员温暖的声音："哪位给刚上车的老人让个座，谢谢啦！"我看了一下坐着的乘客大多是青壮年，却不见他们有什么反应。

售票员再一次发出请求。

这时一青年男子艰难地站起来，为老人让座。

我心想：让个座有这么难吗？早该如此！

身边一个女孩子轻声说："我刚让给他的座，他就让给别人。"

我细看那男子，他竟站不直，原来他拄着拐杖。

选自 2021 年 10 月浙江少年儿童出版社《中国寓言研究》（第三辑）

读世界名著《伊索寓言》

马光复

世界名著，经典著作，指的是在全世界范围内，已经得到社会各界广泛认可和关注的各种著作，它在人类历史的发展过程中，具有极高价值。它的价值由于已经超越了时代本身而得以广泛流传，并且影响着一代又一代的读者。

能成为世界名著，它一般都拥有最广泛的读者。它不是只广泛流传几十年，而是几百年上千年，是经久不变的畅销书。名著一般所讲述的都是人类共同感兴趣的内容，能给读者带来许多启迪与感悟。名著永远不会过时，是当今世界上潜在的最强大的文明力量。名著常常是百读不厌的著作。只要你认真阅读，其中的养料是汲取不尽的。名著富于教育意义，它所包含的内容要比普通图书丰富得多，是人类进步不可缺少的最佳老师。

广义的世界名著，不仅仅包含文学名著，还包括科学技术名著、社会科学著作以及人文名著等。

大家公认，阅读图书是我们进步的阶梯。阅读是一个好习惯，是我们获取知识最主要最快捷的途径。

为什么要读名著和经典呢？

首先，所有名著都经受了历史的筛选和时间的考验，都是历久不衰的畅销书。这些书流传了短则几十年，长则几百年甚至上千年，例子举不胜举。外国的如《伊索寓言》《一千零一夜》，我国的如《三国演义》《水浒传》《红楼梦》等，从它们诞生起直至今日，都是畅销书。而不像某些所谓的畅销书，仅畅销几年就悄无声息，被淘汰出局。

其次，这些名著都有极强的思想性和高超的艺术性，魅力无穷，经得住三番五次阅读。名著和经典大都是在歌颂人性的真善美，鞭挞假恶丑，在探索或表达人类对真理、正义、理想的不懈追求。名著不仅仅属于作者和他的国家，它已经超越了国界、种族，成为全人类的共同遗产。

最后，名著和经典都有广泛的读者群体，雅俗共赏，老少咸宜。它的内容对社会各层次的读者都有极大的吸引力。如《安徒生童话》《鲁滨孙漂流记》。这些书，不仅儿童爱不释手，成年人也乐意品读欣赏。名著拥有老中青各年龄段的大量读者，让人见仁见智，各取所需，从中获益匪浅。

可以说，名著和经典，就像是蕴藏丰富的一座座矿山，博大精深，每开掘一次都会有新的收获。

现在，一些同学不太重视阅读名著和经典，究其原因，大概与当前市场经济条件下人们喧嚣浮躁的大背景分不开。具体到同学们的身上，又有客观和主观两方面的原因。

客观上讲，是作业负担重，使同学们没有更多时间去阅读。主观上讲，是人的懒惰本性所致，不愿在经典名著上耗时费力，动脑思考。因为一般的名著大多比较严肃，娱乐性稍差，而且篇幅较长。再加上有些名著所写内容距现代生活比较遥远，同学们会有陌生感。还有就是，与同学们对于名著的特点不了解，对于阅读名著和经典的重要性不了解，也有关系。

因此，家长和青少年教育工作者，有义务积极主动地向孩子们宣传阅读名著与经典的重要性，并积极推荐名著与经典。要向孩子们讲清楚，不要去阅读或尽量少阅读那些没有什么意义的杂七杂八的图书，特别是那些低级趣味的娱乐性图书。既浪费时间和精力，又没有什么有益的收获。

人生短促，时间有限，请同学们用宝贵的时间去尽可能获取更丰厚的知识，拒绝无意义浪费时间与精力的肤浅阅读。

伊索是公元前6世纪古希腊著名的寓言家。他与俄国的克雷洛夫、法国的拉封丹和德国的莱辛并称世界四大寓言家。古老的《伊索寓言》对于另外三位寓言作家都产生过明显影响，特别是莱辛，他的很多寓言就是在伊索寓言的基础上重新创作的。

据传说，古希腊有一个长相奇丑无比但非常聪慧的奴隶。有一天，主人要他到市场上把世界上最好的东西买回来，他便从市场上买了一盘舌头回来，主人问他，为什么买这么多舌头，奴隶回答："因为世界上最动听、最美妙的话语都是舌头说出来的，所以舌头是世界上最好的东西。"主人又让他把世界上最坏的东西买回来，过了一会儿，他又从市场上买来一大盘舌头。主人非常气愤，问他为什么舌头又成了世界上最坏的东西，奴隶说："舌头最坏，它能编造世界上最大的谎言。"主人听了觉得很有道理，只好认同他的看法。这位奴隶就是《伊索寓言》的作者伊索。

伊索出生于公元前6世纪古希腊的撒摩斯岛，是撒摩斯岛雅德蒙家的一个奴隶，曾被转卖过多次。做奴隶期间，他经常编创和讲说寓言故事供主人消遣。因为他机智善言，知识渊博，聪明出众，后来被主人赐为自由人。

历史上还传说，雅德蒙给了伊索自由以后，伊索经常出入吕底亚国王克洛伊索斯的宫廷。另外还传说，庇士特拉妥统治期间，他曾经到雅典访问,给雅典人讲了《寻求国王的青蛙》这个寓言,劝阻他们不要用别人替换庇士特拉妥。

另据希罗多德记载说,他因得罪当时的教会,被推下悬崖而死。死后德尔菲流行瘟疫,德尔菲人出钱赔偿他的生命,这笔钱被老雅德蒙的同名孙子领去。

公元前5世纪末,"伊索"这个名字已为古希腊人所熟知,他创作的寓言故事流传极广。到了13世纪发现的一部《伊索传》的抄本中,有很多关于他的故事。

《伊索寓言》中的故事,有的在伊索出生之前的公元前8世纪,就已经开始流行。公元前6世纪,伊索在世的时候,《伊索寓言》在奴隶和平民中以口头文学的形式广为传播。到伊索去世后三百余年,有一个古希腊人把二百多个寓言故事汇集成册,题为《伊索波斯故事集》,现已失传。公元1世纪初,一个获释的奴隶根据故事集,用拉丁韵文写了一百二十二则寓言。公元4世纪时,一个罗马人又补充了四十二篇。再后来,有人把韵文改成散文,并把许多印度、阿拉伯和基督教的故事也掺杂在里面。经过这样多次的汇集、改写和编纂,才成了现在人们所看到的《伊索寓言》。

由此可见,《伊索寓言》不是一人一时的作品,而是好几个世纪人们集体智慧的结晶。

《伊索寓言》是古希腊文学的重要组成部分,它的价值并不亚于希腊神话、荷马史诗和希腊悲剧。《伊索寓言》内容极其丰富,题材广泛,寓意深刻。它以短小精悍的形式、人格化的动物世界,展示了古希腊人的生存境遇、处事原则。他们或为保护自身力量,或为谋取个人利益,或为寻求个体价值,竭力施展各种才能、技巧、智慧,寓言肯定了他们自然本性的合理性,张扬了古希腊时代的人本精神,从多方面体现了古希腊的民族性格和民族精神。

《伊索寓言》几乎翻译成了世界上各种文字，传遍了全世界。有多种文字的译本，在世界各地都有很大影响。

《伊索寓言》被翻译到中国已有四百多年的历史。据考证，最早把《伊索寓言》介绍到中国来的是意大利传教士利玛窦。他当时只翻译了三四篇寓言。

第一个汉译本《况义》是法国传教士金尼阁口述，中国人张赓笔录的，1625年（明熹宗天启五年）在西安刊行，此书未提及作者伊索的名字。现此书手抄本存于巴黎国家图书馆，国内有它的缩印胶片。《伊索寓言》的第二个汉译本叫《意拾蒙引》（是广东话译名），是英国人汤姆·罗伯特和中国人蒙昧共同编译的。第三个汉译本是张赤山译的《海国妙喻》，1888年由天津时报馆印行，全书收寓言七十余篇。

正式以"伊索寓言"四字为中译本书名的是晚清翻译家林纾。此后的中译本多沿用这个名称。他的文言文译文对当时的知识界产生了不小的影响。鲁迅、郭沫若等现代文学家，在青少年时代都曾是林译的热心读者。到了现代，《伊索寓言》已经是普及性的读物了。不仅语文课本里选了它，而且在全世界几乎家喻户晓。

我们阅读此书有以下好处：

一、了解世界名著，从世界名著、图书经典《伊索寓言》里汲取营养，学到各种知识，学到人生哲理，学到人生智慧，获得阅读的愉悦感和成就感。

二、每一则寓言，每一个小故事，都会告诉你一个道理，让你获得某种知识，认识社会，认识人生，从故事里汲取非常有用的人生经验和教训。

三、从寓言中获取正能量，懂得做人的道理，做好人，做正派诚信的人，做不怕困难的人，做有爱心的人。

四、每一则寓言，都是一篇小作文，小叙事文，是最好的作文范文，我们不仅可以学到怎样写出中心思想，还可以学到叙事、分段的方法，以及各种修辞手法，特别是夸张、比喻、拟人等修辞手法，对我们写作很有帮助。

五、我们可以选择适合自己的某些寓言，讲述给人们听；也可以在集会、公开演出活动中朗诵、表演。通过朗诵、表演，提高口头表达能力以及表演和艺术水平。

七、每篇寓言后面，大多都有一句或几句总结性的文字，可以帮助我们练习阅读后的分析能力，以及提炼、总结中心思想的能力。

八、通过阅读寓言，我们可以了解古希腊，了解西方文化，学到很多历史知识。

九、阅读和学习本书，可以增加我们的文学阅读兴趣，提高写作水平。同时我们也可以参照《伊索寓言》练习创作寓言，学会寓言写作，写出自己的寓言作品。

选自2021年10月现代出版社《伊索寓言》

全国寓言文学首次讨论会开幕词

公木

同志们：

全国寓言文学讨论会现在开幕了。让我代表吉林大学、代表吉林大学出版社和吉林大学中文系对来自全国各地的寓言文学工作者，有关寓言文学的创作与评论、整理与研究、翻译与介绍、教学与编辑的各种专门工作者、同志们，致以衷心的敬礼，表示热烈的欢迎。

长春古属塞外，号称胡天，是八月飞雪的地方，到近代经过我们乃祖乃父几代经营，又被列为避暑的好地方。但是凭实而论，时至盛暑，毕竟还是"赤日炎炎"，有几天也要挥汗成雨的。同志们不畏酷暑，长途跋涉，天涯海角，会聚一堂，来共同探讨有关寓言文学的理论和实践的问题。这种精神令人钦佩，值得我们认真学习。

寓言是文艺的一种，是百花园地中的一花。人们总爱问我们：什么是寓言？或寓言是什么？让我们引用严文井同志为金江同志《寓言百篇》所写的序言中的几句话来作答卷："寓言是一个魔袋，袋子很小，却能从里面取出很多东西来，甚至能取出比袋子大得多的东西。"

"寓言是一个怪物。当它朝你走过来的时候，分明是一个故事，生动活泼，而当它转身要走开的时候，却突然变成了一个哲理，严肃认真。"

"寓言是一座奇特的桥梁，通过它，可以从复杂走向简单，又可以从单纯走向丰富。在这座桥上来回走几遍，我们既看见了五光十色的生活现象，又发现了生活的内在意义。"

"寓言是一把钥匙，用巧妙的比喻做成。这把钥匙可以打开心灵之门，启发智慧，让思想活跃。"

总之，寓言是有鲜明个性和显著特点的一种文艺形式。它和诗歌、小说、戏剧、散文、报告文学，都同样是文艺形式的一种，百花园里的一花。现在，让我在这里宣读一篇金江同志写的：

春天的百花园里
（为寓言写的寓言）

春天来了。

和风轻吹，阳光灿灿。

园里姹紫嫣红，百花争妍，生机蓬勃，春意盎然。真是太美了！谁不赞叹这美丽的景色，谁不欣赏这旖旎的风光！

鸟儿们都飞到这花园里婉转唱歌，蝴蝶们都飞到花丛里翩翩起舞。春色满园，好不热闹！

蜜蜂最懂得如何爱惜春光，他们从来没有辜负春光的美意，每天不断地采花酿蜜，用辛勤的劳动来报告春天的赏赐。

一只小蜜蜂飞到花丛里，花儿们欲向它抬手欢迎，同时拿出自己最好的花蜜和花粉来款待这位可爱的小客人。

小蜜蜂忽然发现一株生长在园边墙角里的小花。她颜色虽不十分鲜艳，但倩丽动人；芳香虽不十分浓郁，却幽馨微透；枝叶虽不十分繁茂，却正好衬托了花儿的楚楚可爱。可是这株小花却没有引起人们的注意。

小蜜蜂马上飞到这株小花上，关心地问道："你看，她们都栽在美丽的花坛里，你为什么独自生长在这角落里？"

小花回答说:"她们是名门闺秀,而我只不过是小家姑娘。重要显著的位置都被她们占了,我被挤了出来,只好生长在园边墙角里"。

小蜜蜂十分同情。又问:"她们都长得那般艳丽动人,而你怎么这样清秀淡雅?"

小花说:"她们得到的是丰腴的肥土,而我却长在薄瘠的瓦砾浅土上。她们经常有人浇水培土,而我却很少有人来浇一下水,培一下土。感谢大自然的赐予,阳光和雨露是无私的,我和她们同样享受一份。所以我还能活下来,也能生叶长枝,也能开花,也可以为春光点缀一分美色,呈献一片心意。"

小蜜蜂听了十分感动,带歉意地说:"对不起。我倒忘了问,你叫什么名字?"

"我叫寓言。我也是百花园里的一枝花呀!"

今天,金江同志为寓言文学创作的呼吁,得到响应了。我想,可以这样说,我们这次讨论会,就是要为寓言这枝小花来浇水,来培土的。园边墙角,也许这里的土壤会更富于生机。在迅速发展着的大城市,哪座新城不都坐落在郊区?深圳特区还是在荒滩上陡发生长起来的呢!

我们这次会议,邀请了七十多位同志,人数不算多,但却是全国性质的。在这个意义上说是一次盛会。到会的有从事寓言研究和创作且卓有成就的老同志,也有近年来活跃于寓言文学战线上的一大批年轻同志。老中青结合起来,这就预示着:我们有决心、有力量,也有条件把生长着寓言花丛的"园边墙角"开辟成"别有洞天",开辟成"曲径通幽",开辟成"深圳特区"。

现在,我们先不忙自我颂扬。也还不到奉行庆祝典礼的时期。我们需要沉思,需要钻研,需要就理论问题与实践问题进行讨论。交流经验,交流信息,共同总结,携手前进。让我们把这次讨论会,作为一个起点,一个万里铁流的发端。让我们吹响联合进军的号角吧。如果说是为寓言文学浇水、培土，那当然是浇汗水、浇血水、培智土、培慧土，只有血汗之水、智慧之土，才是最富营养，能促进生机的。

大家熟知，寓言文学在我国源远流长，它同希腊寓言、印度寓言一道构成了世界寓言的三大源流。早在两千多年前的春秋战国时代，随着百家争鸣、诸子横议的局面的形成，随着哲学思维的发展和文学艺术的繁荣，寓言文学就开始出现并达到了第一个高潮。产生了足以与《伊索寓言》（古希腊）与《五卷书》（印度）相媲美的先秦诸子寓言，从而奠定了中国寓言的面貌，在内容与形式上都趋于定型，而形成了中国寓言的民族传统。"从先秦寓言而发展出两汉寓言，而发展出魏晋南北朝寓言，而发展出唐宋寓言，而发展出元明清寓言，以迄于今。在现代文学基础上，中国寓言文学仍在得到继承和发展：中国寓言已经形成了它的文体特色、民族特色与时代特色。"这是陈蒲清同志著作中所探讨，并且明确指出了的。他还指出，中西寓言的共同性是讽喻性和比喻性，它或寄托一个教训，或阐发一个观念，把教训或观念寄寓在一个具有一定情节的故事里（所以可以说是有故事情节、有性格形象的高级比喻形态）。这是中西寓言的共性。不同的是，西洋寓言重幻想，以神话故事和动植物故事为主。中国寓言重哲理，以民间故事或历史传统为主（虽然这不是绝对的，是比较而言的）。这就形成了不同的传统。印度寓言（《五卷书》及《本生经》等）则介乎中西之间。为什么会出现这种现象？这是值得进行研究和探讨的，这也不是三言五语说清楚的。简单说，古希腊的《伊索寓言》出现于由野蛮进入文明，人类所固有的第一个剥削形式、奴隶制社会时代，在这个时代原始神话还是一切文学艺术的"武库"或"土壤"。这样，神话色彩、拟人化就成了它主要的和重要的表现手法。中国寓言，出现并成熟于春秋末战国初，正是中国古代封建社会的转型期，丰富的神话故事大都被剪裁为历史传统。这对中国的寓言文学，甚至整个文学传统，不能不给予显著的影响。

印度寓言（以至印度文学）所以介乎中西方之间，也就是由于它成熟并发展于奴隶制至封建制的漫长过程中，其特点是增加了更多的、更浓厚的宗教色彩。但是它对人生的态度是肯定的、积极的、实事求是的，这与印度哲学把人生看成是幻影，像水泡、电光火花、影子一样虚幻，恰成鲜明对照。这是由于寓言文学的人民性、民间性决定的。

我们研究中国寓言文学，当然要同世界各国的，尤其是希腊和印度的寓言文学相对照、相比较。有的同志说，泛舟于中国古典美学之海，就发现了中国美学是世界美学两大体系的一种。假如说西方创造了偏于客观模拟，以人物、典型为核心的再现美学；那么中国则贡献了偏于言志抒情，以意境、韵味为核心的表现美学。假如说西方美学偏于美与真的统一，偏于美学和哲学认识论的统一；那么中国古典美学则偏于美与善的结合，偏于美学、伦理学和心理学的结合。这种不同的美学思想，体现在寓言文学上，应该怎样认识呢？这当然需要对照，需要比较。在这方面，我没有发言权，但有提出问题的诚恳要求，有请教解答的迫切愿望。在我们同行中，从事翻译工作的同志，从事介绍工作的同志们，在这方面是我们的老师，是我们的向导。他们不只是用世界的、人类的精神财富丰富我们，而且还使我们增长知识，开阔视野，能够更深刻地、更全面地发掘我们的民族传统，更有助于对中国寓言的研究。

总之，寓言文学的翻译与介绍是推进寓言文学研究的一个非常重要的环节。这个任务，应该提到现实的日程上来了。我们说，一手伸向古代。一手伸向外国。但我们双脚还是要站在中国今天，站在社会主义新中国的现实基础上。整理与研究，翻译与介绍，最后还是为了丰富和发展寓言文学的创作与评论。

说到寓言的创作与评论，使我们不禁想起鲁迅的《野草》，想起《雪峰寓言》，想到新中国成立以来的许多优秀的寓言作品。比如《艾青诗选》第八辑便是《两个寓言》——《画鸟的猎人》和《养花人的梦》；去年诗歌评奖得了一等奖的黄永玉的诗集《曾经有过那种时候》，其中相当部分诗作，亦是寓言体或者运用了寓言手法。再如刘征同志的寓言诗，以及在座的金江同志的《寓言百篇》、黄瑞云同志的《黄瑞云寓言》都赢得了众多读者，堪称现代寓言文学的佳作。我们这次会上搞的近年寓言文学作品小型展览便是寓言创作丰收的最好证明。我有这么一点预感：在中国文坛上将会或者说即将到来一个寓言文学创作的繁荣时期。

因此，有些问题必须要从理论上进行研究或探讨的。如现代寓言文学应该具备哪些特点；寓言与诗歌、寓言与小说（小小说、科幻小说）、寓言与戏剧、寓言与电影（特别是木偶戏、卡通片）、寓言与其他诸种文体（儿童文学、漫画等）到底是什么关系……老子说："吾不敢为主而为客。"我想，在文艺百花园里，寓言这位"小家姑娘"，绝对不会长期蹲在"园边墙角"，她可以到处逛逛，到所有花坛的"名门闺秀"家去登门作客，无论走潇湘馆，还是蘅芜苑，也无论是怡红院，还是稻香村，无论是诗的王国，还是小说世界。"寓言"都将成为被欢迎的客人，她将受到诚恳的邀请。她会带来生气、带来欢颜和笑声。当然，不是喧宾夺主，她将永远遵守着老子的箴言："吾不敢为主而为客，不敢进寸而退尺。"但是，她是会受到欢迎的，整个"大观园"里都将听到她的笑声，看到她活泼、轻快、幽默、风趣的风采。我这么想，在诗歌、小说的创作中，并不是一帆风顺，似乎也遇到某些困难，有些要话，非吐不快，又说着不方便，或者担心听者刺耳，或者感到没有办法引人入胜（如对官僚主义、某些不正之风，还有许多现实生活现象问题，怎么表现呢？诗人、小说家似乎有些棘手）。寓言作为一种文学样式，或者作为一种表现手法，确实能给诗歌、小说、独幕剧、小电影等兄弟姊妹帮帮忙的，可能还会帮上大忙的。

基于以上这种想法，我想，在寓言文学的创作与评论上，必定会出现一个新的繁荣时期。当然这还有待于我们的努力。

最后，我想强调一点，到会同志相当大部分是从事教学工作和编辑出版工作的。我们的寓言文学，从整理研究、翻译介绍到创作评论全面展开以后，具体落实到哪里去呢？

首先，落实到教学活动中。寓言文学不仅在"讲读写作"课，在"文学概论"课，在"文学史"课等占有一定席位，而且还可以开出多种形式的专题课、选修课。我曾在20世纪五六十年代主讲过《先秦寓言概论》，可不可以再扩大些呢？如两汉寓言、魏晋六朝寓言、唐宋寓言、元明清寓言，或历代寓言，或希腊寓言、印度寓言，或寓言文学概论、中国寓言史、世界寓言史……在高等学校的课堂上应该使这一枝小花大放异彩。这是完全可能和应该的。

其次，落实到编辑出版中。编辑出版人员是为创作研究做组织、促进工作的先锋和后盾。我们的研究、创作如果能够和编辑出版挂上钩、结合起来，那样我们的寓言文学工作，就会风调雨顺了，丰收也就有了保证。这道理用不着多说，大家心里都明白。我们这次会议，在很大程度上是由从事教学、创作与编辑的同志们催促召开的。怎样在教学战线与编辑出版、创作方面的同志们共同开展寓言文学工作，这也是我们这次会议上很重要的一个议题。

同志们，这次寓言文学讨论会，规模不大，但却是第一次。不是说万事开头难吗？千里之行，始于足下。如果我们能够大踏步前行，再过几年，必将硕果累累，到那时再回忆我们这次会议，就会真正感到它的深远意义了。

当然，更重要的是我们说做就做，说干就干。用汗水和智慧，一步一步地走下去，一点一点地做起来。从细小的萌芽，生长成合抱的大树；用小块土疙瘩，筑起九层的高台。事在人为嘛！要紧的是在起点上就把目标看真切，把方向定准确。在党的三中全会以来所制定的路线指引下，不忘人民利益，接受人民的监督，以人民做父母，那么，我们就无往而不胜！是的，这次讨论会只是一个起点。让我们就拿它做起点吧！

起点不是懒惰的席梦思

起点不是长舒了一口气的句号

起点在历史与现实的纵横交叉处

它是引满了的弓弦

它是抠起扳机的枪膛

它是越过千山万水直达北京的始发站

它是显示出 OK 信号的宇宙飞船的发射场

从起点起飞　从起点起步

现实决定目标

历史指示方向

航线或路线在起点上便已明确

当然在前进中还需要不断矫正

让我们群策群力，培植我们寓言文学的合抱之木，筑起寓言文学的九层之台吧！

祝同志们精神愉快、身体健康，克服一切困难（包括由于我们经验不足、准备不够，造成的某些不方便）把讨论会开好、开成功。把寓言文学工作胜利开展起来！

1984 年 7 月

（本文作者为首届中国寓言文学研究会会长）

中国寓言文学研究会成立的情况及成就

马达

中国是世界寓言文学三大发祥地之一，有着丰富的遗产。五四运动后，鲁迅、郭沫若、冯雪峰等作家创作了一些精湛的寓言。新中国成立以来，涌现了一批新的寓言作者，创作了许多富有生活气息、发人深省的寓言。在"文化大革命"中，寓言受到了摧残，寓言创作成了禁区，党的十一届三中全会以后，寓言才得到新生。

为了更好地接受中外优秀的寓言文学遗产，加强寓言文学理论研究，提高寓言创作水平，一些寓言作者、译者、研究者在1983年酝酿成立中国寓言文学研究会，并于同年11月在北京召开了两次筹备会议，组成了筹委会，并在长春向寓言界发出了关于成立中国寓言文学研究会的倡议。

倡议发出后，得到了广大寓言作者、译者、研究者、教学工作者、编辑工作者的热烈拥护和积极响应。1984年7月30日至8月2日，由吉林大学主持，在长春召开了全国首次寓言学术讨论会，参加讨论会的有来自全国二十几个省市自治区的寓言作者、译者、研究者、教学工作者、编辑工作者八十余人。1984年8月2日，中国寓言文学研究会在长春宣告成立。参加全国首次寓言学术讨论会的代表，经过反复协商，选出了中国寓言文学研究会的领导机构。寓言研究家、诗人公木任会长，寓言作家、研究家仇春霖、韶华、金江、朱靖华、吴岩任副会长，马达任秘书长，赵明、顾建华任副秘书长，理事中有寓言作家、研究家、翻译家刘征、叶永烈、黄瑞云、吕德华、凝溪、湛卢、申均之、陈蒲清、白木松、傅庆升、陈洪文等，聘请寓言作家、研究专家严文井、严北溟、张天翼、杨公骥、宗白华、陈伯吹、罗念生、季羡林为顾问。大会通过了会章，确定中国寓言文学研究会的任务和宗旨：研究寓言文学理论，研究古今中外的寓言和寓言作家，提高现代寓言创作水平，翻译介绍优秀的外国寓言，交流寓言创作、研究、出版和教学的经验，使寓言沿着为人民服务、为社会主义服务的方向，在社会主义物质文明和精神文明建设中发挥更大的作用。

中国寓言文学研究会的成立，引起了有关方面的重视和关注。《文艺报》《光明日报》《文学遗产》作了报道，上海《新民晚报》发表了吴岩同志的散记《记中国寓言文学研究会》，《吉林大学学报》《枣庄师专学报》《长春日报》《河南日报》《群众文化通讯》等报刊作了报道。中国作家协会《作家通讯》把中国寓言文学研究会的成立列入了1984年文学活动的"大事记"。

1986年7月30日至8月3日，中国寓言文学研究会在北京召开了第二次寓言学术讨论会暨第二次年会。中国作家协会书记处书记、中国寓言文学研究会副会长韶华，中国民间文艺研究会副主席贾芝到会并讲话，香港儿童文艺协会孙重贵先生发来了贺电。《文艺报》《文学报》《人民政协报》《北京晚报》以及一些地方报刊对这次会议作了报道。

1990年12月经选举，产生了中国寓言文学研究会第二届理事会，1991年1月20日至22日，在北京召开了第二届理事会第一次会议，选举公木为名誉会长，仇春霖为会长，韶华、金江、朱靖华、陈模、刘征、陈蒲清为副会长，马达为秘书长，顾建华、盖壤等6人为副秘书长，聘请戈宝权、艾青、叶君健、严文井、陈伯吹、季羡林为顾问。新增选的理事有杨啸、曹廷伟、曹华、鲍延毅、李继槐、赖云琪、邝金鼻等人。

中国寓言文学研究会的成立，是中国寓言文学走向繁荣的重要标志。中国寓言文学研究会成立以来，寓言的创作、研究和编选，出现了前所未有的兴旺景象。在这期间，涌现了一批有实力的新作者，出版的寓言集达一百余种。成绩较为突出的有金江、黄瑞云、凝溪、刘征、吕德华、石飞、许润泉、邱国鹰、罗丹、蓝芝同、刘猛、吴树敬、徐强华、段明贵、曹华、海代泉、陈乃祥、吴广孝、湛卢、鲁芝、周冰冰、李继槐、林植峰、黄天戈等。研究方面有新的突破，主要有公木的《先秦寓言概论》、鲍延毅主编的《寓言辞典》、陈蒲清的《中外寓言鉴赏辞典》《世界寓言通论》、戈宝权的《明代中译伊索寓言史话》，此外还有朱靖华、马达、黄瑞云、陆永品、陈蒲清、蓝开祥、白木松、吴秋林、于秀芳、赵沛霖、鲍延毅、熊宪光、张之伟、林植峰、王景琳、谭家健、任明耀、崔宝珏、林坚等人的学术论文六十余篇。编选方面主要有公木、朱靖华的《历代寓言选》，刘征、马达、戴山青的《寓林折枝》，朱靖华的《苏东坡寓言评注》，祝余的《中国古代修养寓言选》《宋濂寓言选释》，马达的《庄子寓言选》《列子寓言选》《古代劝学寓言》《中国古代动物寓言故事》，徐世英等的《白话古代寓言》，金江和吴广孝的《中国现代寓言选》，徐强华的《中国科学寓言选》，曹廷伟的《中国民间寓言选》，吴秋林的《外国民间寓言选》，金江的《世界寓言选》《世界寓言精品500篇》等。翻译方面有陈际衡和赵世英译的《俄罗斯寓言百篇》、吴岩译和纪伯伦著的《流浪者》、张福生译的《达·芬奇寓言童话故事选》等。

中国寓言文学研究会成立后，报刊上发表寓言作品的数量明显增加。金江主编的《寓言》丛刊共出了九期，《人民日报海外版》和《人民政协报》

发了寓言专辑,《人民文学》《诗刊》《童话报》《少年儿童故事报》《晋阳文艺》《妇女生活》《人生与伴侣》《鹤城晚报》《贵阳晚报》以及《童话》丛刊都集中发表了较多的寓言作品,金江、黄瑞云、李树槐、杜梨、马达等人的寓言作品已选入英文版《中国文学》介绍给外国读者,仇春霖等人的寓言作品已选入《中国新文学大系》。刘征的寓言诗集《春风燕语》在全国第二次新诗集评奖中获奖。曲一日的系列寓言集《狐狸艾克》获中国作家协会首届(1980—1985)全国优秀儿童文学奖。中国寓言文学研究会还与上海《儿童时代》杂志联合举办了寓言创作征文评奖活动,方崇智、张秋生、方轶群、林植峰、唐占全五人的作品获奖。

1991年1月

寓言文学的春天来到了
——全国首次寓言文学讨论会总结发言

仇春霖

同志们：

全国首次寓言文学讨论会，从七月三十日开始，到今天结束，历时四天。出席这次会议的，有老一辈的寓言文学研究专家、作家、编辑，也有二十多岁的新秀。我们寓言文学界八十多位老年、中年和青年朋友们欢聚一堂，热烈讨论寓言文学研究和创作问题。这是古今中外历史上的一次空前的盛会，这是文学史上的一次值得纪念的盛会。这次盛会，预示着我国寓言文学的创作和研究将会发展到一个新的阶段。

在这次会议上，同志们讨论了我国社会主义建设新的历史时期寓言文学的方向和任务，寓言的本质和特征，以及当前寓言创作、研究方面的问题；同时，也讨论了寓言文学研究会的工作，并经过推选产生了研究会的第一届理事会。中国寓言文学研究会的成立，是我国寓言文学开始振兴的一个重要标志。

中国和希腊、印度，是世界寓言文学的三大发祥地。我国的寓言文学有着悠久的历史和丰富的遗产。继承我国优秀的寓言文学遗产，对于繁荣社会主义寓言文学，具有十分重要的意义。从我国文学史上看，寓言文学的发展，至少出现过四次高潮。首先是先秦时代，诸子百家普遍运用寓言来阐述自己的哲学思想和政治主张，形成了我国历史上寓言文学的第一次高潮。其次是隋唐时期，以柳宗元、韩愈、刘禹锡、白居易等为代表，创作了不少散文寓言和寓言诗，这也是我国历史上寓言文学异彩纷呈的时代。再有是明清，宋濂、刘基、江盈科、冯梦龙、唐甄、蒲松龄等，写了不少脍炙人口的寓言，而且汇成了专集。新中国成立以来，特别是党的十一届三中全会以来，我国的寓言创作又出现了繁荣的景象。在这个时期里，虽然有过曲折，但总的趋势是愈来愈走向繁荣。初步统计，新中国成立以来出版有几十本寓言专集，有十几种古代寓言选本，有十几种寓言译本，还有几本寓言研究专著；同时，还形成了一百多人的作者队伍。这些著作，比起其他文学作品不算多；这支队伍，比之其他文学队伍不算大，但也是空前的，而且它还在继续向前发展。从历史上看，社会大变革时期，政治开明时期，学术思想比较活跃的时期，往往是寓言文学发展的时期。我们的国家，正处在社会主义建设的新的历史时期，这是一个思想解放、政治开明、经济繁荣、社会稳定的新时期。这样一个历史时期和社会条件，对寓言文学的发展是极为有利的。所以我说，寓言文学的春天已经来到了。在党百花齐放的方针指引下，我国的寓言文学大有希望，大有前途。只要大家自强不息，我们寓言文学园地一定会出现群芳竞艳、百卉峥嵘的繁荣景象。

寓言作为一种人类古老的文学样式，有它独特的社会功能。寓言虽是一种文学作品，但是我觉得，最好不要把它单纯作为文学作品来看。因为寓言历来是思想家、政治家用以阐明哲理、宣传自己的政治主张的。它是哲理性、政治性很强的文学作品。所以，别林斯基说它是"理性的诗歌"，莱辛说它是"普遍的道德格言的形象化"。寓言是哲理的结晶、思想的结晶、智慧的结晶、知识和经验的结晶。寓言作家不仅是一个文学家，而且应当是一个思想家、政论家、博学家。人们常把寓言比作"小花""小草"，从篇幅来说是短小一些，但文学作品的社会功能大小，并不是由篇幅决定的。唐诗、宋词文字很少，绝句、律诗只有几个字，没有人把它看作是"小花""小草"。以篇幅大小来衡量文学作品的社会价值，是一种形而上学的观点。事实上，有些短小的寓言，比起洋洋数十万言的鸿篇巨著的社会作用要大得多，生命力要强得多。我国古代的许多寓言，对启迪人们的思想，对改变人们的政治态度，甚至对安邦治国都产生过巨大的影响，至今还为人们广泛传诵和运用。文学作品，像寓言这样流传广泛、普遍运用、经久不衰的并不太多。这说明，寓言文学有着广泛的群众基础，有着深刻的社会影响，有着强大的生命力。

但是，我国寓言文学的发展却比较缓慢。这有多方面的原因。有社会方面的原因，政治方面的原因，工作方面的原因，也有我们主观方面的原因。现在，我国的社会条件、政治形势很有利于寓言文学的繁荣和发展，接下来就是靠我们自己的努力了，局面还是要靠我们自己去打开。中国寓言文学研究会成立以后，我们一定要积极工作，努力开创寓言文学的新局面。

为此。首先要做好三件大事：

第一，繁荣和发展寓言文学的创作和研究。

应当承认，当前寓言文学的创作和研究很不适应时代的要求、群众的要求，也不适应寓言文学本身发展的要求。寓言文学应当在建设社会主义物质文明和精神文明方面更好地发挥它的作用。这就要求我们创作出更多的适应新的历史时期总任务要求的思想性强、艺术性高的优秀作品来。

新中国成立以来，出现了不少寓意深刻、形象感人的好作品。但是，总的来说这样的作品还是相对少了些。真正脍炙人口的作品，更是凤毛麟角。内容浮浅，缺乏新意，表现手法陈旧等现象也还存在。看来，有的作者对寓言的本质没有深刻的认识。吴秋林同志的发言《论寓言的本质》表示赞同莱辛的结论，"要求每个寓言都能表达具有普遍意义的人生哲理"，"达到哲学意味的最高境界"。我觉得这个发言很有见解。人们常说"寓言就是寓意于言"。"寓意于言"的不一定是寓言，但是寓言必须"寓意于言"。"意"是什么？就是思想。要写好寓言，首先要有明确的思想，而且要把这种思想升华、凝聚成一种哲理。这种哲理，应当具有永恒的认识价值。还要把这种哲理形象化，用一个虚构的形象的故事表现出来。而这个故事，还要用简洁、凝练、生动、诙谐的语言来表达。这样才能写出一篇好的寓言来。如果对寓言的本质不理解，没有深刻的思想，没有形成具有普遍意义的人生哲理，为编故事而编故事，即使这则故事编得很形象、生动，也不会有什么认知价值和社会价值。

另外，一篇好的寓言还应当具有强烈的时代感。今天，我们讲它的生命力，讲它的社会功能，主要看它在建设社会主义物质文明和精神文明方面所起的作用如何。我们的寓言作品，如能够针对现实生活中的问题，阐明一些哲理，对四化建设，对社会文明，对青少年的成长起到促进作用，就会引起社会的重视。人们就会承认它的价值，也会给予它应有的地位。所谓寓言的社会地位问题，我觉得关键在于我们自己要拿出有影响的作品来。因此，寓言作者必须坚持为人民服务，为社会主义服务的方针。深入到现实生产中，去探索新的思想、新的题材、新的表现方式，去获取具有现实意义和时代气息的新的素材，这样我们的路子才能越走越宽，才能产生具有强烈的时代感的好作品来。文学要与时代、与生活同步前进，寓言当然也要与时代、与生活同步前进。否则就不会有生命力，不会有发展前途。

新中国成立以来，寓言文学的研究也有了很好的基础。但是，从总的方面看，在理论建设、遗产的整理、民间寓言（尤其是少数民族寓言）的发掘方面，也还有薄弱环节，有大量的工作要做。中国寓言，不仅是先秦诸子，汉魏六朝，隋唐五代，宋、元、明、清，都有丰富的遗产有待进一步开发。我国的民间寓言、少数民族寓言也是一个大宝库，也有待我们去开发。在理论研究方面，关于寓言的定义和本质问题、寓言的特征问题、寓言的分类问题、寓言的艺术特色问题、中国寓言的起源问题、现代寓言的发展道路问题等，都需要进行深入的探讨。

这次会议以后，希望从事寓言创作和研究的同志们，勤奋工作，艰苦努力，一定要在创作和研究方面有所突破，拿出一批优秀作品和研究成果来，这是我们打开新局面的关键。

第二，要加强寓言文学队伍的建设。

要开创新局面，还必须把我们的队伍组织好、建设好。我们的队伍建设，当前急需做好三方面工作：一是组织起来，二是要发展，三是要提高。

这次会议，是组织寓言文学队伍的开始。出席这次会议的有八十多人，来信表示支持的有四五十人。我们估计，还有相当一部分同志没有联系上。希望各省市小组，与寓言作者和研究者广泛取得联系，把我们现有的队伍进一步组织起来。

我们的队伍，现在总共二百人左右。从数量上说，与我们这样一个大国，与我们事业发展的要求是极不相称的。所以，要积极发展我们的队伍，特别是在青年人中间，在少数民族中间，要注意发展。我们的队伍不大，再后继无人，就更危险了。

另外，还要努力提高我们队伍的素质。前面谈到，一个优秀的寓言作家，不仅是一个文学家，同时也是一个思想家、政治家、博学家，否则是不可能写出好寓言来的。所以，提高我们队伍的素质，不只是要增强文学修养，更重要的是还要提高思想政治水平、马克思主义水平，同时还要不断扩大知识领域。思想境界高，知识领域广，这是从事寓言创作的先决条件。尤其是对决心献身于寓言文学事业的有作为的年轻同志，大家要为他们创造条件，积极帮助他们成长。我相信，只要我们积极努力，我国一定会出现像伊索、克雷洛夫这样的寓言大师，而且应该是比他们更加高大的寓言大师。这样，我们的事业就会格外兴旺发达。

第三，要加强丛书和阵地的建设。

有计划地、系统地编写、整理出版一些专著和丛书，对推进寓言的创作和研究有重要意义，这也是我们的一项基础建设。需要编写、整理的书很多，我想可以先着手进行这几部：《中国寓言文学发展史》、《寓言文学辞典》、《中国历代寓言选编》、"中国古代寓言作家研究丛书"、《当代优秀寓言作品选集》、"外国寓言作家研究丛书"等。编写、整理这些专著和丛书是一项浩大的工程，需要我们全体同志共同努力。

阵地建设格外重要。我们已经有了一个阵地《寓言》，这是古今中外第一个寓言刊物。它的诞生，对促进寓言创作将会有重要影响。这个阵地现在需要巩固和改进。我们还将筹办一个寓言研究丛刊，以此来促进寓言文学的理论建设。希望大家一齐动手，把这两个刊物办好。

同志们，在这次会上，经过大家推选，产生了第一届中国寓言文学研究会的理事会。我代全体理事感谢同志们的信任。我们决心，尽自己的最大努力，做好工作，为繁荣寓言文学作出贡献。但是，要发展我们的事业，主要还是靠大家的共同努力。所以，我们希望全体会员树立信心，勇于探索，开拓新路，团结前进，为振兴我国的寓言文学事业而奋斗。

1984年8月2日于长春

辉煌四十年

凡夫

20世纪70年代末,中国进入改革开放的新时期,各项事业欣欣向荣,文学也进入一个空前繁荣的新阶段。就在这样一个大背景下,中国寓言文学发生了一件具有里程碑意义的大事,1984年8月1日,在《中国人民解放军军歌》词作者公木先生的倡导下,在季羡林、陈伯吹、严文井、张天翼等老前辈的鼎力支持下,仇春霖、朱靖华、金江等几十位作家、学者、出版家聚集在吉林大学,宣布中国寓言文学研究会正式成立。中国寓言文学研究会的诞生,标志着中国寓言人有了自己的组织,中国寓言文学队伍真正成为文学大军中的一个方面军。

自此以后,中国寓言文学研究会在公木、伊春霖、樊发稼、刘斌、凡夫、孙建江等历任会长的带领下,坚持每两年召开一届年会,交流创作经验,评论寓言作品,开展理论研究,进行金骆驼奖和金江寓言文学奖的评比,中国当代寓言走向了从复兴到振兴、从兴旺到兴盛的新征程。

弹指四十年过去。现在回顾中国寓言文学研究会所走过的历程,堪称一路凯歌,一路辉煌。

四十年来，中国寓言文学研究会团队由小到大，由弱变强，真正成了一支"队伍"。

中国寓言文学研究会成立之初，会员只有几十人。经过多年努力，队伍逐年发展，仅在中国寓言网上注册的会员就有4800多人。许多省市也相继成立了寓言文学研究会，还命名了数量可观的寓言特色学校，形成了颇具影响的京津沪寓言作家群、两湖寓言作家群、江浙寓言作家群、东北寓言作家群、温州寓言作家群、台州寓言作家群、襄阳寓言作家群等寓言群体。中国寓言文学研究会会员遍布各行各业，有作家、学者、出版工作者、翻译工作者、艺术工作者、职工、农民、公务员、教师、学生、企业家、经济学家、科技工作者、自由职业者，出现了几十位在全国具有一定影响的寓言作家。出现了金江、黄瑞云、湛卢、彭文席这些堪称高峰的寓言大家。还出现了夫妻作家、兄弟作家、父子作家等可喜现象。女作家群体的崛起，也成为寓言文学界的一道亮丽风景。

四十年来，中国寓言文学的创作，顺应时代，锐意创新，进入一个空前繁荣的黄金期。

随着中国社会、经济、文化生活的多元化，中国寓言文学也随之发生了很多变化，面对五彩缤纷的市场经济和五花八门的文化思潮，寓言作家与其他文体的作家相比，显得更为冷静，更为清醒，更为理智。大家在注意向外拓展的同时，更注意向人的内心掘进，努力用寓言故事传递一些新的观念、新的信息，始终没有忘记对中国优秀传统文化的坚守和传承，用自己的作品使人们在喧嚣中得到安定，在浮躁中得到宁静，在迷茫中得到澄清,在污染中得到净化。当代寓言所反映的社会生活、思想情感,远比传统寓言更加宽阔、丰富、深刻,具有强烈的人文意识、忧患意识、生命意识、生态意识,触及到当今社会关注的各种热点。如绿色寓言、生态寓言、管理寓言、职场寓言、时事寓言、廉政寓言、爱情寓言、养生寓言、科普寓言等,都与新时代的现实生活密切相连。当代寓言在角色、故事、样式、手法、语言、寓意等各个方面,也多有创新之处。如智者系列寓言、哲人系列寓言、古典名著人物系列寓言、汉字寓言、短信寓言、微信寓言、博客寓言、独白寓言、对话寓言、格言式寓言、贝壳寓言、一句话寓言、戏剧寓言、漫画寓言、摄影寓言、相声寓言、二人转寓言、说唱寓言……力图突破传统寓言的模式,让人耳目一新。

四十年来,中国寓言文学的研究日趋繁荣,渐成系列,有不少成果填补了寓言理论的空白。

寓言是文学园地的一朵小花,不可能像小说、散文、诗歌那样备受关注。对寓言文学的理论研究,更是鲜有人问津。中国寓言文学研究会成立以后,把开展寓言文学理论研究,作为繁荣寓言文学的重要内容纳入活动日程,在基础理论和运用理论两方面,都做了大量卓有成效的工作。陈蒲清的《中国古代寓言史》是中国第一部系统研究中国古代寓言的文献。公木1984年出版的《先秦寓言概论》,是中国第一部研究先秦寓言的专著。吴秋林1991年出版的《寓言文学概论》和薛贤荣同年出版的《寓言学概论》,是中国最早的专门研究寓言文学的论著。凝溪1992年出版的《中国寓言文学史》和吴秋林1999出版的《中国寓言史》,结束了中国寓言无史的局面。陈蒲清2000年出版的《中国现代寓言史纲》,是中国第一部研究现代寓言的扛鼎之作。许润泉的《中国寓言作家论》和《中国当代寓言作家作品赏析》，是中国比较早的以推介寓言作家和作品为主题的著作。顾建华的《寓言探美》，探讨了寓言艺术的美学魅力和它的构成要素，并对中外寓言的发展脉络及重要作家作品作了简明扼要的概述。吴秋林的《世界寓言史》和陈蒲清的《韩国古代寓言史》，则大大地拓展了寓言研究的领域。鲍延毅主编的《寓言辞典》，马亚中、吴小平主编的《中国寓言大辞典》，陈蒲清主编的《中外寓言鉴赏辞典》，文杰、罗琳主编的《寓言鉴赏辞典》，邹智贤主编的《儒道佛寓言鉴赏辞典》，规模都在百万字左右，有的甚至将近200万字，以鸿篇巨制，汇集寓言词语，逐条加以解释，成为阅读、鉴赏、研究寓言的难得的工具书。与此同时，对中国古代寓言、现代寓言、当代寓言的分时期研究，对不同时期寓言作家的专题研究，以及对温州、黄岩、襄阳寓言群体的研究等，也都成果斐然，浙江少年儿童出版社出版的《中国寓言研究》，致力于寓言文学的研究和弘扬，开设有"基础理论""评论空间""史料钩沉""书评天地""创作分享""教学实践""专题聚焦""人物特辑""资讯信息"等栏目，成为中国寓言理论研究的专业刊物。

四十年来，中国寓言文学研究会推介寓言作者和作品，热心热诚，用功用力，为促进作家创作、丰富读者阅读发挥了积极作用。

中国寓言文学研究会把对当代寓言作品的推介作为重中之重。1989年，为展示建国四十年来的寓言创作成果，由中国寓言文学研究会全体常务理事任编委，公木、韶华任顾问，仇春霖任主编，马达、顾建华、盖壤任副主编，编选出版了三卷本《当代中国寓言大系》，收入163名作者的1178篇优秀作品,这是迄今为止推介中国当代寓言作家和作品力度最大的一部寓言选集。2014年,为纪念中国寓言文学研究会成立三十周年,由高洪波、樊发稼、顾建华、黄瑞云、叶澍为顾问,凡夫为主编,孙建江、余途为副主编,选编出版了三卷本《中国当代寓言》,共选编200位作家的900余篇作品。这两套选集体现了中国寓言文学研究会的集体智慧,全面展示了老中青几代寓言作家的创作成果,被人们视为了解中国当代寓言文学的权威读本。同时期的其他推介作品也琳琅满目。比较有代表性的有《中国现代寓言集绵》(金江编)、《中国儿童文学百年百篇·寓言卷》(孙建江总主编、凡夫分卷主编)、《中国现代寓言》(敏求、马达选编)、《中国新时期寓言选》(柯玉生主编)、《中国现代寓言精品》(刘光红选编);分类性的有《中国科学寓言选》(徐强华编)、《中国当代哲理寓言精品》(凡夫主编)、《中国当代劝喻寓言精品》(薛贤荣主编)、《中国当代微寓言精品》(王建珍、王继甫选编)、《中国网络寓言精品选》(马长山主编);介绍地域性作家群体的有《百年浙江寓言精选》(周冰冰主编)、《江苏寓言选》(石飞编)、《岭南寓言精品》(邝金鼻选析)、《新时期湖南童话寓言精品选》(谢璞、罗丹等编选)、《真理的衣裳》(凡夫选编);至于个体寓言作者的著作,每年都有十数部、数十部问世,就数不胜数了。

四十年来,中国寓言文学研究会致力于中国传统寓言的整理和传承,充分展示了中国作为世界寓言三大发祥地之一的地位和形象。

20世纪80年代前,出版界对中国古代寓言的整理、推介虽然也做了一些工作,取得一些成果,但总的说来,尚处于起步阶段。20世纪80年代后，寓言界和出版界携手协力，加大了对中国古代寓言整理、推介的力度。中国寓言文学研究会选编了三卷本《古代中国寓言大系》，兆文、云波、怀玉选释了《中国历代寓言选》，刘国正、马达、戴青山合编了《寓林折枝》（上、下册），王玄武等选注了《中国历代寓言选》（上、下册）。除这些综合性的选本外，还有各种分时期的选本，如《先秦哲理寓言》（庄立英选编）、《汉魏六朝劝诫寓言》（叶祖帅选编）、《唐宋讽刺寓言》（陈咏红选编）、《元明清诙谐寓言》（文斌选编）；以内容分类的选本主要有《中国古代哲学寓言故事选》（严北溟编写）、《中国古代修养寓言选》（祝余编写）、《古代劝学寓言》（马达选编）、《中国古代动物寓言》（普文编译）、《中国民间寓言宝典》（薛贤荣选编）；多个作者和单个作者的推介有《孔门寓言集》（鲍延毅编）、《吕氏春秋寓言　晏子春秋寓言》（吕伯攸、喻守真编）、《列子寓言选》（马达注译）、《庄子寓言选》（马达注译）、《孟子寓言　韩非子寓言》（喻守真、吕伯攸编）、《〈郁离子〉寓言故事注译》（赵国钧注译）、《刘伯温的寓言》（蒋星煜编译）、《苏东坡寓言大全诠释》（朱靖华著）等等。

　　四十年来，中国寓言文字研究会秉承开放的态度，面向世界，拓展视野，加大了对国外寓言作品的推介，促进了中外文化的交流。

　　对于《伊索寓言》《拉封丹寓言》《莱辛寓言》《克雷洛夫寓言》等世界寓言名著的推介，版本多得无法统计，这姑且不说。随着改革开放的深入推进，对外国寓言作品的推介也进入了一个空前繁荣的时期。中国寓言文学研究会选编了三卷五册《外国寓言大系》。吴庆先主编，春风文艺出版社出版的《世界寓言经典》，分为东欧卷、西欧卷、东亚卷、西亚卷、非洲美洲大洋洲卷五大卷，总字数近200万字。由陈蒲清主编，湖南教育出版社出版的《中学生精读文库·寓言系列》，除《中国古代寓言》外，还收入了《亚洲各国寓言》《欧洲各国寓言》《非美澳洲寓言》。由吴秋林、秦海峰选编，湖南少年儿童出版社出版的《世界民间寓言大全》分上下两卷，达1400多页。《苏联当代寓言童话选》（李怀东、王燕元编译），让我们认识了近邻的寓言作者和作品。《希腊寓言》（吴健平、于国畔译）、《古译佛经寓言选》（张友鸾选注、谢悦今译）、《百喻经寓言》（朱文叔编）、《五卷书》（季羡林译），让我们比较全面地了解了除中国外另两大寓言发源地的代表性作品。与此同时，越来越多的外国寓言作家、作品的引进，不仅丰富了中国读者的阅读，也拓展了中国寓言作家的眼界。像《托尔斯泰童话寓言故事集》（张福庆、杨燕君译）、《达·芬奇寓言故事》（张复生译）、《瓦格纳寓言》（萧伯纳著）、《克尔恺郭尔哲学寓言集》（杨玉功编译）、《瑟伯寓言》（陈蒲清、陈正恺、陈朝辉译）、《谢·米哈尔科夫寓言诗》（任溶溶译）、《夏班·罗伯特寓言选》（张治强译）、《萨尔蒂可夫寓言》（蒋天佐译）、《豪夫寓言》（张永生编译）、《弗德鲁斯动物寓言》（陈瞻淇改写），其中不少作品，是过去难以读到的。如今每新结识一位作者，就仿佛打开了一扇新的窗户。

四十年来，中国寓言文学研究会的影响越来越大，以自己创造性的工作和骄人的成就，赢得了世人的认可和尊重。

中国寓言虽然没有自己的专业刊物，但乐于刊登寓言作品的报刊却越来越多。走进书店，那些最畅销的热门书籍，如《小故事大道理》《小故事大启悟》《小故事大启发》《影响世界的……》《改变人一生的……》《让孩子终生受益的……》，书中的绝大多数作品都是寓言。寓言作家的队伍虽不大，但从小学到大学的语文教材中，都收有寓言作家的作品。高考作文题，有的也选材于当代寓言。至于各类培训教材、语文试卷、语文教辅读物，选用的当代寓言更是不计其数。中国寓言文学研究会的会员，也在各地熠熠生辉，有的被评为杰出人才，有的被评为劳动模范，有的被评为道德楷模。以凡夫、马长山、吴秋林、檀冰组成的中国寓言代表团出席东亚寓言会，发表主题演讲，受到与会各国代表的尊重。中国寓言也以自己的品位和质量，走出国门，走向世界，如丰子恺插图的《中国古代寓言选》、马达选编的《中国古代动物寓言》、金江的《金江寓言选》，被译介到国外。中国文学出版社先后以多种文字推出了《中国当代寓言》。中国当代寓言作者的作品，屡屡出现在泰国、印尼、菲律宾、新加坡、越南、美国、加拿大、澳大利亚、新西兰、巴西、德国、苏里南等多国的报刊上。更为可喜的是，中国寓言文学研究会以自己的努力，赢得了政府职能部门和实业界的认可，中国寓言文学研究会被评为3A级社团。温州市相关领导决定把温州作为中国寓言文学研究会的永久性年会会址，"金骆驼奖"落户温州，温州市瓯海旅游投资集团有限公司还创办了中国寓言文学馆，通过挖掘寓言文化资源、讲好寓言故事，打造"儿童友好"发展的"新地标"。

四十年风风雨雨，四十年筚路蓝缕，中国寓言文学研究会所取得的成就来之不易。"路曼曼其修远兮"，期待我辈继续"上下求索"，脚踏实地地走向明天，走向未来，走向新的辉煌。

（本文部分内容借鉴了樊发稼、顾建华的研究成果）

2023年10月22日

我与中国寓言文学研究会四十年

吴秋林

遇见"寓言"是在1980年，那是为了我大学本科毕业论文的写作而收集资料，从而使自己在1984年的时候"遇见"了中国寓言文学研究会，因为我写了一篇《中国当代寓言文学研究》的论文，认识和结交了当时中国寓言文学创作和研究的一大批作家和专家。

1984年夏天，中国寓言文学研究会在长春成立，会聚了当时一大批中国寓言作家和寓言研究者。在这一次会聚之后，成立了中国寓言文学研究会，公木是我们的第一任会长。他时任吉林大学中文系主任，有《先秦寓言概论》出版，他是中国当代著名诗人，也是中国古代寓言史研究的著名学者。

当时的成立大会是在吉林长白山宾馆召开的，会聚的中国寓言文学同人主要为研究中国古代文学史的学者，他们均有一系列的中国古代寓言文学研究成果。他们主要分布在各个大学和出版机构，是中国寓言文学研究会的主要成员。其次是中国当代寓言文学创作的作家群体，他们分布在各行各业，多以寓言文学创作而闻名于世，但均有其他文学体裁创作的实践。当然，如金江这样的比较专门的寓言作家也不在少数。金江、湛卢、凝溪等一大批著名的寓言作家也都到会。正是这两部分的人员，构成了中国寓言文学研究会的基本发展历史。

实际上,这次大会的召开和中国寓言文学研究会的成立,也是中国现代、当代寓言文学创作、研究的一次重要总结,几乎汇聚了当时中国当代寓言文学的所有力量。

与会时,我28岁,与大多数与会者都不认识,但与其中的一些学者和作家有过书信往来,比如中国人民大学的朱靖华,北京出版社的马达先生,温州的寓言作家金江先生……见面就是一种自豪和幸福的感觉,再与一批中国知名学者和作家一堂聚会,于生无憾!在会议中,与重庆出版社的湛卢和云南的《大西南文学》编辑凝溪因同为西南人,言语交往较多,受益良多。

几天的会议已过,到如今,我与中国寓言文学研究会的交际一晃就是四十年。

那个时代,学会成立容易,但进行学术会议却艰难无比,尤其是如中国寓言文学研究会这样没有固定经费来源的学会更为艰难。但是,奇妙的是,中国寓言文学研究会的年会几乎都会按时召开,每一次聚会大家均热情洋溢,呼朋唤友,很是亲热。连我都在贵州省六盘水市下面的一个县开了一次不太成功(大水灾,多处铁路中断)的年会。

学会的挂靠单位最初在吉林大学,在公木先生辞去学会会长职务之后,学会的挂靠单位转到了北方工业大学,因为当时的寓言作家仇春霖是该校的校长,同时开始任中国寓言文学研究会的会长。在我的记忆中,学会在北方工业大学的招待所里开了好几次年会,仇春霖会长也在这一时期带领我们编辑了好几套寓言集子,为学会筹集了一些经费。这个时期,北方工业大学艺术馆的顾建华先生为学会的秘书长,劳心费神多多。

后来,学会的挂靠单位又由于时局变化,经过韶华(时为中国作家协会书记处书记)先生的努力,最后挂靠到中国作家协会至今。也正是这一变化，才有了今天的发展基础。

再后来，学会会长一职有过多次变动，有多位著名的作家、学者、理论家均担任过学会会长一职，他们均为中国寓言文学研究会的发展作出了自己的贡献。

我是在襄樊年会之后开始担任学会副会长职务，但惭愧的是，我为学会所做不多。

我们的学会发展有过高光时刻，也有过很艰难的时刻，最为艰难的时候，我们还在庙宇斋舍里开过年会，但这一切都不重要，重要的是寓言同人能够有机会一聚。我记得有几次年会是在温州的私人资助下召开，我与他们不太熟悉，但内心十分感激他们。

在新的世纪里，由于寓言，由于金江，由于温州，由于新一届学会领导集体的努力，我们在温州有了一个温暖的"家"，也迎来了学会发展的新阶段，可喜可贺！

中国寓言文学研究会对于我来说，就是我一生的恩人。它教会我如何做学问，如何做人，如何交友，如何有意义地生活。

在我与中国寓言文学研究会这四十年里，最早出版了《寓言文学概论》《世界寓言史》《中国寓言史》，与人合著出版了《寓言辞典》。由于中国寓言文学研究会给予我的鼓励，在后来的宗教学、民族学、人类学、历史学中均有一系列建树，出版了一批学术著作。可以说是寓言文学成就了我的学术人生！

我从寓言文学中走向其他学术领域，也有其他学会活动，以及其他学术的良师益友，但在我的寓言世界里，公木、陈伯吹、吴岩、韶华、杨啸、朱靖华、马达、仇春霖、金江、湛卢、吕德华、林植峰、申均之、鲁芝、刘征、陈浦清、鲍延毅、谷恒东（谷羽）、黄瑞云、凝溪、盖壤、吴广孝、邝金鼻等一批中国当代的寓言作家、学者、翻译家均是我一生的偶像和值得眷念的人。

当然,背后还有更多优秀的寓言同人!

深深地感谢我与中国寓言文学研究会这四十年!

2023 年 10 月 16 日

童心在他胸间跳动
——访严文井

高洪波

虽然许多作家和诗人都不失赤子之心,但恐怕没有谁会乐意以"孩子"自诩。可是当我访问老作家严文井时,他介绍完自己漫长的人生和写作生涯之后,却诙谐地承认自己"是个六十岁的男孩子"。这种坦然的自白,使人看到了一颗率真的童心在跳动,而恰恰是因为这可贵的童心,才使我们有了一位个性鲜明的童话作家,孩子们有了一位可亲而又可敬的艺术园丁。

1932年,当严文井还是一名高中生时,就已经开始发表作品,如果把这最初的文学活动也包括在内的话,他已经在文学创作这条崎岖的道路上行进了半个世纪。在这五十年间,严文井同志经历了大时代的风风雨雨。从他青年时期对真理的求索,到投奔延安寻找救国救民的道路;从他经历了"十年浩劫"的磨难,到迈进历史的新时期;岁月流逝,人世沧桑,唯有一颗童心仍在他胸间跳动不止,不但没有磨损丝毫,反而更加炽热强烈。因为他热爱孩子,对孩子们的成长有一种执着的使命感和责任心。这可从新版《小溪流的歌》(人民文学出版社)、《严文井近作》(四川人民出版社)、《严文井童话选》(吉林人民出版社)、《严文井童话寓言集》（人民文学出版社）等一大批富有时代特色和清新优美的童话中得到印证。

在一次访问文井同志的交谈中我才知道，他出生在湖北一个中学教员的家庭，父亲经常失业，家庭生活艰辛。他是老大，要帮助照顾幼小的兄弟们，于是常常承担给小弟弟编讲故事的任务。那时节，他观察过蚂蚁们忙碌的生活，想象着那小小的昆虫王国的情景；他坐在长江边上注视过各种船只航行，憧憬着"孤帆远影碧空尽"的远方世界；他做过奇幻迷离、色彩斑斓的梦，这梦，至今还温暖着他的心。虽然童年的现实生活充满了悲凉和寂寞，但他却仍向往着美好的未来。十岁时，他就一口气读完了《西游记》，接着就是《三国演义》《水浒传》和《七侠五义》。由于酷爱幻想性强的小说，他又找到《封神演义》《镜花缘》《聊斋志异》，正是这些富有民族特色的古典文学作品，给了严文井以最初的精神营养。紧接着就是了不起的安徒生了。安徒生的书里虽然写到许多奇特的事物，但他引导人去经历的却不只是奇异的世界。从安徒生如画的散文里，严文井感到一种诗意的享受，并意识到了童话和文学的巨大的力量。他开始有了一种朦朦胧胧的创作愿望，要用笔来补足自己从前没有得到的东西。

当他尝试着用笔写点什么，还与童话无一点干系。这时的严文井写诗、写散文，也写小说。他以细腻的艺术感受，写成了他的第一本散文集《山寺暮》，这时正值"卢沟桥事变"的前两个月。接着长篇小说《一个人的烦恼》和一批报告文学相继问世。他追随着时代的脚步，用文学来参加战斗。他在延安"鲁艺"任教期间，抱着对旧时代的诅咒和对新生活的热望，终于寻找到一个得心应手的文学形式——童话。他一口气写了九篇童话，集为《南南同胡子伯伯》，1943年在重庆美学出版社出版。从此，儿童文学作家严文井出现在文坛，以自己独特的艺术风格赢得了大读者和小读者的喜爱。而他的一颗童心，也借助于童话这种最合适的形式，得到痛快淋漓的表现。

童心固然可贵，但作家为完成和表现童心所做的努力，所形成的艺术境界更使人感到珍贵。在访问时，严文井多次强调过："童话虽然很多是用散文写的，而我却把它算作一种诗体，一种献给儿童的特殊的诗体散文。安徒生童话之所以使我震动，不是故事的情节，而是内在的诗意。"在严文井的创作中，这种诗的追求是异常明显的。他在20世纪50年代创作的《小溪流的歌》就是一首无韵的诗。那起伏的山峦、蜿蜒的溪流、江河、大海、阳光，构成一幅气势恢宏的图画。而新作《南风的话》《歌孩》《浮云》及《春夏秋冬》等篇，熔自然风物和深刻的哲理于一炉，使执着的现实感与宏大的理想和谐地结合起来，"未来的世纪需要我，我要促进诞生、成熟和收获"（《南风的话》）。

当然，把童心转化为诗心，是一种艺术风格的追求。对于小读者来说，似乎还不能使他们完全满足。要补充的是文井作品中洋溢着浓厚的儿童情趣。这就要涉及作者的匠心。谈到这一点时，严文井深沉地说："有人觉得儿童可爱，当作玩具。我从来是认真的，把儿童当作我谈话的对象。我们要把孩子当作能思考的小人，平等地对待他们。对他们讲话要开诚布公，不说套话。以这样一种态度写书，就不会把孩子当成什么也不懂的可以瞎糊弄一番的娃娃，就能写出既有趣，又有深刻思想的书来。"他主张儿童文学作家要学会用儿童的眼睛观察生活，力争多懂得一点孩子。

在严文井的童话创作里，这种充满儿童情趣的场景、生动的细节俯拾皆是。他在即将发表在《朝花》第6期的一篇新作《"歪脑袋"木头桩》里通过一个小男孩雕刻的木头桩的头像的故事，表现了老人的一种固执又可爱的性格。从老木桩头像被一群工人刨掉改成长椅子后的寂寞，到一群小姑娘们拴起皮筋跳活了他的心、震响了埋在他心底的久远的回忆,自始至终情趣盎然,匠心独运。20世纪50年代他那篇代表作《"下次开船"港》,把"时间是物质在空间的运动形式"这一很抽象的概念,生动形象地借助于唐小西的遭遇表现出来,获得了许多国家的不同民族的小读者的欢迎。他们从世界各地给作者寄来信件,感谢他为自己的生活提供了一个活生生的伙伴。

严文井在自己的作品里,努力输入着这种信念:鼓舞孩子奋发向上,意识到作为一个中国儿童的自尊与自信,从而成为心灵美的追求者。但是这种输入不是政治概念赤裸裸地陈列,而是艺术的生动表现。如在《不泄气的猫姑娘》里,就在不动声色的艺术描写中,写出了作者对孩子的热望,赞扬了不屈不挠的进取精神。小猫姑娘可爱而又淘气的行为,一系列的失败和挫折,使小读者充满惊喜和同情,但"春天过去,夏天将会帮助一切小动物变得成熟起来"。失败而不沮丧,永远乐观地奔向生活目标,这就是老作家给予小朋友们的启示。

谈到启示,严文井曾在《中国青年报》上发表过一篇短文,题目就叫《启示》。在这篇文章尚未发表时,我有幸在他的书房聆听了他的朗诵,当文井同志慢慢地读到"母亲在你背后,道路在你面前。母亲为你举灯照明,只要你永远记得那道光,道路就永远不会从你脚下消失"时,他停下了,深沉地说:"这虽然是写给一位青年朋友的,但这母亲和灯光的感受是我自己的。我忘不了自己在下放到湖北咸宁干校的前夜,母亲最后一次来看望我的情景。老人家一定要在我出门时为我打亮手电筒,照一道亮光。这是我母亲给我的最后一次祝福。不过,我们可以把母亲的意义推得更广,祖国也是我们的母亲。"他还风趣地告诉我,他将来写的最后一篇作品,可能就取名为《母亲》,以此表达他对祖国、对哺育过他的前辈的感谢。

那一年,听了严文井同志风趣的自白,我想他的"最后的作品",

也许只是遥远的未来。而对祖国——母亲的眷眷感情,他早已在五十年前就逐渐开始偿还了,这童心、诗心、匠心与雄心所凝铸的作品,不正是最好的证明吗?

选自1987年2月安徽少年儿童出版社《鹅背驮着的童话——中外儿童文学管窥》

回忆公木先生的鼓励、鞭策

陈蒲清

公木先生是著名诗人，是中国寓言文学研究会首任会长。我永远记得公木先生对我的鼓励、鞭策。

公木先生经历很不平凡。他原名张永年，又名张松如，公木是拆开"松"字而起的笔名。他1910年出生于直隶束鹿（今河北省辛集市）北的孟家庄村。曾经先后就读于正定省立第七中学、北平大学第一师范学院国文系。1930年1月，他刚二十岁，就秘密加入了中国共产主义青年团，积极投身革命活动，曾两次被捕入狱。1937年"七七事变"后，投笔从戎，奔赴晋绥前线，参加敌后游击队，任宣传股长。1938年8月到延安抗日军政大学学习，并加入中国共产党。1939年秋，他与音乐家郑律成合作谱写《八路军大合唱》。这部大合唱包括《八路军进行曲》等八首歌，歌词都是公木先生创作的。解放战争中，《八路军进行曲》更名为《中国人民解放军进行曲》，成为中国军队的军歌。1954年他调入中国作家协会文学讲习所，先后任副所长、所长。可惜的是，1958年他被错划为"右派"，开除党籍，安排到吉林图书馆任馆员。1979年，先生的冤案才得以昭雪，担任吉林大学中文系主任、教授、学校副校长。

我对公木先生怀着敬意,却一直无缘识荆。1983年,我的《中国古代寓言史》出版。1984年年初,北京出版社的马达先生写信告诉我说:"公木、仇春霖、朱靖华、金江、刘征等同志发起筹备成立中国寓言文学研究会。你参加吗?"我回信表示拥护,把刚出版的《中国古代寓言史》赠送给马达先生,并托他转赠一本给公木先生。因为我是在湖南益阳地区工作的一个普通教师,一个无名小辈,公木先生是大名鼎鼎的诗人,所以不敢冒昧地直接寄书给他。

我和益阳县教育局局长曹日升接到通知:1984年7月30日至8月2日,中国寓言文学研究会在吉林长春长白山宾馆召开成立大会。7月29日,在长白山宾馆报到时,第一次与马达先生见面。马达先生告诉我说:"公木先生把你的《中国古代寓言史》通读了两遍。"晚上,公木先生到宾馆看望代表。他走进我们住的房间就问:"陈蒲清来了没有?"我马上站起来回答:"来了。谢谢先生。"

第二天,先生在成立大会上致辞,多次称赞我的《中国古代寓言史》。其实,公木先生自己对中国寓言有深刻的研究。他和他的学生朱靖华合编的《先秦寓言选释》,1959年就在中国青年出版社出版了,我当时还在大学读书。这本书是我学习中国寓言的入门向导,也是许多青少年学习中国寓言的入门向导。不过,此书出版时公木先生已经戴上"右派"分子的帽子,书上只署了朱靖华的姓名,我不久前才知道真相。除了《先秦寓言选释》,先生的专著《先秦寓言概论》也早已经完稿,交给了齐鲁书社,即将出版。公木先生自己对中国寓言有深刻的研究,他却如此关心出自一个偏僻地区教师的著作,其中透露出的是什么精神呢?是先生鼓励、鞭策和奖掖后进的精神。

此后两次在北京工业大学召开寓言研讨会,我都会见了先生。会议休息时,我去房间拜见先生,他总是热情接待,侃侃而谈。除了寓言,还谈到古今诗歌、朦胧诗,内容天南地北,包括他自己求学时代的往事,甚至讲述了读私塾时老师如何教自己开笔写文章。先生态度谦和,循循善诱,使人如沐春风。1994年我去东北参加国际比较文学研究会,曾经去看望先生。离别时先生和他的夫人送我到门口,我多次回头张望,二老还站在门口。

1996年,《中国古代寓言史》增订出版,公木先生又写了热情洋溢的祝贺信:《体用兼顾,体大思精——祝贺〈中国古代寓言史〉增订本问世》。

陈蒲清同志沉浸在寓言文学研究中,兀兀逾20年,用志不分,乃凝于神,持之以恒,金石可镂。于此每使我联想到《梓庆为鐻》的故事,斋心入山林,巧专外滑消,虚室生白焉,然后成见鐻。这就又像那有名的《庖丁解牛》,十九年刀刃若新发于硎,依乎天理,批大郤,导大窾,游刃有余,所好者道,进乎技矣。

蒲清同志之于寓言也可以称得起善观天性,升堂入室,而臻于大道了。1984年中国寓言文学研究会建立之初,他就被公认为是专门研究用力最勤而成绩卓著者。《中国古代寓言史》公开面世,受到广大读者欢迎,咸以为有开创之功;很快便在中国台湾重印,并得韩国翻译出版,久矣流誉海内外。继而他又主编了《中外寓言鉴赏辞典》,撰著了《世界寓言通论》。综读史、论两书,特点突出:全面介绍中外寓言理论与总结作者自己多年研究的独特见解相结合,深入的理论探讨与雅俗共赏的文字表达相结合,学术性与实用性相结合。可谓体用兼顾,体大思精,建构了寓言文学庞大而完整的思想体系。正是在这个基础上,百尺竿头,更进一步,而今又把《中国古代寓言史》作了高质量的扩展,进行了成倍的增订。原书5章36节,现增订为10章72节。增订的主要内容如:

一、分为七个时期:(1)萌芽期(远古至春秋),(2)争鸣期(战国),

(3)沿袭期（两汉），(4)转折期（六朝），(5)融汇期（唐宋），(6)世俗化期（元明），(7)变革期（清近代）。这更符合中国寓言乃至整个文化的演进轨迹。二、增加了各民族寓言一章。反映出56个民族汇为中华民族，都是中国寓言的创造者。三、增加了寓言小说、寓言戏剧各一章。这无疑扩充了寓言的堂庑。乘着新时期强劲的探索之风，寓言诗的族属显然在日益扩大的同时，寓言小说、寓言戏剧似亦大有方兴未艾之势。这两章的增补实是具有预示性的。四、增加了文化史的论述。这是寓言文学的文化思路。它是符合或者说更加突出了寓言文学的本质属性。

另外，还补充了新的资料，加强了论述的深度。

立足于自我意识以及自我意识的嬗变，不断进行时空双向化的批判、继承、汲收、扬弃，从而辩证地综合，实现自我突破、自我超越、自我完善，乃是健康的治学亦即为人之道。恰是在这个意义上，新编之作《中国古代寓言史》修订本的问世，是深深值得大书特书来祝贺的。

1996年4月25日长春

当时，先生已经是86岁高龄的老人。他审阅全书而写下此文，高屋建瓴，条分缕析，文笔酣畅，充满对后进者的鼓励、鞭策，寄托着对寓言事业发展的期许。两年之后，1998年10月30日，先生就病逝于吉林长春。我听到这个消息，如雷轰顶，十分悲痛。

中国寓言文学研究会成立四十周年了。韩愈《与于襄阳书》说："莫为之前，虽美而不彰；莫为之后，虽盛而不传。"任何事业，只有先达者能对后起者培养鼓励，后起者又能把先达者的精神继承发扬，才能兴旺发达。中国寓言文学研究会正是如此。四十年来，公木先生对后进者的鼓励、鞭策，对寓言事业发展的期许，被仇春霖、金江等诸位先生所继承，不断激励着一批又一批寓言爱好者的成长。所以，中国寓言文学事业能够兴旺发达，才华横溢的寓言作家能够一批批涌现。公木先生如果知道这一切，一定会含笑于另一个世界。

我永远记得公木先生对我的鼓励、鞭策。

2023 年 8 月

走下去,向着遥远的目标

林春蕙

1978年初夏的一天,华中师范学院中文系召开全体教师会议,系总支书记在总结系里的工作,黄瑞云照例坐在后面的角落里,并没有认真听台上讲些什么,但忽然听到了他的名字,会场上引起了一阵骚动。过往二十年间,黄瑞云多次听到什么会上点到他的名字,接着无非是批判、斗争,斗争、批判,但这一次不同,人们以友好的目光望着黄瑞云,散会以后他才慢慢弄清楚,书记在报告中赞扬了他埋头苦干工作,并宣布他的作品即将在《人民文学》发表,显然是编辑部按照以往的惯例征求了作者单位的意见,而华中师范学院中文系给予了支持。《两只信鸽》《陶罐和铁罐》等几篇作品不久就在《人民文学》当年第六期刊出。这是黄瑞云的寓言第一次问世,而且不久就被译成外文,转载在《中国文学》上,随后他的作品陆续在各种文艺刊物上发表。

在黄瑞云被孤立,被批判,被斗争,被关押,被发配农村的日子里,他没有消沉,而是冷静对待。连续多年,他每天不是被批斗就是被强迫劳动。《掉进了井里的罐子》表达了作者当时的心境。有一天突然停水,他同几个"牛棚"难友到一个废弃的古井里去打水,看到里面有水,却打不上来。黄瑞云冒险下到井里去舀水,发现井底有许多破碎的罐子,其中有一只竟然完好无缺。他受到启发，就写了这篇作品。寓言的结尾，那只罐子谈它自己的感受说："打水的罐子是随时都可能掉进井里的，但在任何时候都不要放弃希望，放弃努力。这是幽深的井底给我的启示。"那只在"幽深的井底"度过许多年月的罐子无疑就是他本人的化身。正是这种在任何时候都不放弃希望、不放弃努力的精神，使他度过了艰难的岁月。这艰难的岁月却恰好是黄瑞云创作寓言第一个重要的阶段。他用这种"曲折的文字"，真实地反映了这个时代的现实。灾难耗尽了他的青春，灾难也成全了他的寓言事业。这二十年间，全国原有的寓言作家几乎全都停笔，正是黄瑞云填补了这二十年中国寓言创作的空白；在某种意义上也填补了这二十年中国文学创作的空白。

1980年黄瑞云到达黄石，进入湖北师范大学（原黄石师范学院）。这一年，是黄瑞云人生的分界，他从武汉大学毕业二十二年之后，到此才得以正常地工作。"一切从零开始"，这是他的名言。他的工作极其繁重，负责中国古典文学的教学，主编学校的学报，先后担任了许多行政职务和社会职务，家务负担也很重，同时他的寓言创作也进入了一个新的时期。第二年八月，第一本《黄瑞云寓言》在湖北人民出版社出版。黄瑞云曾说："我这一生，就像在一个长长的暗黑的山洞里摸索着行进。我不知道前面还多么遥远，但我的心里始终怀着看见亮光的希望；就是这种希望，让黄瑞云走过了这几十年的人生苦旅。"第一本《黄瑞云寓言》的问世，算是他在二十多年寓言创作的山洞里盼到的第一道亮光。

经过了前一时期二十多年的磨砺，黄瑞云对社会人生的认识更为深刻，思想也更为成熟；他的寓言创作视野更为广阔，题材也更为丰富；特别突出的是，尽管他的作品的主题涉及许多方面，却互相呼应，相辅相成，形成一个统一的思想体系。

在黄瑞云的寓言中，对人性的剖析是一个重要的方面。有人曾问黄先生，对他前期的作品，哪一篇是自己最满意的。他说："作品情况各不相同，不能说对哪一篇最满意，如果从深刻、简练、完整各个方面考虑，《次灵》是比较好的一篇。"而《次灵》恰好是剖析人性的。这篇作品说的是，从前云南地方的土豪嗜食猴子的脑髓，为了取食的方便就畜养了许多猴子。当有需要用猴脑来招待的客人到来的时候，就请客人到猴圈亲自点选。久而久之，猴子们就知道客人拜访的厚意了。一看到客人来到，它们一片惊慌，注视着客人中意哪一只猴子。当客人选中一只猴子，用手一指，猴子们立即一拥而上，把那只中选的猴子，连揪带揉地推了出来。如此整个猴圈里，除那只被推出来的猴子悲哀地号叫以外，其他的猴子又都蹦蹦跳跳，高高兴兴的了。它们并不考虑，推出一个牺牲品，丝毫没有改变它们自身的命运，牺牲者的遭遇也是它们自身必然的结局，一个也不会例外。作品后面加了一个意味深长的结句："这种群体愚昧或者说群体麻木，实在是人世间最可悲的事！"人们读这则寓言，大概都会为猴子们的愚昧或者麻木感到可笑，但作者写来很可能是心情沉重的。

"群体愚昧或者说群体麻木"这个令人震颤的主题从此就不断出现在黄瑞云的笔下。如1994年写的《聪明的猴子》就是相当突出的一篇。猴子们聪明得能和人一样荡着船到海岛上去采摘香蕉，它们满载而归。不幸归程遇到巨大的风浪，当船有可能翻沉的情况下，猴子们不是齐心合力去把船驾好，而是"当即丢了桨，撇下舵，拼命去抢那些香蕉"，而且"你争我夺，互相厮打"，使船失掉了方向。结果"毫不容情的海浪打进船舱，终于把整个船吞没，猴子们的喜剧也自然完结。"2002年写的《猴子军团》是另一伙猴子。所谓猴子军团是驯养来供人取乐的，养的全是公猴。进入军团有一条规矩，为了使它们训练起来专心致志，因此都要阉掉，斩掉尾巴。开头阉猴子，斩尾巴是由人强迫进行的。时间一久，猴子们都了解这条规矩了，新来的猴子就由军团的猴子们来执行了。每一个新成员进来,"猴子们就一拥而上,把它按倒在地,动作利索地把尾巴斩掉,然后把它阉割。"被阉的猴子又蹦又跳,双手按着自己流血的创口,发出凄厉的惨叫。军团里的猴子却狂欢跳跃,兴高采烈。猴子军团存在多久,这种猴子阉猴子的规矩就持续多久。寓言的结尾说:"时间和惯性会使奴隶们精神麻木,即使是最残忍的行为,也会当作正常的做法传承下去,没有谁会感到奇怪。""猴为万物之次灵",由于猴子同人同为灵长类动物,所以作家用猴子题材写了多篇作品来表现这一主题。

20世纪80年代以后,黄瑞云的眼光更为开阔,注目世界,瞻望未来,关注着地球的命运,人类的生存。二十世纪科学技术的发展超过了历史上任何一个时代,带来的问题却越来越多。人口的繁殖似乎失去了控制,自然生态遭到严重的破坏……所有这一切都在寓言家的心底引发忧思。《猫岛》《春天岛》《复活节岛》《科尔纳草原》就是考虑这些问题的作品。一对猫儿夫妇偶然到了一个无人的海岛,这里有的是老鼠、蜥蜴之类的小动物,由于海鸟在这儿栖息,也就有抓不完的雏鸟和鸟蛋,每天的潮汐给海滩上送来无以数计的鱼虾。猫儿夫妇来到这儿无异进入了幸福的天堂。它们在这儿生儿育女,繁衍生息。若干年后,岛上充斥了数以万计的猫。它们吃尽了岛上的老鼠、蜥蜴甚至昆虫之类的小动物。鸟儿由于长期受到侵犯不再来岛上栖息,再没有雏鸟和鸟蛋可抓。后来由于海水被污染,海里也没有鱼虾送来了。猫儿们没有任何东西可以充饥,如此互相残杀,大猫吃小猫,肥猫吃瘦猫,到处充满了生死搏斗,你死我活,猫猫自危,猫儿王国终至陷入绝境。在寓言的结尾,作者明白地点出:"地球,也是茫茫天宇中的一个小岛,她美丽至极,丰饶无比;但,千万当心,我们不要走到像那个猫儿王国似的悲惨的境地!"《春天岛》说的是,1521年麦哲伦在太平洋上发现的一个小岛,这里草木丰茂,水色山光，非常美丽，好像永远都是春天，麦哲伦把它命名为春天岛。几百年之后，海上交通发达了，小岛又被人们发现。因为太小，不能居住，因此人们来到这儿疯狂地劫掠，地上地下的财富都掠夺尽净。失去了植被，暴雨把泥土全部冲走，春天岛只剩下光秃秃的岩石，像一堆死寂的骷髅。又由于某个大国在太平洋上进行核试验，春天岛受到了强烈的核辐射，岛上所有的生物都被彻底消灭，春天岛成了一个死亡之岛。末了，作者不无忧郁地说："啊，但愿春天岛不要成为我们可爱的地球的缩影！"《科尔纳草原》把场地移到了陆地。科尔纳是一个美丽的草原，土地肥沃，芳草鲜美。但有一种老鼠在里面，啃食花蕊和草实。当老鼠还不太多的时候，草原能够保持繁茂状态。之后老鼠无限制地繁殖，花蕊和草实不能满足它们的食欲，它们便啃食草茎，翻掘地表，啃掉草根，草原被翻得坑坑洼洼，无处不是老鼠的洞穴。鼠群之间也互相争斗，鼠尸遍地。草原被弄得狼藉不堪。如此草原荒凉了，老鼠本身也陷入灭绝的边缘，活下来的所剩无几。草原趁着鼠群的没落，又重新获得生机，逐步繁荣。草原兴盛了，老鼠群体也随之发达，如此又出现一个由繁荣到衰败的过程。作者由此再次发出警告："但愿地球上最具智慧的人类不要成为科尔纳老鼠，不要让这个美丽的天体成为科尔纳草原！"

这些作品基本思想大体相同，题材也相近，但读起来仍使人感到新颖精辟，情节也不反复，充分表现出作家艺术的老练。

在《普罗米修斯的哀伤》里，当普罗米修斯向宙斯夸耀他"给予了火和智慧的人类创造了多么伟大的奇迹"时，宙斯却发怒了，叫普罗米修斯睁开眼看看，那些罪恶的东西把"这个世界弄成了什么样子"！普罗米修斯向地下一望，"果然看到天空中凝聚着沉浊的烟雾，整个大地形容枯槁，颜色憔悴，到处肮脏不堪，连海上也漂浮着油污。人确实不少，一望密密麻麻，纷纷扰扰，就像捅开蚁冢时惊惶乱窜的蚂蚁。"普罗米修斯为此十分悲哀，但他还是请求宙斯不要惩罚人类。宙斯却哈哈大笑，说："用得着我去惩罚吗？我早在你创造他们的泥里掺入了恶的基因，他们的善良里掺杂着罪恶，他们的智慧里拌和着愚昧；因此，他们的力量无穷的创造中也伴随着更大的破坏。他们会互相残杀，互相吞噬，而且越来越剧烈。他们在破坏了一切之后，终归要自取毁灭。你痛苦地等着吧，那个可悲的末日一定会到来！"普罗米修斯听了感到无比的忧愤，他大声地呼喊："人类啊，你们要警惕，不要中宙斯的恶言！你们现在还来得及！"普罗米修斯的哀伤，其实就是作者的哀伤。在这篇奇特的作品里，表现了作者认定的人性善恶的两重性，人类行为创造和破坏的两重性。我们古代哲人有"人性善"还是"人性恶"的分歧，作者则认为人性既善且恶；与之相应的是人既创造又破坏，因之为人类社会的未来表现出深深的忧思。"人类啊，你们要警惕，不要中宙斯的恶言！"普罗米修斯的呼喊，也就是作者的呼喊。最后还发出了语重心长的呼吁："你们现在还来得及！"自古至今，自有寓言以来，还从来没有出现过这样的声音。

  在《世纪的交接》这篇作品里，作者将过去的二十世纪和到来的二十一世纪拟人化。"二十世纪"向他的继任者总结这个世纪的伟大成就，使"二十一世纪"感到无比的兴奋。但"二十世纪"又述说了这个世纪空前的灾难，并且交代他留下的遗产："我留给你七十五亿人口，他们中间争气的很少，每年有十三亿人要挨饿，但他们的繁殖能力并没有因此减弱。这个地球已不堪重荷，遍地创伤。""整个地球已没有一片干净的土地""许多可爱的动物已经灭绝""几个大洋亟待净化，要不然海洋生物就无法生存。""你还千万不要疏忽，那些自作聪明的人制造了三十五万颗核弹，它们是随时准备爆炸的。我担心会再来一场更大的厮杀""老弟呀，你决不可掉以轻心，我希望这个可怜的世界不要在你手里毁灭！""二十一世纪"听了，全身震颤，但他已不容犹豫，拿起撞捶，撞响新世纪到来的钟声。这篇作品，写于1994年8月，其中写到地球上的灾难，有一些在二十世纪还没有那么严重，如大海的污染就是如此。而一进入二十一世纪，即连续发生了几场巨大的污染海洋的灾祸，好像作者早已料到似的。作品充分表现了作者对这个世界的忧思。在作品的结尾，"二十一世纪"撞响了新世纪的钟声，"悠悠的钟声里，充满着希望，也充满着忧虑"，这也正是寓言家自己的心声。

到了2004年，作者在《向纽鄂斯家园紧急着陆》这则寓言中，虚构了百年之后地球上发生的灾难。那时候科学发展到可以乘宇宙飞船上太空旅游。作品说2104年，有三十条宇宙飞船载着一万二千名乘客组成方舟联队在太空航行，不料地球上却发生了核大战，"所有的城市乡村已葬身火海，全球的森林都在燃烧，江河湖海全沸腾了，大雪山很快融化，滚烫的洪水淹没了所有的平地；地球上没有任何的生命了，强烈的辐射使任何生物都没有藏身之地！"联队指挥长张衡博士只好决定，拨转航向，向火星纽鄂斯家园前进。纽鄂斯家园已经营了三十年，人类在那儿可以生存。张衡博士伤心地说："如果一百年前，主宰地球的那些大人物们，头脑清醒一点，负起责来，彼此莫怀敌意，和平共处，今天这场浩劫本来是可以避免的。"这实际是作者郑重地向当代世界的统治者说的，希望他们关注地球的命运，也是说"现在还来得及！"

所有这一类作品，都表现寓言作家对地球前景、人类未来的关切和忧虑。一读这些作品，真有点骇人听闻。当然，短时间可能不会像作者所描述的那么严重。但从长远看，却不能不使人有这样的忧思。

在这篇粗浅的短文中，我只是谈了一些自己的感受。黄瑞云寓言内容极其丰富，我只是提到几个比较重要的方面。而且评论黄瑞云的寓言，不是我的能力所能办到的。也许现在还不到评论他的寓言的时候。下面我还是把自己的认识简要地归纳一下。

第一，黄瑞云当然深入地研究过中国和外国古代的寓言，在他早期的作品中可以看到中外古典寓言的影响；随着创作的发展，逐步形成了他自己独特的风格。最主要的特点，就是用他自己的笔干预生活，干预社会，具有极强的现实性。20世纪后期中国的社会斗争，都在他的笔下得到反映，同时也注目到许多世界事务。这在当代寓言作家中是独一无二的。到了20世纪90年代以后，黄瑞云的目光更多地关注着广阔的世界，表达了他对全人类未来的命运的忧思。这在当代作家中更是独一无二的。

第二，黄瑞云首先是学者，而后才是作家，他学识渊博，思路广阔。在他的作品里，表现出学者思想的深沉，胸怀的宽广。不必讳言，黄瑞云寓言流露出一种悲观的思想。自古以来，好像凡是思想深刻的哲人，总会有悲观的思虑，黄瑞云正是寓言作家中的哲人。这种悲观不带任何个人利害的色彩，他的心是为祖国、为人民甚至为整个人类跳动的。他的作品的用意总是通过寓言形象，为当代世界的负责者敲起警钟，借用《世纪的交接》中"二十一世纪"的感受来说，就是对这个世界，"充满着忧虑，也充满着希望"。

第三，寓言的题材，从伊索以来，即以拟人的动物为多，当代中国一般的寓言作家更总是在前人的动物园里游荡，折腾那些可怜的动物。黄瑞云虽然也使用了动物题材，但他把题材的范围大大地拓开了，天上地下，古圣先贤，神灵鬼怪，花鸟虫鱼，甚至一些抽象的概念，都在他的笔下翻爬滚打，往往出人意料之外。寓言故事不排斥荒诞，黄瑞云的寓言，有些够荒诞了。但他绝非胡编乱造，而是有严密的逻辑，有潜在的规律的。黄瑞云曾说："寓言可以极其荒诞，却要使读者感到真实；可以非常离奇，却又要不失自然。"这是他自己的心得，要达到这种要求恐怕也只有他自己才有可能。

第四，黄瑞云寓言的语言，在当代作家中也是相当出色的。他是散文高手，又是诗人，还编写过现代汉语教材。他的作品，语言纯粹，风格典雅流畅，每个词语的使用，修辞的考究，句子长短的安排，都恰如其分。既是文学作品，又是语言教材。读他的寓言，使人既获得思想的滋养，同时又得到美的熏陶。

在长达六十年的创作历程中，黄瑞云发表六百多篇作品。但在他的集子里只保留了三百多篇。他认为，作品从现实生活中产生，有它的特殊性。但特殊必须具有普遍意义才有价值。有些作品过于拘泥现实，时过境迁之后，就没有保存的必要了。所以他认为，现存三百多篇还太多，准备只删存两百来篇。他对自己作品的要求是十分严格的。

几百篇作品，不可能篇篇都好，更不可能都是经典。但在黄瑞云寓言中，如《雁警》《次灵》《陶罐和铁罐》《两只信鸽》《灰斑和白额》《虱子和圣像》《司命》《中国的鹰》《不相称的伙伴》《上街蹓跶的兔子》《张衡的天平》《水亭上的蛙虫会议》《蜀先主庙》《泥塑》《魔椅》《最新战略武器》《猫岛的悲剧》《狗不认识王弼》《旅鼠的庆筵》《羊虎》《普罗米修斯的哀伤》《聪明的猴子》《世纪的交接》《蝗岛》《被释放的猴子》《诸神的祝愿》《云门方竹》《人和公驴》《春天岛》《桑树堡的奇闻》《上帝和人》《塔蚁》《人的世界》《真理的塑像》《猴子军团》《科尔纳草原》《贪鱼湖》《两堵柏林墙》《秦始皇帝回国》《勃烈日涅夫的帽子》等，诸如此类的作品，称之为经典作品是当之无愧的。

除了在他寓言集的前言后记中偶尔涉及对寓言的感受，黄瑞云没有写过寓言理论文章，但在《黄瑞云寓言》附录的《寓言参同契》十六条中表达了他的寓言理论，凝聚了他六十年寓言创作的经验。

1984年，中国寓言文学研究会在长春成立，黄瑞云在会上即席赋诗祝贺，最后两句是"莫为程才驰楮墨，要留真火在人间"。这是对众多寓言作家的期盼，也无疑是他自己的宣言。

在黄瑞云的寓言中有若干篇以骆驼为题材，饱经磨砺、不畏艰难的骆驼是作者自身的象征。他曾自作一幅骆驼剪影，作为自己的形象标志。他在剪影下有一段题词，我就用这段题词作为本文的结束："走过了崎岖的道路，他伫立着，凝望阒寂的荒原。他深知前路的艰难，但他决心走下去，向着遥远的目标。"

2023 年 10 月

金色的骆驼
——追忆金江先生

周冰冰

沙漠的歌

骆驼的足音踏不破黄昏的沉寂,
沙漠的风淹没了夕阳的余波,
牧羊人的银铃声,
引起了远客荒凉的旅梦。

风沙埋不了田园的怀恋,
时光扯不断故乡的记忆。
胡笳吹起哀怨,
我不堪回首望一望夕阳。

沙漠中会发现生命的绿洲,
生活不会隔绝了人生和我。
骆驼的步子仿佛一支尺,
去量着荒凉无垠的沙漠!

1941年2月15日写于温州

读着金江先生初涉文坛的这首小诗，仿佛是人生的寓言。他穿越91载人生大漠，如夕阳下的金色骆驼告别了沙漠，告别了绿洲，走向了天堂之路！

初见金江老师是1984年7月，在我的家乡沈阳。他从温州到沈阳中转，去长春参加中国寓言文学研究会第一次全国代表大会。我去车站接他到我家，母亲做了东北菜招待他，他边吃边说东北菜好吃，给我的印象既热情又随和。我的父亲是老出版人，解放前在东北大学毕业后，先是在东北局工作，后到辽宁人民出版社，他和金江老师是同龄人。那天晚上，他与我父亲谈的是出版方面的话题。尔后，我与金江老师一直在谈关于寓言创作的事，他不断地鼓励我要多写多看，并说有严文井先生对我寓言的肯定，已经具备了很高的起点。当时如果我没有在1982年第四期《丑小鸭》杂志发表严文井先生给我写的信《略谈寓言》，以及发表《动物团结大会》《怀才不遇的人》《灵芝草与大蒜》等寓言，也就没有进入寓言界的入门证。由于严文井老师及《丑小鸭》杂志双重的影响力，寓言界才知道了我，我惊喜地收到金江老师的第一封信：

冰冰同志：

您好！

我最近在外面跑了一个多月，六月六日才回家，案头上的信件堆得像座小山，费了几天工夫，才把它们读完。在"小山"中惊喜地发现了您四月二十五日来信和寓言十六则。便挤出时间先给您复信，您一定等得急了吧？请您原谅！

去年五月下旬，我的《寓言百篇》在全国得奖，我到北京领奖，特地去拜访严文井老师，他向我介绍了您，我又从《丑小鸭》上读到您的寓言和严文井与您的通信。您在寓言创作方面是有才能的。望您好好努力，一定取得成就。

我过去为江苏人民出版社编过一本《中国现代寓言集锦》，约25万字，已售缺，现重印。又为吉林人民出版社编过一本《中国现代寓言选》，我已将您的《动物团结大会》《灵芝草与大蒜》选入。

最近陕西人民出版社要编一本《百家寓言选》，要我推荐国内创作寓言较有成就的人，我打算推荐一批与我有联系的作者，我也推荐了您，附上征稿信一封，请您把自己的作品精选一下，多寄几篇给出版社，信中可以说是我推荐的。

再告诉您一个好消息：浙江少年儿童出版社成立，由于我的建议，决定要办一个寓言刊物，要我负责编辑。暂定季刊，明年创刊，以后如果发行量在十万份以上，可改为双月刊或月刊。寓言往往不受人重视，现在有了一个专门刊物，对繁荣寓言创作人才将会起很大作用，这也是一个争气的刊物，必须把它办好。因此需要全国寓言作者来支持它，爱护它，为它写稿，还要为它设法开销路。《寓言》32开本，64页，定价0.18元，读者对象是小学中年级以上的少年儿童与成人。《寓言》定价低，老少都喜欢，我想这个刊物是能站得住脚的。因为国内还没有这样的刊物，您说是吗？

您寄来的十六则寓言中，有三则是剪报，当然已发过，还有十三则已发过没有？如未发过，我准备选用一些在《寓言》上发表。

您很年轻，又会搞音乐，是有多方面才能的，希望您坚持不懈，刻苦用功，攀登寓言创作的高峰！沈阳我未到过，如来沈阳，定来看您。

专此

创作丰收！

金江
1983年6月13日

透过信中的文字，可以深切地感受到金江老师为中国寓言发展及培养新人的良苦用心，他就像那只在沙漠中永不停歇的骆驼，为中国的寓言事业开拓一片又一片绿洲。

1984年7月30日在长春参加中国寓言文学研究会第一次全国代表大会，我提交的论文题目是《浅谈寓言的地位和前途》，文中对寓言归属问题提出自己的观点：我从诸子百家到鲁迅、冯雪峰展开到当代的黄瑞云寓言等作品，认为儿童寓言是整个寓言文学一个非常重要的组成部分，但以部分来概括寓言文学的全貌，其实是一个逻辑错误。这一观点得到了金江老师的肯定，也自然成了我们在沈阳首次见面的核心话题。他用温州普通话侃侃而谈，虽然有些话我听不太懂。但至今令我难忘的是他对寓言文学那种由心而发的热爱与激情，那饶有兴味的喜悦与洋溢着幸福的生命状态。是寓言文学铸就了他的信仰，并以昂扬奋发的生命基调传递给我们一代又一代寓言人。

中国寓言"一大"后，寓言文学进入了一个蓬勃发展的时代。我与金江老师多次在全国的寓言会议上见面，他那慈祥的笑容和温暖的目光，总是给我父亲般的感受，我们总有说不完的话。

命运有种神奇的力量，我根本无法料想自己会落户与金江老师同属一省的杭州。1998年3月，我离开辽宁，调到浙江卫视工作后，金江老师于1999年初春，到我杭州的新家做客。他与我先生聊得很投缘，像父亲般关怀地问我在这里的生活和工作情况。我亲自下厨为他烧了一桌菜，一起共进午餐时，他一直夸我烧饭很香，说我上得了厅堂，下得了厨房，赞我先生好福气，找到了红颜知己。那时他的身体仍然硬朗，精神矍铄。

2003年元旦，我收到金江老师寄来的《金江文集》四卷，扉页上有他的签名和印章，这是他文学创作最系统、最全面的整理与出版，我将其永久珍藏。

自2004年嵊州会议后，我的工作与事业进入了最忙的时节。直到2013年11月8日上午，中国寓言文学研究会领导班子樊发稼、凡夫、叶澍、杨啸、余途、张鹤鸣、洪善新和我，在温州集体探望金江先生，我与他已越10个年头没有见面了，这也是我第一次来到他的家中。当看到他病成这个样子，我好心痛啊！我懊悔自己为什么没有早点来看望他老人家，为什么没能给予他更多的关怀！坐在他的身边，如烟往事缕缕掠过，时间让生命凋零。我把自己的照相机给了余途，是他不停地为我和金江老师拍照，才留下了一批弥足珍贵的镜头。当叶澍老师让他看由他选编的《中国当代寓言精品丛书》时，他居然能用手一页一页地翻看，仿佛有种神奇的力量牵引着他的神经，他看了一遍又一遍。叶老师又翻开书中的《乌鸦兄弟》，问他这是谁写的，他看了一会，用手指指自己的鼻子。此情此景，令所有的人惊叹，大家无不动容，寓言重新激活了他的记忆！我又翻到我的寓言指给他看，他用有些模糊的声音神奇地说出"冰冰"，我一下子握住了他的手，感动得泪盈满眶。他无力的手像在用力地抓住我，这位老人仍然记得我，记得这个与他相识30年的后生晚辈！当大家起身告辞时，我与凡夫会长停下来，我看到他眼里闪烁的泪花，一点点从眼里流淌下来，那一刻他是清醒的，他见到这么多的寓言界老友前来看望，情绪由喜而悲！我再也无法控制自己，竟抱住他失声痛哭起来。凡夫会长一直流着眼泪，我们在泪眼蒙眬中一步步离开那座暮年老楼，离开与他声望不相匹配的院落，那种深深的悲伤至今萦绕心中。

下午，沙老师跑到鸥昌饭店找我，沙老师对我讲，这些年来金江无数次地讲起你父亲到车站送他去长春，给他带西瓜的事情，说你的父母善良、热情、周到，沈阳之行令他终生难忘。她把我留给她的1000元钱退还给我，并写了一封信：

冰冰：好！

上午你与几位寓言界老作家来探望金江，并带来寓言新作。金江看到精美的书爱不释手，翻阅不停，痴态又露，"钟情寓言，至死不渝"。寓言是他的真爱刻在脑子中,你们对他的真诚细致的关怀问候,又一点点唤醒了他对寓言的爱好,谢谢你们!我会珍惜寓言作家之间的友谊,记住来访的每一位。特别美丽、热情的你,期盼着我们的合影能早日见到,好好珍藏。谢谢!

祝事业有成、家庭幸福、身体健康、万事如意!

金江老伴　沙黎影
2013年11月8日

另一张纸条写着:情谊留下,钱退还!谢谢!

这位老人让我不知如何是好,当时我要外出,只好委托天云儿替我送她回去。她让我看到一种心灵深处的品格!

温州回来,我把整理好的照片洗印出来寄给了沙老师,她高兴极了。可是没过几天,她打电话给我,说金江老师进入昏迷状态。我立刻在中国寓言网上发帖,叶澍老师率先为金江老师祈福,寓言作家们为之深深担忧,我默默祈祷,希望他能度过这生死攸关!

2014年2月26日早,我接到沙老师电话,她用几乎颤抖的声音说,金江老师于24日晚9时逝世。惊闻噩耗,巨大悲痛席卷而来,不想温州一见竟是与金江老师的诀别!

近来一直心情沉重。看到网上大家都在以不同的方式悼念他,我翻开尘封已久的收藏,打开历史的记忆,在众多寓言界朋友的书信中,找到这些可以拿出来追忆的文字,用心与这位卓越的逝者交流,让这位为我们的寓言事业殚精竭虑、奉献毕生的长者和大师在天国安息!

3月3日的早上6:30将是金江老师的追悼会,也是他与沙老师65周年的结婚纪念日。这对伉俪历尽世事沧桑已经度过钻石婚,他们是世界上最最幸福的夫妻。我先生祁茗田为之书写挽联:"半生坎坷栉风沐雨无悔斋善养浩然气　一世勉劳滋兰树蕙寓言界难忘开路人"。我向他的灵堂敬献花圈——金江先生千古！

再次给沙老师寄上 1000 元，唯有这样才能使我的心灵得到一点宽慰，我能做的实在太有限了！

金江的名字，就是中国寓言的标志——金骆驼，浓缩了中国寓言人的一种精神，成为一种象征，坚韧不拔的精神气质，对寓言至死不渝的忠诚！他是中国当代寓言的脊梁！

《沙漠的歌》何尝不是一首金江先生生命的寓言！

2014 年 3 月 3 日凌晨

泪书于杭州冰馨庐

选自 2023 年 12 月浙江少年儿童出版社《中国寓言研究》（第四辑）

钟情寓言　无悔人生
——纪念恩师金江先生

张鹤鸣

20世纪末，在金江先生事业的巅峰时期，我在他的留言簿上写了这样几句话："你是流金的大江，你是领军的旗帜。你是寓坛的泰斗，你是我永远的老师。"

说他是"流金的大江"，不仅仅在于他"金江"的笔名，而是因为他确实是一笔宝贵的财富；说他是"领军的旗帜"，是因为在他的影响下，在温州市，在浙江省，乃至在全国，相继涌现出了一大批寓言作家；说他是"寓坛的泰斗"，我想引用吴秋林先生在《中国当代寓言的开篇人》一文的开场白作为注释："1953年，在浙江温州，一个解放前写过不少好诗的刚进而立之年的中学教师，在全国儿童文学创作呼声的鼓动下，拿起了笔，于是，一个中国当代寓言创作的开篇人出现了，他就是金江"；说他"是我永远的老师"，是因为他过去、现在、将来，无论逆境、顺境，他都是我所崇敬的老师。

他是我高中时的语文老师兼班主任。刚进温州二中时，先生就宣布让我担任班干部，他常常将我的作文当作范文推荐给同学。我们的师生情谊非同寻常。

有一年寒假，先生大老远到我的故乡——乐清大荆来家访，我和另一个同学马庆永就陪他去雁荡山旅游。攀越谢公岭时，眼前飘起点点飞絮。先生问："是下雪了吗？"我心里热呼呼的，身上直冒汗，于是随口说："是蒲公英吧！"不料翻过山岭时，雪花纷纷扬扬，越下越大。我们游览了灵峰、灵岩和大龙湫等主要景点，回程时，山岭上白茫茫的，积雪已是厚厚的了。先生穿的是半高靴，踏一脚滑一脚，我们两个学生一前一后，一推一拉，相互搀扶着硬是把先生搀过了"雪岭"。

事隔55年，这场景依然记忆犹新。现在想来，老天爷似乎在向我们预示：天有不测风云，人生道路坎坷，提醒我们应当相互搀扶着前行！

新中国诞生后，著名作家张天翼在《人民日报》撰文，要求大家多为儿童写作，多为他们提供精美的精神食粮。作为一位人民教师，先生自知责无旁贷，毅然拿起笔为少年儿童写作。写什么呢？记得小时候，母亲曾经为他安装了童话寓言的想象翅膀，他觉得这些故事对少年儿童的健康成长大有裨益。特别是寓言这种文体，短小精悍，蕴含哲理，很有教育意义。由于对寓言情有独钟，1954年1月30日，《大公报》副刊刊登了他的《乌鸦和画家》《批评家》《小鹰试飞》和《两段木头》四则寓言，这既是他最早创作的寓言，也是新中国寓言的开篇之作！

1965年，中国少年儿童出版社出版了他的第一本寓言集《小鹰试飞》，接着又出版了他的第二本寓言集《乌鸦兄弟》，社会反响强烈，发行量均达到十几万册。他将这两本集子寄给著名作家冯雪峰和严文井先生，请他们指正。冯雪峰时任人民文学出版社社长，严文井则是《人民文学》杂志社的主编。他们先后回信，对他的集子作了充分肯定，并提出宝贵意见。

在先生儿童文学的创作生涯中，令他难以忘怀的还有童话大师张天翼先生。1955年，先生的童话《鼻子》在《浙江日报》上发表后受到了不公正的批评，张天翼先生仗义执言，挺身支持了他。正因为如此，浙江文艺出版社很快出版了他的童话集……

前些年，温州二中的胡晓媚老师曾采访过我，她写了一篇《亦师亦友的春风桃李之情》，作为师生情谊方面的"校本教材"，文中有以下一段文字："从新华书店回来的路上，正好碰见了金江。……后来，金江在八十几岁高龄时回忆起这段往事，禁不住感慨万千，激动地写道：'……他从新华书店回校，路上碰到我，热情地喊我'金老师'，并告诉我他手里拿的十几本书全是我写的寓言作品，是他从自己的伙食费省扣出来的钱特地买的。当时的情景，使我感动得掉下眼泪。师生的相互激励，会有多大的力量啊！'"

"文革"结束后，我调专业剧团任编剧兼团长。我记住先生的教诲，尽量多为少年儿童提供精神食粮。我创作的戏剧作品中，童话剧、神话剧和校园剧占很大比例。影响最大的是根据安徒生童话《海的女儿》改编的大型童话越剧《海国公主》，这个剧目在温州市会演时，我打听到先生的下落，赶紧将戏票送过去，邀请他和沙黎影师母一起来看戏。先生心急火燎地赶过来，热情洋溢地发表了自己的见解，毫无保留地赞扬了《海国公主》勇于创新的精神。《海国公主》后来在浙江省第二届戏剧节上作为开台戏推出并荣获18项大奖；次年，更是被推荐进中南海向中央首长献演。这其中，也有先生的一份关爱呢！

在最艰难的岁月里，先生最感激的亲人就是相濡以沫的师母沙黎影，是师母鼓励他重新拿起笔继续创作。从此，先生再次振作起来，发奋写作，硬是要把失去的时间抢回来！他在"文革"后出版了集子45种。他依然主攻寓言，他把自己的创作室取名为"无悔斋"，他的座右铭是"殉情寓言，至死不渝"。

这是他人生中最辉煌的一个时期。他的创作热情愈来愈高，创作收获也越来越丰。到此时，他已出版著作60种，作品在全国和省市共获奖30次。有的作品还被翻译成英文、法文、朝鲜文出版，向世界发行。他的寓言《大轮船和小汽艇》《乌鸦兄弟》《白头翁的故事》被选入大、中、小学语文课教材。1983年他的寓言《狐狸和猴子》被上海美术电影制片厂改编成美术影片《过桥》，受到少年儿童的欢迎；后又制成光盘，向全国公开发行。

为表彰他在儿童文学（尤其是寓言文学）方面的突出贡献，他被评为温州市劳动模范，并被选为温州市人大代表。正好我也是这个时期的劳动模范和人大代表，我们碰面的机会更多了。记得每次人大开会时，先生总会争取到大会发言的机会。面对上千代表，他慷慨陈词，参政议政，献计献策，依然像一团熊熊燃烧的烈火。

1982年他加入了中国作家协会。1984年中国寓言文学研究会成立，他是发起人之一，并当选为副会长，且连任至第二届、第三届，同时被选为浙江省寓言文学研究会会长，还兼任温州市儿童文学学会会长。他在温州市创办了儿童刊物《小花朵》，1984年又应邀担任了浙江少年儿童出版社出版的《寓言》杂志主编。后来，《小花朵》由瑞安市文联接办。

1992年，正值先生70华诞，少年儿童出版社特地为他出版了《金江寓言选》。中国寓言文学研究会、浙江省作家协会和温州市文联联合在温州举行"金江寓言研讨会"，有来自全国各地的学者和专家30余人参加。经过热烈和深入的探讨，与会者一致认为他数十年来在寓言园地孜孜不倦，辛勤耕耘，对繁荣和发展我国寓言文学事业作出了重大的贡献，称誉他是"中国当代寓言的开篇人"。一致倡议设立"金江寓言文学奖"，以奖励和推动寓言创作，并规定每两年举行一次评奖。

1994年中国寓言文学研究会举办首届"金骆驼奖"评选，授予他特等奖。1999年新中国建国50周年，浙江省作家协会评选"浙江文坛五十杰"，先生又荣膺此光荣称号。

1988年，我调瑞安市文联任主席，和《小花朵》同人一道，努力提高发行量，每期上升到7万5千多册，为刊物续写了辉煌的历史。

1996年，我的第一本寓言集《刚长腿的小蝌蚪》出版时，先生欣然为拙作作序，给我鼓励。这时，我的寓言创作也达到一个高峰期，在先生的指导下，我接着又出版了四个专集。当我想再请先生作序时，他明显感到有些力不从心了。

先生赶紧开始整理一生的作品，从自己600多万字的著作中，精选出130多万字，编成《金江文集》一套四册。2002年，在先生80大寿时，《金江文集》终于出版了。

2004年，中国寓言文学研究会第九届年会在嵊州举行，会上颁发第三届金骆驼奖，授予先生"特殊贡献奖"。2006年又有一件喜事临门，国家要出一套《百年百部中国儿童文学经典书系》。这是儿童文学界一件大事。全国相关部门组织严文井、束沛德、金波、樊发稼、张之路、王泉根、高洪波、曹文轩8位著名儿童文学作家和评论家成立"高端选编委员会"，来选编这套书，一百年选编一百部。先出第一辑25部，先生的寓言集《乌鸦兄弟》榜上有名，这让先生感到莫大的荣幸。

有一天，先生说，以他的名字命名的"金江寓言文学奖"已举办了6届，由于经费和健康等，决定停办。中国寓言文学研究会领导马长山先生说，这个奖项已经产生了较大的影响，停办了太可惜。思量许久，先生希望我能站出来为该奖项的续办多作贡献。于是，我请曾经共患难的海外朋友郑乾有先生给我资助，由我替先生操劳，续办"乾有杯"金江寓言文学奖。目前，此项赛事已成功举办至第11届。

2007年，中国寓言文学研究会等5家单位为我举办"张鹤鸣寓言作品研讨会"，此时先生的身体已是每况愈下，耳朵也听不见了，但他无论如何也要让师母陪伴着赶到瑞安会场。我把学生献给我的鲜花，转献给我的恩师金江先生。虽然他听不见大家的发言，但他自始至终坐在会场里，感受着那种喜庆的气氛。

2008年，中国寓言文学研究会年会在瑞安召开，中国儿童文学研究会和中国寓言文学研究会等6家单位为我举办个人作品研讨会，同时，中国第一个寓言大市和八大寓言创作基地在瑞安创建。喜事连连，欢乐多多。中国寓言界群贤毕至，高朋满座，却唯独没看见我敬爱的恩师——因为他行动不便，生活不能自理，怕给大会增添麻烦，最终未能成行。这是这次盛会中唯一的也是最大的一个遗憾。因为瑞安市儿童文学事业的发展，都渗透着先生的心血和汗水，而我本人在儿童文学创作中点点滴滴的长进，都离不开先生的扶持与教诲。在中国寓言文学研究会的这一届年会上，我被推举为副会长，多么希望恩师能亲临现场，分享喜悦啊！可这一切都已成了奢望。现在，想与先生交流，必须由师母在他耳边大声喊叫……唉，岁月无情啊，我和先生曾经互相搀扶着走过风风雨雨，坎坎坷坷，现在……先生为之殉情的寓言文学事业也正蓬蓬勃勃蒸蒸日上啊，可无情的岁月却夺走了先生的健康、乃至生命……

好想好想回到从前，回到先生远道来家访的那个冬天，我和先生互相搀扶着、依恋着，一步一步在雁荡山洁白的雪岭上攀登，攀登……

选自2015年第8期《浙江作家》

我的寓言文学引路人金江老师

石飞

在纪念中国寓言文学研究会成立40周年的日子里，我虔诚地缅怀金江老师，老人家的音容笑貌时时在我脑海中闪耀叠映。金江老师是我的贵人，没有他老人家引路提携，我的寓言文学之路不可能顺风顺水，取得可供自慰的成绩。

金江老师是我参加寓言文学研究会的介绍人。1984年3月，老师主编的《寓言》丛刊由浙江人民出版社出版发行，我在新华书店里买了第一辑，随后就给老师寄去一组寓言稿（6篇），其中《秃尾驴》很快在丛刊第二辑上发表，其余后来也都陆续被采用。对于我这个新兵来说，其激励、鼓舞和鞭策的巨大作用，不言而喻，可想而知。自此，我进入了寓言创作的黄金期和飞跃时段。在20世纪80年代后半期的短短几年中，我创作寓言800余篇，至今累计1000多篇。老师在给我邮寄《寓言》样刊时加寄了中国寓言文学研究会入会申请表，嘱我填写，他做介绍人，后来我便成了会员。

我的第一本寓言集《乌龟请医生》蕴含金江老师的心血。实事求是地说，《乌龟请医生》出师不利，磨难多多。拙集1984年秋脱稿，收入寓言78篇，先期寄给北京中国少年儿童出版社、天津春蕾出版社，犹如泥牛入海，均无回音。熟悉金江老师后，我把拙集起死回生的希望寄托在他老人家身上。次年春，我将书稿寄给金江老师，请他作序，先生爽快答应。他把序言写好后，直接将书稿推荐给浙江少年儿童出版社。后来，先生在给我的回信中写道："浙江少儿社说出版计划已满，暂时不能接收。你可以和江苏少儿社联系一下。"于是我就拿着金江老师的推荐信，专程从徐州去了南京。遗憾的是，江苏少年儿童出版社也说出版计划已满，不予接收。

1986年7月28日，我去北京北方工业大学参加中国寓言文学研究会第二届年会，在列车上与一位年长的先生坐在一起。交谈中，知道他姓刘，名海栖，是山东明天出版社副社长。他听说我的寓言集是金江写的序言，很感兴趣，要我把书稿寄给他们出版社的王慧勤编辑看看，并答应回去后会先给该编辑打个招呼。书稿寄给明天出版社后，仅隔半个月，王慧勤编辑就给我打来了电话，说社里已经研究，同意出版寓言集《乌龟请医生》，让我收到出版合同后，尽快签字寄回。1986年12月，拙著出版，首印25000册，1991年第2次印刷，印数增至45000册。据说，该书后来又再版4次。

金江老师在《乌龟请医生》的序言中写道："石飞同志就是在寓言园地里坚持不懈辛勤耕耘的一位作者。他执着地热爱寓言，孜孜不倦地从事寓言创作，这种精神深深感动了我。"金江老师的褒扬，在我的寓言文学生涯里，堪称毕生的加速器。

1994年10月，在北京参加年会期间，金江老师就寓言文学事业的发展，与我进行了广泛的交流，给我介绍不少写作技巧。他听说《石飞寓言选》即将付印，十分高兴，遂为该书题词："殉情寓言，至死不渝。石飞同志共勉"。我把先生的题词当作座右铭，牢记于心，从未懈怠，以此作为自己从事寓言文学事业的动力，鞭策自己努力作为。

回顾总结既往，梳理自己寓言文学编著成果，是对金江老师在天之灵的最好告慰。

出版个人寓言集12本：《乌龟请医生》，山东明天出版社1986年12月版；《武则天与牡丹花》，甘肃少年儿童出版社1988年12月版；《驴群中的马》，中国矿业大学出版社1989年6月版；《爱讲真话的喜鹊》，中国国际广播出版社1990年4月版；《成语故事新编》，中国国际广播出版社1991年5月版；《馋猫开会》，中国国际广播出版社1993年4月版；《石飞寓言选》，中国国际广播出版社1994年10月版；《千里驴》，宁夏人民出版社2011年5月版；《找不到泉水的老牛》，花山文艺出版社2013年5月版；《母鸡孵蛇》，上海文汇出版社2018年4月版；《杂咀稗说》，华夏文学出版社2022年11月版；《侃天嗑地》，华夏人文出版社2023年7月版。

主编出版寓言文学作品选35本：《江苏寓言选》，中国矿业大学出版社1989年6月版；《中国当代寓言诗精品》，中国国际广播出版社1991年6月版；《微型寓言500则》，中国国际广播出版社1991年6月版；《中国寓言新作选》，甘肃少年儿童出版社1992年9月版；《中国当代系列寓言精品》，中国国际广播出版社1994年6月版；《当代新寓言丛书》，中国国际广播出版社1993年4月版（一套12本：马长啸的《长颈鹿·鹦鹉和上帝》，马晋乾的《喜鹊救鱼》，王述成的《老牛教子》，石飞的《馋猫开会》，孙传泽的《皇帝的御厨》，陆继权的《贪睡的人》，陈必铮的《真理赶路》，罗光毅的《猫的困惑》，徐强华的《菩萨出汗》，钱欣葆的《铁拐李治脚》，谢普定的《乌龟爬天梯》，魏玉光的《蝴蝶请客》）；《"读·品·悟"优秀小学生成长必读第一书》（美绘注音版，一套10本，中国寓言文学研究会推荐，分册主编：马长山、余途、叶澍、凡夫、安武林、少军、张鹤鸣、满震、姚健、石飞），花山文艺出版社 2009 年 6 月版；《中国金牌儿童寓言书系》，花山文艺出版社 2013 年 5 月版（一套 10 本：少军的《一只戴手套的猫》，林植峰的《最先掉下地的桃子》，吕金华的《大巨人与小矮人》，赵航的《得罪狼的兔子》，龚房芳的《只想躺在床上的鱼》，贺维芳的《爬到地球仪上的蚂蚁》，林锡胜的《有独特见解的狐狸先生》，筱枫的《狗狗穿上了公主服》，冰子的《捉弄人的金狐狸》，石飞的《找不到泉水的老牛》）。

眼下，吾虽是奔八岁数，仍在坚持不懈地摆弄寓言，每天工作四五个小时，在 3 家报纸及互联网辟有寓言专栏，不断推出寓言新作。"春蚕到死丝方尽，蜡炬成灰泪始干。"活一天算一天，一息尚存，就要琢磨寓言，践行金江先生的相约："殉情寓言，至死不渝。"

怀念樊发稼老师

马长山

樊发稼老师离开我们四年了,回想起与他相识、相知的日子,心中无限感慨。

我和樊发稼老师相识很早。还是上个世纪的1984年,当时我正在中国社会科学院经济研究所工作。我业余时间喜欢舞文弄墨,写了一些诗歌、故事、寓言等。有个同事说认识本院文学所的樊发稼老师,让我把作品寄给他看一下。如果能得到名家的指点,必然会对今后的创作有好处。

我通过院内的交换系统把几十篇寓言寄给了樊老师。几天以后,便收到了他的回复。让我感到意外的不仅是他中肯的意见和建议,而且还有他回复的形式,他是用稿纸回复的,每个字都工工整整地写在格子里。哪些篇目好,为什么好;哪些篇目弱,为什么弱,他都娓娓道来。而且告诉我每篇寓言作品都应该另外起页,不能连续抄录。可惜我没有保存名人书札的习惯,不然翻拍出来会使观者为之动容。

若干年后,我有幸在他的领导下工作了较长时间,更是对他的人品和文采有了深刻的认识。

发稼老师在担任中国寓言文学研究会会长期间,总是不遗余力地提携青年。对青年作者的成果总是大加鼓励。同时他也不徇私情。每次评奖,他都是出以公心，完全看作品说话。从他每次对参赛作品发表的真知灼见看，他是非常认真地做了阅读。

发稼老师对我个人也给予了很多关心和帮助。我刚刚加入中国寓言文学研究会不久，他就主动问我是不是中国作家协会会员。当我回答说还不是，也没有申请过。他马上说，我做你的介绍人，另外我再帮你找一个，这个事情你就不要管了。果然过了不久，中国作协就批准我为新会员了（因为我的工作单位属于中央直属机关，所以不需要先加入某个省作协）。

发稼老师走了四年了。他的音容笑貌长存在我的心头。愿他在天堂那边没有一切烦恼，仍然是童心永在，思如泉涌，继续用诗歌与我们交心。

记我的"樊爹"发稼先生

陈巧莉

指尖敲下"樊爹"两字时,我的心疼痛不已,也愧疚不已。

一夜思亲泪,暗向枕边流。从昨晚到现在,网站上、微信朋友圈里,他病逝的消息,以及纪念他的文章早已铺天盖地。是啊,除去亲朋,就只在文学界,他曾关心过的人、帮助过的人、提携过的后辈,想来就已多得连他自己也记不清。但我又想,如果此刻他还活着,以他耿直要强的个性和清醒的头脑,定也能为你细数上三天三夜。而我,也定在其中。

众所周知,我的"樊爹"发稼先生是我国著名诗人、儿童文学作家、评论家,从20世纪50年代发表作品以来,他至今已出版著作80余部,相当了不起。是的,他思维敏捷,爱憎分明,身材看着精精瘦瘦,谈事情、做批评时可从不含糊,那铿锵有力的声音和认真的劲儿,全然一副"天下兴亡匹夫有责"的气势。而若是高兴时,他那瘦削的脸上八字一开,露出两颗门牙来,便又瞬间笑如孩童。

他是深受人敬仰的樊先生、樊老师,也是我的"蝉爸"叶澍先生最为敬重和喜欢的发哥,是我亲爱的"樊爹"。此前,原本睿智的"蝉爸"病倒多年,他便在心中记挂了多年,每每与我聊起,除了表达深深的想念和悲痛,还有那种无能为力,明知难抱希望又不甘绝望的小心翼翼。

可尽管这样,到这一年里,他们俩还是成了难兄难弟。

这一年里,没有等来"蝉爸"好起来的消息,"樊爹"也病倒了。更让我心痛的是,就在"蝉爸"病逝后的短短四个月后的今天,"樊爹"也走了。他们的离去,让我已然成了空有名头、名不符实的"蝉女"。我再也不能看见他俩往来间转发的或谈文、或议事的邮件,再也不能听见他俩用一口流利的俄语交谈的声音。

是的,我的"蝉爸"和"樊爹"都是学俄语的。当他们在一起聊到高兴时,便会马上切换语言频道,眉飞色舞地改聊俄语,独留我一人木木地立在一旁干着急。大多时候,他们是无意的;可偶尔,他们也会为逗趣而故意为之,还不忘美其名曰叫我听不懂可都是为我好。他俩定是知道的,不管他们聊什么,用什么语言,我只要在他们身边看着他俩聊着就好。

有时,他们也谈严肃的问题,谈某个人不善或不当的言行,谈社会上的某些不良风气。但大多是通过邮件,因为他们见面的次数其实也不多,大多是在中国寓言文学研究会的年会上。他们俩一位是中寓会的老会长,另一位是曾经的副会长,寓言文学研究会和寓言文学可是他们俩爱之深的"心头肉",倾注了他们的许多心血。

因为这样,自 2008 年起,我也总是尽量参会,不愿缺席。但 2014 年,"蝉爸"和"樊爹"却像商量好了似的,都反对我参会,原因是我刚生完孩子还在月子中。

为此,"樊爹"还专门给我写了封信,那封信不在邮箱里,就贴在他的新浪博客上,标题是《致巧莉》。信中除了对我的叮嘱和祝贺,还谈及了我写的一篇评论,以及表示他若知道好友蝉、刺猬诗人等老友去参加年会的话,他便也想争取去的决心。而在此之前,为表对我生娃的祝贺,声称自己有钱的"樊爹"还特意跑去邮局给我汇了笔款。

当我将此事第一时间告诉"蝉爸"时,他在电话那头乐得呵呵直笑,还特轻松地说："'发哥'的心意，你就踏踏实实接受了吧，这可是一个父亲待女儿的心意！"想了想，他突然又说，"我的心意还没到，这一招被发哥抢了个先，那我只有给你寄礼物啦！可我寄什么好呢？你得让我再想想……"

就是这样，在很长一段时间里，我的记忆里只要有"樊爹"，便少不了"蝉爸"。直到 2015 年 10 月里"蝉爸"突然病倒。

我至今忘不了"蝉爸"在微信里发来最后一条消息的时间是 10 月 19 日 21：05。"蝉爸"病倒的这个日子，我想"樊爹"也不会忘，因为他们也总是在持续不断地联系着。

"蝉爸"曾说，他一直记着我第一次见他和"发哥"时是带了一碟洗好的樱桃，很别致。但其实，我带的是一杯洗好的甜枣和一杯小番茄。且那已不是我第一次见"樊爹"。早在两个月前在苏州大学的儿童文学讲习会上，我和"樊爹"就见过了。记得那一次在场的还有蒋风老师、金波老师、冰波老师和王一梅老师。只是那时，我也和大家一样，只称他樊老师。

唉，"蝉爸"病后，我眼里的"樊爹"就有些落寞了。我不敢问他是否还有人陪他聊俄语，正如他不敢随时去打听"蝉爸"的消息一样。我们间似乎有了某种既让人伤心又带着暖意的默契，仿佛只要少问少说，便能更快地等来我们都想要的那个好消息。但对于"樊爹"来说，总还是有忍不住的时候。我也如此。

是的，就在我每次煎熬难忍向"兔哥"(余途)打听完消息后不久，"樊爹"便会向我问起"蝉爸"的近况。他说，万分惦念，不敢去问。是的，从前"蝉爸"总是担心他的身体，担心他的那些难以向人述说的与家庭有关的隐痛，可如今，却要他反过来为"蝉爸"担心……在我回答"听说还是老样子"时，"樊爹"便说，总是老样子，可不是好兆头啊！

那一回,"樊爹"刚问完"蝉爸"近状不久,便发来信息:"昨晚我梦见我的好友叶爷啦!他来,住我家里。我给他一笔巨款表示慰问。"这,便是"樊爹"的日有所思,夜有所梦了。

我在屏前红着眼睛。我请他好好爱护身体。他答:"我身体也不好,怕此生见不到他老人家了……唉唉唉。""樊爹"这一个"此生"三字"唉",就像针一样,深深刺痛了我的心。

2016年12月,我的儿童散文集《姐弟坡》在"浙少"孙建江老师的肯定和支持下,将列入"中国新生代儿童文学作家精品书系"出版,其间我收到来自责编的消息,说需请一位作家老师写推荐语印于书的封底。我本是怕羞之人,又自知自己的作品微不足道,想来想去,便只能壮着胆儿请"樊爹"来写。

那个下午,我为郑重其事,也因有事相求自觉心虚,呼"樊爹"时便少了些自在,特意在后面加了声"樊老师"。

"樊爹"是个细心之人,他在第一时间回复我,并问我是否有事,还把我名字中的"莉"字打错了两次。当他知道我找他的原因时,便一口答应了。

当时他的原话是"巧利的事,我心甘情愿做!"对,他又不小心把我的"莉"字打错了。

就这样,"樊爹"认认真真读过我传给他的书稿,写了远超于最后印于书中的200字的推荐语。他还给我来了电话,表达了自己读了作品后的肯定和心喜,让我一定要继续努力。之后的一段时间,他还不忘问《姐弟坡》什么时候能给他寄过去。那时,我便情不自禁地想起早在2010年我在新浪博客中贴出自己加入省作协的消息时,"樊爹"就在底下留言,说以为我早该加入了。他不知道,他的这份热情和真切带给我的感动和鼓励已然渗进了我的骨髓里。

也是在那段时间里，他告诉我，他将在2017年1月15日后彻底告别文坛，将让有关报刊不再赠寄。他就是这样一个对人对己对事极其认真的人。

2017年1月15日，祝贺樊发稼80华诞暨儿童文学创作60周年研讨会在京如期举行。1月21日，"樊爹"转来自己贴在博客中的关于他的研讨会的侧记。面对到场的50多人，面对大家的肺腑之言，"樊爹"说，他掩饰不住内心那份为自己的辛勤劳作和业绩感到激动和惬意的心情。"樊爹"这么说时，那情那景那神情，就仿佛印在我的眼前，久久不去。

2017年4月1日，我的散文集《姐弟坡》在浙江少年儿童出版社顺利出版。但一直到5月25日下午我才寄给"樊爹"，顺便一起寄去的还有一把网购的按摩椅。

等书的过程可把"樊爹"急坏了。"期待啊快快看到书""大著我何时可收到啊"……这些话儿足见"樊爹"不是假客气，是真着急。而我们间每次对话，无论聊什么，最后多以"想'蝉爸'，为他祈祷祝福"结束。之所以前面要提到寄去的按摩椅，还是想说"樊爹"身上那股子倔倔的认真劲儿。在他向我打听按摩椅的价格无果后，当天晚上我便又收到他发来的消息，不想他竟又通过快递打听到了相关消息。我知道他的本意。我强调，我可是喊他"樊爹"的"蝉女"。我永远忘不了他在留言中写的那一句：我亲生般的亲人文友巧莉。

2018年7月21日，我终于和先生一起，带着我的孩子，坐上了去贵阳的高铁。

我终于见到了病中的"蝉爸"。我打开手机相册，给他看"樊爹"、"兔哥"、小舟和他特别欣赏的孙建江老师的照片。对，第一个给他看的就是"樊爹"。"蝉爸"虽不能言语，但我确信他是认得的。在看到照片的那一刻，他用动得起来的左手指着屏幕，嗷嗷大叫，眼里闪着眼花……

那天从"蝉爸"家出来，我给"樊爹"发去信息，我告诉他我去看"蝉爸"了，我会在贵阳待三天。但直到回来，我终是没有勇气传"蝉爸"的视频给他。

视频是我先生拍的，只为做个纪念，就拍于第三天我去向"蝉爸"告别时。那段视频中，我和"蝉爸"都在哭。我说"别哭，别哭，我还会再来的"。可先因我母亲生病，后又因疫情，终是没等到我再去，2020年8月4日，"蝉爸"走了。（而原本说要与我一起去看"蝉爸"的我的母亲，也于2020年10月20日晚因颅内出血无法手术走了。）

"蝉爸"走后，我的心底对"樊爹"更多了一千、一万个祝愿，盼他平安康健，盼他能多一些心想事成。可相隔遥遥，我能为他做的事真是极少，我很愧疚。而每次提起若去北京就去看望他时，他便急着婉言谢绝。我知道，人的情感很单纯，也很复杂，而"谢绝"，也是其中一种。

是的，有一种情感就叫谢绝。

"樊爹"要强，总不愿给人添麻烦，也不愿让人看到他的窘境。而每每想起"蝉爸"曾告诉我，"樊爹"虽在北京、虽是文学大家，但他却只有一个小小的蜗居，寒冬也没有我们以为的温暖如春的暖气，我的心里就不是滋味，也难免抱怨着替他鸣不平。要知道，原在建材部和国家建委工作的他亦可从政。可为了自己心中所爱，为了中国儿童文学事业，他愣是接二连三放弃了那些大好机会。即使晚年面对家庭的困境偶有表达悔意，但他也只是一语代过，从不深究。我知道，文学始终是他心里的圣地。

这就是我的"樊爹"。他是众人眼中的文学大家，是我心里近如亲人的凡人……

杂言碎语，记到这里，看到我们中国寓言文学研究会秘书处刚发的那则《沉痛悼念樊发稼同志》的文中，一位位前辈老师们写的缅怀他的话，我便又止不住泪眼模糊。

"很抱歉、不合格、不满意、难苟同、我不妨、我希望、恕我直言、我还要强调、我呼吁……"这些昔日有着"樊爹"标签的词句此刻就如浪涛般涌向我的脑海。

我的"樊爹"真的走了,但他平日里那诗人的热情、散文家的真诚、评论家的恳切,以及他那藏不住的愤怒和笑声,点点滴滴都将留在我心底。而他为中国儿童文学、中国寓言文学所付出的努力和作出的贡献,也将与世长存。

"小溪流说话,哗哗,哗哗。小雨点说话,沙沙,沙沙……"此刻,我的孩子黄小莫正在朗读课堂中学的"樊爹"写的诗句。看着他,我微笑,我哭泣。

选自 2021 年 10 月浙江少年儿童出版社《中国寓言研究》第三辑

快乐的儿童文学
——简评高洪波的儿童文学创作

刘秀娟

之前只知道高洪波的儿童诗和儿童散文写得好，自成一格，待到《高洪波儿童文学文集》出版，看到那些别致灵动富有意味的童话和小说时，颇有些吃惊。在儿童文学界，有成就的作家不少，但基本上各有自己擅长的门类，能对各种文体都得心应手的尚不多。这部文集中收录的作品，无论是诗歌、散文、童话还是小说，都给人清新、自然、愉快的阅读感受，没有艰涩和造作，虽是不同的文体，但整部文集的风格还是相当一致的，从中窥看的都是一位内心活泼、充满童趣、热爱生活的诗人。

"写"诗的人并非都是诗人，真正的诗人无论写童话、小说还是散文，其作品本质上都是诗，他应该是以生活为诗，作品充满诗意、诗思和诗韵。高洪波的这部文集颇能见出作者诗人的素养。他的童话与他的儿童诗意味贯通：语言简约而凝练，幽默而顽皮，不用华丽生僻之词，在简单中透出意味，勾勒的形象顽皮活泼。

高洪波的童话从不去构筑上天入地、奇幻无比、充满魔法、巫师和仙女的世界，而是从普普通通的日常生活中抽取片断、获取灵感，描绘的是一幅幅富有趣味的生活场景，其童话形象往往是常见的、与人类比较亲近的小动物，尤其以波斯猫的形象居多，充满着人世的温情与朴素。他的童话精巧而不雕琢，简约而不平淡，自然而不粗糙，闪现着乐趣、幽默、敏锐和智慧，时而让人莞尔，时而让人捧腹。比如《一颗小泪珠》，这个小而有趣的童话就颇能见出作者化凡俗为雅趣的才能。小男孩哭哭鼻子，无论是真哭还是假哭，都是稀松平常的事情，谁会去注意孩子眼角那小小的泪珠呢？可这样一件平常得再多用一个形容词也嫌过分的小事，却被作者描绘得趣味十足。"小泪珠是从一个男孩的眼睛里跑出来的"，男孩争争因为假哭而哭不出泪时，"小泪珠多么想跑出来帮帮争争呀"，一颗无生命的小泪珠全然具有了人的情感，但是它毕竟是一颗小泪珠，只能干着急，作者不愿赋予它超凡的能力，让它无所不能，失却生活中真切的情景。他的每篇童话在收束时都会有一处精彩别致、出人意料的点睛之笔。这篇童话结束时作者写到"争争流下的小泪珠，立了功，被蚂蚁们搬回洞里去了，因为今年缺水，蚂蚁们要储存起来"，让一篇略显平淡的童话变得饶有趣味。

高洪波的童话是幽默的。在我的阅读经验里，幽默与讽刺往往结伴而行，但是高洪波的幽默却是温婉的，哪怕是讽刺也不让人觉得刻薄、刺痛，不追求那种撕裂、破坏和攻击的快意，话点到为止，从不渲染铺张，而是留有余地，有一种基于对人理解之上的宽容和对生活的爱意。特别是在几篇关于波斯猫的童话里，他的这种蕴含在简单话语里的幽默给人的印象很深刻。比如《波斯猫派克在冬天的奇遇》，就派克的"奇遇"而言，完全可以写成一篇讽刺名流的讽世童话，但是作者却写得相当温和而有趣：波斯猫派克成为名流之后，气派相当的大，脾气更大，"每当妈妈对某一段'喵呜'的理解出现不应有的失误时，派克会不高兴，生气地耸动胡须，一声也不吭，他的脾气越来越具备诗人的气质了"。细心的读者读到这里会会心一笑。作者也不让派克这位名流有悲惨的下场，当它在人们眼里又降为一只具备了猫类所有情欲和缺点的普通猫时，"派克不计较这些议论，自得其乐向着冥想中的猫姑娘唱着悠悠的情歌"。这只猫虽寄予了作者对人世的一点讽刺，但是由于刻画的是一只猫，一只孩子般的猫，一只可爱的猫，与人世有了一定的距离，又用了有趣的文字，我们读后的感觉还是相当愉快和美好的。高洪波的创作，最希望的还是给孩子以快乐和有趣的阅读。

这部文集中收录的小说虽然不多，仅是几篇形制简短的作品，但也是清新、有趣，与他的童话有着一致的风格。

我们的儿童文学整体的流脉是现实主义的，这既成就了儿童文学，催生了一批震撼人心的作品，也使得我们的儿童文学套上了一个难以冲破的框子，它总是被期望能够给儿童以直接有效的教育、解决儿童成长中的各种问题、充当学校教育的督察员，带有相当明显的急功近利的色彩。高洪波的这几篇儿童小说却让我看到了儿童文学创作的另一种可能。读他的这些小说，我能够感觉到他似乎没有那种强烈的"问题意识"，没有一个先入为主的"思想主题"，而是凭着一个作家的敏感发现了儿童日常生活中的趣味，信笔写来。至于这些趣事中所反映的"问题"，他似乎也意识到了，却不愿把它剥离出来悬于生活之上，而是呈现出一个浑然一体的儿童世界，有着日常生活完整的情趣和状态。其次，他不是故意去描述那些在大人看来有趣、奇特的儿童生活和孩子的想法，将大人视作生活的主体，去除了大人居高临下或者俯身低就的姿态；在孩子的生活中，孩子就是活动者和感受者，而不是被看护者，甚至，有时大人成了被看护者，成了这个世界的他者，在他们眼里，"大人的脑袋瓜子里很奇怪，也不知会想些什么"（《黑熊和白熊》）。他小说中的大人主要是一个"爸爸"的形象，而几乎没有"老师"这个中国儿童文学中的代表性形象，而且这个"爸爸"明显带有作者自己的影子。这个

"爸爸"理解孩子,有一颗未泯的童心;这个"爸爸""爱吹口哨,爱吹口哨的人往往快活,你想想,如果一个人老是让一只小曲粘在嘴唇上,他一定没工夫去大声训人,尤其是训小孩"(《爱听口哨的表》)。此外,其作品之所以有趣,还在于叙述上的趣味性,有自己独特的叙述特点,尤其是作品的结尾,很用心却很自然。在《爱听口哨的表》中,他写道:"至于陈叔叔叫什么,在哪个单位工作,我可要替他保密,因为他不希望更多的人知道这只小表的秘密。再说,送礼本身就不好,对吧?哪怕是巧克力,也最好留给自己吃,何况是一只爱听口哨的奇妙的表呢?"

这些作品,并不负载过重的"教化",也不力求解决什么"问题",因而在其发表之初没有像那些针砭时症的"问题小说"那么引人注目,但也因为他没有将眼光聚焦在迫在眼前的问题,而是关注孩子世界的乐趣和孩子们所特有的生活感受,这些作品也具有了一种平凡、亲切而持久的美。但是,即便是童心未泯的作家,毕竟也是经历了世事变幻的成人,都要在创作中寄予自己的感情。高洪波的作品也一样,不过在他的作品中,这些人生的体验与感怀模糊而悠远,不追求寓意的紧迫,可以生成多层次的阅读感受,留有一股一时无法说清的"味儿",给人留下一点儿念想。

在高洪波的创作中,最为人称道的还是儿童诗。这部文集收录的儿童诗中,我最欣赏的是那一首首纯净、优美、简洁、有趣的短诗。这些短诗从取材来看,主要有两类。

一是描写儿童的日常生活本身的情趣,穿衣、吃饭、游戏、玩具,这些平凡得不能再平凡的生活场景都被他赋予了诗意,变得可资玩味。

二是编写动物故事,大灰狼、袋鼠、犀牛、波斯猫、河马等,无所不有,其中一些动物形象还来源于传统动物故事或寓言,另作发挥,富有新意。

高洪波的儿童诗,一个突出的特点是"动",很少有沉静不动的场景描写,也很少徘徊往复的抒情,他所营造的诗歌世界,要么是生机勃勃、跳动不息的自然界，要么是富有生气的生活场景和动物故事。他的诗歌是有"情节"的诗，简练的几笔就把儿童生活中的趣事和动物故事描绘得真切可感，趣味盎然。与短诗不同的是，他的长篇叙事诗《琵琶甲虫》《飞龙记》《鸽子树的传说》沉郁凝重，情节繁复，时空拓展开来，体现出他性格中苍劲刚强的一面。尤其是在叙事和诗歌形式的把握上，他既成功地塑造了渺小而坚韧的小琵琶、画龙点睛的刘龙子、爱鸽成癖的珙桐公子，简练又神情具备地讲述了故事，又不失诗歌的凝练和韵味。在诗韵上，既讲求变化又有整饬、和谐韵律。更重要的是，在顾及了叙事诗凝重、庄严的品格的前提下，他又没有忘记为儿童写作的立场，在严肃中不失诙谐和趣味，格调也不沉闷，情节的描绘生动明快，能调动孩子们的阅读兴趣。虽然他的叙事诗取材于古代传说，但并非老调重弹，而是现代人情怀的寄托。

　　写童话、小说和诗歌的高洪波，可以说是在描绘他人的世界，虽然作为一位童心未泯、尊重理解孩子的"爸爸"，他能融入这个世界，但这个世界的主角毕竟是当代儿童。在这些作品里，我们还是能感觉到一双眼睛在看，这双眼睛细腻、独特、富有童趣，但是，它毕竟是外在的。而在散文里，高洪波却完成了独属于自己的世界。

　　高洪波的散文是当代儿童散文中的重要一家，体现了当代儿童散文的一些重要特征，最突出的是回忆性的题材、清新自然的审美风格、率真朴实的抒情主体。回忆性题材是散文经常取用的，尤其是儿童散文，作家们很自然地就会以自己的童年生活为写作资源，无论是悲伤还是欢乐，逝去的岁月总是那么地让人缅怀。这部文集中收录的儿童散文中，主要就是这类回忆性的题材。在他的散文世界里，高洪波不断地充满深情地描绘位于科尔沁大草原上的故乡，故乡的亲人、故乡的风物、童年的玩伴和游戏都是他难以割断的怀想。迁居贵州后的居所，从军的云南，从事儿童文学的同行、前辈，都是他所热衷的题材。在散文里，作家们最容易解放自我、凸现真我，进入一个自由自我的世界，也正因为如此，高洪波的散文甚至成了他的儿童文学创作的注解。虽然多是回忆性题材，但在他的散文里却没有冬烘之气、没有陈腐的霉味，却是像新割的麦秸那般清新、自然、清淡而朴实。在这里，我们找到了他的作品之所以清新、欢快并为孩子们所喜爱的原因，故乡和童年给予了他一笔丰厚宝贵的资源。

在这部文集里，我们再次感觉到了高洪波儿童文学的主题词——爱心、乐趣、美感。

选自2005年4月28日《文艺报》

"文学襄军"的排头人
——记襄樊市杰出人才、作家协会主席段明贵

曲慧

"寓言是智慧的花朵，同时又是一朵很不起眼的小花……它知道自己是朵小花，有人注意，它快快乐乐地开，没有人注意，它照样快快乐乐地开。也许正是这种不张扬的个性，反倒增强了它的魅力。"

——凡夫

在中国寓言界，有一个响亮的名字——"凡夫"，他的寓言作品蜚声海内外，取得了一个又一个的奖项。和这些闪亮的名誉正好相反，这段他笔下的文字，正显示了他低调和谦逊的本色。"凡夫"，是段明贵的笔名。段明贵现为襄樊市作家协会主席。他是当代中国创作实力最强、成果最多、影响最大的寓言作家之一。

段明贵拥有多项全市第一：他是襄樊市第一个参加全国作代会的作家；襄樊市第一个进入全国文学协会领导层的作家；襄樊市第一个文学作品被选入香港语文课本的作家；襄樊市文学作品被选入各种集子最多的作家；襄樊市第一个获得"冰心文学奖"的作家；也是襄樊市第一个应邀出国访问，并在国际讲坛作学术报告的作家。

倾心寓言创作，结出累累硕果

自1979年开始文学创作以来，凡夫现已发表寓言作品千余篇，200多件作品入选全国100多家出版社的200多种文学作品，结集出版十余部文学专著。凡夫的寓言以其语言精练，故事生动，寓意深刻而受到读者的欢迎和寓言界的重视。

他的作品《古利特和罗西》《团结友善的乖乖兔》先后获"冰心儿童图书奖"，《凡夫当代寓言》《100个动物寓言》《黄鼠狼的名声》获中国寓言文学最高奖——第一、第二、第三届"金骆驼奖"，第一、第二届"金江寓言文学奖"。他也是寓言界获得"金骆驼奖"数量最多的作家之一。

这些年来，《云雀明白了》《瘸蝉》《狮子和兔子》《快乐》分别入选香港版、冀教版、北师大版和人教版中小学语文课本，有的被译介到国外。

他选编的《中国古代寓言故事》《中国寓言精选》和《世界寓言精选》被列入教育部课程标准必读书目。

1998年，中国寓言文学研究会召开了"凡夫寓言创作研讨会"；美国《世界日报》、法国《欧洲日报》和中国台湾《国语日报》《儿童周刊》也经常刊载他的寓言作品。2005年，应韩国寓言文学会邀请，他作为中国代表团团长，率中国代表团参加"第一届东亚寓言研究国际会议"。

坚守文学之路，做一朵快乐的小花

20多年来，段明贵的寓言创作从未停止过。其间有人曾为他写这样的豆腐块而不解、不屑过,有人还嘲笑、讥讽过,出于对寓言这朵小花的热爱,面对各种议论,段明贵从来没有动摇过、后悔过。

段明贵曾请刘醒龙为他留字,刘醒龙提笔写下的是"坚守"两个字。从事写作这么多年来,段明贵一直在坚守,坚守着文学创作的苦和累,也坚守着对文学事业的那份爱和真。早几年,段明贵有不睡午觉的习惯,近些年,又养成了不吃晚饭的"恶习",每天下午下班后,别人回家了,他接着在办公室看书写作,从晚6点到晚10点,足足4个小时。他的绝大多数寓言作品,也都是这个时间写就的。还有一些寓言,则构思在飞机上、火车上、汽车上,完成于宾馆里、床头边。

鉴于段明贵对文学工作的突出贡献,1999年,他获得了"襄樊市德艺双馨文艺工作者"称号;2006年,他又被评为"1998—2005年度襄樊市文艺创作成绩突出先进个人"。2002年、2006年,他还作为襄樊市第一位参加全国作代会的作家,出席了全国第六届和第七届作家代表大会,受到党和国家领导人的接见。

繁荣本土文学,甘为文学襄军当绿叶

出于对文学创作和对家乡的热爱,段明贵把文学创作当成了一项社会事业,他想得更多的不仅仅是个人创作,而是如何带出一支本土文学队伍。

担任市作协主席后,段明贵就把大量精力投入到襄樊文学队伍的组建和提高中。他和作协主席团的同行们一起,响亮地提出了"齐心营造文学生态,合力打造文学襄军"的口号。市作协主席团团结一心,在一无专业工作人员,二无办公场地,三无专项资金的情况下,连续举办文学笔会，召开作品研究会，培养了一大批文学作者。

众多的作者慕名而来，手捧厚厚的书稿，请段主席帮助修改。段明贵总是认真对待，甘当人梯。樊城区一名胡姓残疾青年酷爱文学，写出了10万字的儿童文学《笼中的金丝雀》。书稿送至段明贵手中，段明贵逐字逐句地修改，提出了许多修改意见，还为这本书写了一篇序言，该书后来由作家出版社出版。

在段明贵和作协主席团成员的努力下，近些年襄樊市作者队伍不断扩大，市作协会员由200多人发展到300多人，省作协会员由30多人发展到70多人，中国作协会员由2人发展到5人。

在他和主席团的组织下，市作协承办了《汉水》杂志和"中国寓言网"，目前网站点击率已超过650万次，注册会员超过3600人。他还亲自策划了"文学襄军"网，为上百名襄樊作者提供了网上"博客"。目前，"文学襄军"网已成为湖北文学界最有影响的文学网站之一。

"路曼曼其修远兮，吾将上下而求索"，在打造文学襄军的路上，从段明贵身上，我们看到了坚守、执着和献身的精神。

选自2010年2月9日《襄樊晚报》

我的寓言研究

陈蒲清

为了纪念中国寓言文学研究会成立四十周年，秘书长余途同志希望我谈谈我的寓言研究。我汇报于下。

我是湖南省的一名语文教师，结合教学搞点科研，包括整理古籍、研究汉语、寓言和文化史。在寓言整理介绍方面，编写过《中国古代寓言选》《中外寓言鉴赏辞典》《中学生精读文库·寓言系列》《中国古代精品寓言赏析》等七八种书，还翻译了《瑟伯寓言》，参编了仇春霖会长主编的《中国寓言大系》（两汉部分）、《外国寓言大系》（亚洲部分）。在寓言研究方面，出版过《中国古代寓言史》《世界寓言通论》《中国现代寓言史纲》《韩国古代寓言史》《寓言传》五本专著，发表过约六十篇寓言论文。我按写作时间顺序汇报于下。

一

《中国古代寓言选》

这是我主编的第一本寓言书。我求学时代和担任教师初期，阅读过公木、朱靖华编辑的《先秦寓言选》，阅读过《伊索寓言》。我那时只知道希腊有伊索寓言，中国有先秦寓言，柳宗元也写有寓言。十年动乱，停止教学，先后进五七干校、参加农村工作队，只在业余读了一些中医典籍。"文革"结束后，我调到益阳地区教师辅导站工作。1977年，中央领导拨乱反正，恢复了已经停止十年的高考，我主持了第一次高考的语文阅卷。当时，很多地方盛行猜作文题的习惯。为了防止猜题之风，那几年的高考语文试题往往是给材料作文；而作文题所给材料，又往往是古代寓言故事。我于是邀集汤可敬、曹日升、蒋天桂共同普查古籍，编了一本《中国古代寓言选》，包罗116种古籍中的550则寓言，按照先秦、两汉、魏晋南北朝、唐宋、元明清五个发展阶段编排。并请湘潭大学羊春秋教授审稿作序，请茅盾先生题写了书名。1981年由湖南人民出版社出版。1983年湖南教育出版社出增订版，增加到149种古籍中的614则寓言，责任编辑胡本昱。

《中国古代寓言史》

编辑《中国古代寓言选》时，我广泛翻阅古籍，才知道中国不仅先秦有寓言，而且各朝各代都有寓言，从未中断。我于是萌发了写一本中国古代寓言史的想法。1982年成书，北京大学王利器教授题写了书名。1983年由湖南教育出版社出版，五章，22万字，责任编辑洪长春。1996年修订到十章72节，41万字，责任编辑胡本昱。

此书系统整理了中国寓言的发展历史。初版把中国古代寓言的发展分为先秦、两汉、魏晋南北朝、唐宋、元明清五个时期。修订版加以修订，按照中国文化发展背景与寓言本身发展特点，划分为七个时期：远古创始期、战国争鸣期、两汉沿袭期、魏晋南北朝转折期、唐宋融汇期、元明世俗化期、明末近代变革期，共介绍了280位寓言作家。除了散文寓言和诗体寓言，还增加了几个专章：一是介绍我国各少数民族的寓言，以增进中华民族共同体的意识；二是介绍寓言小说；三是介绍寓言戏剧，以扩展寓言文学的堂庑。此书刚问世，新华社就于1984年1月30日发表专电（记者刘春贤）："我国第一本《中国古代寓言史》最近由湖南教育出版社出版。书的作者是湖南省益阳地区教师进修学院教师陈蒲清。我国是产生寓言最早的国家之一。茅盾曾于1917年编选了我国第一本寓言选集（初编）。但是，我国还没有一本寓言史著作。陈蒲清在教学之余，收集了大量的资料，用了近三年的时间，完成了这部二十万字的寓言史著作。"著名学者或寓言作家公木、王利器、刘征、金江、马达、羊春秋等都来信祝贺。《湖南日报》1984年5月6日发表了记者蔡栋的专访《一本书的诞生》。《中国大百科全书》的"先秦寓言"词条列为参考书；《寓言辞典》（明天出版社）、《中国二十世纪文学研究论著提要》（北京大学出版社）、《湖南社会科学手册》、《中国文学史纲要》（北京大学袁行霈主编）、《论童话寓言》（新蕾出版社）、《寓言文学概论》（辽宁少儿儿童出版社）等书都作了专门介绍或引用。台湾骆驼出版社1985年出版繁体字版。韩国汉城大学吴洙亨教授将我的这部作品翻译为韩文，由松树出版社1994年出版。

修订版问世后书评颇多，比较重要的有《体用兼顾，体大思精》（公木）、《高屋建瓴，有容乃大》（刘上生）、《中国古代寓言研究的新拓展》（潘雁飞）等。该书获中国寓言文学理论研究一等奖、湖南省优秀社会科学著作一等奖。

《中外寓言鉴赏辞典》

1984年，我调进湖南省教育学院，教古代汉语及古典文学，兼中文系主任。我把眼光扩展到世界寓言，邀集一些寓言作家和寓言爱好者，共同编写了《中外寓言鉴赏辞典》。请公木、季羡林、羊春秋三位先生担任顾问。此书赏析了自公元前3000年至当代的五千年间的、包括五大洲近50个国家（或民族）的寓言作品426篇，分亚非、欧美澳、中国三大板块。鉴赏文章力求具有科学性、可读性、简洁性。中国当代部分作品的鉴赏，很多篇是由寓言作家本人（如马达、仇春霖、金江、林植峰、周冰冰、黄瑞云、凝溪等中国寓言文学研究会的骨干）谈创作体会，颇有特色。书末还附有《寓言知识小辞典》。湖南出版社1990年出版，责任编辑缪礼治。1991年7月8日《中国新闻出版报》发布了《首届中国青年读书节推荐书目（第二批）》五十本书，本书有幸名列其中。《博览群书》1991年第6期发文介绍本书，1991年第7期又发表评论文章《给探索者带来微笑》。

《世界寓言通论》

调进省城后，我参加各种学术交流，大量接触了中外哲学、文化学著作，文化视野开拓了。于是，我自觉地从文化视野来研究寓言。有一天，我到图书馆翻阅《简明不列颠百科全书》，发现其中的"寓言"词条，竟然没有提中国寓言。此书是中国大百科全书出版社与美国不列颠百科全书公司合作编译的。这说明很多人不了解中国悠久的寓言文化。我于是立志写《世界寓言通论》，把世界寓言划分为三大体系，认定中国是东亚寓言体系的核心。湖南教育出版社1990年9月出版，分三编十五章，30万字，责任编辑胡本昱。

此书出版后，季羡林、陈模、金江、朱靖华、孙传泽、米尚志、祝普文、顾建华等来信表示祝贺。重要报导与书评有《寓言教学与研究的一部好专著》（《光明日报》1991年3月6日），"World fable"（China Daily1991年3月6日），《寓言研究的新开拓》（《新闻出版报》1992年10月14日），《寓言，理性的诗歌》（《博览群书》1991年第6期），刘上生《试评陈蒲清先生〈世界寓言通论〉的成就》（《中国文学研究》1991年第2期），石西《内容赡博、发论精警》（《水电师范学院学报》1991年第2期），覃道炳《世界寓言理论的建构与开拓》（《湖南教育学院学报》1991年第1期），力牧（马达）《寓言理论的新开拓》（《枣庄师专学报》1991年第3期）等。《理论与创作》《书讯报》《湖南文化报》《鹤城晚报》《长沙晚报》等也发表了书评。本书获中国寓言文学理论研究一等奖。

台湾骆驼出版社1992年10月出版繁体字版，更名《寓言文学理论、历史与应用》，以力牧《寓言理论的新开拓》为序言。台湾台南大学、宜南大学等把此书和《中国古代寓言史》列为教学用书。韩国檀国大学尹柱弼教授将此书译为韩文，2010年出版。

《中学生精读文库·寓言系列》

1997年，湖南教育出版社邀请我主编《中学生精读文库》中的《寓言精读文库》，文库由六本组成。第一本《中国古代寓言》，共评析中国古代100种著作中的193篇寓言作品；第二本《中国现代寓言》，共评析中国现当代76位作家的170篇寓言作品；第三本《中国各民族民间寓言》，共评析中国56个民族的151篇寓言作品；第四本《亚洲各国寓言》，共评析75个国家与地区的207则寓言；第五本《欧洲各国寓言》，共评析26个国家的75部作品中的225则寓言；第六本《非美澳寓言》，共评析22个国家与地区的146篇寓言。1998年11月出版，责任编辑胡本昱。

《中国现代寓言史纲》

1999年中共湖南省委宣传部组织十位湖南省首届优秀社会科学专家编写"湖南省优秀社会科学专家丛书"，以作为迎接国庆五十周年的献礼，本书是其中之一。丛书由中共湖南省委宣传部长文选德作序。那时我开始学习用电脑写作，年底定稿。2000年，湖南教育出版社出版，责任编辑谭真明。全书共十一章（其中两章是请学生潘雁飞协助写的），42万多字。本书讲述了中国现当代寓言的特点、源头、分期，把中国现代寓言的发展分为五个阶段：从鸦片战争开始至"五四运动"前夕为预备阶段；自"五四运动"至1927年为创始奠基阶段；自1927年至1949年为深入发展阶段；自1949年至1976年为曲折前进阶段；自1976年开始为复兴繁荣阶段。提出中国现代寓言的思想特点（主旋律）是"救亡图存，改革开放"，表现特点是"中西合璧，有容乃大"。本书关注了少数民族对寓言的贡献，注意了港台的寓言作家作品，注意到了寓言精神和手法向其他文体（小说、戏剧等）的渗透。本书还对寓言理论的研究作了总结性的评述，对寓言创作的趋势作了预测展望。

本书出版后我与潘雁飞以及出版社都接到不少求购图书的来信。如著名儿童文学理论家蒋风，寓言作家张秉政、储佩成等都来信说，他们到书店买不到书，只好写信给作者。韩国汉城大学中文系吴洙亨教授，专门托人到长沙为他的研究生买这本著作作为参考书。鲍延毅教授写了书评《禀经酌纬，弥纶一代》（载《淮北煤炭师范学院学报》2001年第6期）。台湾《国文天地》杂志总编辑、台湾师范大学国文系教授颜瑞芳先生来信说："先生从事寓言史、寓言理论和教学的研究，称得上是两岸第一人。"本书获中国寓言文学会"金骆驼奖"理论研究一等奖。

《韩国古代寓言史》

2003年，该书与韩国权锡焕教授合作完成。岳麓书社2004年出版，责任编辑刘果。《韩国古代寓言史》是第一本全面评价韩国古代各体寓言的专著。全书分六章29节，共25万字。第一章绪论，主要辨析了"寓言"和"寓话"这两个概念，确认了韩国古代寓言主要有四种体制——散文体、诗体、假传体（受韩愈和苏东坡影响而非常繁荣）、寓言小说。第二章划分了韩国古代寓言发展的五个历史阶段：酝酿期（上古）、产生期（三国末期与新罗王朝时期）、发展期（高丽王朝时期）、鼎盛古典期（朝鲜王朝前期）、鼎盛变革期（朝鲜王朝后期）。第三章至第六章分别研究和评价各个历史阶段的作家与作品。中国人民大学朱靖华教授写了评论文章《龙文百斛鼎，笔力可独扛》，后来收为本书序言。

2001年湖南省教育学院已经与湖南师范大学合并。2006年12月，韩国祥明大学副校长金东旭率领代表团访问湖南师范大学，在交流大会上特别授予我"中韩文化交流功劳牌"，肯定我写本书与翻译整理其他几本韩国古籍所起的促进两国文化交流的作用。

《寓言传》

此书是我研究寓言的心得总结。2014年岳麓书社出版，责任编辑马美著、许静。分上下篇，共十六章，44万多字。上篇七章谈寓言的发展历史。首先介绍世界最早的寓言，再介绍世界三大寓言体系中各国的寓言作家、作品，并分析三大寓言体系的不同特色，然后介绍非洲、美洲、大洋洲的寓言。下篇九章商讨寓言理论。首先谈寓言的特征，再由特征上升到定义，接着研究寓言起源的条件，然后谈寓言的分类和文化地位，再依次探讨寓言的创作、研究、鉴赏、教学。本书以《世界寓言通论》《中国古代寓言史》《中国现代寓言史纲》《韩国古代寓言史》等为基础，融汇了后来的研究心得。

此书出版后，寓言界朋友颇为关注。副会长叶澍在China fable网上发帖说："陈蒲清先生《寓言传》（岳麓书社2014年7月出版）全面探讨了世界寓言的历史和理论""这是一本我国目前最全面、最严谨、最深厚的寓言理论著作！"2014年10月底在襄阳举行庆祝中国寓言文学研究会成立三十周年的大会，常务副会长顾建华教授在总结发言《薪火传承谱新篇：中国寓言文学研究会三十年回顾》中说："这部书在我国寓言研究中具有里程碑意义，必将对寓言创作和寓言研究都产生积极的影响。"会议决定授予我"中国寓言理论家"称号。2017年，中国寓言文学研究会授予此书"金骆驼奖"学术著作奖金奖。

二

最后，综述一下我在寓言专著和论文中所提出的对寓言的某些新看法。当然，这些看法不成熟，甚至可能荒谬，仅供大家批评。

第一，关于寓言的范畴和定义。

自林纾、严璩合作翻译《伊索寓言》以后，人们往往把"寓言"等同于英文的"fable"。个人认为，中国的"寓言"一词，其范畴比"fable"广泛得多，应该包括英文中的 fable（伊索式寓言）、Parable（《圣经》式寓言）、Allegory（寓言小说和寓言长诗，如班扬的寓言小说《天路历程》、斯宾塞的寓言长诗《仙女王》）与 Morality play（道德寓意剧）。中国的"寓言"一词，应该包括拟人寓言与人物寓言，包括散文体寓言、诗体寓言、寓言小说、寓言戏剧，可翻译为"Allegoric tales"。

寓言是双重结构的文体，包括表层的故事和深层的另有寄托的寓意。故事性和寄托性，既是寓言的必要条件，也是寓言的充分条件。因此，一切另有寄托的故事，无论采用人、动物或其他事物充当主角，无论采用什么文体，无论篇幅长短，都是寓言。所以，寓言的定义可以简单地概括为："寓言是作者另有寄托的故事。"

第二，关于寓言的起源和文化作用。

德国哲学家卡西勒《象征形式哲学》提出人类自身发展有三座高耸的里程碑：一是语言的产生，二是神话的繁衍，三是理性思维的发展。我受到启发，提出：寓言起源的思维条件是理性思维的发展，而且寓言充当了启蒙作用，是帮助人类由神话思维提升到理性思维的桥梁。我又由此推断说，寓言萌芽于人类从原始社会进入文明社会的时期。苏美尔寓言、古印度寓言、古希腊寓言的产生，都可以证实这个说法。

根据寓言与人类文化的关系，总括了寓言在人类文化史上的四大作用。第一是启蒙作用：帮助人类群体由原始思维过渡到理性思维，培育人类个体从童年、少年时代的形象思维发展到逻辑思维；第二是载体作用：人类各种文化成果（哲学、宗教、政治、教育等）往往以寓言为载体；第三是橱窗作用：寓言能展示出不同民族的文化特征；第四是轻骑作用：寓言在国际文化交流中往往率先到达异国的领域。

总之，寓言是应用广泛的文体，渗透到哲学、政治、宗教、教育等各个领域。以前，人们往往把寓言归入儿童文学的范畴。的确，寓言跟儿童教育密切相关，古希腊早就把《伊索寓言》作为教育儿童的教材，而且欧洲各国都继承了古希腊的这个传统，我国近现代也把寓言作为教育儿童的教材。但是，寓言对人类文化有广泛深刻的影响，绝不限于儿童。如：我国的先秦诸子寓言，宣传的是不同学派的政治哲学主张；印度的佛经寓言，蕴藏的是精深博大的佛教思想。

第三，关于寓言的传播与体系。

文化学界研究世界各国文化的继承与传播，提出了"文化圈"的理论。我借鉴"文化圈"的理论，根据各国寓言继承与传播的实际情况，把世界寓言划分为三大体系：以印度为起点的南亚、中东寓言体系；以中国为核心的东亚寓言体系；以古希腊与希伯来为源头的欧洲寓言体系。全面介绍了各体系的重要作家作品，分析了不同体系寓言作品的特点，以及不同体系间的交流。至于非洲、美洲、澳洲的寓言，在历史上则没有形成完整的体系，而是跟三大体系寓言有复杂的交流关系。

第四，关于寓言的鉴赏、创作、教学。

寓言鉴赏包括寓体（故事）的分析和寓意的开掘。在分析寓言故事所塑造的形象时，我吸收了我国古代的《易》象、《诗》兴和"形神兼备""象外之象"的欣赏理论。在寓意开掘方面，借鉴了"接受美学"和丹纳的《艺术哲学》。"接受美学"认为文学作品给读者提供的是一个多层次、多角度的框架。丹纳在《艺术哲学》中受生物学"特征从属原理"的启发,提出:"文学作品的力量与寿命,就是精神地层的力量与寿命。"我因此认为,优秀的寓言往往具有多层次的寓意。表层寓意是作者所类比的具体事件,它是创作和理解的基础;中层寓意是表层寓意的升华,反映了某一历史时期特有的精神现象;深层寓意是进一步的升华,表现为深刻的哲学意蕴,包含着人生的精义,往往经久而弥新。优秀的寓言也往往具有多角度的寓意,不必拘泥于一隅。

寓言创作,我是外行,只写过三篇寓言。所以,本没有资格谈创作。但我大量阅读寓言和阅读寓言作家谈创作体会的文章,也产生了两点领悟。一是领悟出寓言创作的契机:作者平生有丰富独特的阅历和知识积累,一旦受到具体事件的触发就会创作出优秀的寓言。二是领悟出寓言形象的塑造应该注意距离:人物寓言应该情节奇特,拉开与普通人物故事的距离;拟人寓言应该让主角尽量具有人的品格,拉近与人的距离。这是受到了布洛《"心理距离"作为一项艺术因素与审美原则》的启示。我还把我所看到的寓言写作二十五种技法,列举在《世界寓言通论》中,供大家琢磨。

寓言教学,对于训练思维方式、陶冶道德情操、提高语言表达能力,都十分重要。我除了吸收大家公认有效的教学经验,还特别推重德国启蒙思想家莱辛的寓言理论。

我研究寓言,学习吸收了现当代许多先辈和朋友的研究成果。如孙毓修、茅盾、郑振铎、胡怀琛、王焕镳、冯雪峰、魏金枝、胡从经等诸位先辈,中国寓言文学研究会的严文井、季羡林、公木、朱靖华、马达、鲍延毅、白本松、祝普文、凝溪、林植峰、顾建华、吴秋林、薛贤荣等诸位先生,还有颜瑞芳、谭家健、谭达先、安秉卨等先生,他们的著作都给了我许多的启发和帮助。

此外,我涉及了跟寓言密切相关的童话和神话。我主编了《中国历代童话精华》,1993年岳麓书社出版。台湾翻印为繁体字本,骆驼出版社翻印的叫作《中国本土童话》,三言出版社翻印的叫作《中国经典童话》。2003年,我主编了《湖南当代童话寓言作家略论》。以此为基础,我写成了《中国古代童话小史》,列举了中国历代古籍记载的、各民族口头流传的童话,批评了"中国古代没有童话"的说法,2014年岳麓书社出版。2023年,我编著了《中国神话故事集》,由湖南少年儿童出版社出版。此书特点:一是不仅关注汉文典籍的神话,而且关注少数民族典籍或口耳相传的神话,强调中华民族共同体的意识;二是忠实于原始记载的故事情节,不添枝加叶,在讲了故事之后,再扩展知识,进行考证、评析。

2023年8月12日

试金石是什么石

余途

收到孙建江著、林焕彰绘的微寓言集《试金石》是近十年前的事。打开书，扉页夹着建江、焕彰合书的信，因临近2012年年底，信的开头便是道贺新年好。这新年礼物让人爱不释手，我着实欢喜，一口气读下来，竟情不自禁击掌拍案，叫了一声："绝了！"以我的资历，把这部著作说到绝顶也不一定有啥说服力，但就我的偏好来讲，我胆肥说《试金石》敢与天绝，那是说明这书在我心中的位置和分量。

我作为寓言作者，喜欢传统意义上的短小精悍的寓言，也创作微寓言，把写精短作品作为一种追求，把寓言或是小说写短写精，视为乐趣，自认为一个完整的作品精短且不失深度为高级。我从20世纪80年代开始写，断断续续写了一些，发表的作品大都不算长，近年也写了一些句子，谓之"愚说"。在我还没有为自己得意的时候，见识了《试金石》，怎么会不被震动，不被磨砺，而产生共鸣呢？这是一部具有颠覆性的作品，标题之下，只有一句话，既是寓言故事的情节，也是寓言故事的核心，寓意尽在短短的句子中表现得透彻深邃，读起来特别过瘾。加之台湾画家林焕彰先生独特的手撕画，更是相得益彰，令人赏心悦目。赏读建江的《试金石》让我加深了对他的认识和理解。

我认识建江，是由叶澍介绍的。叶澍作为当代寓言家，其代表作微寓言集《贝壳寓言》同样是以精短著称，那时他是中国寓言文学研究会的资深副会长，我是中国寓言文学研究会的副秘书长，建江虽已是著名作家、学者、出版家，在研究会里还是一个普通会员。这大概是2000年以后的事。我们都管叶澍叫"蝉爷"，他称自己叫蝉亦戈。蝉，俗称知了，他真是生活中的知了，有一颗极聪明、极富智慧的大脑，在相当一段时期，我们几乎天天在电脑上聊天，电脑打字聊得不过瘾，就抓起电话侃半天，天南地北，社会政治经济，天文地理，文学中医体育，当然说得最多的是寓言和有关寓言的事。有一天，他对我说："我介绍你认识孙建江，我相信你们会成为好朋友。建江这个人能力很强，能量也很大，等你认识了慢慢地体会吧。"那时听"蝉爷"的话，听不进去的不多，绝不相信的也不多，就这句话我没敢全当真，理由也很简单，孙建江当时已经是大名鼎鼎的儿童文学专家，我余途还是一名业余作者，两人不在一个圈子，不在一个台阶上，根本不是一个数量级的人。以至于我们第一次面对面坐在一起喝茶谈天，还有"蝉爷"在场，我俩之间的话也不多。但是从我们不多的话语中，我感受到了我们的共通之处。

多年之后，建江担任中国寓言文学研究会会长，我作为副会长兼秘书长辅佐他工作，我们成了事业上互相支持的同事、战友，还成为精神上相互扶持的兄弟、朋友，我们一起回顾最初相识的心境，我说到我的忐忑，他说起他的迟疑。说实在话，我的忐忑更多地来自敬畏，而他的迟疑，一方面来自有限的信息，另一方面还是来自信息的有限。这样说是不是没说清楚？好像是没说清楚，不过也不能再说清楚了。有一条内幕可以披露，"蝉爷"曾经悄悄告诉我，建江之所以出山担纲中国寓言文学研究会，除了他的寓言情怀，还因为研究会里有某人。这个意思在日后的交流中，还与建江确认过。我很高兴，我就是那个某人。2017年，中国寓言文学研究会面临换届，会长候选人还在酝酿中，建江是热门人选，但是他并没有显示出积极和热情，一直犹豫，甚至一度婉拒了老领导的邀请。我记得在关键性的一天，要做出最后的抉择报请换届筹委会讨论，会长候选人人选还不确定，我开车行驶在北京工人体育场路，我和他的通话到了至关重要的节点，几乎可以说关乎中国寓言文学研究会下一阶段的发展走向，我赶紧把车停在路边，在路灯下连线长谈。作为时任副会长兼秘书长，我的话算不算语重心长我不敢说，但一定算是实心实意，我说："你来做会长，我帮助你。"建江应该是这一天拿定了主意。当年在诸暨召开的中国寓言文学研究会第八次会员代表大会上，孙建江顺利当选会长，中国寓言也随之翻开了新的一页。转眼四年过去，一届下来，我们的话兑现了，我不仅协助他与研究会同人共同完成工作目标，还从他身上学到不少东西，在步入耳顺之年时，人仍有所长进。

建江当选会长后，做的第一件大事就是让研究会重新回到研究的轨道。

1984年，在公木先生带动下，一批致力于中国寓言发展的专家、学者、作家在长春发起成立了中国寓言文学研究会，随后的一段时间，这个国家一级学术社团，聚集代表当时最高水准的寓言精英，集中推出了一批学术专著和古今中外的寓言选编，创作了一批寓言佳作，是中国寓言发展史上研究及创作成果出现一个小高峰的时期，与改革开放中文学的活跃与兴盛相吻合。高峰之后的中国寓言进入了平台期，研究人员及研究成果均有减少。建江本是学者，他具有研究者特有的对学术探究饱满的热情，具有提高学术水平的执着信念与执行力。最重要的是，他作为学术社团的引领者，让中国寓言文学研究会重回研究，将学术研究带到应有的水平，是他义不容辞的责任。建江从引进人才入手，我组织秘书处配合他的计划，发展一批又一批素质优良的新会员入会，可以看得出来，其中很多人就是冲着建江来的。建江提出，每年举办高质量的寓言研讨会，设计有吸引力、有研究价值的课题。在建江会长的动员要求下，一批老中青专家学者启动了自己研究项目。秘书处是第一道接收论文的机构，我可以在第一时间收阅到大家递交的论文，每每看到让人眼前一亮的文章，总是抑制不住兴奋的心情，经常会拿起电话和建江报告和分享。有了学术成果，形式生动学术氛围浓厚的研讨形式又成为了建江的拿手好戏。最有特点的是在研讨会中设置了点评环节，往往是建江率先垂范，展示出很强的总结概括能力和深度引导水平。几年来积累的学术研究成果，让我们看到中国寓言研究会的研究水准其实在提高。

建江到任还为大家带来了梦寐以求的公开出版物《中国寓言研究》。长期以来，中国寓言文学研究会会员就希望有一个自己的刊物，可是在报刊管理特别严格的形势下，想注册登记一个报刊绝非易事。从我做副秘书长开始，就编过若干册《会员通讯》，那是非常简陋的小册子，后来有所改进，编了两集《年鉴》，但是离大家的需求还是有很大的差距。建江发挥了他出版家的优势，力促老东家投入力量支持中国寓言文学的发展事业，以公开出版物的形式出版中国寓言文学研究会的年刊。至今，《中国寓言研究》已经出版发行了三辑，每辑三百多页，二十多万字。我作为副主编，与主编建江配合，栏目设置，编选稿件，审读校对，其乐无穷。把这当作工作，就是一份责任；把这当作学习，就是一种收获。在编辑《中国寓言研究》过程中，体会建江作为出版家的功力，只可惜我的年纪，不可能再从事专业编辑出版工作。可我年轻时，真有做报刊编辑的梦想。虽然职业编辑我没有做过，但我有创办编辑企业报的经历，似乎还能应付年刊编辑，实际上，在建江这里做编辑，我这水平远远不够。我惊异一个现实，几十年打造一个高级编辑，才可以对选题超级敏锐，对编选文章超高要求。

建江还有一个得意之作，就是以中国寓言文学研究会作为指导单位，以中国寓言文学研究会儿童文学专业委员会为学术支持,以浙江师范大学、温州瓯海区政府等为主办单位,创办了年度儿童文学新书榜。这个榜单已经举办了四届,正在逐步成为国内儿童文学出版的方向标,受到众多出版社和广大读者的关注。作为推委之一员,我曾经担心,在浩如烟海的童书中,我们怎样才能甄别、选拔出80种、50种、30种、10种优秀更优秀的图书。只有你近距离观察建江光亮的额头和稀松的发丝,你才会明白,以他对图书市场的深入了解和设计的一整套评选程序及他付出的细致工作,这一切都尽在把握中。但是,我可以负责任地说,不到最后一刻,谁也不清楚进入特别推荐的图书是哪几种。因为在现场评选的推委,会坚持用最好最高的标准,不断刷新入选榜单,直到作为推委会主任的孙建江一锤定音。

说到书,我会想起浙江少年儿童出版社(以下简称"浙少社")为我出的寓言集《愚说》。在浙少社出书,是很多作者的梦想,我能够忝列其中,定不是文字达到多高的水准,一定包含建江的关照。

2021年秋,建江带着可亲可敬的吴然老师来到我坐落在团结湖畔的工作室。饮茶畅聊中间,我才知道,建江和吴然老师已经有几十年的交情,两个人在云南一起度过了难忘的青春岁月,建江说起他们一起在工厂做工的情形,说起一同追随文学梦的过程,说起每周要去吴老师家蹭饭的情形,无不流露出发自内心的感念和感恩。吴然老师是当代作家中作品入选教材最多的作家,嵌入教材的散文《走月亮》美到令人陶醉。叶澍曾经对我说,你要走近吴然,他是一个好人。真正走近他,是建江带的路,我和吴然老师在温州举行的年会上第一次见面,走到一起时,就情不自禁地拥抱在一起。我就在想啊,我为什么没能早一点儿认识吴老师,如果时光可以倒流,我在年轻时就认识已在《春城晚报》副刊部工作的吴老师,我很可能进步得更快,听建江说,吴老师对青年作者可是关爱有加。

吴然老师最近在《思想者的艺术　智慧的花朵——读余途小札》中说:"见到余途,实在是相见恨晚!"这更是我想对吴然老师说的话。三个人在一起畅叙,我好像悟出了一点什么,我们走到一起,究竟是什么因素在起作用,是文学,是性情,是三观,这都是肯定的,不过我还发现我们有一个共同点,现在都为作家,以前都做过工人,我们原来都属于一个阶级——工人阶级。

有一句箴言流传已经很久了:"是金子总会发光。"那试金石是一种什么石呢?它是一种可以用来鉴别黄金的石块。如今鉴定黄金一定还有其他先进的方法,是不是人们依然信赖试金石?我想应该是。

2022年1月21日于北京,雪

选自2023年12月浙江少年儿童出版社《中国寓言研究》第四辑

他的存在仿若一个童话，或许需要在多元空间予以阐释
——一位儿童文学研究者孙建江的印象记

胡丽娜

前段时间，孙老师跟我说他正在编一本论集，有时间的话可写篇文章放在书中。我跟孙老师认识很早，最近又密集地协助他做些事，立马就应承下来了。

可真到提笔写，还是颇为忐忑。如何描摹与呈现一位我格外尊敬的长辈，一位在儿童文学现场纵横四十多年的干将，一位新时期以来儿童文学的参与者与推动者，一位有着丰富经历与多元贡献的作家、批评家、出版家，的确是有难度的事情。思来想去了三五天，认定了一个极为个人化的视角，那就是结合自我学习与成长的经历，在反观与回望一位儿童文学研究者的学习研究历程中，找寻孙老师曾给予的帮助与影响。

我是一个对时间概念相对模糊，少有对时间精确记忆的人。但某些格外重要的节点却也能记得大概，如果辅以当时的书籍、新闻报道等"历史材料"，倒也能还原出大致真实的故事。

我清楚地记得大四那年，我在温州一所高中教育实习，这也是汉语言文学教育专业本科生毕业的必要环节。当时我完全沉浸在教学的观摩与实践中，早先想考南京大学比较诗学的宏伟志向暂时被搁置。在按部

就班的实习日子里,突然接到学院的通知,说我被纳入了保研名单。在那个手机尚未普及到学生群体、信息联络尚不便捷的年代,我只能一边继续实习,一边憋着内心的欣喜。直到实习结束回校,才开始有机会去咨询进一步的专业选择问题。那个时候曾经在校报和我一起采访、奔走于校园各个角落的谭谭,已经考取了上海师范大学梅子涵老师的儿童文学硕士。她给我的明确建议是儿童文学方向。在浙江师范大学,儿童文学是比较传统和有特色的学科,会聚了一大群优秀的研究者。于是,在2000年年底的那段时间,我开始肆意地将自己沉浸在儿童文学的阅读中。这种阅读的饥渴,或许是缘于童年时代阅读的匮乏,印象中童年时代读过的大多是民间故事,还有一本杨国荣主编的《中国哲学史》。这本书至今仍在老家的抽屉里,我曾在该书的封底歪歪扭扭地写过"爸爸,我今年九岁了。"泛黄的书页留下稚嫩的笔迹和对一些看不懂的文字和话题的好奇。而在大学时代,我们那一届并没有修习儿童文学课程的幸运。退休多年的蒋风老师、韦苇老师的课程自是听不到了,但奇怪的是黄云生老师、周晓波老师、方卫平老师都没有开设课程。现在回想起来,同伴朋辈之间的影响是极大的。谭谭不仅给我指明了儿童文学的方向,而且给我邮寄来了德国幻想文学大师米切尔·恩德的《毛毛》,还在扉页上写下了"让我们携手飞扬于儿童文学的天空"。翻阅这本书,赠言后面的日期是2000年12月13日。这是记载明确的时间,也是我追溯和儿童文学缘分时为数不多的精准日期。后来,《毛毛》成为了我毕业论文的选题,指导老师是方卫平,在他的悉心指导下,本科毕业论文后来发表于《中国儿童文学》,这是我在儿童文学理论探索道路上的最早习作。多年之后,我依然觉得方老师是诲人不倦、严谨而智慧的研究者,他有着传教士般的虔诚与执着,他的论文一直是我们学习借鉴的范本。

正是在诸位老师的引领之下,我从儿童文学经典作品的阅读进入到儿童文学理论的阅读。现在想来，当时能找到的儿童文学理论书籍并不很多，大多是从资料室借阅。只是借阅的图书看得很不过瘾，一时兴起想进行批注而不得，索性就在读研的钱淑英、梁燕等师姐的带动下联系出版社购置理论图书。记得当时买过少年儿童出版社的"跨世纪儿童文学论丛"，其中刘绪源的《儿童文学的三大母题》、吴其南的《转型期少儿文学思潮史》、朱自强的《儿童文学的本质》都是我读得酣畅淋漓的论著。后来，又陆续联系出版社购买了湖北少年儿童出版社的"儿童文学新论丛书"，甘肃少年儿童出版社的"中国当代中青年学者儿童文学论丛"。在这两套书中，我读到了孙老师的理论研究。"儿童文学新论丛书"开本很小，但篇幅并未限制和影响这套书的深度与广度。汤锐的《比较儿童文学初探》、班马的《中国儿童文学理论批评与构想》、梅子涵的《儿童小说叙事式论》都是新颖而富有锐气的创新之作。孙老师的《童话艺术空间论》也是其中一本，小小的开本，泛白的封面，里面的话题却是"色彩斑斓"且有创意。《童话艺术空间论》是我在写硕士论文期间经常翻阅的一本书，我写的那篇题为《儿童文学的叙事时间》的研究，很多想法受益于该书。甘肃少年儿童出版社的《文化的启蒙与传承》收录了不少论文。这两本书的价值，我也是多年之后才有更深切的体会。这几年我在做儿童文学跨媒介叙事的研究，涉及了空间叙事，猛然发现近30年前出版的理论小书的前瞻性。

转眼到了2006年，那时候我已经毕业留校工作，整日与学生社团、科研管理打交道。但心中又放不下儿童文学，就萌生了做中国儿童文学口述史的想法，便年轻气盛地去申报了中国儿童文学口述史的相关课题。尽管课题未能立项，但并不影响我兴致勃勃地搜集史料、阅读作家传记，并由此把阅读兴趣更多地放在儿童文学史层面，忙碌于各种途径搜罗中外儿童文学史著作。当时一字一句认真研读了蒋风主编的两本儿童文学史，吴其南、金燕玉撰写的《中国童话史》，还有方卫平的《中国儿童文学理论批评史》。孙建江的《二十世纪中国儿童文学导论》尽管书名是导论，实则是对20世纪中国儿童文学发展的勾勒与评述。相对于多人合编的文学史，这部长达35万字，以一己之力独立完成的史论著作更具有独创性。写这些文字的时候，我从书架抽出该书，发现书页中参差不齐、密密麻麻地夹着各色纸条，记录着我十多年前阅读时被激荡出的各种感想与收获。

在对中国儿童文学发展历史上下探索之后，我的视线又投向了外国儿童文学。令我惊讶的是，似乎儿童文学理论的诸多维度，都有孙老师的著作，这一次是"世界儿童文学研究丛书"中的《意大利儿童文学概述》。我当年对意大利儿童文学的印象仅有《木偶奇遇记》《爱的教育》和罗大里的童话。从这本书里面我读到了卡尔维诺，此后这个名字常在儿童文学各种理论场合被提及。一本书的前言、后记、序跋是最能体现研究者性情的。《意大利儿童文学概述》的后记，让我读到了孙老师为学的谦逊、真诚与坚韧。令我印象深刻的是，短短的后记生动形象地在细节中描画了任溶溶老先生的形象。当时只觉得任溶溶是一位幽默好玩的翻译家，却不想如此提携后学，甚至把未刊译稿《天上掉下来的大蛋糕》作为研究资料提供。这是我第一次在孙老师的文字中接触任先生，当时很感佩于这样的情谊。此后，又在孙老师的文字，包括方卫平老师的文字中再次领略到任先生的人格魅力。

2020年第二届儿童文学新书榜评选，《克雷洛夫寓言》进入了特别推荐榜单，推荐语是孙老师的手笔："这是一部诗体译作。单音韵尾和双音韵尾相互交替，单韵或两行或两行以上，双韵诗行排列方式多变，节奏或快或慢，随内容而变。全书几近完美地还原了克雷洛夫寓言之神韵。更为难得的是：此乃一部'失而复得'之作。近百岁翻译大家，与自己半个世纪前译就的作品相遇,实为近年来难得一见的文化景观,弥足珍贵。"读着这样的文字,想起孙老师和任先生自20世纪90年代绵延至今的情谊,不觉潸然泪下。此后,我又在慈琪、汤汤等人的文字中读到孙老师对后学的提携与扶助,想来这就是一种高风亮节精神的传承吧,这或许也是这个时代难能可贵的一种纯真气质和温暖情怀。

很多时候读者会借由文字去想象作者的面貌甚至性情。此前研读的很多图书对孙老师只有非常简单的介绍,于是我就放任自己的想象,以阅读中的体悟去生成写作者的形象。想来视野如此开阔,能在史料中纵横捭阖,论证清晰严谨,文字简洁质朴的学者,定然是离群索居、孤寂清冷地埋首书案的学究吧。事实证明,那只是我当年的一种幼稚想象。此后,我在儿童文学道路上跋涉和探索的时候,愈加发现孙老师不仅仅是一位理论研究者,或者说理论研究只是他多元存在的冰山一角,他在儿童文学中的存在价值与意义,都值得深入挖掘和解读。

需要补充的是,2003年的暑假,我去了浙江少年儿童出版社(以下简称"浙少社")实习,体验了一把编辑出版的工作。当时的浙少社在图书销售市场上独占鳌头,其中最畅销的书是带有互动工具的《冒险小虎队》。我所实习的部门是外版编辑室,指导我的是丛燕老师。那时候,孙老师是文学编辑部主任,已经编辑出版了"中国幽默儿童文学创作丛书""红帆船系列"。作为开放、延续性的丛书,这两套书汇聚了重要的作家资源,对原创儿童文学的发展起到了积极引领和推动作用,是新时期以来原创童书的重要品牌。我在实习期间和孙老师有一些接触,至今清晰记得当时曾在他的办公室拍过一张合影。十多年之后为了写这篇印象记,再去翻看当年的照片,感觉孙老师没有太大的变化,依然戴着他的宽边眼镜,带着儒雅温和的笑容。

那一代人有着无限的勤勉与敬业,甚至不夸张地说,他们从20世纪

80年代开始耕耘儿童文学理论，至今依然葆有活力与影响力。他们是儿童文学的"议程设置者"，是新时期以来童书出版的"舆论领袖"。在《童年镜像》后记中，孙老师写过这样的一番话："我是上世纪八十年代初开始做儿童文学研究的，想想也是，已三十多年了。时间过得还真快。三十多年前，儿童文学远没有现在这样热闹，从事儿童文学研究的人可以说是少之又少，搬搬手指头都能数过来。从事儿童文学研究的人虽然不多，但大家心很齐，做什么事，一呼百应，说干就干。"就是这样一种直白不加修饰而真诚的话语，很好地体现了那一代学人的风貌与品质。

我对孙老师的儿童文学理论研究以及更富于特色的编辑出版工作的了解，是在读博士之后。2007年，我考取四川大学文艺与传媒专业博士，想从传媒视角对儿童文学进行探索。切换一个领域，猛然惊觉这是一个媒介化生存的时代，以往注重作家作品论的研究思路遮蔽或者说悬置了很多有意味的话题。最开始的尝试便是对新时期以来重要儿童文学丛书与儿童文学格局构建的梳理。正是研究视角的转换，为我洞开了孙老师的另一重身份。在那些厚重扎实的论著之外，孙老师的编辑出版工作也格外出色。20世纪80年代孙老师参与编辑《当代少年》，这份刊物刊载了后来引发大争论的《鱼幻》。如果追溯儿童文学探索思潮，这是一个绕不开的重要史实。孙老师参与的多套新时期儿童文学丛书前面已提及。在此仅仅补充一个小细节，侧面验证这些出版物的重要性及其绵延之影响。上半年一位从事比较文学研究的师姐，谈及想从事华文儿童文学研究，问是否有相关资料。我毫不犹豫地推荐了"海岸线书系""纽带·海外华文儿童文学典藏"这两套国内较早重视与倡导华文儿童文学整理与建设的重要丛书。前者收录了台湾老中青三代11位最具代表性作家，后一套收入木子、孙晴峰、爱薇等10位海外作家作品，国别涉及美、加、澳、德、瑞典、瑞士、马来西亚等。

20世纪八九十年代有很多早慧或天才型的研究者，比如写作《中国儿童文学理论批评史》的方卫平，比如写作《前艺术思想：中国当代少年文学艺术论》的班马。他们的论著会给人振聋发聩的感觉，孙老师的文字和论述却是平和亲切的，属于那种深水静流的类型。当然，或许是因为他并未只在一个领域和维度用力，而是发散型的观察者与思考者。他身在童书出版界，对儿童文学的整体生态有更为理性的把握。时间愈久，读他的文字越多，愈发感叹他是一个神奇的存在。当你对于儿童文学的一些现象和理论性的话题有一些探究的欲望之时，你不禁感喟孙老师是一个异常睿智和聪颖的人，因为这些问题他早已涉及，或专题深入阐述，或只言片语提及，却都有其独到洞见。

事实上，我们这一批研究者对儿童文学的学习正是新世纪儿童文学创作与出版蓬勃发展的时代。当我以好奇视角打探儿童文学发展的时候，发现孙老师一直在场，许多重要的儿童文学活动都有他的身影。就以"红楼"这个对儿童文学来说意义非凡的坐标来说，孙老师的身影频繁出现。当然，此处的印象描述，有记忆的打捞，也有新闻的辅助提示。2006年10月2日，浙江师范大学儿童文化研究所举行揭牌仪式，孙老师与任溶溶、梅子涵、吴其南一道被聘为兼职教授。从此，在"红楼"的很多活动中，孙老师都是常驻嘉宾。我很幸运地长期在"红楼"工作，在这里见证了儿童文学界很多美好的事件。张之路先生和桂文亚女士曾分别在"红楼"设立"张之路儿童文学励志奖学金""思想猫儿童文学研究优秀成果奖"。因为金华没有机场，很多远道而来的嘉宾都是先到杭州再转道金华，孙老师就成为最固定的陪同者。印象深刻的是，有一年这两个奖项一起颁奖，各路嘉宾（此处省略个人身份等介绍）济济一堂，有张之路、桂文亚、孙晴峰、柯倩华、杨佃青等。这次美好的聚会自然不能少了孙老师，他与方老师亲密合作，接待、主持、点评、颁奖，忙得不亦乐乎，俨然是"红楼"人。

为了弥补记性不好的遗憾,我特意翻找新闻,以证明孙老师的确是红楼儿童文学研讨会的常客。孙老师曾参加周锐新作《童话作家＆英语菜鸟世界行》的研讨、毛芦芦文学创作座谈会等。在"红楼"一次研讨中,张之路老师和孙建江老师一起参加,孙老师以"中国幽默儿童文学丛书"为例,以点带面地对中国童书出版历程进行了深情的回顾,同时还为新编辑们提出不少宝贵而中肯的建议。当时的新闻报道有这样一段话,当然这段话是作为主持人的我的陈述总结,只是时过境迁之后我竟全然记不得:"我们在张之路老师身上感受到他深厚的积累与广阔的视野,又在孙建江老师身上看到了一位出版人积极推动中国原创儿童文学发展的情怀。而中国当代儿童文学良好生态的构建的确需要作家付出、出版实践、学界批评等多元力量的共同参与,而'红楼'正是把这些力量聚集在一起,在推动儿童文学向前发展的路途上不断努力着。"

孙老师的另一个身份是浙江师范大学儿童文学特聘教授。每年硕士论文答辩季,孙老师就会穿着他的西装稳稳当当地在答辩主席位就座。我从2013年开始带研究生。2016年参加答辩的正是我指导的第一个研究生童潇骁,答辩论文是《论大屠杀在儿童文学中的表现——以尤里·奥莱夫的作品为例》。尽管我是以导师身份参加答辩,但与学生一般感受,颇有几分紧张。于大多学生而言,答辩那日大都是战战兢兢、如履薄冰的受难日。如果遭逢一个严苛的答辩主席,被批得面红耳赤也是有的,所以大家都格外在意答辩主席的评判,默默祈祷温和的答辩主席。一旦获知答辩主席是孙老师,大家就会如释重负,因为他的方式会特别让人放松。他有一种严谨而宽松的能力,从不以凌厉的语气说话,能犀利地发现论文的优点并以温和鼓励的语气缓缓道来,然后自然转换,水到渠成地将问题点出,让答辩者备受鼓励,不自觉生出自信与进一步努力的决心。这种驾驭气场的能力，或许也是一种可贵的品质吧。还记得孙老师的眼镜下滑到鼻尖，穿着那套行走天下的西装，认真而庄重地放慢语速，缓缓而有力地宣布童潇骁论文通过答辩，并同意授予文学硕士学位的决议。

海飞老师曾赞誉孙老师是"一位闪耀着理论光泽的童书出版人，一代童书编辑大家"（见《孙建江：一代童书编辑大家如何炼就》，《中华读书报》2016年3月2日06版），他特别谈到了孙老师在全国专业少儿社文学读物研究会这一平台的功绩。在1999年到2016年长达17年间，他承担起了每届年会研究议题的规划和设计。如中国少儿出版的可持续发展战略的探讨，市场化背景下理想的儿童文学出版生态的建构，中国儿童文学出版的"全球化语境"。这些带有议程设置和前瞻意义，又立足于出版实践的务实议题，可谓是每一位有情怀的少儿出版人都需要直面的灵魂拷问。

是的，此处还应该提到浙江儿童文学年会。现在有很多倡导地方文学的路径与经验的研究，如果以中国儿童文学来说，浙江儿童文学是异彩纷呈的存在。而浙江儿童文学的发展，孙老师是倾注心力的。年会中，他都要作浙江年度儿童文学的盘点与报告，编撰浙江儿童文学发展史料，展现儿童文学的成绩，同时还以多种方式表达对年轻作者的关注和扶持。难得的是，这种谦和与热忱一以贯之。近年来和孙老师一起参与武义的童话节、年度儿童文学新书榜评选等工作，担任评委的孙老师，又展现了他惊人的记忆力。他认真研读参赛作品，熟稔每一个写作者的经历和文字特点，甚至能胸有成竹地报出创作者的年龄、籍贯等信息。

因为他的多元，因为他在儿童文学诸多领域都有建树与成就，而我们又往往只侧重某些面向，为此忽略他更多的贡献。比如他在寓言文学的当代发展方面的持续努力。孙老师曾以"雨雨"的笔名，出版多种寓言集子，他是目前为止以寓言创作者身份荣膺全国优秀儿童文学奖的第二位作家。在创作寓言的同时，他还担任中国寓言文学研究会的会长，对当代寓言的发展倾注心力与智慧。2020年的寒假，我收到孙老师邮寄来的两大箱图书，有他个人的寓言文学集子，包括台湾出版的极为珍贵的版本，更多的是总结和整理寓言文学发展成就的资料，如中国寓言文学研究会年鉴《百年浙江寓言精选（1917—2017）》，中国寓言文学研究会成立三十周年权威选定"中国当代寓言"丛书。说起来，我对寓言的关注缘于2011年的国家社会科学基金青年项目《西方儿童文学的中国化与中国现代儿童文学》，在考察西方儿童文学中国传播的进程中，选取《伊索寓言》为样本，探讨不同历史阶段传播译介的特点。孙老师注意到了这篇文章，提携我加入中国寓言文学研究会，让我对寓言这一古老的文体有了更多深入探讨的可能。从2020年开始，中国寓言文学研究会又与儿童文学研究中心合作，开启年度儿童文学新书榜的评选工作。

孙老师对儿童文学历史审视与评判的热情一直延续着，基于他对百年来儿童文学的宏观把握与判断，2020年，他领衔主编了《百年百篇中国儿童文学》（6卷21册）。我参与了幼儿文学卷的编选，而之所以能有这份荣幸，是在当了妈妈后，从研究者转换为母亲之后，开启了陪伴孩子阅读的美好时光。在这过程中，我会记录亲子阅读的种种，主动搜寻适合孩子阅读的各种文学读物，对幼儿文学有了新的认识。在一次年会上，结合自己的观察和创作体会发表了对幼儿文学的一些看法。不想孙老师就很有心，邀我编选幼儿文学卷。在编选过程中，我得以领略作为主编的孙老师之"均衡"的能力，从编辑体例的设定、各文类的总体把握，到作家授权等复杂问题，他都处理得从容自在。

文章的最后，我想引用两份资料，其中之一是《传承与超越——孙建江文论集》。这本书的编辑体例很好地涵盖了孙老师研究的广阔论域，也是他近40年理论跋涉的记录。在基础理论探讨方面,孙老师的研究包括艺术与大众、儿童本位、空间运动、接受能力、层次划分等话题。在儿童文学史梳理辨析方面,他探讨了中国儿童文学的自觉化进程、中国童话的历史演进、中国当代儿童观的转变、中国新时期儿童文学的崛起、两岸儿童文学的消长演变、图画书在中国大陆的兴起等。作家作品研究和经典解读方面,有对安徒生、严文井、任溶溶、田地、桂文亚等一大批作家的研究。另一份材料是出版于2013年的《传承与超越:孙建江文论集》的后记,其中有他自己对儿童文学研究的总结:"不知不觉间,介入儿童文学研究已逾三十年了。三十年,说长不长,说短也不短了。我这里用了介入这个词,是想说,作为一个出版人,自己做儿童文学研究一直以来都是工作之余进行的,而且,我这人兴趣还比较广泛,业余除了做研究,还搞些创作什么的。所以,说起来儿童文学研究只是我业余爱好中的一部分。不过,虽是业余爱好的一部分,但也不讳言,儿童文学研究又是我最为用心、投入精力最多的业余爱好。三十年来,无论工作有多忙,其他的爱好再多,儿童文学研究在我心里始终占据着十分重要的位置。而且,相信这个爱好,以后也不大可能改变了。"

这便是以我个人的儿童文学研习过程为视角的管中窥豹。有一次和同行聊天,谈及学习成长种种,不由得感叹,在儿童文学这个温暖的场域中,有很多热心的"校外博导",孙老师便是其中之一。只是这位博导,少了几分压力与威严,多了几分同理心和共情意识,毕竟他的爱女就职于高校,他对高校"青椒"及其生存状态很是关切。在谈论切磋学术之外,也会嘱咐生活日常种种,言辞中尽是老父亲的慈爱与宽容。于是,在理论批评者、作家、出版人多重身份之外,孙老师又自然流露了另一空间维度的父亲形象。

需要补记的是,这两日收到了孙老师长达两万字的"作业",那是我目前正在进行的儿童文学作家、出版家的访谈。访谈的初衷是为了满足自我的好奇心，以另一种视角来打量和解析儿童文学。初步计划是以自己阅读视野中所钟爱的，在儿童文学创作、出版方面有成绩与建树，有独特气质与价值的作家、出版家为访谈对象，围绕着儿童文学的艺术观念、创作出版等问题进行交流探讨。孙老师是第一批的访谈对象，也是回答得异常认真坦率的一位。细细拜读他回忆童年时光的文字，跟随他平实的讲述，我更为清晰地了解了他是如何走上儿童文学的道路，又如何真挚热忱地投身于儿童文学创作、出版与理论研究的。正是这一份带有自我反观意味的总结，从某种程度上再一次印证了我的观察。如果将个人视为文本，那么在新时期以来儿童文学的发展历程中，孙老师是一个独特而丰富的文本。套用《童话艺术空间论》的表述则是：他的存在仿若一个童话，或许需要在多元空间予以阐释。

选自2023年9月二十一世纪出版集团《童年的文化空间》

我与叶澍的缘分

马筑生

缘分是由巧合、阴差阳错、很多突然、一些偶然、一些必然组成的。我与万昌兄的相识,正是缘分这种东西使我和他有了联系。

我小时候就特别喜欢寓言、童话故事。1970年,我们这些初中毕业后没有分配到工作而在家无所事事的贵阳青少年们,被市革委会组织起来,成立了"湘黔铁路大会战贵阳学生民兵团",拉上了修建湘黔铁路的工地。那年,我17岁。修建湘黔铁路是三线建设战略中的一项重要任务,受到顶层设计者们特别是毛主席的高度关注。工作之余,无所事事,我就开始写寓言、写童话。我记得写了不少,如《鸭子的骄傲》《鸭子之死》《小白马》《到底该评多少分》《专拣重担挑》《打乒乓球》《三进三出》《魔力》《上级与下级》《从吃到泻的讨论》《造反派的脾气》《雪里送炭》《伯乐相马新编》《万里白光珠》等。那时候没有发表的园地,就写在小笔记本上,爱好者之间传阅交流,倒也其乐融融。

万昌兄一家也是因为支援三线建设,从上海来到贵州的。他到三线城市贵阳来的时候,也是17岁。万昌兄祖籍徽州屯溪。屯溪可是个好地方,地处黄山余脉与白际余脉间,山水秀丽,环境优美,四季分明,气候宜人。有着丰富的历史文化积淀,民间艺术丰富多彩。屯溪老街是国家级历史文化保护街区。但万昌兄却出生在与屯溪相邻的休宁县。东汉建安十三年（208）休宁就建县了，这可是一个著名的文化大县，自宋嘉定十年（1217）至清光绪六年（1880），休宁就出了19名文武状元，是中国第一状元县。万昌兄的少年时代是在上海度过的。他跟着父母来到上海，在上海四川北路小学就读并毕业，然后先后到上海四平中学和新沪中学就读，所以，他能说一口流利的上海话。1958年，他高中还未毕业，就随父母来到贵州，支援三线建设。那时候的口号是"好人好马上三线，备战备荒为人民"。到了贵州，他到贵阳一中继续读高中。万昌兄自上海来到贵阳，是为远者，远者为缘。我出生于贵阳，是为近者，近者为因。缘与因之间开始出现量变，万昌兄与我之间无形的联结开始在冥冥之中显现，看不见的缘分为我们营建了一种必然存在相遇的机会和可能。

贵阳一中是贵州省一流的中学，是中国近代教育之父李端棻等人于1905年发起创办的。学校有位教授语文的名师，名谭科模。谭科模可是个了不得的人物，被称为"贵阳市的活字典"。他自称能背诵古文三百篇——请注意，是一部《史记》算一篇，一部《韩非子》算一篇，一部《资治通鉴》算一篇……万昌兄特别敬佩他，时常请教于他，两人甚至成了忘年交。我想，万昌兄爱好文学写作，是与谭科模师的影响分不开的。万昌兄创作了各种文学作品，虽然寓言创作只是他文学创作的一小部分，但却是他的最爱。

阴差阳错啊，谭科模师后来也成了我的授业之师。1978年，我参加了"文革"之后的首届全国统一高考，挤上最后一班车上了大学。巧合啊，谭科模师也调到了我就读的这所大学，成为我们班古代文学课的授课老师。在课堂上，谭科模师是不用教科书也不用讲义的，什么资料也不带，他用他惊人的记忆力向我们证明了"能背诵古文三百篇——一部《史记》算一篇，一部《韩非子》算一篇，一部《资治通鉴》算一篇……"。这样，冥冥之中，万昌兄成为了我的同门学兄。

1962年，万昌兄在贵阳一中毕业后考入贵阳师范学院（20世纪80年代后期升格为贵州师范大学）俄语系就读。新中国成立后，贵阳市的中学越来越多，就编了序号，按单数学校开设俄语、双数学校开设英语的安排，贵阳一中外语开的是俄语，这就是万昌兄在大学入的是俄语系的原因之一。

1966年，万昌兄在贵阳师范学院毕业后，分配到贵阳一中当了一名外语教师，与谭科模师成了同事。此时的万昌兄青春年少，风流倜傥，天生一副运动员身材，也爱好体育运动，却没有去做专业的运动员，他更喜欢文学创作。他将两种爱好结合在一起，常在《运动员天地》杂志、《贵州体育报》上发表文章。后来他对羽毛球运动产生了浓厚兴趣，进而情有独钟，索性调到《运动员天地》杂志做了编辑，进而成为高级编辑。又到《贵州体育报》做记者，当社长、总编辑；一直做到中国体育记协委员，贵州省体育总会副主席，新闻工作者协会常委。

但万昌兄文学创作的兴趣从来没有削减过，特别是对寓言的浓厚兴趣。万昌兄是20世纪70年代中期开始写寓言的，投到全国各地的报纸杂志上去，大约是1976年，他的第一篇寓言发表了。以后接着发表了不少。万昌兄最初是以"叶树"为笔名的。后来儿子出生，将"叶树"之名送给了儿子，自己另用了叶纪、叶澍等为笔名。1979年秋，贵州省文代会召开，中国作协贵州分会正式成立，下设几个专业创作委员会，其中一个是儿童文学委员会。万昌兄以寓言创作在贵州文坛崭露头角，被看作是贵州儿童文学新作者队伍中的一员骁将，成为儿童文学创作委员会的一名委员。

20世纪80年代，我大学毕业后分配到贵阳市师范学校任教。巧了，这所师范学校也是中国近代教育之父李端棻等人于1902年发起创办的。

我被安排教授儿童文学课。寓言教学和研究，成为我的专业内容之一。我选择了"贵州儿童文学史"这个地域儿童文学研究课题。贵州寓言作家、研究者叶澍、吴秋林、张清河、储佩成、魏玉光、赵凤普、赵修朝、刘大林、杨远承、徐成淼、胡鸿延、吕金华、唐中理、王荣飞、聂华、庭燕等先后进入我的研究视野。寓言这条看不见的线，将我和万昌兄连接在了一起。

1991年7月，中国寓言文学研究会第三届年会在贵州六盘水市六枝特区召开，万昌兄撰写了《寓言创作体会》的论文，首次参加年会。万昌兄以寓言会友，结识了中国寓言界韶华、朱靖华、陈蒲清、谭家健、金江、鲍延毅、邱国鹰、马达、白本松、蓝开祥、申均之、鲁芝、许润泉、樊发稼、杨啸等人士，也结识了贵州寓言界的魏玉光、张清河、储佩成、吴秋林等人士。

万昌兄以他的寓言作品在全国产生了影响。20世纪80年代以后，随着创作环境的宽松，他的寓言创作出现了第一个高潮，发表的作品结集在一起，就是《鼯鼠的桂冠》这个集子的出版。《鼯鼠的桂冠》让人们惊喜地发现贵州出了"叶澍"这么个有实力的寓言作家，也让万昌兄更加钟爱寓言了。他喜欢写短小精干的寓言作品，精益求精，越写越短小，有的甚至只有几个字，比如《猪》，七个字，《鼠》《蛇》，八个字，《虎》《龙》，九个字。1985至1995年间的微型寓言作品，集成集子《贝壳寓言》于1998年由贵州人民出版社出版了。《鼯鼠的桂冠》和《贝壳寓言》，万昌兄都是请贵州名作家、省儿童文学创作委员会主任戴明贤作的序，戴明贤的小说《报矿》曾获得第二次全国少年儿童文艺创作评奖三等奖，他对叶澍两个寓言集子的评价都很高。万昌兄后来又出版了寓言集《南海群猴》（福建少年儿童出版社1999年出版）；《寓言城》（贵州人民出版社2002年出版）；《贝壳寓言精选》（浙江少年儿童出版社2014年出版）等。作品被《当代中国寓言大系》《中国当代寓言选（英汉对照）》《中外寓言鉴赏辞典》等90余部选集收入。部分作品被介绍至海外。寓言《"马上"小猴》被收入上海市九年制义务教育小学语文课本、台湾地区《华文课本》（泰国北部版），以及马来西亚华文辅导教材等。《贝壳寓言》集获第九届冰心儿童图书奖，获中国寓言文学研究会第二届"金骆驼奖"等。

在中国寓言文学研究会第四届年会上，万昌兄当选为常务理事。2002年，万昌兄加入了中国作家协会，于是年增补为中国寓言文学研究会第四届理事会副会长，并连任第五届副会长，第六届副会长，以及第七届顾问，为中国寓言文学研究会的发展作出了自己的贡献。

2014年8月1日至4日，第二十四届全国图书交易博览会在贵州省举办，贵阳市为主会场，遵义市、安顺市、黔东南州及贵阳孔学堂为分会场。书博会期间，8月1日，浙江少年儿童出版社举办了冰心儿童图书奖书系发布会，孙建江、翌平、曾获得冰心奖的万昌兄及贵州儿童文学作家胡巧玲、我及唐中理参加了发布会。8月2日，浙江少年儿童出版社在贵阳省体委会场为万昌兄《贝壳寓言精选》举行新书发布会。万昌兄嘱我一定来参加。建江兄自然参加了，两次为叶澍寓言集作序的名作家戴明贤也来了，余途兄也专程从北京赶来参加，并代表中国寓言文学研究会表示祝贺。

是年8月，交往颇多的陈蒲清教授在长沙岳麓书社出版了一本《中国古代童话小史》，寄赠我一本，同时还寄了同年7月出版的《寓言传》。他告诉我，叶澍退休后的地址他不清楚，怕寄错了，让我转交给叶澍。并叮嘱叶澍收到后告诉他一声。我知道他是需要知道叶澍的确切地址和联系方式。在省体委小区，我与万昌兄品茶闲谈。我转达了老友陈蒲清的赠书和关切。万昌兄很高兴，连说"我今天就回复他"。我们分别回忆起了恩师谭科模，也谈起了中国寓言文学研究会。万昌兄给我谈到，他在中国寓言文学研究会，老朋友很多。像孙建江，1978年就编辑过他的寓言作品。万昌兄喜欢和青年作家交朋友,有三位作家与他交往频繁,人们戏称为他的三位"得意门生",那就是"熊爷"桂剑雄、"兔爷"余途,以及"关门弟子"唐中理。他说,其实我与他们几位,不过是交流寓言创作多些。多年来我的本职工作,真可谓冗务缠身啊。文学创作纯粹是业余爱好。灵感一来,兴之所致,纸短言长,意犹未尽。寓言作品实在是写得不多。中国当代寓言的作者、研究者队伍和作品、研究成果,与其他文化品种相比,差距很大呀。空喊提高寓言的地位,实在是不明智的。需要吸引优秀的作家、研究者特别是青年作家、研究者加入到寓言创作、研究队伍中来。这就是他喜欢和青年作家交往的原因。万昌兄说,你是我的学弟,在儿童文学教学、研究领域工作30多年,对寓言是颇有研究心得的。你主编的《儿童文学信息》报,有大量的寓言方面的内容。他再次希望我能参加到中国寓言文学研究会的队伍中来,在他的介绍下,我加入了中国寓言文学研究会。

贵州有位叫罗敏的女诗人,不幸身患重病。因家庭生活困难,急需又无力购买进口的昂贵药品。只能寄希望于卖自己的诗集来凑集药费。

万昌兄将罗敏准备卖自己的诗集来筹款购买进口药的消息发给了中国寓言文学研究会副会长刘岚。她闻知此事后,心里很不是滋味。作为一名老编辑,她深知作者文学创作的艰辛,指望写诗赚点稿费,维持生活都很困难,何况患了重病,更是难上加难。于是,她决定切切实实地帮助罗敏。刘岚的姐姐徐晓昭,生前是北京军区的军医,担任北京香山医院的院长,她因病去世,留下了在北京人民医院购买的自费药,药一直在冰箱里保存。该药每盒两支,1400元一支,价值万余元,保质期到2016年。刘岚便与姐姐的儿女商量,决定以她和姐姐的名义,将这些贵重的药品,全部捐赠给罗敏。这是百分百的善举,无丝毫功利成分,只是希望这些药能够帮助罗敏治病。

万昌兄联系上了贵州诗人协会秘书长郭思思,托他将这些救命的贵重药品,转交给罗敏。

没想到不久后,万昌兄竟突然就病倒了。脑梗,左半身偏瘫,不能说话。许多老朋友如杨啸、吴广孝、陈蒲清、林植峰,还有凡夫、孙建江、张锦贻、张鹤鸣、余途等,或当面向我打听他的病情,或写信、打电话给我,问讯万昌兄的消息,并嘱我去看望万昌兄时,代他们转达问候。

我到贵阳医科大学附属医院高干病房探望万昌兄,感觉他似乎能知道我是谁,却说不出话来,只能发出些含糊不清的声音,真是令人心伤。我对他说的话,也不知他能否听得明白。护工说他还是能喂吃一些东西的。后来他病情略好一些,就接回到家里治疗休养。这样过了几年,后来病情突然恶化,又到医院。2020年8月4日,万昌兄在贵阳去世。我到贵阳景云山殡仪馆悼念万昌兄,并受中国寓言文学研究会委托为万昌兄送了花圈。他的儿子叶树带着深情回忆父亲:爸爸写的寓言名篇《"马上"小猴》,就是写给他的。

万昌兄是当代中国有影响的寓言作家,其寓言作品独特的思想艺术价值获得了社会认可,《贝壳寓言》成为广受欢迎的寓言经典,被认为是中国当代微型寓言成熟的标志。其作品篇幅虽小,却是一幅幅形象鲜明的图画。像线条简练的漫画,勾出来的仍然是各式各样的世俗相,又有着丰富内涵的深刻哲理,能悸动人们的心灵。他为中国当代寓言体式的发展作出了贡献。

特以此文纪念万昌兄。

2023年7月31日

女神张锦贻

南村

诸暨党校,江南九号宾馆517号门前,我举手敲门。"谁呀?"里面问。听起来差不多四五十岁的一个女人,江浙口音。"你的同居室友。"我半开玩笑。"噢!等一下哦!"里头高声应道。那声"噢",很弹,像是一个静止的小皮球突然跳起来,在半空又突然被控遏不准动。其活泼、调皮,让我想起卡通里头那些古灵精怪的小女生。

窸窸窣窣,门开了。我看见了一个顶小个儿的老妈妈。有些意外。会议是允许带家属的,老妈妈是家属吧?老妈妈正要午觉,刚睡下。我很歉然打断了老人家,迅速拾掇下就退出了房间。

2017年11月4日,中国寓言文学研究会第八次全国代表大会在诸暨党校召开。党校对面绿荫森森,像是个公园,初到诸暨,颇为新鲜,我便趁下午的空当去转了转。

将到吃饭时间回到房间,老妈妈已醒。她双腿搭在床边穿衣服。我不经意瞥一眼,吓一跳:老人家正把丝袜往自己的腿上套!老妈妈八十岁了吧,在我的认知里六七十岁的妈妈们都已不穿裙子、不套丝袜了,怕冷,怕麻烦。我不免大惊小怪地表达了我的惊讶。老人淡定地说:"我是穿裙子的啦!我一辈子都是穿裙子的啦!"她一件一件地穿起来。然后,一个这样的老太太站在我面前：齐耳花白的短发，橙黄间青黑的竖条棉衬衣，灰色小翻领西服，灰色过膝西服裙，肉色连裤长丝袜，黑色方圆高帮牛皮鞋。老人是很瘦小的，约一米五，背微驼，但当她装束齐整站在我面前，她的瘦小，以及瘦小身躯上所承载过的岁月倒成了优雅的光芒，焕发出十足的气场。而我更为吃惊的是，这个八十几岁的老人是只身一人来的，没有陪伴。她来自内蒙古呼和浩特，她当然不是谁的家属，她也不是普通的会员。她是张锦贻。老人拿起会务人员人手一册的《1917—2017百年浙江寓言精选》，翻开序言的某一页，说："喏，这是我写的文章。"

我很快就感受到"张锦贻"这个名字的分量了。我们一起去吃饭。不停有人来打招呼，年轻的、年长的、出版人、作家，他们纷纷向张老师问好，和她寒暄、握手，甚至搂肩、搭背、拥抱。刘岚副会长知道我和张锦贻老师同寝室，高兴地连说了几个"好"："太好了，太好了！张老师是这个领域的前辈，寓言、儿童文学搞了六十年，理论非常了得。你和她同屋真是太好了。"

这个"好"，在诸暨的几天，我不断感受。张老师虽八十几了，却利落得很，一切吃住行包括电脑打字、网络沟通完全自理，还处处关切照顾别人，比如我。晚饭后，会员三三两两去散步，张老师本也要去的，忽然想到有人约见，回去房间了。等我散完步回到寝室，桌上两个香梨、两个苹果，整整齐齐地等待着我。张老师说："来来来，我们把它吃掉。你是喜欢吃梨呢还是苹果呢？"本来应该是我孝敬老人才对，但上飞机匆忙间没带水果。没有也罢，怎么还好意思蹭老人的，但是张老师说："你不要推托啦，你就老老实实告诉我你喜欢吃苹果还是梨吧？喜欢吃梨咱就吃梨，喜欢吃苹果咱就吃苹果。"我便老老实实接过水果刀，削了两个梨，一人一个，把张老师带的水果吃了。第二天，瞅个空子，我才找到公园附近的一水果店，买了些回来续上。

会务安排得很紧，晚上张老师又睡得早，我们竟没有长的时间交谈，但只要说话，就总是实实在在、真诚有益。她是香饽饽，大家都很喜欢和她交流，稍有空闲，总有人来房间拜访她，她总是给予中肯的意见。我在一旁聆听，从中受惠不浅。张老师知道我还没有写过寓言方面的东西，又知道我曾经学英文，诚恳地建议我可以做一些翻译。我说翻译是可以的，只是好书不一定找得到。张老师便建议我到某某大学图书馆去找，说他们那里应该有。对于人生做事，张老师说："不要想太多，想做的事，一直去做就是。"这点我们尤能共鸣。人生虽长亦短，做好一事已是不容易，而倘能一辈子坚持一件事，最后必能有所成。张老师自己就是一个很好的例证。她是浙江嘉善人，中学就读南京，大学去了呼和浩特，毕业后，本已在内蒙古自治区区政府工作，但因为喜欢儿童文学，要求调去了学校。六十年过去，心无旁骛，专注一事。她说："我没有过多想法，就是喜欢。喜欢就去做，一做就做到现在。"

张老师可能是这次会议中年纪最大的了，但却是最具活力的。本届大会主持、研究会副会长周冰冰女士，身材高挑，姝美不凡。

5号下午是座谈会。谁来第一个谈呢？孙建江会长幽默地点名："还是请我们的女神张锦贻老师先来讲讲吧。"女神之称典出2014年湖北襄阳年会。时任掌门人的凡夫会长（段明贵）介绍张老师时笑称："这是我们的老美女张锦贻女士！"张老师抗议："凡夫你好坏！我就老了吗？"凡夫后悔莫及，幸脑筋急转弯跳出"女神"一词，遂知错即改，换美女为女神，将功补过。从此，"女神张锦贻"诞生。

孙会长点到张老师，张老师毫无忸怩，在大家的掌声中大大方方走上讲台。她说："我这是小学生上来答题来了。好比是老师点到学生回答问题，孙会长点到我了，答得好，答得不好，先不要管，那管不了了，总要回答的,那我就认真答题好了。"逗得大家哈哈笑,孙会长在一旁也是忍俊不禁。"我呢,讲话也没有稿子。不搞稿子。稿子照着一念,就没有情感了。"大家再次会心一笑,气氛活跃起来。张老师面对听众侃侃而谈,吴侬软语,声声入耳,四个方面的意见讲得条理清晰,晓畅明白。她一讲完,孙会长感叹:"这哪是82(岁),明明是28(岁)嘛!"张老师说:"不对,我83(岁)了。""那就是38(岁),还是年轻得很呢。"满堂笑声连连,叹服不止。其实28(岁)也好,38(岁)也好,若我同张老师比拼口才与思维,是要败阵的。孙会长告诉大家:"张老师说她是学生,其实我才真的是她学生,20世纪80年代我初入寓言文学,张老师已经卓有成就了,还是她将我们领入门的。"受孙会长和张老师带动,会场一扫拘束之气,与会人员踊跃发言,尽兴而谈。

大凡健康长寿的人都有个好记性吧。我的四川老乡、寓言写作家王述成,2014年曾见过张老师,于是这次握住她的手询问道:"张老师,你还记得我吗?"她立马接口:"你是四川的嘛。那年开会,你来同我说过话的。"如此记忆力令我惊叹。其实好记忆出自对人的尊重。我和张老师相处,第一天她叫我小谢,第二天就叫我"明蓉"了。她一定仔细看了会员名册上大家的资料,并留心记了名字。如果说能记住几年前的交谈对象还只是一种记忆能力的话,迅速地搞清楚一个晚辈室友的名字并亲切称呼之,真的是一种难得的美德了。

会务两三天,不时有人带着自己的书稿来见张老师。他们期望张老师阅读,并给予评点。张老师欣然答应,但很明确地告诉对方,她不收书,她的行李是简而又简,绝不肯多带哪怕一页纸,请对方把书邮寄给她。对于那些尚欠积累的作者,张老师说,你不要急于求评,要多写、多积累,积累到一定时候,我给你评才有意义。做人倘能不为物质所累,已为洒脱;不为浮名所累,臻于洞达;不为情面所累,则近乎自由。我很佩服张老师待人纯善而能率真，敢于打破情面，坚持自己的原则。

一切爱美的女士，都是生命不息、爱美不止的。张老师每晚临睡前，会把第二天将穿的衣服准备好。我们在诸暨的第二天据说要降温六摄氏度。"到底要穿什么呢？降温六摄氏度是个什么概念呢？"她在自己的小箱子里翻着，决定不下。后来刘岚来了，张老师便征求刘岚的意见。她们亲亲热热地挨肩坐在床沿，像一对母女。张老师嗔怪刘岚给的建议不具体，令我又大吃一惊的是，她伸出手圈住刘岚的肩膀，像个顽童摇晃刘岚："你就说嘛，你为什么不肯说到底穿哪一件？你就是怕担责任，你放心，要是穿着不对，生病了，免你责任。你不要怕我生病就不肯说嘛。"她把刘岚晃得像个拨浪鼓一样，角色反转，刘岚成了妈妈，老人倒像那个无拘无束撒娇的女儿。做人要怎样单纯，才可以这样自然如孩童，率性如孩童？童话人果有童真，寓言人永远年轻。

写作的人是难免熬夜的，张老师说，退休以后，她便不熬夜了，每天早睡早起。晚上九点过，张老师开始准备睡觉。和她相反，我是睡得晚起得晚。碰到张老师，我想这是改变坏毛病的好机会，所以她一躺下，我也赶紧去洗漱。唯恐水声吵到她，动作尽量轻点，结果没等我洗漱好，张老师已发出轻轻的鼾声了。真羡慕老人家睡眠好。早晨六点半我被自己的闹铃唤醒，睁眼看，张老师已穿戴整齐，站在门口的过道，就着过道灯在阅读。为了不影响我，老人家不开客房灯，洗漱也不知是怎样悄悄完成的。就这样，生活规律截然相反的我俩竟相安甚好。刘岚后来要跟我换房，说是由她来陪张老师，而我则搬去她的单间住，因为张锦贻老师怕影响我。我坚决不同意，我说："难得近水楼台，向前辈学习，你们不能剥夺我的权利。除非张老师觉得我干扰了她，不过我看张老师睡得蛮好，我影响不了她。"刘岚姐只好作罢。

6号散会，等我匆匆用毕早餐回到房间，老人家已经收拾好东西等着我了。她把一盒文友孝敬她的山核桃送我，又注意到我胃口不好，非要把一瓶胃药让我带上，说："明蓉，你虽然也是孩子妈妈了，但在我眼里，你还就是个小孩。长辈嘛，是一定要给点东西的。"她继续说，"你的箱子大，可以装的。你就拿着，这样才好。"老人所给，是一份祝福和欢喜，我无法推拒，于是欢喜地拿着。

张老师要中午才离开，而我先行一步，赶去绍兴。临走，我们手拉手不忍分别。张老师说："明蓉，这几天我们相处这样默契愉快，我们在很多方面意气相投……"我答："下次开会，希望我们还住一屋！"我是由衷这样希望着。张老师是研究童话的，在我看来，她自己本身就是童话。她既是童话中慈祥智慧的奶奶，也是童话中古灵精怪而清澈透明的女孩。在英语里，那些美好而得宠的女生，即使到老，都被称作"girl"，张锦贻就是这样一个 girl。现在时兴称"女神"，加了强大的意味。年轻的时候当个女神没什么了不起，难能的是，八十岁了还是女神。宜哉，女神张锦贻！

选自 2019 年 5 月浙江少年儿童出版社《中国寓言研究》第一辑

记忆中的一串珍珠
——寓言写作数十年的感受点滴

林植峰

一、公木的教诲

1984年盛夏,吉林热气腾腾,中国寓言文学研究会在长春市成立。我有幸参加此次盛会。在这次首届大会上,公木(张松如)先生,这位解放军军歌的词作者,历尽沧桑,虽年事已高,仍青春焕发,他气势磅礴地作了我永世难忘的讲话。他说,中国几千年产生了多少寓言,而无数寓言又成为成语流传于世!古代有不朽的寓言传播于今天,我们今日为什么不能产生流传于后世的新的寓言、新的成语呢?(大意)

"向前,向前,向前!"高昂的旋律似在耳边回响。公木先生在振臂高呼,号召我们寓言作者,要无愧于时代,无愧于后人!老诗人诗句般的语言,深深击中参会者的心弦。我激动不已,牢牢记住公木先生的殷切教诲。在以后的日子里,每当我写作寓言时,诗人的音容便浮现于脑海,四十年来,我努力"向前",不敢怠惰。公木先生,您的金玉良言,至今都是鞭策我前行的动力!

二、金江——良师益友

金江先生主编过《寓言》杂志,我们书面联系很多。他个子不高,但很壮实。真是沾他的光,我曾两次获得过金江寓言文学奖。

记得当时邮寄稿件,只须在大信封上剪一个角,就可以免贴邮票。我有时将厚厚一沓书稿寄给他,向他求教,每篇他都细读,有的还写上批语,有如老师批改学生作业一般,认真而负责。在这位严师的培育之下,我能懒散、泄气吗?在金江等师友的帮助勉励下,星期天或节假日,往往成为我潜心写作的时光,身为业余作者,我只能在别人休暇时抓紧爬格子。金江先生是典范,他在任何环境中,都能认真写寓言,他的人生之途可称为寓言之路。在他年迈仙逝前不久,曾邮寄给我《金江文集》四册,有金江先生的亲笔签名和印章,我一直当成宝典珍藏。

三、兄长般的黄瑞云

前不久,我在网上见到寓言界友人发出的黄瑞云的照片。他年过九旬,看上去仍精神抖擞,挺胸直背宛如年轻人在迈步,我由衷地感到高兴。多年前,他曾到过我家作客,我趁机请他审阅过我写的一篇探讨《聊斋志异》的文章,他也中肯地提出了修改意见。黄兄有涵养,学者气质十分突出。

据我所知,他不怎么会玩电脑,又不大用手机,近年来,手书撰写了不少关于研究老子等的论文,可是却无钱印成书。寓言界的友人谈及此事时,深表惋叹和为之不平。

黄瑞云,是我心目中的好兄长。他冒着凶险,在"文化大革命"中写下不少寓言，让家人从湖北工作单位带回湖南家乡，巧藏于老屋的屋檐下。直到改革开放初期，他的寓言才重见天日，并在《人民文学》上大篇幅陆续刊出。我刚接触到黄瑞云的寓言，便深深为之震撼，惊叹不已。此后，他的佳作《黄瑞云寓言》出版，在湖北可谓洛阳纸贵，再版重印，供不应求。这对我鼓舞极大。以前，我因写寓言，在"文革"中吃了不少苦头，暗地里发誓不再写这种文体。如今在黄瑞云的影响下，我重操旧业，又写了起来，有些寓言也在《人民文学》及《人民日报》上发表，更多的是发表在上海的《童话报》《故事大王》及一些省级报刊。黄瑞云，激活了我重写寓言的勇气，我打心眼儿里钦佩他、感激他。

黄瑞云机敏聪慧，健谈随和。记得在长春开会时，休息间，他出了几个谜语要大家猜。其中有"小河结冰"（谜底：凝溪），"山顶种树"（谜底：林植峰）。这些都给我留下了美好的印象。

四、挚友陈蒲清

陈蒲清教授与我是同龄人。他学识渊博，待人诚挚，对寓言研究古今中外都十分精通，可谓著作等身。只是寓言理论界无"院士"称号，若有，他当之无愧。《中国古代寓言史》初版及修改版本，他都签名赠送过我。这是填补空白之作，职称也由讲师直接破格升为教授。陈蒲清在1990年出版的《世界寓言通论》也签名相赠。他主编的《中外寓言鉴赏辞典》，同样是我珍爱的读物之一。

陈兄学问很大，却十分谦逊，平易近人，更是热忱助人。有件事使我难以忘怀，铭记于心。那是2002年年底，省里拟出版《湖南当代童话寓言作家略论》，身为此书编缉委员会主任的他，亲自撰写《评林植峰寓言》。记得当时要原始资料颇急，我因故有所拖延。陈蒲清兄后来告诉我，他那一天在校门口收发室，等我邮去的资料，守候了整整一天。他的万字长文写成，我反复阅读，真佩服他见解的深刻，陈兄的建议对我有莫大的启发，受益匪浅。2000年出版的《中国现代寓言史纲》一书中，他在第六章"现代寓言的复兴繁荣阶段"的文字里，也深入剖析了我的寓言《晚归的蜂》等几篇作品。我反复阅读，每次均有新的体会。国内出版的不少寓言选本，常常有陈蒲清写的序言。21世纪初，由大象出版社出版，葛成主编的《百年中国寓言精华》，陈蒲清教授就以《不平凡的中国现代寓言》为题，写下了掷地有声的长篇序言。编者在编后引用鲁迅的话："选本所显示的，往往并非作者的特色，倒是选者的眼光。"此书选的十位作者是鲁迅、冯雪峰、张天翼、湛卢、金江、黄瑞云、林植峰、凝溪、凡夫、薛贤荣。

陈蒲清在此书的序言中，开宗明义指出："中国现代寓言已经走过了20世纪的百年历程，并且取得了无愧于古人的辉煌成就。"

诚哉斯言！

趁此机会，我还要感激好友陈蒲清的热心帮助。那是1995年上海学林出版社即将出版我写的研究《聊斋志异》一书，而书名尚未落实时，社长雷群明来函催促，我求救于陈蒲清，他便帮我推敲，他建议用《〈聊斋〉艺术的魅力》为书名。我欣然采纳他的意见，此书很快顺利出版。

五、谢璞和谢乐军叔侄

谢璞先生是位大名人，在全国尤其是湖南，影响深远。他待人接物，没有丝毫架子，对朋友总是笑容可掬，和蔼可亲。有次，我去长沙开会，同去的老伴田平，也有幸见到谢璞先生，过后直夸谢先生有长者之风，幽默风趣，平易近人。他的《二月兰》十分耐读。"谢璞儿童文学奖"也办得有声有色。网名"魔术老虎"的谢乐军是谢璞的侄子,如今任担湖南省寓言文学研究会会长,他团结大批志同道合者,正为繁荣儿童文学而努力奋斗,可喜可贺!

六、叶澍和罗丹

叶澍非常勤奋,尤以写短寓言著称。21世纪初,当我学用电脑时,他频繁通过电脑同我联系。他瘦高个子,常伏案电脑前,不断发来寓言界的讯息。2012年10月份,我去贵阳市探亲,曾登门拜访过他,我们谈得十分投机。他告诉我说,寓言《"马上"小猴》收入小学课本,前后收入的稿酬便有万多元。当时,我已见他面带倦容,也劝他爱惜身体。在寓言界,像他这样勤奋又极关心寓言事业的人,堪称典范。他的人缘极好,人们提起他无不肃然起敬。不久,传来噩耗:叶澍辞世。我为此痛心不已。

罗丹和我同龄,他的寓言诗《兔子和乌龟第二次赛跑》,影响很大,许多寓言选本均选入此篇。他任湖南寓言文学研究会会长多年,而我也因副会长身份常同他接触。在深圳各自的儿女家时,我们常多次互访、畅谈,当时情景,历历在目。可我于2016年从新西兰一回到国内,便听到罗丹刚刚病逝的消息,令我感伤不已。

七、王宏理和马筑生

按惯例,到国外探亲一次只能住半年。我于2019年年底返国时,因疫情滞留,已在新西兰儿子家住了近两年。在新西兰,我有时在运动场路旁长椅上写寓言,有次,一位外国中年人见我边写边思考的样子,还鼓励地向我竖起了大拇指，我也会心地笑了。那两年，我的确写了些寓言，回国后，有次我向《寓言文学》发了些稿子。主编王宏理大为高兴，加以勉励，自2022年春，陆续给我刊发寓言，常冠以"经典寓言"的字样，弄得我都不好意思，曾劝他用别的称谓。王宏理主编不仅很快采用我的一些习作，有时连一些关于寓言的对话也刊了出来，我不免受宠若惊。

他勤于思考，勤于写作，在紧张工作之余，写了不少寓言。去年7月，他将新出版的厚厚的《花言鹊语》寓言集寄给我，约我写一篇评论文章，那时我也曾染上时疫，近半年后才完成任务。很久没有写此类文字了，但细阅此书收益不小，便以探讨王宏理寓言如何进行构思这一角度，写了这篇文章。后来谢乐军主编转载至网上，贵州马筑生主编的《儿童文学信息》也转载了。

提起马筑生老师，我也非常感谢他，2015年左右，他就刊登过我和老伴田平合写的《萌态小外孙》，以低幼文学名义，写小外孙果果一岁多的有趣的生活，共发了五十八则，前后用了一年多的时间。马筑生老师以写童谣著称，也创作寓言，我曾拜读过他的许多作品。

王宏理和马筑生都兢兢业业干编辑工作，又勤勤恳恳地进行写作，实为难得。

八、与侯建忠重逢

有一天，王宏理主编在微信中告诉我，侯建忠也在深圳。我们约好见面。我住在深圳市第二医院附近，很短的路程便到笔架山公园。他一早便从南山区坐公交车过来。可我，偏偏在前一晚深夜，糊里糊涂竟告诉他在第一医院门口会见。次日，我在第二医院门口等呀等，不见人影，一再打电话，才知道自己弄错了。立即搭的士赶去，远远见他的背影，他正在第一医院大门口打电话。我喊他,他回头,大家喜出望外。长沙开会后一别十多年,有说不完的话。我们又坐公交车,赶去荔枝公园。吃过中餐,本想再去笔架山一游,但他要回家照顾上学的孙儿,只得告别。

侯建忠为人忠厚,他写的寓言及评论文章,我拜读过一些。他对我写的《麻雀和老鹰》鉴赏文章,有独到的见解。这位曾长期担任过县文联主席的朋友,对工作极为认真负责,也为他所在左云县争光不少。我们转了几次公交车,一路谈个不停。可惜时间有限,我们稍稍游过荔枝公园,只得匆匆分手。

近日,我因事从深圳又返回衡阳。一天,翻到了一册《左云文艺》,其中刊了好几位寓言作家的专辑,我欣喜地告诉了他,他让我拍照传送给他,我照办了。通过此细节,可见他对寓言是何等地钟情。

我写寓言,总是反复修改,直到发表后,有时还有错别字,侯建忠一经发现,总是及时指出。如今,我有时干脆在寄稿前先发给他一阅。他真不愧为文艺刊物的老主编,常指出其中的差错,甚至连标点符号也不放过。侯建忠真是一位热心的朋友!

做寓言花园的园丁

刘岚

2011年经樊发稼老师推荐，我和中国寓言文学研究会（以下简称"中寓会"）在郑州结缘，一晃竟有21年了，弹指一挥间，中寓会迎来了40周年华诞。经过40年的坚守，寓言文学俨然成了一棵参天大树。

回想20年间，我做了两件事：一是为中寓会服务；二是为寓言作家编辑出版寓言集。

我曾负责中寓会的组织工作，编辑、印制会员通讯录，参与年会、研讨会事务工作，收会费、做账、发展会员、联系会员等具体事宜。还赶鸭子上架做了好几年的出纳。中寓会是作协下属的学术团体，一个民间组织，除了有限的会费没有经济来源，两年一次的年会是让会长最头疼的大难题。记得有一年，被逼无奈，年会选在了北京福特宝足球训练基地举行，那次的会议开支全部来自参会的会员，精打细算才完成了这个难以完成的任务。

2010年，年会在嘉定的一座寺庙里举办，当地为发展经济新建了一座寺庙，香火很旺，庙里有宾馆餐厅，源于寺庙的住持对文化感兴趣，免费为大会提供了食宿，报销了往返旅费，会后还组织会员赴上海参观了上海世博会，皆大欢喜。

中寓会没有专职人员，只有外聘的一个会计，每月来一次，报酬长期在每月100元到200元。中寓会的所有工作事无巨细都由大家承担，副会长马长山也和我们一起布置会场、挂横幅、复印文件、分发资料、搬桌椅板凳等。我负责协会的账目，收取会员的会费。中寓会初创时依傍着会长仇春霖，他当时是北方工业大学校长，中寓会才得以在北方工业大学安家。

还真得感谢余途秘书长，是他把自己位于北京北三环紫荆豪庭的房子无偿提供给中寓会做办公地点，这才结束了协会居无定所的漂泊。中寓会得以生存，全靠全体同人齐心协力、默默无闻的无私奉献。我们中寓会在作协算是穷的，自然也是最清廉的，人际关系简单，每年民政部社会团体的年检，都能顺利过关。遍布全国的会员始终坚守着寓言这块小小的阵地，笔耕不止，学术活动，寓言作品的出版和研讨会，每一年都有条不紊地进行着，从未间断。

不得不提到金江、黄瑞云先生用如椽大笔支撑着寓言的天地，更有张鹤鸣、洪善新夫妇，他们对中寓会的奉献有目共睹。马长山副会长为中寓会的发展，提携新人呕心沥血。顾建华副会长为中寓会维权，抱病先后撰写申诉竟达十万字。每逢春节我随余途秘书长去看望在京的老前辈仇春霖、顾建华、樊发稼、马达……向他们汇报中寓会的新发展新动向，看着他们垂垂老矣的身躯和书架上的作品，他们对中寓会的关心和殷殷期望，让我感慨万千。寓言的接力棒不能失手，要代代相传。如今他们都已驾鹤西去，相信先贤们一定会在天上注视着我们，期望着中寓会的大树根深叶茂。

这个协会是有温度的，每个会员把中寓会当作自己的家。我作为其中的一员，深感荣幸和自豪，和这些有才情有智慧的寓言人同行，让自己拥有一个丰富的人生、有趣的灵魂。

我做的第二件事是为寓言作者出书。前后组稿、编辑、出版了三套"中国寓言作家系列"共30本，圆了三十多位寓言作者的出书梦。

我们的会员大都来自基层，他们从事各种职业：种地的农民、工厂的工人、中小学老师、医院的医生、政府部门和乡镇企业的干部、从商的商人……他们有丰富的生活经历，除了本职工作，都有一个共同的文学爱好，对寓言创作更是情有独钟，短小精悍的寓言凝聚了他们对生活、对社会的细微观察和思考，每一则寓言都有一个哲理，经过记录、提炼写成一则则给人启迪的生动寓言故事。在近距离的接触中，我由衷地敬佩这些朴实无华、辛勤耕耘的寓言作者。当今，出书难，出版寓言作品更难，学者、作家出书都不容易，何况是单打独斗的他们，要出版每篇几百字的寓言集谈何容易。我作为中国工人出版社的编辑，有专业能力和平台，为寓言作者出书义不容辞，这个想法得到中寓会领导的支持，老前辈韶华、陈模更是身体力行参与其中，樊发稼会长和顾建华副会长为丛书作序。三十多人，三十本寓言集，就这样成功出炉了。

在编书过程中，我认识了许多基层的寓言作者，近距离了解了他们的生活和工作，和他们交了朋友，他们对寓言的喜爱和坚守令我感动，他们是寓言界的基础和希望。他们对生活的热爱，他们的智慧和才情给我留下了极深的印象。

作者和编辑是一个硬币的两面，相辅相成。一位作者陈必铮在给我的来信中写道：

"刘编辑，我为有机会参加这套书而深感荣幸，向你致以崇高的敬礼和深深的敬意。书编的太好了，得到了报社、图书馆、学校老师和亲朋好友的交口称赞，编辑的职责就是把关，你这个关把得极好。第一，你能敏锐地发现书中的缺陷和疏漏之处，巧妙地给予补缺和堵漏；第二，你能准确地铺捉到书中的好苗头，指导我使之完善；第三，全书的组合、配置编排、穿插和修改、润色和规范等也都做得很细致、很出色。让我看了心悦诚服，非常满意，这些修改让我领教了你作为责任编辑的资深，以及你认真负责的精神和一丝不苟的编辑作风。"能得到作者的肯定，我非常欣慰，一切付出都是值得的。

作为长期在出版社的编辑，在编辑出版的过程中，我汲取了寓言作品的精华，确立了一个坚定不移的信念，中国寓言文学研究会一定要把培养、爱护寓言作者放在第一位。有创新能力、写作功底的作者，是寓言的希望和明天。

回顾中国寓言文学研究会走过的 40 年，我深为老一辈寓言先贤所折服，公木、仇春霖一而再再而三反复叮嘱的"创新"，我们是否做到，严文井精辟的"寓言是个袋子……"的金句，我们是否领会了其中的精髓……

我衷心地希望，我们一起坚守寓言文学这块小小的阵地，不变形不走样，坚守每一则寓言都有一个哲理的理念。在孙建江会长、肖惊鸿书记的带领下，让寓言文学迈上一个新的台阶。

写于 2023 年 8 月

回顾中国寓言论坛

桂剑雄

中国寓言论坛（下称"论坛"）是中国寓言文学研究会（下称"中寓会"或"本会"）2005年至2017年的官方网站。因为便捷、及时和互动性强，所以中寓会下发的文件、通知，以及有关寓言的出版、征文和赛事等信息，都首先在论坛各版块发布。这期间，论坛成了中寓会与会员联系的纽带，成了大家了解本会动态与寓言信息的主要来源地。

下面简单回顾一下论坛的发展历程及其影响。

一、发展历程

大致说来，论坛共经历了三个阶段：

1. 初始阶段

2005年年初，在叶澍副会长的领导下，由本会网络高手晓舟（徐航）创建的"中国寓言网论坛"（后更名"中国寓言论坛"）横空出世。

论坛创办伊始，注册会员除了叶澍、晓舟、侯建忠、海星（赵航）、杨絮（杨喜贵）、邹海鹏、张孝成、希阳美（桂向阳）、清浅（李菊香）、朱黛（赵思捷）、汪林和桂剑雄，参与者寥寥。好在大家热情很高，通过在论坛发表和点评作品，逐渐吸引了一些本会会员和寓言文学爱好者前来注册。

经过两年多的发展，至2007年7月，论坛已经初具规模，吸引了如钱欣葆、吕金华、吕悦、张进和等后来作为论坛骨干力量的近百名会员参与进来。

2. 鼎盛阶段

因为论坛是由晓舟个人出资创办的，而后来不断加码的高额费用，已令他个人无法承担。2007年8月初，晓舟通过努力，终于为论坛找到一家网站挂靠。

在随后的6年时间里，论坛由小变大，由不到百名注册会员的微小论坛，发展成为一个具有7000多位注册会员的较大论坛。中寓会通过论坛这个官方网站，不仅团结了一大批寓言文学爱好者，还从中发现了一部分优秀的寓言创作者。

2013年的8月，论坛挂靠的网站平台因为受到其他论坛不和谐帖子的影响，被相关部门责令关闭了。为了论坛能够发展下去，经过集思广益，中寓会出资将论坛搬到了另外一个新家，同时决定将"中国寓言网论坛"正式更名为"中国寓言论坛"，并在网站的页脚标注了"中国寓言文学研究会官方网站"的说明。

2013年11月本会"七大"后，论坛的影响力更是日益扩大。为了中寓会这个官方网站能够良性发展，管委会在论坛严格履行了实名制。

3. 关闭阶段

虽然我们做得很正规，但论坛还是受到社会一些不良网站的牵连。从2017年5月起，论坛便处于半关闭状态。很多会员，包括张鹤鸣和杨啸等老领导，都很关注论坛的安危，通过不同途径询问论坛情况。一直误以为论坛不正常是因为经费出现困难的张鹤鸣老师以及庄秀芹、李菊香、贺维芳等会员，都主动表示愿为论坛正常运转提供经济帮助。

2017年9月，无辜受到牵连的论坛还是被强行关闭了。

二、影响

论坛的影响，主要表现在五个方面：

1. 参与会员多

自2005年年初创建以来，论坛由小变大，影响力日增。这主要表现在以下两个方面：首先是注册会员大幅增加。截至2013年8月26日，前来注册的会员已高达7036人。其次是发表帖子多。仅在本会"六大"后的5年时间里，就发了主题帖子5518篇，跟帖高达51022个。这些帖子，不仅来自一般会员和寓友，还来自"中寓会"几乎所有会上网的领导，如樊发稼、韶华、顾建华等——他们或亲自发帖，或委托论坛的同志代为发帖。

本会"七大"后，论坛由于得到凡夫会长、余途副会长兼秘书长和叶澍、张鹤鸣两位顾问的支持和关心，加上论坛管委会主任桂剑雄副会长、副主任兼总监晓舟副秘书长和总版主贺维芳及各版版主的积极工作，影响如日中天。

2. 贴出寓言多

论坛搬入新址后，桂剑雄、侯建忠、老许、海星、吕金华、筱枫、二秋树等便纷纷将自己的作品或习作拿出来，在论坛的相关版块发表。2008年中寓会换届后，贴出作品或习作的注册会员更是与日俱增，仅开了个人寓言专栏的，就有赵群智、张文灿、李菊香、王明彦、唐中理、朱丽秋、吴宏鹏、王宝泉、刘振华、庄严、未沐、李绪锦、李海茂、陆生作、刘玉行、王中勤、陈子华等。

3. 优质作品多

本会"七大"后，经论坛管委会主任桂剑雄推荐在报刊发表的作品就高达300余篇，这些报刊包括本会会员唐中理主编的《贵州民族报·和谐社区周刊》、王建珍主编的《趣味·成语与寓言》、刘枫主编的《南城文艺》、陆生作主编的《少年作家》、王位主编的《优秀童话世界》、程思良主编的《闪小说》和《吴地文化闪小说》、满震主编的《现代家庭报》和《新江北》、卓列兵为主编和黄学之为编辑部主任的《童话寓言》、侯建忠主编的《左云文艺》、白水平主编的《黄河岸》、晓雷主编的《禅城文艺》等。其中，很多佳作不仅被《中国当代寓言》《中国当代微寓言精品》《中国当代微小说精品》《中国当代微散文精品》《中国当代哲理寓言精品》《中国当代劝喻寓言精品》等书收录，还被《青年文摘》《意林》《格言》《少年文摘》《幸福》《杂文选刊》《杂文月刊》《思维与智慧》等期刊转载。除此之外，一些佳作还获得各种奖项，如李菊香首发论坛"新作交流"版块的作品《照镜子的龙》，便一举获得了第十届金江寓言文学奖第一名的好成绩；再如第十二届"桂莲杯"金江寓言文学奖，最终获奖的11篇作品，至少6篇来自中国寓言论坛；而以发表在"新作交流"和"刊发作品集粹"等版块为主的桂剑雄寓言《求猫派虎》，更是获得了第五届金骆驼创作奖一等奖。

4. 举办活动多

从2008年起，论坛先后主办了赵航、邹海鹏、余途三位寓言作家的网络研讨会，大批寓言作家、评论家和出版社的编辑及其他网站的同行，都参与其中。这种通过网络举办的研讨活动，为会员今后举办个人作品研讨会开辟了新路。

具体负责本会大赛的张鹤鸣副会长与时俱进，不仅将参赛稿件改为在网上投稿，还直接在论坛发布各项大赛的相关消息，及时通报各项大赛的进展情况，并举办"有奖竞猜"活动。

此外，论坛还参与评选了"中国寓言文学研究会贡献奖""中国当代寓言家""中国当代寓言名著四十部""中国当代寓言名篇五十篇"等活动。主办或与其他网站共同主办了多项大赛、活动。

5. 突出人物多

自论坛创办以来,叶澍副会长便以身作则,几乎每天早上都会雷打不动地在论坛上浏览、发帖和清理广告。张鹤鸣副会长和洪善新老师,只要有空,便一定会在论坛发消息、贴新作。在这些领导同志的感召下,论坛的版主们大多恪守尽职。其中,最为辛苦的,一直都是"新作交流"版块的那些新老版主,如海星、邹海鹏、筱枫、贺维芳、朱丽秋、清浅、杨絮、孙光礼、武剑、张振瑞等。很多会员还积极在论坛发帖,发表了大量令大家受益的好帖子。遇到大家解决不了的问题,论坛总监晓舟都会随叫随到,赶来解决难题。

除了上述提到的那些会员,像袁崇善、杨福久、云弓、邱来根、韩雪、张一成、张北峰、张明智、张培智、王述成、肖邦祥、聂华、张传相、胡明宝、谢尚江、倪亮、陈巧丽、王祥英、丁剑超、厉剑童等会员,也经常在论坛发一些好的作品或帖子。

从2009年起,论坛管委会每年年末都会采取让会员自行投票的形式,对那些活跃在论坛上的优秀会员,给予鼓励,颁发虚拟奖章。

从2005年年初到2017年9月,论坛共经历了中寓会第五、六、七届领导机构,时间不可谓不长。2017年7月在论坛陷入半关闭期间,本会顾问杨啸老师在写给中寓会第七届领导班子成员的邮件中说:"不要让论坛成为历史。这些年来,论坛对推动我国寓言文学的发展和繁荣,做出了极大的贡献,真可谓功莫大焉!"虽然论坛已矣,不能起死回生,但论坛对于增强本会的凝聚力、对于寓言文学的贡献,却是有目共睹的,为中寓会的历史留下了浓墨重彩的一笔。

中国闪小说

程思良

闪小说作为精短文学的一种，有些题材即是寓言，很多作者既是闪小说作者也是寓言作者，将闪小说纳入中国寓言文学研究会二级学会符合国家有关要求，对于闪小说的健康有序发展提供了保障，对于寓言创作队伍的发展也提供了一个新的渠道。2016年9月16日，中国寓言文学研究会召开常务理事会，讨论通过了设立闪小说专业委员会的决议，并报民政部社会组织管理局与中国作协社团管理处备案。从此，中国闪小说界有了引领、推进全国闪小说发展的正规组织——中国寓言文学研究会闪小说专业委员会。

闪小说专业委员会作为中国寓言文学研究会下设的二级学会，是由闪小说作者、闪小说理论研究者、闪小说编辑与出版者自愿结成的、非营利性的全国性学术团体。设主任委员、副主任委员、秘书长、副秘书长等职。由主任委员总负责，秘书长等协助负责专业委员会具体工作的运行与发展。程思良担任首任主任委员。

闪小说专业委员会成立以来，在中国寓言文学研究会的正确领导下，在秘书处的具体指导下，规范有序地开展工作，推进了中国闪小说的繁荣与发展，促进了闪小说与寓言的交融与互渗。孙建江会长说："近年来，中国闪小说创作欣欣向荣，呈现出波翻浪涌的发展态势。"肖惊鸿书记说："闪小说的世界很特别。可以说，有人的地方，差不多都有了闪小说。不夸张地讲，人民在哪里，闪小说就在哪里。"

一、作者队伍快速壮大

在闪小说专业委员会的引领下，既延续中国文学传统中的精深短小，又具有鲜明的大众性与时代性的闪小说，顺时而长，作者队伍快速壮大。当前，中国的闪小说作者队伍庞大，老中青兼有，遍布全国各地、各行各业。他们或专攻，或客串。他们创作的闪小说在众多报刊与网站上发表，为各种移动终端和新媒体开启的"微阅读"提供着精神食粮。其中，已涌现出马长山、余途、程思良、戴希、王平中、段国圣、叶雨、梁闲泉、王雨、吴跃建、满震、侯建忠、邹保健、谢林涛、迟占勇、代应坤、冷清秋、陈华清、殷茹、杨世英、张红静、黄克庭、熊荟蓉、飘尘、边庆祝、万华、洪超、王立红、红墨、滕敦太、左世海、何学滔等一批闪小说名家与新秀。他们大都出版有闪小说集，有的还在各类征文活动中屡获佳绩。

二、以各类主题征文激发创作热情

通过开展"家国情怀""爱国拥军""纪念日"等各类主题征文活动，弘扬真善美，宣传正能量，激发了广大闪小说作者的创作热情，发现了不少颇有潜力的新秀，涌现了一批让人眼前一亮的佳作。值得一提的是，由闪小说专业委员会提供学术支持，蒙城县委宣传部、蒙城县文联主办的"庄子杯"寓言闪小说征文活动，是蒙城县争创"中国寓言之乡"年度工作项目之一，不仅带动了一大批蒙城作者创作寓言，也促进了寓言与闪小说的交融。

三、开展形式多样的活动

由闪小说专业委员会提供学术指导，开展创作座谈会、阅读推广、笔会采风等形式多样的活动。这些活动，推介了文体，开拓了视野，促进了交流，深化了认识。例如，2017年3月25日，程思良在人民日报社录播室为国家图书馆录制"国图公开课"系列课程之《闪小说——小说家族新成员》；2018年7月5日，南陵县文联、南陵县美丽办举办"中国闪小说作家'走进南陵美丽乡村'文化采风暨当下闪小说发展现状与展望座谈会"；2018年7月22日，中央人民广播电台《中国之声》播出了余途主讲闪小说的节目；2019年5月10日，黑河市作家协会主办的"庆祝建国七十周年——闪小说、寓言基础知识学习暨改稿会"在逊克县举办；2020年12月5日，湖州文学院举办"桃子微型小说、闪小说集《白开水》新书发布会暨闪小说创作研讨会"；2021年5月2日，溧阳市老区开发促进会、溧阳市作家协会举办"中国红色闪小说高端论坛"；2022年8月20日，赤峰闪小说创作基地组织当地闪小说作家到宁城开展红色采风活动；2023年3月31日，达州闪小说创作基地组织当地闪小说作家深入美丽乡村开展采风活动。此外，程思良、犁夫、吴跃建、边庆祝、洪超、殷运良、蒋玉良、刘培刚、张玉兰等人应邀到一些学校与企事业单位为文学爱好者主讲闪小说与寓言创作。

四、不断开拓纸媒发表阵地

闪小说的纸媒发表阵地不断扩大，每年公开发表的作品逾万篇。《小说选刊》《小说月报》《北京文学》《天津文学》《山西文学》《小说月刊》《小小说月刊》《青年文学家》《微型小说月报》《小小说大世界》《小小说选刊》《台港文学选刊》《今古传奇》《故事会》《读者》《传奇故事》《启明星》《今晚报》《江苏工人报》《新江北报》《四川科技报》《新华文学》《泰华文学》《澳华文学》《国际日报》《中华日报》《明州时报》《先驱报》等诸多报刊，或开设闪小说专栏、专版，或刊发闪小说作品。此外，先后创办了三本闪小说专刊，分别是《吴地文化·闪小说》《江夏文艺·荆楚闪小说》《传奇故事·闪小说》，为闪小说爱好者提供发表阵地，刊发了大量闪小说作品与评论文章。

五、积极拓展出版渠道

近年来，在闪小说专业委员会的学术支持或参与下，不仅在安徽文艺出版社、百花洲文艺出版社、福建少儿出版社等多家出版社推出了《聚焦文学新潮流——当代闪小说精选》《中国当代闪小说精品》《当代闪小说精选（点评本）》《2016中国闪小说佳作选》《2020中国闪小说精选》《好看闪小说》《光阴谣》《雪花飘》《粉笔画》《岁月》《灯火》《生日》《等待》等多种精选集，还与北京辰麦通太图书有限公司联手，由北京旅游出版社推出"闪小说阅读系列"丛书，已出版谢林涛的《回家》、洪超的《心海闪烁》、边庆祝的《戈壁之殇》等多本个人闪小说专著。这些闪小说集，既有各种类型的精选集，也有闪小说作者的个人专集。有的作者，已出版多本闪小说集。其中，有的还登上了中国热销书排行榜，有的进入中小学生课外读物推荐书目。从各种渠道反馈的消息显示，优秀闪小说书籍颇受市场欢迎。

六、推进闪小说评论建设

创作与评论是闪小说发展的两翼,创作离不开评论的引领。闪小说专业委员会发挥业务特长,注重推进闪小说评论建设。近年来,一些大学的专家学者与闪小说专委会聘请的特约评论员谢端平、犁夫、滕敦太等人撰写的闪小说论文,发表在《文学报》《人民日报(海外版)》《文艺论坛》《花城》《湖南文学》《中文学刊》等诸多报刊上。例如,《文学报》2018 年 3 月 29 日刊发谢端平的《闪小说十年:星火如何才能燎原?》,《微型小说选刊》2018 年第 29 期刊发刘海涛教授的《闪小说故事内核的三种文学性裂变》,《北京青年报》2019 年 1 月 25 日刊发唐山的《在笔记中遭遇另一个莫言》,《湖南文学》2019 年第 9 期刊发谢端平的《成绩、问题与突破——2018 年度湖南闪小说创研综评》,《文学报》2021 年 5 月 13 日刊发梁闲泉的《文学笔力与余途闪小说》,《中文学刊》2022 年第 5 期刊发犁夫的《微型新颖巧妙精粹 杯水兴波折射天宇——中国闪小说的理论架构与创作实践》,《中国青年作家报》2022 年 8 月 23 日"文学评论"版头题刊发程思良的《人民在哪里,闪小说就在哪里》。此外,程思良出版了《前行中的闪小说》评论集,冯丽琴出版了《闪烁星光——闪小说佳作百题欣赏》。这些专家学者与闪小说作家所写的论文与评论专著,或梳理闪小说的发展源流,或高屋建瓴地分析新媒介背景下应运而生的闪小说的意义与价值,或探讨闪小说的创作特色,或综论某位作家的闪小说,或用新方法对闪小说名篇佳作进行文本细读,深化了对闪小说的认识,推进了闪小说评论建设。

七、注重闪小说创作基地的建设

先后创建了深圳闪小说创研基地、厦门闪小说创作基地、达州闪小说创作基地、溧阳红色闪小说基地、赤峰闪小说创作基地、高密闪小说创作基地。六个闪小说创作基地，各具特色。深圳闪小说创研基地注重闪小说创作与理论研究并举；厦门闪小说创作基地注重闪小说创作，同时发挥特区优势，积极开展与海外华文闪小说界的联系与交流；达州闪小说创作基地创作与义务培训兼顾，尤其注重面向学生的闪小说写作训练；溧阳红色闪小说基地侧重闪小说与红色文化的结合，在该基地还创建了收藏有6000多册闪小说图书的闪小说资料陈列馆；赤峰闪小说创作基地侧重闪小说与传统文化的结合；高密闪小说创作基地侧重闪小说与地域文化的结合。

八、抓好各类闪小说网络阵地建设

网络是闪小说腾飞的翅膀。加强建设重点网络阵地，不断拓展各类闪小说网络阵地。闪小说作家网是广大闪小说爱好者的重要交流阵地，目前注册成员已有近万人，发表的闪小说作品、评论、资讯等各类文章已达四十多万篇。充分发挥各类闪小说QQ群、微信群的交流功能。其中，"中国闪小说作家QQ总群"有1000多位作者。闪小说爱好者们在群里交流各类文学资讯，评析闪小说作品……在交流切磋中共同进步。微信公众号是闪小说作品发表的一个重要渠道。利用创办的"当代闪小说"微信公众号，推出很多闪小说佳作、评论文章与各类资讯。

九、推荐闪小说作者加入中国寓言文学研究会

为了让闪小说作者在更高的平台发展自我、提高自我,闪小说专业委员会积极推荐有潜力的闪小说作者加入中国寓言文学研究会,尤其是重点推荐以闪小说创作为主兼及寓言创作的作者入会。迄今已有 200 多位闪小说作者加入中国寓言文学研究会。其中,边庆祝、熊荟蓉、李日伟等作者入会后在寓言创作方面进步明显。例如,边庆祝的《黑马和白马》与熊荟蓉《这只是你的不可能》荣获第十三届金江寓言文学奖。李日伟的新书《再见,井底之蛙》上榜"2023 年福建省寒假读一本好书二年级寒假课外阅读书目"。

闪小说专业委员会成立以来,在中国寓言文学研究会孙建江会长、肖惊鸿书记、余途秘书长的亲自指导下,取得了一定的成绩,但仍存在一些不足与欠缺,今后将继续恪守"二为"方向,不忘初心、牢记使命,砥砺前行,为推进中国闪小说的繁荣发展,促进闪小说与寓言的交融创新而奋斗。

中国寓言文学研究会简介

余途

中国寓言文学研究会,是国家一级学术社团,创立于 1984 年,首任会长公木,首批顾问有张天翼、宗白华、严文井、季羡林、罗念生、陈伯吹等。现任会长孙建江,党支部书记肖惊鸿,法定代表人陈唯斌(余途)兼秘书长。民政部注册统一社会信用代码 5005000156394。由民政部监督管理,上级业务主管单位为中国作家协会。地址设在北京。在民政部 2022 年全国性社会组织评估中,获得 3A 等级。

该会是由寓言作者、寓言理论研究者、寓言翻译工作者和寓言编辑出版者自愿结成的全国性、学术性、非营利性社会组织。

该会秉承以下宗旨:坚持和贯彻党的方针和政策,广泛团结寓言作者、寓言理论研究者、寓言翻译工作者、寓言编辑出版者,进行学术研讨,开展学术交流,推动寓言文学在新时代的传承与创新、发展与壮大,提高寓言创作质量和理论水平,培养新人,编辑出版优秀作品,为繁荣寓言文学事业开展丰富多彩的寓言文化活动。在为人民服务,为社会主义物质文明和精神文明建设方面发挥更大的作用。

该会遵守宪法、法律、法规和国家政策,践行社会主义核心价值观,弘扬爱国主义精神,遵守社会主义道德风尚,自觉加强诚信自律建设,为开创新时代寓言文学新局面，推动寓言文学高质量发展，加强研究会思想建设、组织建设、制度建设，取得了较大突破和成果。

该会坚持中国共产党的全面领导，根据中国共产党章程的规定，设立中国共产党的组织，将党建工作和业务工作紧密结合，开展了一系列可持续性的活动，创设了可持续发展的创新项目。

该会的业务范围包括：研究寓言文学理论，研究古今中外寓言作家和作品；推动现代寓言创作，提高寓言创作水平，举办寓言学术讨论会和创作座谈会，交流寓言创作、研究、出版和教学的经验；搜集整理编选寓言，翻译、介绍优秀的外国寓言，支持寓言读物和寓言刊物的出版；依照有关规定，编辑、出版寓言杂志；举办国际文化交流活动；等等。

创会四十年来，中国寓言人继承发扬中国寓言几千年的悠久传统，当代寓言持续发展，理论研究及寓言创作均取得突出业绩。寓言研究专著覆盖了寓言基础理论、古今中外寓言发展历史及作家作品评论，当代寓言作家的寓言作品集据不完全统计已达上千种，由寓言改编的影视戏剧作品、动漫绘画作品也非常丰富，寓言在政治、经济、文化、教育等领域发挥着积极作用，越来越多地出现在国家治理、思想文化、教育教学、企业管理等领域，影响广泛。

该会领导集体团结、务实、敬业、进取，带领全体会员创造性地工作。在推动深化寓言理论研究、扎实开展寓言创作的同时，有意识地拓宽寓言发展领域，将国家一级学会的发展与地方文化发展相结合，相互支持、相互促进、相互成就，建立地方合作机制，做大做强中国寓言文学品牌。一馆、一会、一刊、一榜就是在这样的机制下建立起来的，简称"四个一"。

一馆：在浙江温州创建了"中国寓言文学馆"，成为中国寓言文学研究会创会以来的重大事件，也是中国作协主管的文学社团中第一个专业展馆。为加强寓言文学对少年儿童成长的教育作用，展示中国寓言文学发展成果，弘扬中国寓言文学名家名作，发挥藏品收藏、展览展示、线上宣传教育、社会实践基地等功能，中国寓言文学研究会与温州地方政府确定在温州建立中国寓言文学馆，选址瓯海区泽雅镇。中国寓言文学馆总占地面积13000平方米，展馆面积1900平方米，集学、观、演、娱于一体，展示古今中外寓言文化。中国寓言文学馆的建立，将成为温州这个寓言创作之乡的文化新地标，并将推动温州乃至全国寓言文学创作及研究的进一步发展。

一会：中国寓言文学研究会的年会——中国寓言文学大会，即落户于中国寓言文学馆。中国寓言文学研究会举办过多次研讨会，现每年的寓言研讨会由温州地方政府承办，2019年举办"新时代、新思考、新作为"寓言论坛，2020年举办"寓言文学新发展"温州研讨会，2023年举办"新时代寓言文学"研讨会，研讨内容涉及寓言基础理论、美学价值、文体演变、古今中外寓言作家作品、及寓言在当今新文创时代的发展走向。

一刊：中国寓言文学研究会在浙江少儿出版社的协助下，以图书方式出版会刊《中国寓言研究》，致力于寓言文学的研究和弘扬，开设有《专题聚焦》《基础理论》《评论空间》《多维面向》《文创前沿》《史料钩沉》《地域探究》《出版传媒》《书评天地》《创作分享》《教学实践》《专题聚焦》《人物特辑》《资讯信息》等栏目，每辑收入研究文章数十篇，20多万字，展现该会的最新研究成果，体现该会最新研究水平。2019年至2023年已出版四辑。

一榜：中国寓言文学研究会联合浙江师范大学、温州瓯海区人民政府创设"年度儿童文学新书榜"。为了保证书单的质量，作为国家一级学会，中国寓言文学研究会聚集了国内一流儿童文学学者、作家、出版人和阅读推广人，并联合国内高校中最早开展儿童文学研究的浙江师范大学，共同致力于这张榜单的打造。根据寓言文学与儿童文学的相关特点，利用该会的资源优势，配合全民阅读活动，推动中国儿童文学的创作、出版和研究，同时为出版社的童书发展提供一种可资借鉴和参考的路径。2020年至2023年每年度向社会推荐优秀儿童文学新书数十种。

该会设有闪小说、儿童文学、教育教学三个专业委员会。闪小说与寓言源远流长，闪小说专委会专门负责闪小说的创作研究；寓言与儿童文学密不可分，儿童文学专委会主抓年度儿童文学新书榜及儿童文学创作研究；教育教学专委会致力于把寓言文学为主体或者为底色的中华优秀传统文学和当代精神植入校园，力求把寓言文学与教育教学紧密结合。

在该会的指导下，全国建立了多个寓言教育基地、创作基地，具有优秀寓言传统和创新贡献的省市地区被命名为寓言大市或寓言之乡。

下编

爬也是黑豆

公木

爸爸和儿子一同来到谷场中，
谷场上有一片黑咕隆咚。
爸爸说："那是黑豆豆。"
儿子说："那是黑虫虫。"

爸爸和儿子发生争论，
做爸爸的当然是理直气壮。
真理自然要一边倒在他手里，
这用不着证明就可以肯定。

可是，儿子忽然高兴地大声吼：
"爬哩，爬哩！爸爸，你瞅，你瞅！"
爸爸不耐烦地勃然大怒：
"瞅什么？爬，爬，爬也是黑豆！"

选自1981年7月吉林人民出版社《公木诗选》

小鹰试飞

金江

小鹰的羽毛渐渐丰满,第一次试飞,它非常高兴,也有些害怕,心跳得很厉害,头也有些发昏。

老鹰冷冷地嘲笑它,狠狠地批评它:"呸!你这样跌跌撞撞的,也能叫作飞吗?翅膀既拍得无力,身体又不能保持平衡,忽高忽低,摇来晃去,成什么样子!真是失了鹰的传统精神!"

小鹰被批评后,从此不敢大胆飞翔了。

这是一只健忘的老鹰,它把自己过去试飞的情形忘得干干净净;这也是一只愚蠢的老鹰,它不知道自己的批评已扼杀了鹰的传统精神。

选自 1954 年 1 月 30 日《大公报》

风筝与雄鹰
韶华

风来了。

雄鹰问风筝:"我要迎着暴雨,穿过乌云,驾驶沉雷,搏击闪电。你呢?"

风筝说:"我要随风飞去,让它吹拂我那鲜艳的衣服,扇起我那美丽的尾巴,凭借它那神妙的力量,把我送到九天。让地上的人们,欣赏我美丽的身影,赞叹我忽上、忽下、忽左、忽右的动人舞姿。"

他们各自去了。

风暴过后,雄鹰的翅膀更加强健了,眼光更加锐利了,翱翔于蓝天晴空。

风筝只剩下几根竹架,落在一片乱葬岗的孤树上。

选自 1980 年 8 月春风文艺出版社《风筝与雄鹰》

小马过河

彭文席

马棚里住着一匹老马和一匹小马。

有一天,老马对小马说:"你已经长大了,能帮妈妈做点儿事吗?"

小马连蹦带跳地说:"怎么不能?我很愿意帮您做事。"

老马高兴地说:"那好啊,你把这半口袋麦子驮到磨坊去吧。"

小马驮起口袋,飞快地往磨坊跑去。跑着跑着,一条小河挡住了去路,河水哗哗地流着。小马为难了,心想:我能不能过去呢?如果妈妈在身边,问问她该怎么办,那多好啊!可是离家很远了。小马向四周望望,看见一头老牛在河边吃草,小马"嗒嗒嗒"跑过去,问道:"牛伯伯,请您告诉我,这条河,我能蹚过去吗?"老牛说:"水很浅,刚没小腿,能蹚过去。"

小马听了老牛的话,立刻跑到河边,准备过去。突然,从树上跳下一只松鼠,拦住他大叫:"小马!别过河,别过河,你会淹死的!"小马吃惊地问:"水很深吗?"松鼠认真地说:"深得很哩!昨天,我的一个伙伴就是掉在这条河里淹死的!"小马连忙收住脚步,不知道怎么办才好。他叹了口气说:"唉,还是回家问问妈妈吧!"

小马甩甩尾巴,跑回家去。妈妈问他:"怎么回来啦?"小马难为情地说:"一条河挡住了去路,我……我过不去。"妈妈说:"那条河不是很浅吗?"小马说:"是呀,牛伯伯也这么说。可是松鼠说河水很深,还淹死过他的伙伴呢!"妈妈说:"那么河水到底是深还是浅呢?你仔细想过他们的话吗?"小马低下了头,说:"没……没想过。"妈妈亲切地对小马说:"孩子,光听别人说,自己不动脑筋,不去试试,是不行的。河水是深是浅,你去试一试,就知道了。"

小马跑到河边,刚刚抬起前蹄,松鼠又大叫起来:"怎么?你不要命啦?!"小马说:"让我试试吧!"他下了河,小心地蹚到了对岸。

原来河水既不像老牛说的那样浅,也不像松鼠说的那样深。

(注:本文首次刊出名为《小马过溪》)

选自 1956 年 2 月 13 日《新少年报》

鲤鱼跳龙门

徐强华

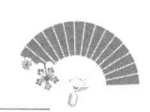

传说鲤鱼跳进龙门,便成龙。

有一条鲤鱼为了成龙,就跳起龙门来了。龙门流急难跳,但他信心百倍,鼓足勇气向急流直冲。急流把他撞回原来的地方。再冲,还不成。

一而再,再而三,鲤鱼毫不灰心。最后,他用尽所有力气向上一冲,"呼"的一声,就跳进龙门了。

鲤鱼成了龙,自然高兴。

别的鲤鱼很羡慕,便也学着他的模样,要跳进龙门。

成龙的鲤鱼回头一看,见想跳龙门的鲤鱼那么多,心想:"那还了得!龙多了还有什么名堂呢?"便气呼呼地把守起龙门来,将跃进龙门的鲤鱼一条条顶了回去。

鲤鱼们气愤极了,纷纷抗议:"你干吗拦阻我们?难道你忘记不久以前,你也是一条鲤鱼吗?"

"可是现在我是一条龙呢!"成龙的鲤鱼把尾巴翘得半天高,冷冷地答了一句。

选自1956年12月21日《浙南大众报》

乌鸦的辩解

吕德华

住在森林里的乌鸦,常常受到鸟类的嘲弄。

众鸟说他长得丑——因为他有一身纯黑的羽毛;众鸟说他的叫声难听——因为他只会哇哇叫个不停;众鸟说他贪婪霸道——因为他常争抢别的鸟儿的食物。乌鸦对此不以为意。

一天,乌鸦和八哥、喜鹊、苍鹰在一棵大树上相遇。当他们也学着众鸟的口气嘲弄乌鸦时,乌鸦勃然大怒了。

"你们嘲弄我,就是嘲弄你们自己!"乌鸦说。

"为什么?"八哥、喜鹊、苍鹰同声问。

"要说羽毛黑是丑,那八哥是森林中最丑的鸟儿;要说叫声单调难听,喜鹊的叫声并不比我强;要说贪婪霸道,苍鹰要比我凶猛百倍!"乌鸦说,"难道我说的不是事实?"

"不对!"八哥反对,"我的羽毛虽黑,但是我的叫声好听呀!"

"八哥说得对!"喜鹊说,"至于我,我的叫声虽然单调,但我的羽毛比你漂亮!"

"八哥和喜鹊说得对!"苍鹰说,"我虽然凶猛,可我有雄健的翅膀和锐利的双爪,这你比得了吗?"

"你们只说对了一半。依我看,你们的长处并不能掩盖你们的短处,短处终归是短处。"乌鸦说,"我承认我的短处,从不遮遮掩掩,更不以己之长比人之短而嘲弄别人。在这一点上,我比你们强!"

八哥、喜鹊和苍鹰无话可答,只好悻悻地飞走了。

选自1987年总第110期《儿童文学》

麻草和青竹

马达

山坡上,一株麻草紧挨一棵青竹,他们都茁壮成长着。

七八级大风呼啸着向麻草和青竹吹来,麻草举起大手掌迎击着,不肯弯腰;青竹却随着风势把腰弯了下去。一阵风过去,青竹直起了腰,大风再吹来,他再弯腰;大风不断吹来,他不断地弯腰。

麻草讥笑青竹说:"竹兄,人家都说你挺拔正直,立场坚定,怎么在大风面前连连弯腰呢?"青竹回答说:"只要基础打得牢,根子扎得深,应对紧急情况的方式方法是可以随机应变、灵活处理的。麻草老弟,大风又要吹来了,我看,你也灵活一点,把腰弯一弯吧!"麻草说:"这是什么话!我是坚持原则,宁折不弯的。"

更大的风吹来了,青竹把腰弯了下去,竹梢几乎挨着了地面;麻草却挥舞着大手掌挡风,不肯稍稍弯一下腰。"咔嚓"一声,麻草被大风吹断了。

大风过后,青竹又挺直了腰杆,生命力显得更旺盛了。

选自1989年12月辽宁少年儿童出版社《当代中国寓言大系》

想钓鱼的猫

仇春霖

有人在河里钓起了一条大鲤鱼。猫见到了又惊又喜:"噢,这么容易就能钓到鱼,可太好了!"

"容易?你试一试怎么样?"钓鱼人说。

"这有什么,你看吧!"

猫说着就往河岸上一蹿,屁股一撅,把他那条毛茸茸的尾巴甩进水里……

一条大鲤鱼看到了猫的尾巴,以为是一只大毛虫,就猛一口紧紧地咬住了。

"哈,一定是条大鱼!"猫感到尾巴被一个东西拉住了,高兴得叫了起来。可是,当他要翘起尾巴的时候,感到一阵难忍的疼痛,而且觉得尾巴非常沉重。他使了全身的气力,拼命地往上翘,往上翘……但是,越翘就越感到痛,越翘就越感到重。结果,猫被鱼拉下了水。钓鱼人见状,赶快把猫救上岸来,笑着说:"你现在该明白了吧?钓鱼这个行当也不那么简单。"

猫差点儿送了性命,但是他始终弄不清楚:"怎么看起来顶容易的事,做起来却那么难呢?"

你们不是见到猫常常闭着眼睛坐着吗？他一直就在想这个问题。

选自1960年辽宁人民出版社《无花果》

陶罐和铁罐

黄瑞云

国王的御橱里有两个罐子：一个是陶的，一个是铁的。骄傲的铁罐看不起陶罐，常常奚落它。

"你敢碰我吗，陶罐子？"铁罐傲慢地问。

"不敢，铁罐兄弟。"陶罐谦虚地回答。

"我就知道你不敢，懦弱的东西！"铁罐说，带着更加轻蔑的神气。

"我确实不敢碰你，但并不是懦弱。"陶罐争辩说，"我们生来就是盛东西的，并不是来互相碰撞的。说到盛东西，我不见得就比你差。再说……"

"住嘴！"铁罐恼怒了，"你怎么敢和我相提并论！你等着吧，要不了几天，你就会破成碎片，我却永远在这里，什么也不怕。"

"何必这样说呢？"陶罐说，"我们还是和睦相处吧，有什么可吵的呢！"

"和你在一起，我感到羞耻，你算什么东西！"铁罐说，"走着瞧吧，总有一天，我要把你碰成碎片！"

陶罐不再理会铁罐。

时间在流逝，世界上发生了许多事情。王朝覆灭了，宫殿倒塌了。

两个罐子遗落在荒凉的场地上，上面覆盖了厚厚的尘土。

许多年以后的一天，人们来到这里，掘开厚厚的堆积物，发现了那个陶罐。

"哟，这里有一个罐子！"一个人惊讶地说。

"真的，一个陶罐！"其他的人都高兴地叫起来。

大家把陶罐捧起，把它身上的泥土刷掉，擦洗干净，它还是那样光洁、朴素、美观。

"多美的陶罐！"一个人说，"小心点儿，千万别把它碰坏了，这是古代的东西，很有价值的。"

"谢谢你们！"陶罐兴奋地说，"我的兄弟铁罐就在我旁边，请你们把它掘出来吧，它一定闷得够受了。"

人们立即动手，翻来覆去，把土都掘遍了，但是，连铁罐的影子也没见到。

它，不知在什么年代，就已经完全氧化，无踪无影了。

——拿自己的长处去比别人的短处是没有必要的，别人也有比你强的地方。

选自 1978 年第 6 期《人民文学》

赶集

解普定

有两个人,赶集前打了个赌:一人挑一担稻草赶集,一人拿一根稻草赶集,看谁先到集市。

于是,一人挑起一担沉甸甸的稻草,另一人拿起一根轻飘飘的稻草,一同出发了。

一路上,挑稻草的人重担在肩,丝毫不敢懈怠,鼓起劲头,坚定不移地向目的地前进;而拿一根稻草的人则以为稳操胜券,心不在焉,一边摆弄手中那根稻草,一边和熟人说说笑笑……

大约走了一个多钟头,集市到了,挑稻草的人"啪嗒"一声把肩上的稻草放下;过了一会儿,拿稻草的人才两手空空晃晃悠悠地走到。

挑稻草的人问:"老兄,你的稻草呢?"

"啊!我的?"拿稻草的人一怔,记不起把稻草丢在什么地方了。

看来,有压力并不是坏事,它能使人奋进。

选自1982年第11期《浙江青年》

顽强的矮树

张锦贻

在连绵起伏的岭坡上,崖边的岩石缝里常常长出来一株株矮树。它们的树根裸露在地面上,无法从泥土中不断地、充分地吸纳水分和养分;它们的躯体斜悬在半空中,难以在天地间自在地、张扬地伸展树干和树枝;它们的叶片稀疏不整齐,容貌丑陋不堪。但它们很少有在风雨中被折断,在雷电中被劈倒的。因为,它们始终是在下坠的艰危中坚持向上,坚持成长,有无比顽强的生命力。

真的,在峰峦高耸、峡谷幽深的山地里,一株株矮树最富有生机。每天,松鼠在它们的枝丫间不停地蹿跳;小猴子在它们的树干上、树杈中迅速地攀跳;各种各样的鸟儿在它们的树顶上、树梢头远望和上下来回地飞跳。年年月月,矮树成了小动物们栖息、嬉戏之地。矮树,给小动物们以快乐,也使这片寂静的山地充满勃勃生机。

在任何困境中都不要自卑。

为自己,也为他人,生命就有了意义。

选自2008年12月1日《呼和浩特日报》

小河与瀑布

陈蒲清

一条小河在田野上静静地流淌。

田野：停下来吧，何必那么奔忙？

绿草作你的卧榻，

山花作你的衣裳，

游鱼为你起舞，

蛙鼓为你伴唱。

小河：我要奔向前方。

田野：停下来吧，

前面悬崖断裂，

——一落千丈。

将会劳累你的筋骨，

毁损你的容光。

小河：我要奔向前方。

小河奔向悬崖，

雪浪奔涌，雾雨茫茫，

发出雷鸣般的吼、闪电般的光，

织成一道瀑布,
领受着力的欢畅。
田野笑声朗朗。

选自 1995 年 2 月新世纪出版社《当代寓言》

兔子和乌龟第二次赛跑

罗丹

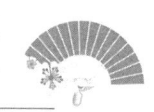

一

小溪乐得又蹦又跳,
狗尾草喜得头儿摇。
小兔子和大乌龟,
在这儿举行第二次赛跑。

第一次比赛的结果,
大家都已知道。
由于兔子骄傲,
乌龟得到了锦标。

这次胜败如何,
都想看看热闹。
赤脚蚂蚁挤满路旁,

光屁股青蛙又蹦又叫。

二

猴大哥喊声"预备——跑",
小兔子箭一般往前直跳。
大乌龟懒懒地望了一眼,
不慌不忙地爬上了小道。

蚂蚁弟弟拍手叫:
"乌龟大叔加油跑!"
乌龟摇头笑了笑:
"急什么,反正他会睡一觉!"

光屁股青蛙跺着脚儿叫:
"小兔子已跑到前面了!"
乌龟摇头笑了笑:
"怕什么,反正这小子会骄傲!"

三

小兔子连蹦带跳奔上山坳,
乌龟还在山下摇头晃脑。
小兔子叮嘱自己:

"一定要把缺点改掉！"

他一想到自己跑得多快多好，
耳边就响起妈妈的教导：
"不要只看到自己的优点，
要把别人的长处学到！"

他刚想到树下睡一觉，
马上记起山羊公公的劝告：
"能改正缺点的人才会进步，
老抱着错误就会摔跤！"

四

想起妈妈的教导，
想起山羊公公的劝告，
小兔子把嘴唇咬成三瓣，
下狠劲儿往山顶飞跑！

翘尾巴小猫说："歇一会儿吧，
这儿离山顶不远了。"
小兔子把头摇摇："不能歇呀，
不远了并不等于已经跑到！"

花蝴蝶说："小兔子，玩一会儿吧，

这锦旗肯定飞不了。"
小兔子把头摇摇:"不哇,
难道比赛就是为了锦标?"

五

跑完一条又一条小道,
翻过一座又一座山包,
小兔子一口气跑上山顶。
百花都向他祝贺叫好。

松鼠妹妹捧来鲜花,
熊猫姐姐忙给他拍照。
小兔子连忙摇手:
"应该感谢大伙儿对我的帮助和劝告!"

小伙伴们正在欢乐地舞蹈,
乌龟大叔才呼哧呼哧爬到。
大伙儿罚乌龟回答个问题:
"小兔转败为胜有什么奥妙?"

乌龟眨巴一阵眼睛,
忙把头缩进去了。
小溪见了哗哗大笑,

一路飞奔把消息报告……

选自1977年第11期《诗刊》

牧童和柳笛

吴广孝

牧童骑在水牛背上,在河边放牧。他望望平静的春水、青青的春草,心里十分高兴,顺手折了一枝岸边的垂柳枝,做了一支柳笛。柳笛在聪明的小牧童嘴里,一会儿发出黄鹂婉转的鸣唱,一会儿又是百灵清脆的欢叫,一会儿又是画眉爽朗的歌声……

柳笛听着,听着,自己也陶醉了。突然,他高傲地仰起头,自吹自擂道:"听吧,听吧!这一切美妙的声音,都是我创造的!"

牧童怔住了:"怎么,一切美妙的声音都是你创造的?"

"又何止一切美妙的声音!"柳笛更加忘乎所以,"你看看,天上的云彩、地上的河流,哪一件不是我的杰作?甚至,你骑的这头水牛和你这个小牧童都是……"

不等柳笛讲完,小牧童皱起眉头,生气地把他扔在小河里。柳笛和几棵烂草顺着河水无声无息地漂走了。牧童骑在水牛背上,头也不回,再也没有看他一眼。

选自1978年8月6日《吉林日报》

麻雀的评论

林植峰

麻雀叽叽喳喳,遇事爱发表评论,有什么法儿?他历来如此。

这天,麻雀看见地面冒出了一个嫩绿的小点儿,把附近的泥土都拱了起来,便好奇地飞近问道:"你是什么?"

"竹笋。"一个细弱的声音应道,"我想冒出来……"

"冒出来?叽喳喳,"麻雀笑得前仰后合,"你有多大能耐,我屙一兜屎就可以盖上你!识趣点,乖乖儿地躺着吧!"

麻雀飞到一株桃树枝丫上,见一只蜜蜂嗡嗡地在花间飞动,还从花蕊里钻进钻出。

"咦,这是干什么?"

"我想采集花蜜和大伙酿成一缸子蜜糖……"

"喳喳,叽!小鸭子想生大鹅蛋哩!"麻雀边叫边笑,"这肯定是灯草搭桥白费劲儿,有眼前烂漫的春光,你何不趁机逛一逛、乐一乐,而去干这等蠢事儿?"

他评论一番之后,猛地见一个灰团儿从鸽子笼边掉了下去。

"怎么回事,怎么回事?"麻雀扑下去急问。

"我想飞上蓝天,"一只羽毛没长满的小鸽子回答,"唉,没想到……"

"叽,喳喳,叽叽叽!"麻雀的喉咙里顿时滚出了一阵大笑,"傻小子,慢慢地走着玩好了,喳喳,想飞上蓝天,幸亏没有把屁股摔成两瓣儿,快死了这条心吧!"

日子一天天过去了。

有一天,麻雀又经过这一带。他见到了什么?——一根新竹挺立着指向天空;一只灰鸽在白云间翻飞;还有,在蜂巢边摆着一缸才取出的蜂蜜,那只小蜜蜂飞在缸边甜甜地笑哩!

"叽喳喳,这些难道是事实?"麻雀睁着圆溜溜的小眼睛嚷道,"你们莫不是在玩什么魔术,用来戏弄我这老实巴交的麻雀吧?"

选自 1980 年 1 月 21 日《人民日报》

蜗牛的奖杯

杨啸

从前,蜗牛是昆虫,
长着六条长腿一对翅膀——
他不但跑得很快,
而且还善于飞翔!

一天,在昆虫运动会上,
飞翔比赛隆重举行——
参加比赛的有蜗牛,
还有蝴蝶、黄蜂和蜜蜂……

裁判员一声令下,
飞翔比赛正式开始——
他们一齐向前飞去,
紧扇着自己的双翅。

蜗牛遥遥领先,

头一个到达终点,
夺得了飞翔冠军——
把对手们甩下老远。

大伙儿向他欢呼,
大伙儿为他鼓掌——
一个很大的金质奖杯,
捧到了他的手上!

蜗牛扬扬得意,
带着奖杯回到家里——
忍不住心里的骄傲,
藏不住脸上的欢喜……

从此他把奖杯,
总是带在身边——
一时一刻不肯放下,
生怕别人不能看见……

因为这奖杯很重,
带着奖杯难以飞腾——
他便把奖杯背在背上,
用腿在地上慢慢爬行……

有人劝他把奖杯放下,

他摇摇头说:"那可不行!
我这冠军若离开奖杯,
谁还能知道我的光荣?"

睡觉时他把奖杯搂在怀里,
可是却仍然睡不安稳——
因为他生怕奖杯被人偷去,
哎呀!那可就摘掉了他的心!

最后他想了一个办法——
再睡觉就钻进奖杯里去,
这样他就和奖杯成了一体,
任何人也休想把他和奖杯分离!

于是他就蜷曲着身子,
钻进了那只奖杯;
于是他就在奖杯里,
高枕无忧地沉睡!

这样睡了不知多久,
当他醒来的时候——
忽然发现自己的身子,
已经在奖杯里粘牢!

再想要爬出来已不可能,

从此啊他便失去了自由——
只能勉强地探出半截身子
和一个长着触角的头……

从此他休想再往天上飞，
就是在地上走也十分吃力——
他只能背着那沉重的奖杯，
蹒跚地摇晃着身子爬来爬去……

选自1980年第8期《人民文学》

"神医"的故事

樊发稼

从前有一个"懦弱国",据说住在这个国家的公民全是些害怕权势、不敢反抗、胆小如鼠的"软骨头"。

懦弱国的国王是个专横昏庸的暴君。他有个不学无术的儿子,居然当了"郎中",他声称身怀绝技,自诩是包治百病的"神医"。其实呢,他对医道根本一窍不通,只是借"行医"来勒索百姓,并以此取乐。

一日,这位"郎中"来到一个村庄,宣布村上的所有居民通通患了一种绝症,只有他能拯救大家。他把全村人召到一起,说:"各位乡亲父老兄弟,我给大家治病来了!为使大伙儿免于一死,你们务必遵照我的指示去办。自即日起,在一个月之内,谁也不准吃饭,否则,谁都会因病情发作而痛苦地死去的!"

可怜那些懦弱胆小的村民们,明知道他是胡说八道,却慑于他是国王的儿子,谁也不敢违抗,结果不到几天,全村人都活活饿死了。

就这样,"郎中"所到之处,不知多少人被他所害,然而竟无一人敢于起来反抗。

后来,那个国王突然"驾崩"。原来生性懦弱的老百姓们居然一下子变得勇敢起来,在一片愤怒的吼声中,那个罪恶累累的"神医",也就是国王的儿子,顷刻在无数乱拳下结束了性命。

后来,在谈论这件事的时候,有人说:"要是那个昏君早点儿死掉就好了。"可也有人说:"这个国家的老百姓勇敢得太晚了。"

选自1997年6月甘肃少年儿童出版社《樊发稼寓言集》

蚂蚁看海

夏矛

蚂蚁王国召开了一次会议,
议论内容:看海去。

听说那海挺大挺大,大得无边无际,
海里有山一样大的船,房子一样大的鱼;

风在那儿唱着非常动听的歌曲,
浪的舞蹈也有美妙的节奏和旋律;

雨后还飘着七彩的虹霓,
也许还能亲眼看到海市蜃楼的神奇。

大家到"牧场"喝足了蚜虫的蜜汁,
又到"仓库"吃饱了收集来的面包皮……

出发了,好一队生机勃勃的劲旅!

那气派就是人类看见也会羡慕不已。

远游者从黎明爬行到午时，
躲开大路的喧嚣，进入原野的沉寂。

"海在哪里？海在哪里？"
差不多每一个队员都显得焦虑。

他们灵敏的触觉都感知天气突然的变异，
即将来临的是一场暴风骤雨！

海的诱惑几乎降到了零——
求生的欲念驱使他们急急逃避。

唉！大家还是挤在温暖的窝里好，
而看海，也不见得有多大的意义！

风雨后，到处是水坑、淤泥，
那里的积水蒸腾着霉气。

嗡嗡的蚊蝇权当海燕展翅，
檐前滴水且作波浪哼出的小曲；

当月亮在蓝天航行，
水坑中的银光竟比彩虹还要绚丽……

"看到海啦,看到海啦!"

蚂蚁们碰碰触须,一个个非常欢喜满意。

选自1989年12月辽宁少年儿童出版社《当代中国寓言大系》

雨花石

朱锵

一个人在一堆普通的石头里，偶然发现了一颗雨花石。他买了一个白瓷盆，放入清水，把雨花石浸入清水中。

在白瓷盆和清水的映衬下，原来那块干巴巴、暗淡无光、上面长满麻点、如同普通石子的雨花石，一下子变得晶莹玲珑，漾出了奇妙的图案、斑斓的颜色、精美的花纹，好看极了。

围观的人都啧啧称奇："多美妙的雨花石啊！"

雨花石听到赞美之辞，有点飘飘然了。他对白瓷盆说："你看，我是多么漂亮奇妙，那么多人来观看。你也沾了我的光了。"

白瓷盆说："你是漂亮。但你忘了，要是没有人发现，恐怕你到现在还被丢在石子堆里。如果没有我和清水的映衬，也没有那么多人围着观赏。"

雨花石听了，不由得难为情地点了点头。

一个人的成功，除了本身的因素，还需要各方面的支持和配合。

选自 2001 年 12 月中国少年儿童出版社《老虎打武松》

长颈鹿和上帝

邝金鼻

长颈鹿自出娘胎便是个哑巴，心里有话不能说，他一直很痛苦。

一天，上帝对长颈鹿说："我可以解除你的苦难，让你能够说话，不但能讲兽言、鸟语，甚至还能说人话！"

长颈鹿听了，高兴得眼泪都流了出来。

"不过，"上帝接着又说，"你得先答应我一个条件，当你获得说话能力以后，不能随便开口，只能说那些我要你说的话，不管你心里愿意不愿意。如果你答应，那就请点点头吧！"

长颈鹿摇了摇头，转过身来，屁股对着上帝，头也不回地走了。大概他明白了：世上最痛苦的还不是心里有话嘴巴不能说，而是嘴巴说出心里不愿意说的话。

选自1980年第3期《广西文艺》

宰相和农夫

许润泉

从前,有一位宰相,辞官回乡后,遇见他童年时代的玩伴——农夫。

一见面,宰相对农夫说:"啊,你我都老了。我俩有相同点和不同点。"

农夫说:"这是啥意思?"

宰相说:"相同点就是你我都成了驼背老人;不同点,你是田野村夫,我曾是朝廷的重臣。"

农夫说:"我俩还有个不同点。我驼背是因为长年劳累,弯腰锄草;你驼背是因为长年俯首,在皇帝面前弯腰。"

宰相听了,半晌说不出一句话来。

选自 1984 年 3 月 16 日《广州日报》

群狼出洞

彭万洲

一群狼被猎人赶进了一个洞里。

猎人在洞口安放了一只兽夹,哪只狼先出洞就会被兽夹夹住,不过,其余的狼就得救了。

狼群在洞里饿了一天一夜,他们讨论谁先出洞的问题。

老狼说:"我年岁最大,我先出洞不大合适吧。"

小狼说:"我的年龄最小,不该我先出去。"

母狼说:"我家里还有三只狼崽等着我喂奶,你们忍心饿死他们吗?"

一只跛脚狼说:"我已经负伤了,应该照顾我。"

只剩下一只壮狼了,他说:"我可以先出去。不过,如果我最后冲出去,我可以为大家报仇,去咬死猎人。"

几天后,猎人从洞里拖出一群饿死的狼。

选自1995年2月新世纪出版社《当代寓言》

普雅花开

张鹤鸣

世界上有一种神奇的花,叫作普雅花。它们生长在南美洲安第斯高原上,那里海拔四千多米,终年人迹罕至。

与普雅花相依相伴的只有一个硕大的蚁穴,一代又一代的蚂蚁在这儿繁衍,他们从未见过普雅花开放。蚂蚁们问过爷爷,爷爷说,他也曾经问过他的爷爷……爷爷的爷爷的爷爷都没有见过普雅花开放。于是,蚂蚁们得出结论:普雅花徒有虚名,根本不会开放!

小蚂蚁发现了这一惊天秘密,便羞于与之为邻。他们天天去讥讽、挖苦甚至谩骂普雅花。一代代小蚂蚁在骂声中接连死去,而普雅花却毫发无损,它默默无语地在骂声中积聚能量。小蚂蚁不知繁衍了多少代,却依然没有忘记祖宗遗训:无情揭露和谩骂徒有虚名的邻居——普雅花。

终于到了一个不平常的日子,一群小蚂蚁爬上普雅花,正想谩骂时,却发现普雅花竟然轰轰烈烈地绽放了!

哇!普雅花开放时竟然如此惊天动地,如此灿烂绚丽,简直令所有鲜花都黯然失色了。

蚂蚁们羞愧得无地自容,蚂蚁家族讽刺谩骂了多少代的普雅花原来是世界上最独特最神奇的花!面对着无休无止铺天盖地的谩骂,它毫不在乎，居然有如此博大的胸怀！蚂蚁们向普雅花深深致歉。

普雅花坦然笑道："没关系，我一直无暇顾及别人的谩骂，因为我需要累积能量，整整一百年的储存，就是为了如今这两个月的花期啊！"

蚂蚁们听了，佩服得五体投地：普雅花忍辱负重，不事张扬，耐得住寂寞，经得起委屈。这种品格，世上绝无仅有。蚁王率领全体蚁民倾巢而出，要为普雅花召开最盛大的庆祝会。

普雅花淡然叹道："惭愧！比起胡杨大哥，我们普雅花算什么呀？胡杨大哥'活着千年不死，死了千年不倒，倒下千年不朽'。胡杨大哥耐得住干旱，经得起酷热，它默默无闻地扎根在沙漠，做出了多么大的奉献！可它从来不曾炫耀过，更何况是我们啊！"

是的，真正的强者是不需要自吹自擂、自我炫耀的啊！

选自 2013 年 8 月 15 日《瑞安日报》

农民与黄鼠狼

崔宝珏

一个农民早上起来,发现昨夜一时大意忘了关鸡笼,老母鸡被黄鼠狼叼走了。

农民不胜惊异地说:"人们都说黄鼠狼神算,果然不错。我年年月月都把鸡笼关得好好的,他都不来。唯独昨夜未关鸡笼,他就来了!我可怜的老母鸡……"

黄鼠狼在暗地里舔着鸡血,冷笑道:"哪里是我神算呢!你哪里知道,凡是搞我们这行的,不会放过任何一个机会,我是每夜都打全村的鸡笼边绕一趟的呀!"

选自 1984 年 7 月浙江少年儿童出版社第 2 辑《寓言》

爱听好话的蝴蝶

卓列兵

一只爱打扮的花蝴蝶,最喜欢听人说好话。

一天,她穿着一条漂亮的花裙子,在泉水边照着镜子。

一只蜻蜓飞来了。蝴蝶问:"你看我长得漂亮不漂亮?"

蜻蜓说:"你的裙子真好看。"

蝴蝶很高兴,连忙抖了抖花裙子,接着又问:"你看我的舞跳得好不好?"

蜻蜓说:"你的舞跳得真好。"

蝴蝶很高兴,连忙跳起舞来,接着又问:"你看我飞得高不高?"

蜻蜓说:"你的翅膀虽然很美,你的舞虽然跳得好,但你跟我一样,也不能飞高。"

蝴蝶很不高兴:"哼,我不跟你玩了。"

蝴蝶飞到树林里,碰上一只会讨好的知了。

蝴蝶问知了:"你看我漂不漂亮?"

知了起劲地嚷着:"妙呀——妙呀——你太漂亮了。"

蝴蝶好高兴,连忙抖了抖花裙子,接着问:"你看我的舞跳得好不好?"

知了又起劲儿地嚷着:"妙呀——妙呀——你的舞跳得太好了。"

蝴蝶好高兴,连忙在树林子里跳起舞来,接着又问:"你看我飞得高不高?"

知了又起劲儿嚷起来:"妙呀——妙呀——你一定飞得很高。"

蝴蝶好高兴,她连忙拍拍翅膀,使劲向上飞着。

知了一个劲儿地嚷着:"妙呀——妙呀——"

蝴蝶越来越高兴,一个劲儿地向上飞。

蜻蜓看见树顶上有个蜘蛛网,连连喊着:"小心蜘蛛网!"

但是,知了"妙呀——妙呀——"的声音盖过了蜻蜓的声音。

蝴蝶心里高兴,忘记了睁开眼睛,也没有听到蜻蜓的呼喊,翅膀触到蛛网,被紧紧粘住了。

躲在树叶下的蜘蛛跑出来,一下扑上去。

知了还在一个劲儿地嚷着:"妙呀——妙呀——"

爱听好话的蝴蝶,后悔已经来不及了。

选自 1994 年 1 月湖南少年儿童出版社《爱漂亮的红蜻蜓》

假花无瑕

刘徽修

某公园举办菊花展览。

为吸引更多的参观者,他们使出了一个绝招,即在展出的一千盆菊花中,放进一盆人造菊花。能将假花辨认出来者,发奖金一千元。

消息一传出,赏菊花者蜂拥而至。然而,由于人造菊花制作得巧夺天工,所以,没有谁能将假花认出。

最后,一位与花卉打了一辈子交道的退休园艺师夺魁。

人们立刻将他围了个水泄不通,要他介绍识别假花的诀窍。

园艺师说:"其实这个答案很简单,真菊花不管哪一盆哪一株,总会有个别叶片发黄,或有被虫咬的斑点。而这假菊花,从花色、花瓣,到茎和枝,以及每一片叶片,全都完美无缺。据此,我就知道它是假的,因为在自然界乃至人类社会,不存在十全十美的东西。"

"可不是嘛!"人们顿时大悟。

选自1990年黑龙江科技出版社《大海捞针》

灭火器

陆继权

一个仓库的前后门和壁角都挂着灭火器。灭火器身上全是灰尘。

一天,一个烟头引起了火灾,人们是那样慌乱,有的急急忙忙请消防队,有的大声呼喊,众人排成长队,递水灭火,就是没有谁去摘取挂在那里的灭火器。

"你们快把我取下来哟,让我帮你们灭火吧!"灭火器着急地大叫,但人们听不到。

忽然,一个小孩指着灭火器说:"这灭火器是派啥用场的?"人们被提醒了,立即七手八脚把灭火器取下来,却没有一个人知道怎么用。

"既称灭火器,一定有特殊功能。就这么丢到火上,一定可以起到立竿见影的效果!"有人这么一说,于是,一只只灭火器被丢进了大火中。然而火势不但未能减弱,反而越燃越旺。

"呸!什么灭火器,不过是徒有虚名而已!"有人愤怒了。

灭火器在烈火中大哭。

选自1999年4月11日《江海晚报》

神秘的房间

黄水清

他的房间里，还有一个天地。这是个神秘的地方，旁人不许入内，而他，每天至少要光顾一次。

一天，他从那"房中房"出来，带着一脸欢笑，对家中人说："我遇到了一件滑稽的事，一个可笑的人！哈哈哈……"又一天，他从房中出来，泪痕满脸，边走边叹："可怜之至，悲伤至极……"情不自禁又流下泪来。再一次，他从那儿出来，默默无言，一脸沉思。家人追问，他说："我遇到一个崇高的人，深深地震撼了我的心灵！"还有一次，他出来时，一脸好奇与神往："猜猜看，今天我遇到了什么？我来到了千年后的城市，还飞往金星游览……"

他高寿，活了一个世纪。告别人世那天，他微笑着，说："人，只能活一世；可我，活了两世。我在第一世界活了一世，在第二世界又活了一世。"说着，指指"房中房"，"这，就是我的第二世界。"说完，安详地闭上眼睛。人们迫不及待地进入那神秘的处所，一看，原来是个大书房，古今名著，中外精品，琳琅满目！

选自1997年12月江苏少年儿童出版社《科学寓言1001夜》

"马上"小猴

叶澍

"马上"是小猴的"口头禅",时间一长,大家都管他叫"马上"小猴。

"小猴,快上树给弟弟摘个桃。"妈妈对他说。

"好,马上。"小猴顺口应了一声,而躺在草地上的身子一动不动。

这时一只美丽的蝴蝶正好从他眼前飞过,一向喜欢蝴蝶的小猴欢叫起来:"妈,快帮我逮住它!"猴妈妈想了一下,应道:"好,马上。"可手却没有抬。

眼看蝴蝶扑闪了两下翅膀,得意扬扬地远远飞去,小猴气得撒起娇来,在地上打滚。不知怎的他突然觉得身上一阵痛,原来他压在一只刺猬身上。他急得直喊:"妈啊,快,快把刺猬赶走!"

"好,马上。"猴妈妈慢条斯理地答应,却坐着不动。小猴"妈啊,妈啊"地叫着,眼泪直淌,猴妈妈这才起身,帮他取下刺猬。

说也奇怪,小猴的"口头禅"——"马上",从此,再也没有听他说过。

选自1984年第3期《儿童时代》

吹捧术的破产

张发周

麻雀从屋檐上飞下来，他要告诉鸡和鸭，狗的本领有多大。

他故意在大门口跳了几跳，接着扯开了嗓门，为的是离狗近些，好让狗听见。

"我说小鸡小鸭们，"麻雀连连点着头，很有节奏地说："你们了解狗吗？狗的本领可大呢！地上能看家，空中能飞翔！听说过吗？天狗还能吃月亮。有一天，我飞到空中，亲眼看见，他把月亮……"

鸡和鸭惊奇地听完了麻雀的演讲，虽然将信将疑，但又没有充分理由来说明这不是真的。至于狗到底吃没吃月亮，狗自己心里最明白。从那以后，狗悄悄地给了麻雀一点儿特殊照顾，譬如说，让麻雀自由地来院子里啄食，任意地进屋子里宿夜。反正对狗来说，这也添不了多少麻烦。

麻雀想，吹捧既然有惠，何乐而不为呢！于是乎，吹猪，吹猫，吹鸭，吹鸡，吹喜鹊，吹灰鸽……

一天，飞禽走兽联合召开大型演讲会，麻雀也应邀出席，他演讲的题目是："鸡、狗、鹅、鸭与人类的关系。"麻雀跳上讲台，先向大会主席鸡代表点头致礼，然后滔滔不绝地说起来："诸位，鸡和人类的关系非常密切，下的蛋含有丰富的营养，"说到这里他干咳了一声，因为鸡蛋究竟含有哪些营养,他说不上来,"诚然,鸡下的蛋越大,数量越多,对人类的贡献也就越大。就拿主席台上就座的鸡代表为例,他下的蛋,一个就有一斤多!"

他的话音刚落,台下爆发出经久不息的掌声……

"把他赶下台去!"主席台上,突然发出一声尖叫。

观众的目光立刻转向主席台。原来,那位正在发怒的大会主席是一只鸡冠高大,长着火红羽毛的大公鸡!

选自 1986 年第 8 期上海《少年文艺》

战马的遗言

李继槐

一匹在战火与硝烟中度过了大半生的战马,是藐视一切的。

它曾踏着军号的节拍,驰过荆棘遍地的莽原;它曾冒着枪林弹雨,冲上鲜血浸红的山头;它曾在隆隆炮声的掩护下,难以想象地飞越壁立千仞的沟壑;它曾背负自己的战友,越过滔滔的江河湖海……

总之,大半生来,还没有什么艰难险阻,能够挡住它前进的脚步。

今天,它又在无边的原野上豪迈地驰骋,劲风吹舞着它的猎猎长鬃。它以震天的长啸和高昂的头颅告诉人们:它仍不减当年的威风。

突然有人高喊:"停下!停下!前面是一片沼泽!"

英雄的战马,没有理会人们的警告。泥泞和沼泽算得了什么?它呼啸着向前冲去。

它很快陷入了无法自拔的淤泥中,而且越是拼命地挣扎,陷得越深越快。

临死的时候,它发出深深的慨叹:"唉,钢铁的雷火没有把我征服,柔软的泥淖却陷我于绝境。"

选自1981年第1期《当代少年》

狐狸和鱼鹰
刘振华

百兽之王狮子,想买一批美丽的鸟毛:一部分用来制作冠冕,一部分用来装饰宫殿。于是,趁百鸟换毛的季节,它指派狐狸出去采购。

鸟儿们听到这个消息,慌忙把换下来的羽毛拿出来展销。市场就在湖畔树林里,这片一向荒凉的树林,立刻成了鸟毛市场。各种鸟毛千姿百色,琳琅满目。

狐狸迈着碎步,来到市场。

孔雀对它说:"买吧,这是凤毛的代用品。其实呢,谁能找到真正的凤毛?"

锦鸡对它说:"买吧,这东西,做王冠绝不能缺少。"

白鹇对它说:"买吧,这东西,世上少有,非常珍贵。"

翠鸟也高声叫喊:"买吧,这东西,永不褪色,是制作羽毛画的上等材料。"

鸟儿们争相向狐狸兜售,可狐狸摆摆手走过去了,它想摸摸行情再说。

狐狸踅了几圈,最后向鱼鹰走去。

鱼鹰笑脸相迎,低声下气地说:"难得老兄光临,真使我感到荣幸。请、请!咱们坐下聊聊。没有啥东西招待,请尝尝这熏鱼的味道。"

狐狸一边吃着熏鱼，一边致谢。在这节骨眼儿上，鱼鹰指着地上那黑不溜秋的鱼鹰毛说："老兄，是否看中了我这货物？瞧，像缎子一样，光泽多好！"

狐狸嘴里塞着熏鱼，勉强挤出一句话来："恐怕狮王嫌这货，货、货……"

鱼鹰忙打断说："你是说价格？这好说，好说，八五折怎么样？我不是那种见钱眼开的商人；另外奉送两筐鲜鱼，顺便带回去让你太太尝尝，一点儿小意思，小意思。"

狐狸脖子一伸，咽下鱼肉，说道："好！算你老兄走运，你这货物我全买了。"

究竟这肮脏的鱼鹰毛管不管用，不清楚。我只知道，狐狸这次出差，确确实实发了横财。

选自2011年8月大众文艺出版社《孔雀和夜莺》

蚂蚁和犀牛

凝溪

"报告大王,洞外来了一头犀牛。"小蚂蚁向蚁王报告说。

"就一头?"

"一头,陛下。"

"那好,我派一员蚁将把那厮捉了来。"

"那怎么成呢?……"小蚂蚁吃惊地说。

"不成?嘿,难道还要我蚁王亲自上阵不成?"

蚁王刚说完,犀牛在远远的洞外喘了口气,结果一阵风把蚁窝给堵死了。

过了一会儿,听得蚁王舒了一口气说道:"也好,省得我亲自出马。想必那头犀牛已被吹到九霄云外去了。"

选自 1981 年第 1 期《散文》

猴子钓鱼

邱国鹰

一群居住在深山密林里的猴子，吃厌了山桃、栗子，商议着如何改善一下伙食。

一只老猴子说："据说，鲜鱼的滋味最美了，我们尝够了山珍，何不去钓些鱼来换换口味？"

"同意！"

"赞成！"

众猴欢呼雀跃，一致通过了这个具有独创性的提议，马上动手准备。

下海需要船只，一些猴子去伐树木。

钓鱼得用鱼竿，一些猴子去砍竹子。

装鱼需要篓筐，一些猴子去劈荆藤。

烹鱼得用柴火，一些猴子去捡树枝。

经过两个月的紧张准备，一切就绪，众猴子流着口涎，都盼着早点吃到鲜鱼。

可是，海在哪里？一打听，远在五千里外！猴子们粗略一算，这五千里路，纵然不吃不喝不休息连续赶路，也要走半年！众猴大失所望，只得思海兴叹，放弃了这个诱人的计划。

计划再好，决心再大，脱离了实际，必将一事无成。

选自1989年3月浙江少年儿童出版社《中国新时期寓言选》

千里驴

石飞

有一头喜欢听好话图虚荣的驴子。

一天,狐狸碰到了这头驴子。他对驴子说:"喂,给我骑一会儿吧。"驴子觉得自尊心受到了伤害,没好气地说:"你不配!"说着气呼呼地走开了。

狐狸转转眼珠子,紧赶几步,跟在驴子的身旁,边走边嬉皮笑脸地恭维说:"驴老兄,你的脊背真平坦,毛儿真柔软,坐在上面肯定比沙发还要舒服,怪不得人们骑驴不用鞍子。"

驴子听得欣欣然,又摇耳朵,又甩尾巴,说:"我何止脊背平坦,跑起路来也稳当呐!"

狐狸轻轻地拍了拍驴子的脖颈,夸奖道:"骑马担惊受怕的,一不小心就会摔下来,骑驴则万无一失。还是驴好哇!"

听了狐狸的话,驴子像喝了一大口蜜汁,心里甜丝丝的,不由自主地弯曲了前腿,对狐狸说:"狐狸弟弟,那你就骑到我的背上玩玩吧。"

狐狸给驴子一个飞吻,哈哈一笑,刚一跳上驴背,就赞不绝口:"好,太好了。不仅平稳舒服,而且你跑起来真快。"

"快吗?"

"快!"

驴子有生以来头一回听到有人夸奖他跑得快,过去人们总是责怪他走得太慢,骂他是蠢驴,丢尽了面子。现在他开心极了,打着响鼻儿,用尽全力跑起来,边跑边问:"怎么样?"

"真是太快了,简直像飞一样。"

驴子更加兴奋,虽然已经直喘粗气,汗如雨下,却还在努力地加快脚步,快了还想快,真的希望自己能飞起来。

狐狸蹲在驴背上,眼睛笑成了一条缝,嘴巴张得大大的,屁股一颠一颠的,不停地吆喝:"真快,好一头千里驴哇!"

"我是千里驴?"

"是的,你真是一头千里驴!"

……

在狐狸的赞扬声中,"千里驴"又拼命地跑了一段,终于精疲力竭,咕咚一声栽倒在路旁,起不来了。

选自2013年5月花山文艺出版社《找不到泉水的老牛》

星

范江

在晴朗的晚上,地上的人都爱看星星,他们望着闪闪烁烁的天空说:"那颗星星多大啊,真像一颗难得的夜明珠!""再看这颗小不点,简直不如萤火虫。"

不知怎的,话音传到了天上。被称作"小不点"的星星很生气,它说:"我的实际个头比那颗所谓的夜明珠大好多倍,为什么人们称赞它不称赞我呢?"

一怒之下,它化作一个大汉来到地上,一问才知:地上的人评论星星的大小,不管它的实际个头,而是看它离人们的远近。

选自1983年5月12日《北京晚报》

遇仙画虎

张明智

辉煌的人生离不开机遇。人们都说机遇难求，堪比登天，其实不然。有个人来到深山作画，遇见了一位仙人。仙人对他说："只给你一次机会，在这张纸上你无论画出什么，我都能把它变成真的，或许你还能时来运转、心想事成呢！"

那人觉得十分惊奇，立即在纸上画了一只威猛的老虎。

仙人也不多言，马上对着画面吹了一口气，大声喝道："走下来！"

只见纸上的老虎摇身一变，就成了真的老虎走了下来。谁也不会料到，那老虎大吼一声，竟将那个画虎的人扑倒在地。那人吓得魂不附体，连忙责问老虎道："你是我画出来的老虎，为何恩将仇报？"

老虎回答："你把我的肚皮画得瘪瘪的，现在我饿极了，不吃你吃谁？"

画虎的人惊恐万状，又责问仙人道："我与你无冤无仇，为何这般害我？"

仙人答道："此话从何讲起？咎由自取吧！面对一个足以改变人生命运的机遇，你一不敏感，二无准备，三欠思考，四未选择……要知道，机遇的得失就在毫厘之间，现在你与机遇失之交臂，还能怨谁？"

那个画虎的人依然不解。

于是仙人解释道:"先前你若画出一双云靴,你穿着它就能疾步如飞、日行千里,将来可以周游世界;若画出一种乐器,你演奏它就能'声振林木,响遏行云',从而觅得天下知音;若画出一株摇钱树来,你每天摇它就能金银满仓,而后任你行善积德、赈济天下……"

仙人言毕,立刻隐身不见,那老虎也悄然回归纸上。

选自2012年11月《成语与寓言》

一棵树在宣誓

蔡 旭

那只宣誓的"左臂",其实是一根断枝。本来应该用"右臂"的,可是"右臂"没有了。

它伸在一棵伤痕累累的树上,举起了一场鏖战的惨烈与悲壮。

这棵树,遭遇厄运已不止一次了。

几年前,就曾被台风拦腰截断。三年后,终于把重生的"双臂"举过"头顶"。这一次,这棵树又在与台风的恶斗中损失惨重。痛失"右臂"后,"左臂"又砍掉了一半。

我从这棵树下走过时,深感到世事的险恶,与命运的不公。

但是有什么办法呢?许多事,都不能由自己来决定。

如果你不想在大地上轰然倒下,就得用年轮记下你的不甘,同时,义无反顾地举起你的手臂。

即使没有"右臂",也得把"左臂"举起。即使只有半截,也要举得高高的。

把你的誓言公开告诉世界。也默默地告诉自己。

选自2020年10月7日《新民晚报》

渔夫织网

钱欣葆

有一个渔夫贪图省事,织的网只有一张桌子那么大。他出海一天也没有捕到一条鱼,垂头丧气地回到了家。

邻居对他说:"你织的网实在太小了,哪能捕得到鱼,还是把网织得大一点再出海捕鱼吧。"

渔夫听了邻居的话,就认真在家织网,几天下来,把网织得和邻居的网一样大。渔夫带着他的大网,出海捕鱼,一天下来,捕到了许多鱼,他唱着歌,高高兴兴地回家去。

渔夫想,看来,捕鱼多少的关键是网的大小,如果我把网织得更大,那捕的鱼一定还要多。渔夫不再出海捕鱼,一天接一天在家织网,几天下来,他把原来就很大的网又扩大了几倍。

巨网织好后,渔夫就带着它出海捕鱼去了,他花了好大的功夫才把巨网撒入大海。渔夫想,这一网收起来,鱼一定可装满一船,想着、想着,他乐得笑出了声。

渔夫准备收网了,用力拉网,觉得好沉好沉,拉了半天也拉不上来。网中确实有许多鱼,鱼儿们拼命地向大海深处游去,把渔夫的小船也拉得翻了身。渔夫这才知道,网并非是越大越好,贪得无厌,往往会得到相反的结果。

选自 2001 年第 4 期《故事大王》

牧人和狗

葆劼

牧人养了一条小狗。那狗一身茸茸的黄毛，尾巴摇来晃去，可爱极了。牧人特别喜爱这条狗。他吃饭时，小狗跳到桌上抢他的饭，他非但不赶走它，反而高兴地笑笑，夸小狗顽皮。

狗在牧人的疼爱下，渐渐长大了。牧人仍是处处讨狗的喜欢。狗高兴，牧人也高兴。

狗长大了，牧人决定带它出去放羊。他觉得有了自己精心饲养的狗，不用再怕狼了。

牧人把狗带到山上，狗在羊群中跳来窜去，忽然扑倒了一只小羊。牧人赶过去，推开狗说："你即使要吃羊肉，也不能吃这没长成的小羊啊！"随后，他杀了一只大羊给狗吃。

这狗自从吃了一只羊后，别的食物一概不吃，每天上山，牧人都必须给它杀一只羊。日子一长，羊明显地减少，牧人舍不得再杀羊了。

这天，狗又扑倒了一只羊，一口咬死，大吃起来。牧人气得挥起牧羊鞭向狗打去，骂道："你这畜生，不给你点儿教训是不行的！"

那狗毫不惧怕，疯狂地扑向牧人，猛咬起来。

被咬得遍体鳞伤的牧人这才知道，自己对狗放纵得太厉害了，又教训得太晚了。

选自 1984 年 5 月福建人民出版社《雨神的心愿》

一群人和一群猴

凡夫

洪水把一群人和一群猴逼到一个山顶上。

三天三夜，人没吃上一口东西；猴也一样。

第四天，人从水里捞起一个苹果，猴也从水里捞起一个苹果。

男人把苹果让给女人，女人把苹果让给老人，老人最后把苹果让给了小孩。

另一个苹果的命运却相反，老猴把它从小猴手中夺了去，母猴又从老猴手里把它夺了去，最后，苹果落到了猴王嘴里。

猴说："人啊，真憨！自己饿得要死，却把吃的东西让给别人！"

人说："正因为你们不能明白这个道理，所以你们虽然长成人模人样，却不能成为人！"

选自1991年6月28日《杂文报》

口袋里的小兔子

马光复

兔子妈妈生下了一对小兔子。她望着可爱的两只兔宝宝说:"你们小哥俩好好跟着妈妈,稍大一些就去上学读书,将来做一番大事业。"

小哥俩渐渐长大了,妈妈给他们起了名字,哥哥叫大宝,弟弟叫小宝。

小宝遇见了袋鼠妈妈,看到袋鼠妈妈肚皮下口袋里的小袋鼠,说:"小袋鼠,你好幸福啊!你不用外出寻找食物,又没有风吹日晒,我真羡慕你。"

小袋鼠说:"你妈妈没有口袋吗?"

"我妈妈没有。还是你的妈妈好!"小宝说。

小袋鼠说:"你要是不喜欢自己的妈妈,就到我妈妈的口袋里来吧。"

小宝听了,十分高兴。他真的爬进了袋鼠妈妈的口袋里,和小袋鼠生活在一起。小宝饿了,就吃袋鼠妈妈的奶,困了就美美地睡上一觉。一晃,几个月过去了。

兔妈妈自从不见了小宝,急得直哭。她到处打听,终于找到了袋鼠妈妈,才知道小宝藏在袋鼠妈妈的口袋里。

袋鼠妈妈说:"对不起,我以为是您同意他来的呢,原来是他自作主张。"

这时候，袋鼠妈妈让小袋鼠和小宝都走出袋子。小袋鼠一下子就跳了出来，可小宝却没有力气爬出来，后来是兔妈妈硬把他拖出来的。

让所有在场的动物们奇怪的是，小宝成了一只瘫痪的小兔子，不仅不会走路，连眼睛都模模糊糊看不清东西了……

世界上所有的事物都遵守着大自然的规律，违背这些规律就会出问题了。

选自1992年第六期《学与玩》

鸡和鸭

黄锡安

鸡喜欢争斗，尤其是公鸡。当它们之间有些小矛盾的时候，就摆开架势，伸长脖子，嘴对着嘴，互相啄斗。而鸭则不然，不说小矛盾，就是有很大的矛盾也不斗，总是彼此和睦，友爱共处。于是有人问鸡鸭这是何故。

鸡说："为人处世得有志气，决不能受人欺负！"

鸭说："世上的事难免有不平，生活不可能没有矛盾，吃点儿亏也无所谓。"

后来，人在屠宰家禽时发现：鸡的胸部很发达，甚至高高隆起，但太狭窄了，简直像把刀；鸭的胸部平缓，但却很宽广。

人由此醒悟：不同的胸怀，不同的处世。

选自 1999 年 12 月文心出版社《教给你聪明——黄锡安幽默寓言 300 篇》

乌鸦的恭维

高令中

乌鸦朝着太阳高呼："你伟大！"

太阳置若罔闻。

乌鸦对大海叫喊："你伟大！"

大海亦不搭腔。

乌鸦气得飞往山峡，向着群山狂吼："你伟大，你伟大……"

旋即，两岸青山争相回敬：

"你伟大，你伟大……"

噢，这下乌鸦得意至极！一有空，总要飞至遥远的山峡，朝大山使劲儿恭维。

选自2020年4月中国国际文化出版社《令中寓言》

蜜蜂的胸怀

赵凤普

蜜蜂在一丛花间采蜜。马蜂飞来道:"蜜蜂妹妹,蝴蝶讥笑你呢,说你不漂亮,是傻瓜,不知享受,只会自讨苦吃。"

蜜蜂道:"这话我听腻了。"

"走,找蝴蝶说明白,我帮你教训它。"

"谢谢,我没空。"

"你做什么?"

"采蜜。"

"你怎么这么窝囊,怕它不成?"

"马蜂大哥,老天爷只赋予我几十天性命,我必须抓紧时间酿蜜,为这点儿小事耽误时间实在不值,再见!"

蜜蜂说完,又飞到另一丛花中采蜜去了。

选自1996年1月29日《福州晚报》

狐狸与黑猫

沈冰

一天清晨,狐狸离开树林蹿到一条江边,他远远瞥见岸边草丛中黑猫在徘徊。黑猫瞧见狐狸,便嗖的一声跳到旁边一棵树上。

狐狸走到草丛边,暗暗高兴,原来草丛中有几条圆头圆脑的鲜鱼在扑腾。狐狸肚子饿得咕咕叫,他真想立即将鱼吞下,却又装出斯文的样子,问黑猫:"猫兄弟,你知道这鲜鱼为啥躺在这儿吗?"

"唉,它们是被渔夫扔掉的,因为是河豚。"黑猫认真地答道。

"噢,河豚,人们在画片上还画着它们的肖像,肉味儿很鲜美。"狐狸边想边咽了一下口水。

"要警惕呀!"在树上窥视的黑猫打断了狐狸的话,"河豚的肉味儿鲜美,可它的肉、血、卵巢有剧毒,不管谁吃了都要中毒的。"

"哼,我不止一次吃鱼了,甭骗我。"狐狸眨了眨眼睛,暗想:我靠骗人才有吃的。别人又何尝不是如此呢?

黑猫正色道:"聪明的狐狸哟,我说的有科学根据呀。"

"我才不信你呢。"狐狸一口咬住一条河豚,立即大咬大嚼起来。鱼儿吃完了,狐狸正欲舔舔嘴唇,蓦地觉得舌根发硬,从嘴角流出丝丝白沫,四肢酥酥的,再也迈不动步子。临死前,他含混不清地啜泣道:"……

我以为自己不说实话,别人也不会说真话,谁想……"

选自 1985 年 9 月 15 日《少年故事报》

兔忌长尾

武剑

有一天,小白兔匆匆忙忙来到水塘边,向蹲在荷叶上的青蛙讨水喝。多嘴的青蛙问他:"白兔兄弟,我常听人说:兔子的尾巴长不了!你们的尾巴不能长长一点儿吗?"

小白兔感慨地说:"青蛙老兄,因为我们是兔,祖祖辈辈的尾巴都是短的。不能长,一长就走样了!我妈还交代过,凡尾巴长的都要提防呢!如狼、虎、豹……个个都拖着条长尾巴,都不是好东西,不能和他们亲近!"

青蛙一听,若有所思。

第二天,小白兔又慌慌张张地跑来。这次他不是要水喝。而是请求青蛙找个安全地方让他藏一藏。青蛙见他吓成这样。便问:"是碰着狼呀还是虎啦?"

"不是狼,也不是虎。而是比他们尾巴长得多的一个家伙!"他说着朝背后一指:"你看。他追来了!"

青蛙抬头一看,原来是一只孔雀朝塘边飞来。便笑着说:"那不是坏蛋。那是美丽的大孔雀呵!"

小白兔说:"尽管他很美。但他有那么长的尾巴,我还是躲一躲的好!"

青蛙一听，哈哈大笑。

选自 1980 年第 5 期《长安》

大地的风格

薛贤荣

树木拔地而起,直指苍穹。狂风吹过,发出飒飒的声响,那是它在大声发言:"有谁要体会'挺拔''遒劲'的含义吗?那就请看看我!"

河流奔腾不息,一往无前。浪花撞去,发出哗哗的声响,那是它在大声发言:"有谁想具备'坚韧''顽强'的美德吗?那就请看看我!"

高山耸入云端,摩天接地。山风呼啸,发出呜呜的声响,那是它在大声发言:"有谁想领略'瑰丽''奇险'的风光吗?那就请看看我!"

只有大地是无声的。它知道,树木不过是它的汗毛,河流不过是它的血脉,高山不过是它隆起的肌肤——岂止树木、河流和高山,还有万千物体,芸芸众生,都不过是它巨大躯体上的小小细胞!

真正的博大精深者是无声的。

选自 1988 年 6 月 23 日《合肥晚报》

兄弟俩分船

邱来根

从前，有一对兄弟，靠祖传的一条渔船捕鱼为生。

一天，哥哥对弟弟说："你如今长大了，该成家立业了，咱们把船分了吧！"

弟弟听了哥哥的话，有些迷惑不解，心想：只有一条船，怎么分呢？可是哥哥却瞪着眼说："前舱分给我，后舱分给你。"

弟弟看了看哥哥的眼色，只好答应了。

过了若干年，弟弟后舱的船底有点渗水了，向哥哥提出两人一起把船修好。

哥哥回答说："漏水的是你的后舱，你自己想办法叫人修吧！"

弟弟感到很为难，只好一拖再拖。

一日，兄弟俩在江心捕鱼，突然狂风大作，下起暴雨来。弟弟的后舱由于风浪撞击，船底出现了一个窟窿，水不住地往船舱里涌，弟弟寻找各种东西堵洞，最后连棉被棉衣也堵上了，还是无济于事，只好向哥哥求救。

哥哥回答说："等会儿我的前舱如果漏水了怎么办呀？"

弟弟没有办法，只好用身子拼命堵住，但是水还是向后舱里涌，而且窟窿越来越大。

哥哥站在一旁若无其事。

一会儿,船快要沉没了。哥哥埋怨弟弟说:"都是你连累了我……"没等哥哥将话说完,两人连船一齐沉入了水底。

选自 1982 年第 11 期《当代少年》

缘木求鱼

杨福久

为考察季节湖，旱季开始不久，动物王国考察团便来到了东南亚最大的淡水湖——柬埔寨西部的洞里萨湖的湖畔。

团长猩猩见湖畔树木茂密，心想，林中一定有很多山珍野味，何不来顿"自助餐"？

于是，猩猩令猎豹去捉野兔，狐狸去捉锦鸡，斑马去采木耳，松鼠去打松子，牦牛去采野果，袋鼠去掏鸟蛋……

熊猫见伙伴们都领命而去，便对猩猩说："我也去做点儿什么吧！"

猩猩笑了："你是'重点保护对象'，再说这儿也没有什么适合你做的事情，你就好好休息吧！"

熊猫听了，先说"谢谢"，接着又说："我上树捉鱼去吧！"

猩猩听了，先是一愣，继而大笑："'缘木求鱼'？我没听错吧？"

"真的！"熊猫很认真地说，"我保证伙伴们吃到新鲜的鱼！"

"这怎么可能呢？"猩猩的头摇得像拨浪鼓。

熊猫也不争辩，挎个大布袋，离开了营房。

时近黄昏，猎豹、狐狸、斑马、松鼠、牦牛、袋鼠等相继回营，有的两手空空，有的收获甚微。

当他们听说熊猫"缘木求鱼"去了,一个个笑得前仰后合:"真是一个大大的呆子!"

只见熊猫背着大布袋子走进营房,布袋打开,一条条鲜鱼竟蹦了出来。

"哇——"猩猩和伙伴们都惊喜地大声叫了起来。

猩猩一面夸奖熊猫,一面叫熊猫讲讲"缘木求鱼"的原委。

熊猫笑笑,摆摆手:"临来之前,我查阅了有关洞里萨湖的资料,洞里萨湖是典型的季节湖,旱季时,大量湖水经洞里萨河流入湄公河,湖面缩小到三千平方公里,水深只剩下一米多;而雨季,湄公河水上涨,河水涌入湖中,湖面便迅速扩大到一万平方公里,水深超过十米。湖四周的这些古树因时间久远而形成了一些大树洞,雨季湖水淹没了树洞……"

"哈哈,"猩猩接过熊猫的话儿,"明白了,雨季树洞被淹时,鱼儿住进了树洞……"

松鼠接过猩猩的话儿:"旱季到来,湖水消退,鱼儿来不及撤退,便留在了树洞里。我们的'国宝'就把它们逮着了!"

"我们都得感谢熊猫啊!"猩猩脸微微一红,"熊猫不只是让我们吃到了鲜鱼,更重要的是让我们明白了一个道理,看问题不能绝对化,要掌握好、运用好常识。"

选自 1998 年 7 月 11 日《少年百科知识报》

自负的虎
韩胜勋

为建设富饶的山林，
老虎决定招募一支大军；
顿时百兽齐来报名，
但虎竟一个都不可心。

兔子来了，虎嫌胆子太小，
护林没有野猪敢拼；
野猪来了，虎又嫌贪嘴，
生活不如兔子能忍受艰辛。

山羊来了，虎嫌头脑太笨，
遇事没有狐狸机敏；
狐狸来了，虎又嫌轻浮，
工作不像山羊踏实认真……

虎一个也没有选中，

叹世上没有如意人。
他蹒跚着向山谷走去,
身后啊,只留下自己孤独的脚印。

选自 1979 年 12 月 23 日《北京日报》

门槛

李绪青

　　动物世界里建了一个游乐园,供各种动物到园里玩耍漫游。听说园中有许多好玩的游乐设施,连千年的老乌龟也兴冲冲地慕名前往了。然而,老乌龟爬到门边的时候,却无法过去,因为门槛太高了。于是,乌龟向动物世界投诉,认为门槛太高,限制了部分动物进园,要求把门槛锯掉,以便于各种动物通行。狮子大王作了批示:"请狐狸总管调查处理。"

　　第二天,狐狸总管特地到游乐园作现场调查。它首先问白鹭,白鹭说:"没关系,门槛其实不碍事,我能跳过去。"再问壁虎和小蚂蚁,它们也异口同声地说:"不要紧,门槛真的不碍事,我们能爬过去。"

　　于是,狐狸总管向狮子大王作了汇报说:"我已经向大小动物作了非常详细的调查,比乌龟大的动物认为门槛不碍事,比乌龟小的动物也认为门槛不妨碍进园,没有谁对门槛提出批评意见。"

　　"既然如此,你就负责答复乌龟,少数服从多数嘛!"狮子大王说。

　　于是,狐狸总管找到乌龟,对它说:"既然连小蚂蚁都认为门槛不碍事,所以,关于门槛的问题你得自己想办法解决。少数服从多数!"

选自2002年第4—5期《古今故事报》

树懒的故事

高洪波

在一座葱郁的大森林里,
居住着声名显赫的树懒,
并不是美貌使他著称,
而是因为他懒得非凡。
松鼠邀他采集橄榄,
他连脑袋都不肯点点;
云雀请他一块儿游戏,
他甚至不愿动动眼帘。
树懒觉得最大的快乐,
莫过于一场甜甜的睡眠。
对不可缺少的吃饭,
他也渐渐感到厌烦。
他索性一个月吃上一顿,
饿得皮包骨头,动作迟缓。
当乌龟提出和他赛跑,
树懒竟吓出一身冷汗。

树懒的精神萎缩了，
身躯也变得异常难看，
尾巴退化得无影无踪，
浑身长满了地衣和苔藓。
活像一块绿色的石头，
又像一截枯朽的树干。
他悬在树上昏昏大睡，
把一个道理为我们展现……

选自 1982 年 5 月安徽人民出版社《大象法官》

穷人和富人

马长山

"帮我出个发财的主意吧,大哥!"一个穷人恳求一个富人。

"早晨早起一个钟头,晚上晚睡一个钟头。"富人说完就走了。

第二天,这个穷人比平时早起了一个钟头,又比平时晚睡了一个钟头。可他奇怪的是自己并没有发财。

第三天,穷人一起床就急急忙忙去找富人。

"我说大哥,你的法子不灵啊!"穷人朝富人抱怨道。

富人听穷人讲了一遍经过以后,说:"我是让你每天早起一个钟头,晚睡一个钟头。"他故意把"每天"两个字说得很响。

穷人只得怪自己开始时没听明白。他只好回家重新实践。

三个月以后,穷人和富人又相会了。

"怎么样,老弟,尝到甜头了吧?"这回是富人先发问了。

"啥甜头,你这法子可把我坑苦了。白搭上工夫不说,还多花了几十块烟钱。"穷人看来又没有发成财,对富人一肚子牢骚。

"你是按我的主意做的吗?"富人奇怪地问。

"是啊!这三个月,我每天早起一个钟头,晚上晚睡一个钟头。"穷人也故意把"每天"两个字说得很响。

"那你早起晚睡得来的时间都干什么了？"富人又问。

"干……什么了？"穷人愣住了，"你没让我干什么呀！"

富人知道他无法帮助这个穷人，掉头走去。

选自2001年7月中国社会科学出版社《马长山寓言》

老鹰抓小鸡

汤祥龙

饿了几天肚子的老鹰,这天忽然发现地上有一只正在寻找食物的小鸡,老鹰立即扑了下去,一把抓起小鸡。机灵的小鸡急忙对他说:"鹰大哥,你着急什么呀,我还没有给你生蛋呢!"

老鹰一听这话,心里十分纳闷,就问道:"你这只小鸡会生什么蛋啊?"

小鸡一本正经地说:"你不知道,我很快就会长大,长大了会生好多好多蛋,我可以孵出好多好多小鸡,到那时,你不就有吃不完的小鸡了吗?"

老鹰想想也对,现在放了一只到手的小鸡,可以换取好多好多的小鸡,这样的好事何乐而不为呢?想到这里,他便放开了小鸡,让他跑走了。

小鸡很快就长成了大母鸡,生了许多许多小鸡。老鹰闻讯赶来抓小鸡,然而,小鸡们在母亲的保护下,躲进了屋子里。

老鹰这才知道:贪婪,会让自己失去已经到手的东西。

选自1990年11月28日《幼儿教育报》

最美的动物

刘丙钧

一个人到森林写生，他想画一只最美的动物。

哪种动物最美？他不知道。动物们纷纷来出主意。

"最美的动物，应该像兔子那样，长一对长耳朵。当然，要是比兔子的耳朵再长一点，就好了。"毛驴动了动长耳朵说。

"最美的动物应该有一身刺，像刺猬那样。不过，刺猬的个子要高一些就好了。"豪猪晃了晃长刺的身子说。

"最美的动物要有犄角！"老牛用不容反驳的口气说，"就像山羊一样，但犄角不必像山羊那样弯。"一边说一边把长犄角的头抬得高高的。

"最美的动物应该……""最美的动物要……"

所有的动物都发表了意见。人觉得每个动物说的都有道理。他把所有动物讲的优点集中在一起，画了一种从来没有，当然谁也叫不上名字的动物。"这种动物是最漂亮的吧？"他问。

"不对，不对！如果真有这种动物，它一定是世界上最丑的动物了。"所有的动物一起喊了起来。

选自1987年1月31日《南昌晚报》

一根手指

卢群

智慧老人突发奇想,决定运用自己的智慧,帮助需要帮助的人。

第一位求助者是个官员。此人在县太爷岗位上任职多年,做梦都想再升一级。听罢诉求,智慧老人竖起一根手指,县太爷刚想发问,老人已做出送客的手势。

第二位求助者是个富翁。此人有良田千亩,房屋百间,家里的银子,几辈子都花不完。可是富翁仍不满足,还想获取更多的财富。智慧老人竖起一根手指,随即将他打发出去。

第三位求助者是个农夫。农夫的母亲害了重疾,头昏脑涨,高烧不退,咽喉肿得水都喝不进去。农夫心疼极了,恨不能把母亲的病痛抓到自己身上。"不急不急,有你这番孝心,令堂的病一定会好的。"智慧老人连忙安慰,随即竖起一根手指。

一根手指是啥意思?求助回来,三人都陷入了沉思。经过紧张思考,县太爷的结论是一年之内就能升职。为了实现这一目标,县太爷不顾民众死活,动用赈灾的银两跑官要官,最终落个身败名裂的下场。

富翁把"一根手指"理解为全县首富。为了尽快敛财,他不惜采取偷工减料、假冒伪劣、欺行霸市等下三烂手段,最终因失去诚信,生意一落千丈。

　　智慧老人的一根手指，在农夫这里是指"一枝黄花"。因为一枝黄花具有疏风泄热、解毒消肿之功效。农夫得到点拨，立刻上山采药，用新鲜的一枝黄花，熬成汤汁给母亲服用，服了两三天，病就好了。

　　见自己给出的答复，只有农夫一人领悟，智慧老人忍不住感叹："唉，怎么会这样呢？其实，我要告诫县太爷的是'为官一任，造福一方'；告诫富翁的是'良田万顷，日食一升'啊！看来，人一旦染上私欲，就变傻了。"

选自 2022 年 11 月（上）《杂文月刊》

蒙古野驴

马筑生

一群蒙古野驴排成一路纵队，逐茅草而迁徙。

来年，它们又沿着走过的老路返回。久而久之，荒原上形成了一条弯弯曲曲的小径——驴道。

一次，野驴们沿着"驴道"迁徙时，走得累了，看看时间已近黄昏，便沿着"驴道"停下来休息，准备第二天再走。驴群派出了哨驴，然后各自睡了。

狼群沿着"驴道"来了，它们早就盯上了这群野驴，悄悄地向野驴们包围过来。

哨驴很机警，似乎闻到了狼群的气味，立即"啊嘎嘎……啊嘎……啊……"地鸣叫起来。

野驴们惊醒了。但它们并不慌张，沿"驴道"排成了一字长蛇阵——在阵头、阵尾、阵胆（中央）都排列着身体健壮的雄驴，面对着狼群。

狼群开始攻击驴阵的阵尾，排在阵头的雄驴们冲向狼群，又踢又咬。狼群退下，雄驴们回归原阵。

狼群第二拨攻击驴阵的阵头，排在阵尾的雄驴们向狼群席卷过来，狼群慌忙退下，雄驴们回归原阵。

狼群第三拨攻击驴阵的阵胆，排在阵头、阵尾的雄驴们向狼群猛冲直撞过来，像一把大剪子绞向狼群。狼群慌忙退下，雄驴们回归原阵。

狼群、驴群就这样攻防相持着。

天逐渐亮了起来，狼群眼看占不到什么便宜，只好悻悻地离去了。

野驴们开始吃草。吃饱了肚子，又踏上了迁徙之路。

选自 2020 年第四期《贵州作家》

鞭子和驴

千天全

有一个人买来一头驴,他让它拉车,它却站着一动也不动。这个人以为它没吃饱,便给它拿来了饲料。但这头驴把肚子胀得滚圆时,仍然站着一动也不动。

"也许它不会拉车吧。"赶车人想。他借来一匹马,让它拉车给驴看。马示范完了拉车的动作,驴还是站着不动。

"也许马示范得不好吧。"赶车人又这样认为。他借来一头牛拉车给驴看,驴站在一旁没精打采地东张西望,一点儿也没有心思看牛拉车。

赶车的人气极了,挥起手中的鞭子向驴屁股狠狠地挥去,只见驴熟练地拉着车大步地往前赶去。

"你会拉车,为什么一直站着不动?"赶车人问。

驴回答说:"你一直没挥鞭子。"

选自 1989 年 12 月成都出版社《天全寓言》

皮影

戴景新

在电影没有发明之前,中国人就看皮影。

表演时,艺人们在白色幕布后,一边操纵影人,一边用当地流行的曲调演唱,同时配以音乐。皮影是中国民间古老的传统艺术,老北京人都叫它"驴皮影"。

在皮影剧场里有个杂工,他发现有位皮影名角,每当演出结束时,总是兴高采烈的。

一天,杂工问名角:"每场戏下来,我看你都挺激动。"

名角说:"因为演出成功,所以我才激动。"

"是你演的吗?你的那些行为不都是别人操纵的吗?你只不过是个傀儡,有什么可激动的?"

名角说:"这并不矛盾,观众欣赏的是我,因为操纵者不便直接出台,他的意思都是通过我来表达。我们配合得默契,才能给人以身临其境的感觉,所以每当演出结束,我都特别激动。"

"你还有什么体会吗?"

"啊,是这样,在表演时,尽量掩饰被操纵的痕迹,面对观众要表现得自然。虽然人们都知道我是傀儡,可在舞台上,通过华丽的唱词,美妙的音乐,再加上我卖力的表演,把人们引入戏,把剧情表现得生动感人,让他们信以为真,这便成功了。"

选自 2021 年 9 月 25 日《江城晚报》

鹤的耳朵

汤礼春

一大早,鹤就爬起来,拿起针线要给自己的白裙子绣一朵花,刚绣了几针,孔雀过来问她:"鹤妹,你绣的什么花呀?"

"绣的桃花。"

"咳,干吗要绣桃花呢?桃花是易落的花,不吉祥,还是绣朵月月红吧!"

鹤听了孔雀姐姐的话觉得有理,便把绣好的金线拆了改绣月月红。

正绣得入神,只听锦鸡在耳边说:"鹤姐,月月红花瓣太少了,显得有些单调,我看还是绣朵大牡丹吧,牡丹是富贵花呀!"

鹤觉得锦鸡妹妹说得对,便又把绣好的拆了,重新开始绣牡丹。绣了一半,画眉飞过来,在头上惊叫道:"鹤嫂,你爱在水塘里歇息,应该绣荷花才是,为什么要去绣牡丹呢?这跟你的习性太不协调了!"

鹤听了,觉得也是,便把牡丹拆了改绣荷花……

每当鹤快绣好一朵花时,总有人提不同的建议。她绣了拆,拆了绣,直到现在还是没有在白裙子上绣完任何花朵。

选自2011年1月天津教育出版社《最受小学生喜爱的寓言全集》

两只鲸鱼

余师夷

两只鲸鱼乘兴到海边游玩。退潮以后,他们被困在沙滩上。

怎么办?是等海潮再来时回归大海,还是利用目前的条件争取自救?

一只鲸鱼提议慢慢地向海边挪动,另一只鲸鱼不同意这样做,理由是:第一,这样有失鲸鱼的尊严;第二,向海边移动消耗能量,不如蓄势待发,等待下次海潮的到来。

那只主张挪动的鲸鱼开始行动,其艰难可想而知。

那只主张等待的鲸鱼则一动也不动,怨恨海潮退得太快了,怨恨天理不公,他决定以沉默、愤怒来抗议海潮的无礼。

海潮终于又来了。但这次的潮水没有上次来的大,仅仅涨到第一只鲸鱼的身边。这只鲸鱼得救了。

另一只鲸鱼由于距离海潮太远,最终未能重归大海。

选自2012年6月中国工人出版社《小麻雀找凤凰》

麻将的喜怒悲忧

李虹蔚

俺姓麻名将，俗称麻雀牌，又叫雀牌，现在人们管俺叫"老麻"。

俺生于明朝，随着社会的变革，身价不断被提高，俺从纸做的变成竹子、牛骨、象牙、象骨、玉石做的，现在又成塑料做的了。以前，多是有钱人家跟俺玩，现在广大民众也喜欢俺了。他们夸俺是益智健脑的娱乐工具，听到这个新名字，俺真高兴。特别是俺现在被国家推荐，在中国首届健康麻将邀请赛中当主角，俺更是万分高兴。真没想到，俺老麻也能光明正大地过日子了。

自从有了这个来之不易的名分后，俺为此大喜，为此大乐。俺下决心，今后要好好为中国的精神文明建设出大力，让老百姓高兴和快乐。可是，俺才下决心没多久就好景不长啦！

近些年来，不知哪来的一股风，麻友们不但喜欢节假日和俺玩通宵，平时还喜欢玩到三更半夜，第二天无精打采地去工作。他们有的人甚至迟到早退，上溜班，睡大觉。玩上瘾的人居然下班后连家也不回，把老婆孩子搁一边，自己和麻友下饭馆，赢者"埋单"。有的人喂饱了肚子，就在饭馆租厅借俺老麻"连续作战"，一直打到天亮。更有甚者，要是哪天不想回家，干脆"流浪"，仗着手上有几个臭钱，上夜店风流。他们错位的生活习惯闹得家人之间的关系几乎"鱼死网破",甚至家破人亡。

日久天长的恶性循环,让不少人过度疲劳而得病,什么腰肌劳损、胃病、痔疮、神经衰弱、头晕、失眠、传染病等;有的由于赢了高兴输了扫兴,过大的反差心理导致精神忧郁;有的因为过量抽烟患上呼吸道疾病;更甚者得了心脏病或脑出血暴病归西。每逢遇到这样的情况,他们都把责任推给俺老麻,俺真的很冤枉呀!

俺最不愿看到的是以钱谋上下级关系的"工作麻将",一些领导上瘾,得了"腐败"病,一出事就往俺身上推。

每当看到这些玩物丧志的场面,俺忍无可忍!俺委屈不说,更多的是担心和痛心!俺恨自己没嘴,不能劝麻友回到正常生活,让他们的家庭和睦幸福。俺恨自己没能力,看到种种腐败不能告发,把他们绳之以法,让社会净化安宁。因此,今天,俺老麻借助报纸一角,忠告麻友们:俺已筋疲力尽,俺需注重名声,望大家适可而止,不要拉俺干坏事,尤其不要逼俺和你们干那些对不起家人与国人之事!俺相信,你们一定懂得什么叫物极必反,什么叫乐极生悲。拜托了,朋友,要不,俺成社会的千古罪人,要进"冷宫"去了。

选自 2015 年 11 月中国方正出版社《全国廉政寓言征文选——廉政寓言(二)》

鲫鱼汤
陈忠义

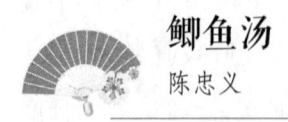

老猫钓到一条大鲫鱼,决定烧锅鱼汤尝尝鲜。过了一会儿,老猫、大猫、小猫在一起津津有味地喝起鱼汤。

"这活鲫鱼汤就是鲜,这真是天下最美的美味佳肴。"老猫得意地抖动着胡子说。

"这汤之所以烧得如此好喝,主要是我的烹调技艺高超,并且还加进了葱、姜、糖、酒等各种调料,否则能有这么鲜吗?"大猫咂咂嘴说。

小猫一听乐了:"刚才我洗鱼时,这鲫鱼一个鲤鱼打挺,从我手中蹦到河里去了,你们看看汤里可有一片鱼鳞……"

老猫和大猫一听愣住了,不过他俩很快又恢复了平静:"我说呢,幸亏鱼蹦掉了,否则,还不把我们都鲜死了。"

选自1997年9月安徽少年儿童出版社《枫树的遭遇》

小白兔与小乌龟

梁临芳

小白兔和小乌龟经常赛跑,有时在平地上比,有时在山上比,小白兔每次都得冠军。由于自己比小乌龟跑得快,渐渐地,小白兔开始骄傲起来,不再把小乌龟放在眼里。

有一天,小白兔和小乌龟又见面了。小白兔瞟了小乌龟一眼,轻蔑地说:"乌龟兄弟,几次比赛你都失利了,敢不敢再来比一比呢?"

"好!比就比!"小乌龟伸长脖子抬起头响亮地回应,"咱们就到水上比吧!"

听了小乌龟说到水上比赛,小白兔一下惊得张裂了嘴巴,成为一个三瓣嘴,瞪着眼睛傻掉了。

选自 1989 年 9 月 20 日《少年儿童故事报》

盲人和懒汉

肖显志

一个盲人在抚摸着盲文书用心地读着。一个懒汉从这里经过,对盲人说:"你什么也看不见,还在瞎念什么?"

盲人说:"正因为我见到的东西少,我才想努力多知道一些知识。"

懒汉说:"这哪有闭目养神自在!"

盲人叹口气说:"真可惜,一双明亮的眼睛长在你这样的人身上!"

懒汉得意地说:"是吗?像我,什么事都看得出,不像你瞎费劲。"

盲人说:"这倒不然。我虽然眼睛失明,可我的心里是光明的。你虽然长着一双眼睛,然而你眼前却是一片黑暗。"

选自1986年第6期《儿童文学》

十只龙虾拉车

吴秋林

沙滩上,一只龙虾拉着一辆小车走,不紧也不慢,虽不轻松但也没有很累。另外有九只龙虾看见这只拉车的龙虾,就过来对他说:"兄弟,反正我们没事干,都来帮你拉车吧!"

那只龙虾说:"好呀,这样更好,我虽然能拉动它,可大家一起拉可以轻快点。"于是,十只龙虾拉着一辆小车向前走,可是没走几步,十只龙虾都在想:反正这车一只龙虾也能拉动,谁出力拉一拉就行了,我们只需要把胡须搭在车上表示表示。可这样一来,车越来越慢,最后完全停了下来。原来拉车的那只龙虾见车停了,着急起来,他开始拼命拉这辆小车,但无论如何使劲,车子仍然一动不动。他不明白这是怎么回事,围着车子转了一圈才醒悟过来:一只龙虾拉车时只是一辆车的重量,可现在车上还搭着九只龙虾的胡须,这样的车,一只龙虾是无论如何都拉不动的。

结果,原来一只龙虾能拉动的车,现在有十只龙虾来拉反而拉不动了。

选自 1984 年第 4 期《杜鹃》

见过世面的老鼠

孙建江

一只老鼠在码头上偷吃东西,被远洋游轮带到了大海上。

老鼠在船舱里吃了睡睡了吃,好不舒坦。

几个月后,远洋游轮返航了。

老鼠神气活现地钻出船舱。

鼠兄鼠弟们羡慕极了,纷纷拥上前来:"你见过世面,给我们讲讲大海吧!"

老鼠润了润嗓子,说道:"大海嘛……嗯……大海……大海实在太大了,有船舱那么大呢!"

选自 1998 年第 8 期《少年文艺》

肥皂泡

张一成

阳光下，刚刚洗涤干净的衣裳纷纷夸耀肥皂泡。

花裙子动情地说：

"昨天小姑娘不小心把冰激凌滴到我身上，她都心疼地哭了。幸亏有肥皂泡的帮忙，现在一点痕迹都没有了。等一会儿小姑娘看到，真不知道会多高兴。"

"是呀，穿我的小男孩最爱踢足球，每天一身汗。"T恤插嘴说，"你闻闻，什么汗味都洗干净了。"

此时此刻，任何语言也表达不了衣裳们的感激之情。

在和煦的微风中，五颜六色的衣裳尽情展示自己的美丽，争先恐后地向肥皂泡挥手致意。

肥皂泡费了好大的劲才没有哭出声来。他努力回忆自己是怎么来到这个世界的，怎么化腐朽为神奇的，可是脑子仿佛是一个空洞，什么也想不起来。他环顾四周，景物分明。他把这一切都记录下来，因此变得艳丽多彩，熠熠生辉，这是他用全部的生命换来的犒劳。

肥皂泡噙着泪花，告别了衣裳，带着一丝丝成就感与倦意，缓缓流入小溪。

小溪厌恶地注视着这位不速之客,轻声告诫自己翼下的生灵:"小鱼、小虾,快点躲好,坏蛋带着脏东西又来了!"

选自 2021 年第 12 期《孩子·快乐读写》

一只猎狗

林锡胜

主人有一只猎狗。

主人十分赏识这只猎狗,称这只猎狗是天下第一猎犬。

这只猎狗曾从虎嘴里救下一只小山羊;

这只猎狗曾被毒蛇咬过后不顾伤痛,又去逮住了偷鸡的狐狸;

这只猎狗曾与狼王搏斗,打得难解难分,最终将狼王制服……

鹿、山羊、花牛、毛驴、鸡、鸭和鹅等投向猎狗的目光都饱含敬佩。

记者猴子前来采访猎狗,并准备为猎狗写一本传记。

猎狗笑笑,说:"我不过是一只普通的猎狗,尽了我应该尽的责任罢了,实在没有什么可写的。"

"你的那许多令大家敬佩的故事,难道是不曾发生过的吗?"猴子不解地问道。

猎狗老老实实地回答道:"这些故事的确都有过。"

猴子又问道:"那这些故事还不足以令你的传记生辉吗?为什么要那么谦逊呢?"

猎狗一五一十地说道:"叼走小山羊的老虎,不过是一只年老体弱的虎,它回到山洞就累得气喘吁吁了,我一只健壮的猎狗以突袭的方式,从这样一只虎嘴里夺回一只小山羊，有什么可惊奇的呢？我是为追一只偷鸡的狐狸而遭了毒蛇咬，咬我的毒蛇毒性并不大，不然，我还能有精力逮住狐狸救下鸡吗？再说我与狼王搏斗那事，其实，那狼王很厉害，几只猎狗怕都不是它的对手。我之所以能制服那只狼王，是因为它受了重伤……"

猴子愣住了，说："你这不是自己贬低自己吗？"

猎狗晃了晃耳朵，说："我的许多事情被大家越传越讲便越神化，渐渐地，我都感到大家说的那只猎狗不是我了，我总感觉大家所说的，是它们心目中的猎狗。至于主人称我是天下第一猎犬，那只是主人对我的喜爱，我知道自己几斤几两。我只有实话实说，让大家知道一个真实的我。否则，我的良心会不安的。"

猴子："这……"

猎狗说："在我看来，最可怕的，是为了贪图虚有的光环而不敢袒露真实。活得真实，才是真正的不愧对自己。"

选自2017年11月上半月刊第21期《思维与智慧》

皮球和棉花

晓梦

女主人在庭院里纺线。她左手捏着一条棉花,右手握着纺车的手柄,转呀,转呀,棉花便神奇地变成了一根线,那线紧紧地缠绕在纺锤上,越积越多……

女主人把纺好的线放进织布机里,手里拿着一个像鱼一样的梭子,在经纬交叉的线间滑来滑去,那线便神奇地变成了布。

女主人把织好的布缝成个罩子,在罩子里面装上雪白柔软的棉花,那布便又变成了暖和的大棉被。

棉花对女主人的这些安排毫无怨言,它总是微笑着,去完成好每一项任务。

可在一旁玩耍的皮球看了很不理解,它对棉花说:"我说棉花姑娘啊,人都夸你纯洁温柔,可你也不能老这样被人使唤呀,他们把你一会儿纺成线,一会儿织成布,一会儿又做成被子,难道你就不能对人说个'不'字吗?"

棉花笑了笑,没有回答。

"如果人要这样使唤我,我就和他们急。"皮球说着,"噌"的一声弹了起来,在离地面几米高的空中,一个鹞子翻身慢慢落了下来,可它的脚刚一着地,又"嘭"的一声弹得更高。它一会儿弹到东,一会儿弹到西,摇头晃脑,十分得意。

突然,皮球掉进了棉花堆里,它用尽全身的力气,也弹不起来了。

棉花笑着对它说:"温柔并不等于软弱无力呀!"

选自2009年4月8日《襄樊日报》(现《襄阳日报》)

企鹅寄冰

冰波

狮子大王住在非洲。非洲,是一个很热的地方。

夏天来了,狮子大王不停地叫着:"热啊,热啊。"

豹子大臣说:"听说有一种很冷很冷的东西,叫做冰。"

狮子大王说:"是吗?有这样的东西吗?那我要看看冰到底是什么样的。"

豹子大臣说:"那让企鹅去弄块冰来就可以了。"

"对啊。"

狮子大王立刻写了一封信,寄给住在南极的企鹅。南极,是一个很冷的地方。

狮子大王的信是这样写的:"听说你知道有一种叫做冰的东西,本大王命令你赶快给我找一块冰,寄来给我看看。"

豹子大臣赶紧负责把这封信寄了出去。

过了好多天,企鹅收到了信。

企鹅说:"狮子大王想要一块冰?哈,这可太容易了,我这里可是冰天雪地啊。"

企鹅挑了一块特别方的冰,装在塑料袋里,然后,再封进盒子里,写上地址：非洲　狮子大王收。

装冰的邮包先上了轮船，开了几天；又上了飞机，开了几天。

过了很多天，狮子大王终于收到了这个邮包。

他打开箱子一看，觉得非常奇怪："咦，盒子里怎么装着一袋水？难道这就是那种叫做冰的东西？"

豹子大臣也不明白："谁都看得出来，这明明是一袋水嘛，怎么企鹅也敢把它寄来给我们的狮子大王？"

狮子大王很生气，他对豹子大臣说："把这个邮包退回去！"

狮子大王又写了一封信。

信是这样写的：企鹅，你真是太不够意思了，你当本大王是傻的呀，叫你寄一块冰给我，你却寄给我一袋水。现在，我把这袋水退还给你，请你重新给我寄一块冰过来！记住，一定要寄冰，别再拿水来骗本大王了！切记！！！

这封信连同这袋水，一齐送到邮局，寄往南极。

这个邮包先上了飞机，开了几天；又上了轮船，开了几天。

过了很多天，企鹅收到了退回来的邮包。

他先看看邮包里的信，接着又看看盒子里装着的那个袋。

"咦，这不明明是一块冰吗？狮子大王怎么说它是水呢？"

企鹅糊涂了。

"那我还要不要再给狮子大王寄冰过去了呢？"企鹅想啊想啊，这实在是一个非常头疼的问题啊。

选自 1988 年 6 月《幼儿智力世界》

幸运的猪

朱西京

一头不知天高地厚的猪,不知在哪烧了高香,一觉醒来竟变成了暴发户。它神气地坐在钱堆上:"我想让你帮俺买个官做,在有生之年,也享受一下权力的味道。"钱满足了它。猪又说:"俺想妻妾成群,享受一下美女环绕的味道。"钱也满足了它。第三次猪又对钱说:"俺想成为一位诗人,感觉感觉智慧和浪漫的味道。"钱郑重其事地告诉猪:"我可以让一个穷光蛋一夜间成为暴发户,却不能把一颗愚蠢的头脑变得聪明。"

钱可以让你拥有很多东西,但却买不来智慧。物质层面的东西可以轻而易举获取,精神领域的东西却不是一蹴而就的。

选自2021年9月文化发展出版社《寓言王国》

老鼠和他的邻居

张培智

海边有个小村子，村口有棵老榆树。每天一早，村民们都会聚在村口的老榆树下，吃着美味可口的食物，天南地北地闲聊着刚听来的奇闻逸事。老鼠从家里出来，一边与邻居们搭讪，一边捡拾着芦花鸡、灰鸭和黄狗吃剩的食物。有的时候，可能是老鼠饿极了，一来到老榆树下就迫不及待地去抢食物吃，芦花鸡、灰鸭和黄狗就会撵走老鼠。赶走老鼠后，芦花鸡、灰鸭和黄狗刚回到老榆树下，老鼠又踅回来抢他们的食物。

这样的事情发生得多了，大家也就习以为常。日子在不知不觉中过去。忽然有一天，老鼠惊恐万状地跑来对大家说："大家快往高处跑，这里要发生海啸了。"

芦花鸡说："你梦还没醒吧，太阳都这么高了，说什么梦话呢！"

灰鸭"嘎嘎"笑着说："别不好意思，想吃谷子就过来吧，我不撵你。"

"牛爷爷，您德高望重，大家都听您的，快点劝他们离开这里吧，再不跑就危险了。"老鼠焦急万分地对水牛说。

水牛慢吞吞地说："海面上风平浪静，哪里来的海啸？"

老鼠还想说什么，黄狗大声喝斥道："你看看有谁相信你的话，快点走吧，再不走就别怪我对你不客气。"

面对大家怀疑的目光和无情的讥笑，老鼠伤心地离开了。

"他一定是昨晚没吃饱，想把我们吓跑，可以多吃一点。"黑猪鄙夷地说。

就在这时，原本风平浪静的大海发出了轰隆隆的咆哮声，一个接一个的滔天巨浪排山倒海般涌向海岸。

水牛一生都没见过如此巨大的海浪，感觉情况不妙，惊慌失措地大喊道："大家快向高处跑。"

水牛、芦花鸡、黄狗、黑猪、山羊跑得快，及时躲到了高处，可怜的灰鸭跑得慢了一些，被汹涌而来的海水卷走了。侥幸躲过一劫的水牛、芦花鸡、黄狗、黑猪、山羊站在小山坡上，目睹海浪越过堤岸，冲倒了大树，冲毁了房屋，裹挟着一切毫无阻挡地向前涌去。

望着眼前发生的一切，山羊说："太恐怖了！不知老鼠去哪里了，我们都错怪他了。"

傲慢和偏见会令你漠视他人的意见和建议，从而失去理性的判断能力。

选自2021年第3期《艺术界·儿童文艺》

眼福、耳福与口福
周冰冰

三个青年才俊虽是大学同窗，志趣却各异。

一位酷爱美术，凡有美展场场不落，西画国画统统爱不释手，称自己最大的乐趣就是"眼福"。

一位酷爱音乐，他的发烧设备一流，音乐会、演唱会都有他的身影，音乐是他不变的追求，"耳福"令他如痴如醉！

另一个就是无敌吃货啦，什么山珍海味，生猛鲜辣无不闻香而至，向美食投降的他，四处炫耀自己的"口福"人生。

"眼福"和"耳福"藐视"口福"："人不是为吃饭而活着，而是为活着才吃饭，你的人生不会就这么点儿可怜的追求吧？"

"口福"反驳："民以食为天，滋养身体才能延年益寿。看看你们俩，一个拿胡涂乱抹的玩意儿当宝贝，一个甘愿被震耳欲聋的噪声所包围，都是典型的虚无主义！而我的追求才是真正现实的人生！"

为了与时俱进，"眼福"与"耳福"联手，把音乐与书画进行创新组合，音乐拓展了画的意境，画作赋予了音乐清新的主题和形象，于是"交响音画"展倍受市场追捧与青睐，他们早已成为著名的艺术评论家及新锐的艺术策划人。

"口福"虽然成了美食评论家,但副产品却是"三高"重症,他几次病危,住进医院。两位好友前来探望,提醒他不该一味地大吃大喝糟蹋自己。他却感慨道:"这么多年过去了,你们还没活明白?看看你们的生活吧,忙得连好好吃顿饭的工夫都没有,多么委屈的人生啊!与你们相比,我却幸运得多,哪怕我明天死去,但我尝遍了天下美食,得到了'口福'人生,我对得起自己,更对得起我这肚子!"

选自2018年5月浙江少年儿童出版社《国王的眼泪》

吃掉自己的鲨鱼
刚夫

鲨鱼天性嗜食,见什么吃什么。

一天,他看到一条像刺猬一样长满刺的鱼,竟也敢吞下肚子。这条鱼虽然被咬死,但却刺穿了鲨鱼的肠胃并卡在那里,弄得鲨鱼天天寝食不安。

鲨鱼决定去看鱼医生。鱼医生诊断后说:"你病况不轻,得开刀动手术,把异物除掉后,还要取出内脏缝补、清洗,这样手术才算完成。你同意这个医治方案吗?"

鲨鱼说:"只要能治好,采取什么方式随你的便。"

鱼医生说:"那好吧!现在我们开始打麻药吧!"

鲨鱼说:"不用打麻药,我们鲨鱼有个特点,对'痛'没有知觉,不懂痛,要开刀你就尽管开好啦!"

鱼医生说:"是吗?那好吧!你睡到手术台上,我就开始动手啦!"

鲨鱼顺从地躺到了手术台上。鱼医生从早晨干到了中午,又从下午忙到了傍晚,一直没能把活干完,便对鲨鱼说:"我累坏了,也饿坏了,您稍等一会儿,我先去吃点东西填填肚子,回头接着干。"

鲨鱼说:"我也饿了,我也要吃东西。"

鱼医生说:"不行!你还躺在手术台上呢,再说,这里是病房,也没有适合你吃的东西。你不要动,稍等一会儿,我就回来了。"

鱼医生走后,鲨鱼愈发觉得饥饿,最重要的是,他机敏的鼻子已嗅到了生肉的香味。

鲨鱼越想忘记这生肉的香味,这股肉香味越是往他的鼻子里钻。他克制不住自己,悄悄爬起来,循着肉香寻去。香味是从一张白布帘后面飘出的,鲨鱼撩开布帘一看,果然看到一副庞大的动物内脏悬挂在那里……

鲨鱼心里骂道:这个鬼医生,分明有那么美妙的食物藏在这里,却偏偏要骗我说没有,这不是害我受饿吗?他张开大口,三两下便把这副内脏噬食得一干二净。鲨鱼感到心满意足后,才重新躺回手术台上睡觉。

不一会儿,鱼医生回来了。他左寻右找,却怎么也找不到自己要找的东西,他慌忙问鲨鱼:"刚才有谁来过吗?"

鲨鱼如实说:"没有呀!"

鱼医生惊讶地说:"怎么可能呢?悬挂在这里的那副内脏哪去了呢?"

鲨鱼听后若无其事说:"嘿,我还当是什么事呢!不就是一副内脏嘛!不见就不见了呗!"

鱼医生说:"不见就不见?说得那么轻巧?那是你的……"鱼医生想说又不敢说。

鲨鱼警惕地问:"那……那是谁的内脏?"

鱼医生看躲不过去,干脆如实说道:"那是你的内脏啊!"

"什么?"鲨鱼大吃一惊,从床上跳了起来,"那……那……那是我的内脏?"

"是的!"鱼医生内疚地说道。但当他看到鲨鱼惊慌失措又目光闪躲的样子，鱼医生顿时醒悟过来，问："是你？是你把自己的内脏吃掉了？"

鲨鱼语无伦次地说："我……我……还好，我把自己的内脏咽下去了，不就要回自己的内脏了吗？"

鱼医生吼道："放屁，你把自己的内脏嚼成碎肉啦，那还成什么内脏哟？"

鲨鱼知道自己没救了，脸色一阵红一阵白，全身大汗淋漓，终于倒了下去。

鲨鱼临终前说："想不到我英勇一世，到头来竟是错杀了自己……"

鱼医生叹道："嘿！难道你到死了还不明白吗……"

鲨鱼问："明白什么呢？"

鱼医生说："这都是你一生贪婪的结果呀！"

选自2004年8月广西科学技术出版社《海底科普寓言》

蠢兔之死

白子捷

一只兔子在回窝的必经之路上发现一个很细的钢丝圈挡住他的归路。

"这是啥玩意儿?"他想,"我刚才经过时没有啊!"

"绕开走!"一只老鼠提醒他,"这是人下的圈套!"

"人下的圈套?人在哪儿呢?"他问那只老鼠,"绕开走?你是说走新路吗?走新路很危险,这条路很安全!"

"这条路现在不安全了!"那只老鼠说,"别进那个钢丝圈!"

他不听那只老鼠的话,一头钻进钢丝圈。

他感觉随着他的前进,钢丝圈越勒越紧,卡在他脖子上。

"朝后退!"那只老鼠又说,"再前进你就把自己勒死啦!"

他扑哧笑了。

"我有那么蠢吗?"他说,"蜘蛛网我不知撞破多少个,哪回我把自己勒死了?"

"这不是蜘蛛网,这是钢丝圈!"那只老鼠喊起来,"你这个蠢货!"

他还是不听那只老鼠的话,继续前进。

钢丝圈把他勒得几乎喘不上气,但他的的确确又前进好几步。

"坚持住!"他鼓励自己,"再走几步我就过去了!"

他又很坚强地走了几步，果然彻底"过去"了——他眼前一黑又一亮，定睛一看，前边站着个似笑非笑的阎王爷！

选自2003年9月中国工人出版社《人生的寓言》

羊群的背后

王位

很久很久以前，科尔沁草原上，牧羊人放牧着一大群羊。

有一天，刚出生不久的小羊出外玩耍，羊妈妈不放心地跟在后面。

小羊和妈妈突然发现前面有一只大灰狼朝他们扑来，羊妈妈拉起小羊，拼命地跑回羊圈，母子俩脱离了险境。

不久，长大了的小羊随着羊群外出觅食，这一次，羊群的前方，又出现了那只大灰狼。与上次不同的是：这次大灰狼并没有朝他们扑来，而是随着羊群的行进，面对着羊群，不断地后退。

晚上回到羊圈，小羊疑惑地问妈妈："您总是说大灰狼凶狠残暴，专门欺负弱小动物，可今天，他见我们羊多群大，是不是也害怕了？"

"孩子，这并不是我们羊多声威大，大灰狼惧怕的并不是我们羊多势众，而是跟在我们羊群后面的、背着猎枪的牧羊人。"

世道往往就是这样：你是谁、数量多寡并不重要，重要的是你背后站着的人是谁。

选自2020年4月上半月刊第7期《思维与智慧》

大棒与胡萝卜
张进和

20世纪末,位于东非索马里的亚丁湾海盗极其猖獗,他们劫持商船,索要巨额赎金,不成就杀害船员。

面对穷凶极恶的海盗,联合国授权国际社会积极参与打击。有关国家积极行动,纷纷派出军舰到亚丁湾为商船护航,耗费着大量人力和财力,但是,仍然没有从根本上解决问题,各国政府头疼不已。

有一个在日本最受欢迎的寿司连锁店,店内不可或缺的黄鳍鲔鱼就产自索马里外海。

因为海盗猖獗,鲔鱼几近断供。

老板灵机一动,决定将这些海盗变成自己的合作伙伴。因为他通过调查发现,大部分海盗之所以冒天下之大不韪杀人越货,是因为民不聊生。

于是他斗胆向海盗们提议,放下武器,专捕鲔鱼,签订协议,承诺悉数收购。海盗们没有渔船,他借;没有技术,他教;没有冷仓,他建。

寿司店老板的建议,最终赢得海盗们的信任,很快实现了双赢。仅仅几年的努力,这段海域就趋于和平,再也没有发生海盗攻击事件。

观念决定命运,有时候挥舞"大棒"解决不了的问题,提供"胡萝卜"也许就能成功。

选自2017年3月福建少年儿童出版社《中国当代哲理寓言精品》

狮子追猎

张北峰

一天,狮子发现兔子,本懒得去追,可又一想兔子虽小,但味道很鲜美,还是追了过去。

刚追了几步,一只小羚羊出现在狮子前面,狮子高兴地自语道:"小羚羊比兔子大得多,不能让它逃掉!"于是狮子很快放弃了兔子,向小羚羊追去。

追着追着,一只梅花鹿闪现在狮子眼前。狮子惊叫道:"天赐良机!这么大的梅花鹿,小羚羊哪能比得上,一定要抓住它!"狮子马上放弃了小羚羊,又去追梅花鹿。

就在狮子追击梅花鹿的时候,一只膘肥体大的斑马又出现在不远处。狮子眼睛一亮,兴奋地大叫道:"哇!这么大的家伙,如能得手,几天都有美味享用!"立即放弃梅花鹿,发疯地追向斑马……

机灵的斑马警惕性很高,发现危险后四蹄腾空,飞奔而去。狮子怒不可遏,竭尽全力穷追不舍,不多时就累得气喘吁吁,全身冒汗,感到力不从心。而斑马越跑越勇,马上要从狮子的视线中消失。看到这情形,狮子心急如焚岂能罢休,挣扎着拼命狂追,但终因连续奔跑呼吸困难,两眼发黑,很快瘫软在地上站立不起。

眼睁睁地看着斑马脱险，狮子心里充满了自责与悔恨。

选自 2023 年 2 月上半月刊第 4 期《思维与智慧》

错断驴骡

灵信子

伯乐年过古稀,每天只好闲坐,闭目养神。

这天,门外人声嘈杂,惊动了伯乐。

伯乐唤来仆人说:"快去,看看门外何事喧闹!"

仆人步履匆匆,回来禀报:

"伯爷,外面喧闹,是因不辨骡驴,他们请您去公断呢!"

伯乐急忙睁开眼睛,站起身,捻着银须,慢吞吞地说:

"更衣。"

仆人给伯乐穿好衣服,递过手杖,搀扶着踱出家门。

外面一片喧哗:

"我说它是骡就是骡!"

"我说它是驴就是驴!"

……

"别瞎嚷了!伯爷来啦!"随着仆人一声喊,喧闹着的人群立刻鸦雀无声。

伯乐绕着牲畜转了好几圈。他向前走几步,又向后退几步;趴下看看蹄子,站起摸摸长耳,之后站直身,眯缝着眼睛,微笑着摇动着头颅,抑扬顿挫：

"此乃马也！"

人们不再争执了。说是驴的，开始检讨学识不够；说是骡的，自认为看走了眼。

这头驴，从此以骏马自居。

选自1987年4月2日《江城日报》

对历史的研究

余途

余途和汉字朋友在一起,自己也就成了汉字。他们研究历史,寻求对历史的理解。这些汉字有精通历史的行家,也有历史爱好者,谈古论今,无一定式,正编演绎,各抒己见。

"实"率先指出:长着头的人并不一定都能真正了解历史、掌握历史,真正了解历史,正确反映历史的是有头脑的人,是头上被正确的历史观武装过的人。

"吕"听了若有所思,道出他的想法:历史经两个人的嘴说往往都不一样,嘴小的往小说,嘴大的往大说。历史观重要,形式却左右内容。

"品"笑道:有三张嘴在一起说历史才有意思,各说各的,各有各的味道。他们也只能在一起说,让他们分开不成,那就琢磨不出历史的味道了。

余途看诸位都张着嘴欲言又止的样子,赶忙鼓励发言:我们说得越多越有味道。

"中"沉思后告诉大家:张口说历史在界限不明时把一竖摆正很不容易。

"右"接着说:嘴稍一偏就是右倾,史中常见右倾分子。

"左"补充道：嘴咧大了便口无遮拦成"左"倾。没嘴的人在史中命运也很惨呀。

历史的"史"说：有些人张开嘴画个叉，历史就被篡改了。

"抹"说的更尖锐：强势人物一挥手，历史就消失了。

大家沉默，气氛凝重。

"大"起身道：历史人物肩上扛着扁担啊，要担负起责任，担子挑歪了，自己都站不住。

阳光推门而入，招呼道：太阳每天都东出西落，但每天的太阳都不一样；历史每天都在延续，但每天的历史都不相同。大家出来看看太阳吧。

汉字朋友蜂拥而出。

余途感言：对历史的研究永远有走不完的路啊。

选自2010年第九届金江寓言文学奖

角落里的凤凰木

刘枫

校园的角落里，生长着一棵亭亭玉立、枝叶茂盛的凤凰木。夏天来临，鲜艳的花朵开满枝头，和绿叶相映成辉，谁见了都要夸赞一番。

在人们的叫好声中，凤凰木旁的一棵羊蹄甲树觉得不可思议："人们太奇怪了，既然如此夸赞凤凰木，为什么只让它待在角落里，而不是把它移植在广场上呢？让它待在此处与我们这些平常树为伍，简直太掉价了！"

见羊蹄甲树为自己抱不平，凤凰木呵呵一笑说："有什么好抱怨的，既然是树，只要我们能够制造氧气，增加绿化，给人们带去美的感受，生长在哪里都是在做贡献！"

选自 2018 年 5 月 2 日《少年先锋报》

斧头的新使命

蓝芝同

主人有一天突然对斧头说:"从明天起,你别再劈柴了,给我砍铁吧!"

"我只会劈柴伐木,哪能砍铁呢?"斧头怯生生解释。

"不必多说了,你应该想办法适应这一工作重点的转变。况且这也是组织对你的一次考验啊!"

斧头只好硬着头皮去砍生铁,结果是断牙缺齿、焦头烂额地回来。主人见状大声怒骂:"饭桶!你连一块废铁都不如,还留下你干什么呢?"说着就一抬手将斧头扔出了门坎。

选自 2014 年 12 月广西民族出版社《狐狸收购寓言》

金木水火土

张传相

一根金条,黄黄的。

虎王说:"把它加工成一顶金光闪闪的王冠,戴在我的头上,多么富贵、庄重、威武啊!"驴子说:"拉起磨来,我尿特多,铸把尿壶正合适啊!"金条说:"东西是好东西,看看谁来用!"

一根木头,粗粗的。

建筑师说:"做个顶梁柱行,又直又粗,敦实稳妥,好极了。"烧炉工瞅着没人发现,拖来劈开,填了锅底。木头淌着眼泪说:"材料是不错,看用来作什么!"

一碗清水,淡淡的。

走在沙漠里的人,嗓子渴得冒火星,呼唤着说:"来一碗清水,甜甜的,凉凉的,多爽啊!"溺水快要死去而被救出的人,看着那碗清水道:"远远地望着你我就够了。"水说:"水不是多余的,看看是什么时候用。"

一把火炬,红红的。

运动员举着它,跑遍五湖四海,成为传递文明的工具。盗贼者说:"有了它,我盗走东西后,就可以引火销毁作案现场,不留下痕迹。"

火炬说:"怎么去用我,结果是截然不同的。"

一把沙土,松松的。

眼睛说:"烦人!别说是一把沙子,只一粒也足以使我流泪,睁不开眼。"汽车轮子说:"也不能这样讲。在我爬冰坡打滑时,撒上一把沙土,即刻能摆脱困境越过去。"沙土说:"俺招不招人喜欢,看你让俺待在什么地方。"

选自 2009 年 1 月 15 日《山东广播电视报》

蝙蝠和燕子

焦裕平

结束了一夜的奔波之后，蝙蝠飞落到屋檐底下的一个小洞旁边。就在它拍打着双翼准备进洞休息的时候，一只从堂屋里飞出的燕子发现了它："喂，朋友！大亮的天，你怎么不去捉虫，反要到洞里去睡大觉呢？"

蝙蝠听了很是委屈："你怎能这样说话，我捉了一夜的虫，刚刚回来呀！"

燕子听了很不以为然："你这个懒鬼，不去捉虫也就罢了，干吗还要胡扯呢？"燕子想的是：夜里天那么黑，看都看不清，谁还能捉虫呢？真是岂有此理……

辛苦了一天之后，燕子也飞回到自己的窝旁。就在它整理一下羽毛，准备进窝休息的时候，那只从洞里飞出的蝙蝠通过耳内的"超声定位器"发现了目标："喂，朋友！大黑的天，你怎么不去捉虫，反要到窝里去睡懒觉呢？"

燕子听了很不是滋味："你怎能这样说话？我捉了一天的虫，刚刚回来哩！"

蝙蝠听了暗自发笑，很不以为然："真是懒鬼自有懒话说！"蝙蝠想的是：白天阳光那么强，看都嫌刺眼，谁还能捉虫呢？真是胡说八道。

燕子和蝙蝠都是很好的捕虫能手。然而，由于它们互不了解，且又互不信任，以至于不能有共同语言，甚至还互相猜度，这都是不善于沟通交流惹的祸。

但愿生活中人们能多沟通、多交流，尽可能减少这样的误会和冤枉。

选自1982年第2期《江苏群众文艺》

食指与大拇指

桂剑雄

伪君子对批评家说:"你应该像我这样,少伸食指,多竖大拇指。"

批评家问:"为什么呢?"

"因为,"伪君子说,"当你伸出食指去批评指责别人时,你的另外三个指头却是对着你自己的。"

"谢谢你的提醒。"批评家说,"即使如此,我还是愿意继续伸出食指去及时指出别人的缺点和错误;而绝不像你那样,动不动就肉麻地竖起大拇指去吹捧人家,以致让自己的其他四个指头都在下面表示反对。"

选自2019年3月下第6期《读者》

让位

侯建忠

自从齐天大圣孙悟空做了兽中之王，花果山上的野生动物都得以平安生存，免遭人类的侵害捕获。

不久，因杂事太多，孙悟空打算把位子让出来，不再当兽中之王。

听到消息后，所有的猴子都认为这位子不会让给别的兽类，仍会由它们猴子来担任。

谁知悟空退位那天，却把大印当众交给了老虎。许多猴子对悟空的举动感到不解，就去问道："大王，您为什么不把位子让给我们猴子自己呢？"

"我是为了保护你们才这样做的呀！如果我让你们接了位，你们对内没有服众的威望，对外没有治人的本领，到头来岂不害了你们。"悟空回答说。

至此，猴子们才明白过来，它们的大王做得对。

选自 2011 年 1 月吉林人民出版社《冰块和火炉》

出逃的羊

满震

新西兰的一只羊不肯让人剪它身上的毛。

它说:"你们这些人真是太不尊重我们羊了,也不征求我们的意见,不管我们愿意还是不愿意,就剪我们的毛,然后纺成线织成衣,穿在身上多美丽!"

人说:"你们身上的毛剪了还会长,再剪再长,这是自然规律,再说毛长得多了于你们自身也没有什么益处,把它们贡献给人类,人类用它纺线织衣,等于是你们给人类提供了温暖,美化了人类的生活,人类是很感激你们的。你们何乐而不为呢?"

羊说:"我看到别人舒心快乐,我心里就不舒服!告诉你,从今往后别想再从我身上弄到一根毛!"说完之后便设法逃离人群,躲进深山,成了一只野羊。

数年后,这只羊身上的毛越长越长,越长越多,以致体态丑陋,连走路都很困难,最终遭狼追杀而亡。

选自2017年3月福建少年儿童出版社《中国当代哲理寓言精品》

兔子考官

萧杨

森林王国的虎大王准备招募贤能作为预备地方官,遂派兔子大臣当考官对应招人员进行初试。

兔子考官端坐大堂。

第一个进来的是毛驴。

兔子考官看见毛驴的两只耳朵也是长长的,挺高兴,当他刚准备出题让毛驴回答,却忽然看见了毛驴那条长长的尾巴,就说:"毛驴不行,有这么长的尾巴办事肯定拖拉。"就一摆手让毛驴退了出去。

第二个进来的是青蛙。

旁边人小声告诉兔子考官,青蛙没尾巴。兔子考官高兴了,问青蛙:"你从哪儿来?"青蛙说:"河里,河里。"青蛙嗓门儿大,把兔子考官吓了一跳,他赶忙捂起耳朵摇头说:"不行,不行,嗓门儿这么大,办事肯定粗疏,快走!"

第三个进来的是山羊。

旁边人又小声告诉兔子考官:"山羊声小,准吓不着您。"兔子考官"嗯"了一声,表示满意,可他刚想说通过,却又摇起头来,说:"他也不行,你们看他那两只犄角有多尖,若是跟同僚有个不和什么的打起来,还不要命？不行不行不行！"

就这样，兔子考官淘汰了大部分应征者，最后剩下的是清一色的兔子们。

选自1997年第1期《儿童文学》

梅

林海蓓

见过你
是在萧瑟的雪季
一身冷霜
才开得艳丽如许

星星聚集的夜晚
留下了多少欢乐的想象
没有温暖的声音
敲响凝冻的许诺

见过你
托举芳馨的沉默
却向单调的世界开放
万种风情

选自2017年11月浙江少年儿童出版社《百年浙江寓言精选》

荆棘与松树
唐中理

一个偶然的机会,荆棘苗与松树苗成了邻居,大家客客气气地打招呼。

荆棘苗想,说是邻居,其实就是竞争对手,都是为抢地盘来的。看着瘦瘦弱弱的松树苗,荆棘苗暗暗高兴:"这家伙不是对手。"

荆棘苗一边和松树苗聊着天,一边悄悄窜根,没几天,"噗!"左边窜出一颗荆棘苗;又过几天,"噗!"右边又窜出一颗荆棘苗。就这样,没过多久,松树苗四周全是荆棘苗了。

看着被荆棘苗包围的松树苗仍然孤零零的,荆棘苗心里很得意。荆棘苗说:"我的好邻居,我们荆棘苗家族势力稍微大了一点,你可千万不要介意啊!"

松树苗说:"没事,没事。我只要有一片蓝天就够了。"

荆棘苗暗骂"这个傻瓜",便不再理松树苗。薄雾缠绕时,荆棘苗擎起圆圆的甘露;微风吹过时,荆棘苗跳起欢乐的舞蹈。

然而,就在荆棘苗自我陶醉之时,松树苗却越长越粗,越长越高,渐渐地,成了参天大树。

这下,荆棘苗受不了啦:"喂,喂!我说邻居啊,你不要太霸道了,你不能把阳光、雨露全独占了。""喂,喂……"见松树苗不回答,荆棘苗开始咒骂，什么难听的话都骂了出来。

可是，松树实在长得太高，已经听不到荆棘的声音了。

选自2015年长江文艺出版社《2015年中国儿童文学精选》

"钅"与"金"

孙三周

"金"字是文字国身价最高的当红明星。

一天,金字旁的"钅"和"金"在宾馆相遇了。"钅"主动上前套近乎说:"'金'兄弟,我和你其实是一家。"

"此话怎讲?""金"字并没有显出惊讶的神态,只是冷冷地问。

"我叫'金字旁',本来就是'金'字,只是投靠别人之后,把身体挤窄了一点而已。"金字旁的"钅"解释说。

"哦,我绝不会投靠任何人,更不会随意去改变自己。""金"字说。

选自2013年10月天津人民出版社《汉字寓言》

"冢""家"之别

韦国庆

"冢"对"家"说:"我们长得很像。"

"家"打量着"冢",说:"是很像,不同的是你家屋顶是平的,我的屋顶上有一个烟筒。"

"冢"说:"其实我一笔也不比你少。你说的那个像烟筒的点我也有,只是你的点在上,我的点在下。"

"家"说:"有没有这个烟筒,区别可就大了。你想啊,家里怎么能没有炊烟呢?没有炊烟就没有生机,没有了生机不就等同于坟墓,不就是'冢'吗?"

选自2010年3月湖南人民出版社《心说汉字》

狼和鹰

汪林

一群饿狼围追堵截了整整一个下午,才捕获了一只鹿。当狼们暴食暴饮的时候,一群鹰蹲在树杈上,发着感慨:"真是太残忍了,多么狠心的狼呀!"

"它们争抢食物的样子和它们追击猎物一样,不遗余力!"

等狼们饱餐完离开了,鹰们争先恐后地飞到被狼吃剩的鹿骨旁,它们一边啄食着残羹剩饭,一边埋怨狼:"真是太小气了,竟啃得这么干净,没留下一点儿像样的皮肉。"

选自 2000 年第 9 期《中外童话画刊》

笨大狼

袁秀兰

笨大狼在树林里捡树枝。狐狸看到了问:"大狼你为什么捡树枝呀?"

笨大狼说:"我要在院子里围一道树枝栅栏。"

狐狸眨巴眨巴小眼睛对笨大狼说:"捡树枝多费劲呀。"

笨大狼说:"怎么做不费劲呢?"

"你等着。"狐狸说完就转身走了。不一会儿,狐狸来了,笑嘻嘻地送给笨大狼一把斧头。

笨大狼就拿着斧头去砍树。

长颈鹿看见了,对笨大狼说:"你怎么能砍树呢?"

笨大狼说:"少管闲事,一边待着去。"

小松鼠看见了,对笨大狼说:"不能砍树呀。"

笨大狼说:"我的事不要你管。"

小白兔看见了,对笨大狼说:"砍树会破坏环境,你这样做是很危险的。"

笨大狼说:"少废话,你懂什么呀。"

笨大狼砍倒一大片树林,在院子里围了一道栅栏。笨大狼对自己的杰作很满意。猎人来了,狐狸慌忙钻进山洞,树林没了,笨大狼无处藏身,只好做了猎人的俘虏。

　　小鸟们编了一首歌儿,在笨大狼被押的地方唱:"笨大狼,尾巴长,树木砍个精光光,猎人来了无处藏。"

选自2008年5月1日《学习报》小学低年级版

灰蚂蚱和绿蚂蚱

少军

秋天,一片将要成熟的玉米地里,有一只灰蚂蚱。旁边的草丛里,有一只绿蚂蚱。

一天,灰蚂蚱猛一使劲儿,一下子飞出了玉米地,飞到草丛里。

"喂!谁?到这儿干什么?"

谁喊呢?灰蚂蚱向四周张望了一会儿,没有什么呀。

噢,一只绿色的蚂蚱就在自己的眼前,要是不仔细看,还真看不出来呢。

"噢,我是灰蚂蚱,住在那边的玉米地里,刚才使劲儿大了点,飞到您这儿来了,实在抱歉。"

灰蚂蚱边搭话,边上下打量绿蚂蚱:头是绿色的,身子是绿色的,连翅膀也好像两片舒展的草叶,那么青,那么绿!真羡慕死了!再看看自己,浑身上下灰不溜秋,多寒碜呀!灰蚂蚱自惭形秽,悄悄地飞回了玉米地。

第二天,灰蚂蚱又偷偷地飞进草丛里,使劲儿蹭来蹭去,把浑身染得绿油油的。它高兴得又蹦又跳,翩翩起舞,飞回了玉米地,在伙伴们面前炫耀着。不料,正当它吹得口吐绿沫时,一只灰色的螳螂猛地从背后扑来——置它于死地的,恰恰是那暴露了自己的漂亮的绿颜色!

选自 1989 年第 8 期《人民文学》

死在兔岛上的狼

吕金华

一只狼被洪水卷进了大海，它抱着一根木头漂到了一座小小的荒岛上。

这是一个兔岛，岛上可以填饱狼肚子的只有兔子。

"这么多兔子，多好啊！"狼垂着长长的口水自语说，"我要把它们通通制成腊兔，等太阳把海水晒干后，带回去慢慢享用。"于是它干起了捕杀兔子的工作。

兔子们非常恐慌，兔王冒着生命危险去跟狼谈判。它们希望狼每天只吃一两只体弱的兔子，这样，兔子的数量不会减少，狼也永远不会挨饿。狼坚信海水会被太阳晒干，根本听不进兔王的话，反而把兔王也变成了腊兔。

小岛上很快就没有了兔子的踪迹，狼天天吃着腊兔等着太阳把海水晒干。过了两年，狼储备的腊兔全吃光了，可海水还是包围着小岛。不久，狼终于变成了小岛上一堆闪着磷火的白骨。

选自 1997 年 8 月《新一代》

虎王食日

文灿

在一个月朗星稀的晚上,虎王带着军师狐狸出洞,在森林王国巡视。他们走着走着,月光突然暗淡下来——其实是碰上了月全食。虎王看着天空:"军师啊,这圆圆的月亮怎么越来越不圆了呢?"

狐狸点头哈腰地回答:"回大王,那是天狗在吃月亮呢!"

"天狗?那是什么东西,他有我大吗?"

"天狗也好,地狗也罢,说来说去总归是狗,哪能跟大王您比呢?"

"哈哈哈!说的是!可是那个狗东西竟然能吃月亮,那我呢?"

"大王,狗那么大一点儿只能吃月亮,而您威武高大、威风八面,月亮还不够您塞牙缝的,您就是吃也要吃太阳才对啊!"

"哦……对对对!这世间我什么珍馐美味都吃过,还真想知道太阳是啥滋味。回洞,我明天准备吃太阳!"

听说虎大王要吃太阳,大大小小的动物们一大早就聚集在森林广场,期待着奇迹的出现。

"嗷呜!"一声虎啸,草木震动,虎王出洞。

虎王迈开虎步,昂首走向狐狸军师率领群猴连夜为他搭建的"虎王食日台"。

太阳从地平线露出头，一步步升起。

"啊！"虎王摆好了要吃太阳的架势。

太阳尚在朝霞掩映之中。

"呜！"虎王有点儿恼怒太阳速度如此之慢。

朝霞散去，太阳光芒万丈。

"嗷！"虎王瞪大双眼，张开了血盆大口。

"哇呀！军师啊！我怎么眼睛钻心地疼，看不见太阳了，看哪里都是一抹黑？"

"恭喜大王，您已经把太阳吃掉啦！"

选自2012年第6期《趣味·成语与寓言》

小马的房子

韩雪

小马买了房子,高兴之余,邀请好多朋友前来参观。

大家见房子还没有装修,便纷纷出主意。

公鸡说:"我看你这个窗户趁早开大点,最好改成门得了,这样出来进去也方便!"

鼹鼠说:"依我看,你最好挖个地下室,那里面冬暖夏凉,多么舒服,我是深有体会!"

燕子说:"你应该在屋顶上开个窗户,阳光充足,也豁亮,关键是进出方便,还有,最好在屋梁上建个阁楼。"

河狸说:"要我看,你应该引一条小河进来,洗澡,洗东西都方便。"

驴子说:"我看,你该在地上铺上一层厚厚的黄土,到时疲乏了可以在上面打打滚,那多惬意!"

喜鹊说:"我看多余买这么个房子,在树上建个窝多好,要风得风,要雨得雨……现在要是拆了也好办,把这柱子留着就行了,趁着大家都在……"

小马一时间糊涂了,大家说了那么多的意见,应该听谁的呢?

待朋友走后,小马请教老山羊,自己该怎么办?

老山羊问:"这个房子到底是谁住?"

小马回答:"当然是我啦!"

老山羊说:"既然是你住,为什么要纠结别人的意见呢?这个装修是一个人一个想法,再说,这些朋友毕竟不是一个习性啊!你依着谁呢?"

选自2019年10月9日《农村孩子报》

孔雀换羽毛

老强

孔雀开始换羽毛了,它那漂亮的翎毛一根一根地往下掉……

看着正在换羽毛的孔雀,一些动物开始评头论足。

快嘴的乌鸦说:

"人们都说我乌鸦难看,其实,掉了毛的孔雀比我更难看。"

身材瘦小的麻雀叽叽喳喳地说:

"原来孔雀的美丽,全靠那几根羽毛,这算什么稀奇。我要是有这么漂亮的羽毛,就是飞到人类的粮仓里,人们也不会轰我走的。"

不知从哪里跑出来的公鸡也迫不及待地说:

"孔雀的美丽是人类刻意炒作出来的,只要揭开孔雀的老底,大家就明白它到底是什么货色。"

公鸡清了清嗓子,继续说:

"孔雀是从我们鸡窝里飞出去的,原本和我们鸡没有什么差别,只是人们的偏爱,才使美丽和孔雀连在一起。这次它掉了羽毛,总算露出了它的本来面目。"

尖刻的挖苦,辛辣的讽刺,刻薄的嘲弄,孔雀都不予置理。几天后,长出新翎毛的孔雀比以前更美丽了,一个孔雀开屏,照样引来人们的阵阵喝彩。

选自 2010 年 8 月作家出版社《吸名烟的猴总管》

应该感谢谁

王述成

金秋十月,硕果累累,人们夸赞不迭。

果实说:"不要夸我,应该感谢种子的繁殖,没有它,就不会有我们这众多强壮的后代。"

种子说:"不要夸我,应该感谢大地的哺育,没有它,我就不能生根发芽。"

大地说:"不要夸我,应该感谢老牛的耕耘,没有它,我将依然是荒土一片。"

老牛说:"不要夸我,应该感谢天时地利和我们很好地合作。不然,大地难以开垦,种子难以发芽,哪还会有丰收的果实呢?"

选自1990年第9期《人民文学》

皇帝的金箍

袁家勇

悟空西天取经荣归后,唐僧把悟空的金箍赠送给了大唐博物馆。

这天,来到博物馆参观的大唐皇上,见金箍放在柜中,好奇地趴在柜前瞧了起来:"这金箍比我的皇冠还漂亮!"说完,顺手拿起戴在头上。戴了一会儿,皇上想拿下它,可怎么也拿不下来了。"怎么回事?"皇上急了,用尽办法也没能摘下金箍。

早晨,金殿上,丞相上前一步,拿起奏章低头道:"巢州发洪水,灾民无数,无粮无草,请皇上明察。"

"啊?闹灾有什么了不起。"说着,皇帝头上的金箍紧了起来,痛得他双手抱头瘫坐在地。无奈之际,他跪爬在如来像前,求道:"佛祖,救救我吧。"

"阿弥陀佛!唐僧回大唐之后,把紧箍咒重新修订一遍,交给黎民百姓了。施主,不好意思,我也没办法。"佛祖摇了摇头。

站在一旁的丞相见皇上半天不说话,急了,跪到皇上面前:"皇上,巢州人性命危在旦夕,请拨发救灾款吧。"

皇上忍着痛道:"丞相,你去巢州,该拨款就拨款,该发粮就发粮,快快救助灾民吧。"皇上说完,奇迹出现了,他头上的金箍突然松了。

皇上在大殿上转了一圈，猛然醒悟："握有大权的人头上得有一道金箍。有了这道金箍，才会老老实实为老百姓好好办事！"

选自2012年4月河北人民出版社《中国百年儿童文学名家代表作精选·儿童寓言卷》

笼中的八哥

吕华阳

有一只八哥被关在鸟笼里很久很久了。他很想出来，但却没办法弄破鸟笼，只好成天悲鸣着。

有一天，一只大雕从附近飞过。他听到了八哥的悲鸣，并了解到这只八哥以前是一只立志搏击蓝天的八哥，决定救他出来。

于是，大雕对八哥说："你别急，我会救你出来的！"

八哥听了很高兴。然而，正当大雕准备用他那强健有力的利爪抓破鸟笼时，他忽然又停下来，先问了八哥一个问题："你出来后，准备干些什么呢？"

八哥说："我出来后，一定要在树上建一个舒适的窝，然后躺在里面好好地享乐！"

大雕一惊："咦，你以前不是有搏击蓝天的大志吗？怎么现在……"

"嘻，那都是以前的事了！"八哥笑道，"那时我真是太天真太幼稚了！"

"既然是这样，"大雕失望地缩回利爪，对八哥说，"那你还是待在这笼子里吧！"

八哥顿时焦急起来了："喂喂，你为什么又不肯救我了？"

"没有这个必要,"大雕叹息道,"因为我即使把你放出来,你也不过是从一个笼子走进另一个笼子罢了!"

选自2004年《少年先锋报》暑假合刊

寂寞
唐和耀

嫦娥拜托搭乘宇宙飞船返回地球探亲的吴刚,将宇宙名画《寂寞之舞》捎给一位著名魔术师。她希望魔术师通过绝技,将她引以为傲的经典寂寞之美展示给世人,并在地球上复制宇宙水准的寂寞者。

魔术师的帽子、眼镜、手套以及各种道具迅速沾染上寂寞元素,在他不明就里的情况下,将寂寞传染给观众,再通过视频将寂寞情绪广泛传播。所有直接、间接染上急性寂寞症的人,千篇一律的症状是心灵闭锁,不愿与人交流,甚至不愿与人接触。

风将寂寞因子吹送到四面八方的山川、田野,石头、土壤、植物和动物也出现了寂寞综合征……

魔术师的帽子最先发现了这一巨变。它费尽周折召集了魔术师的眼镜、手套以及各种道具开会,商议对策。

魔术师的手套溜进卧室,竟发现魔术师的笔记本上叙说他自己成了寂寞之人。它按照会议部署,迅速将那幅名画卷起扎紧,套上绝缘胶纸,密封加固。

魔术师从寂寞中挣脱出来,被感染者也接连走出了寂寞。

名画被魔术师的手套送到市科技局,附上了魔术师的眼镜写的情况说明。

　　随后，名画被转送到国家航天局，附上了市科技局、心理研究所的报告。

　　奔月工程期间，名画连同报告回到了嫦娥手中。她懊悔不已，感慨万分，然后创作了一幅书法作品委托航天员带到人间。她写的是："愿人间不再有寂寞！"

选自2016年8月9日《周末·新江北》

猪的职业

牟丕志

猪曾是最聪明的动物之一。当时,上帝安排各类动物从事各种各样的职业来养活自己,动物们先后都有了自己的固定职业。

上帝安排猪去耕田。猪想,耕田多么苦多么累呀,风吹日晒受累流汗不算,还要挨鞭子打,多么受罪呀,猪坚决不肯耕田。于是上帝就安排牛耕田。

上帝安排猪去拉车。猪想,拉车太没意思了,整天东奔西跑,没有轻闲的时候,不累死也得累坏了身子,猪不同意干这个行当。于是上帝让马去拉车。

上帝安排猪去看家护院,猪想,看家护院晚上不能睡觉,否则让贼得了手,还不是让主人狠狠地惩罚。这个职业不好,猪不愿从事这个职业。于是上帝便安排狗来看家护院。

就这样,猪一直没有找到愿意干的职业。

上帝问猪:

"你想干什么职业呢?"

猪说:

"这个职业应这样,不用干活,不受苦不受累,又有吃有喝,风吹不到,日晒不到，天天快快乐乐。"

上帝听了猪的话生气地说：

"你说的职业是死路一条。"

从此以后猪便一直充当被宰杀的角色了。

选自 2004 年 2 月漓江出版社《2003 中国年度最佳寓言》

善良

桂向阳

邪恶三天没进食了,饿坏了。

邪恶看到善良走过来,恳求善良,说:"善良的人呀,我快饿死了,求求你,奉献你的善心,救我一命吧。"

善良说:"哦,可怜的人儿,我不能见死不救呀。"说着,善良把自己的心掏出来,给了邪恶。邪恶一口吃掉善良的心。

邪恶抹了抹满嘴鲜血,接着对善良说:"你没有了善良的心,还活着干嘛,我还是把你解决了的好。"说着,邪恶扑了上去,一口生吞了善良。

善良在邪恶的肚子里,发出闷闷的声音:"天地良心,谁来惩治邪恶……"

此时,正义在空中看到邪恶的丑陋行径,便迅速抽出利剑,直刺邪恶。

邪恶被打倒,善良被解救出来。

正义搀扶着虚弱的善良,来到上帝面前,祈求上帝再给善良一颗善良的心。

上帝沉吟良久,说:"你们先回去吧,好好想一想……"

选自2020年3月《运河》

小白兔和大萝卜

谢乐军

在山坡上的一片菜地里，小白兔发现一蔸超级大萝卜。萝卜的茎紫里透红，又粗又壮，绿油油的叶子，像大公鸡的尾巴。

"这么大的萝卜！从来没见过！"

超级大萝卜长得像大桂树，遮住了一大片菜地。

大萝卜的叶子比小白兔还要高很多。小白兔使劲儿推了推，大萝卜纹丝不动。

我要把萝卜拔回家！

小白兔找来小狗帮忙，"一二三、一二三……"它俩一起使劲儿拔萝卜，很久很久也拔不动。

我一定要把萝卜拔回家！

小白兔又找来小猪、小羊、小马、小牛来帮忙。

"一二三、一二三、一二三……"大家一起使劲儿，大萝卜拔动了。

"一二三、一二三、一二三……"大家使出九牛二虎之力，大萝卜终于拔出来了。

天哪！这是一个比小房子还大的超级大萝卜！

小白兔和小狗、小猪、小羊、小马、小牛可高兴了，围着超级大萝卜又唱又跳。

"你们看到过超级大萝卜吗？"

"小白兔家有啊，像小房子一样大！"

小白兔有了超级大萝卜，这个消息一下传开了。大家都想去看看。

"我要摸一摸！"

"我想要一片叶子……"

小狗领着幼儿园的小朋友来了，大家嚷嚷着要看超级大萝卜。

小白兔不乐意了，他担心小朋友弄坏了超级大萝卜，不让大家到院子里来。

"我想闻闻超级大萝卜的味道！"

"如果……能吃上一口就更好了！"

小猪、小羊带着兄弟姐妹们来看超级大萝卜，嘴里痒痒的。

小白兔更不乐意了。

"萝卜有多大？够我们吃一顿吗？"

小马、小牛带着爸爸妈妈来看超级大萝卜，边走边嘻嘻哈哈说着话。

小白兔更是害怕了，赶紧关上大门，把超级大萝卜藏到院子后面去了。

大家没看到超级大萝卜，都很失望。

不久后，谁都不来小白兔家玩了。小白兔天天一个人望着超级大萝卜，觉得很无聊。

"啊呜——"魔术老虎从窗口跳进来。

小白兔把自己的苦恼告诉了魔术老虎。

魔术老虎答应给小白兔找回朋友。他掏出小魔杖画了一个小圈，变出了一辆大拖车，把超级大萝卜装上车。

大拖车首先开到了小狗家。

"又看到超级大萝卜啦！"小狗可高兴了，他爬上车，和小白兔拉着超级大萝卜一起去小猪家。

小猪和朋友老远就跑来迎接他们。

大拖车又开到了小羊、小马和小牛家,他们都爬上了大拖车,和超级大萝卜拖车在马路上奔跑,向大家招手,森林两边的鸟儿和其他动物都欢腾了!

选自 2023 年第 12 期《漫画周刊·魔术老虎》

金钱与生命

吴礼鑫

一个富人在年轻时穷困潦倒，他一直千方百计地努力赚钱蓄财，终于成了富甲一方的富翁。然而当他成了富翁时，已白发苍苍，无法再享受自己所有的财富，不久就病入膏肓。

一天夜晚，富人梦见了神圣的上帝，他向上帝请教道："伟大的上帝，人的一生对于您来说有多长？"

上帝回答道："呼吸之间。"

富人问道："人生所有的金钱，在您的眼里有多大的价值？"

上帝回答道："一堆泥土。"

富人问道："神圣的上帝，能否请您再给我一次呼吸？"

上帝说道："可以，只要你能够给我创造一堆泥土。"

富人说道："万能的上帝，我无法创造一堆泥土，能否用我一生的金钱，换取一堆泥土呢？"

上帝说道："可以。"

于是上帝给了富人一个坟墓。

富人困惑道："仁慈的上帝，我希望你再给我一次来生，你为何却给了我一个坟墓呢？"

上帝抚摸着富人的头说道:"可怜的孩子,你可以用一生去获取金钱,但无法用一生拥有的金钱去换取一次来生,只能用一生的金钱去换取这堆泥土了。你现在就永远地安息在这儿吧。"

富人很快就命归西天,最终被埋葬在一个坟墓里。

选自2011年7月上第13期《思维与智慧》

不留余地的狼

陈仓

有一天,狼发现山脚下有个大洞,各种动物由此通过。狼非常高兴,它想,守住山洞就可以捕获各种猎物。于是,它堵上洞的另一端,单等动物来送死。

第一天,来了一只羊。狼追上前去,羊拼命地逃。突然,羊找到了一个可以逃生的小洞,仓皇逃窜。狼气急败坏地堵上那个小洞,心想,再也不会功败垂成了吧?

第二天,来了一只兔子。狼奋力追捕,结果,兔子从洞侧面的更小一点的洞口逃生。于是,狼把类似大小的洞全堵上。狼心想,这下万无一失,别说羊、兔子,就连鸡、鸭等小动物也都跑不了。

第三天,来了一只小松鼠。狼飞奔过去,追得松鼠上蹿下跳。最终,松鼠从洞顶上的一个口儿跑掉了。狼非常气愤,于是,它堵塞了山洞里所有的窟窿,把整个山洞堵得水泄不通。狼自己非常得意。

第四天,来了一只老虎。狼吓坏了,拔腿就跑。老虎穷追不舍。狼在山洞里跑来跑去,由于没有出口,无法逃脱,最终,被老虎吃掉了。

对于这个故事,各界人士说法不一。

哲学家说:绝对化意味着谬误。

宗教学家说：堵塞别人的生路意味着断自己的退路。

环境学家说：破坏原生态及其平衡者必自食其果。

经济学家说：预算和计划都要留有余地。

军事家说：除非你是百兽之王，否则，别想占有整个森林。

农民说：不留种子就绝种绝收。

选自2004年3月15日《西安晚报》

稻草人

安武林

胖胖熊一会儿画一只猫，一会儿画一只狗，没有心思写作业。

妈妈生气地说："你呀，要向稻草人学习。"

胖胖熊心里想："哼，稻草人有什么了不起的！"

有一天，胖胖熊拾了一把稻草，往头顶上一放，他决心要做个稻草人。

小花狗奇怪地问："胖胖熊，你在干吗？"

胖胖熊翻翻眼睛，不理睬小花狗。

小花狗说："喂，你在等谁？"

胖胖熊气呼呼地说："快走开，稻草人是不说话的。"

小花狗明白了，胖胖熊想做稻草人。

小花狗找到小黑猫说："快看哪，胖胖熊要做稻草人，有趣极啦！"

小黑猫说："我来瞧瞧，啊，真可笑，稻草人站在十字路口上！"

胖胖熊听见了，咬咬嘴唇，他想："稻草人是不生气的！"

不一会儿，一阵风把胖胖熊的稻草吹掉了。

小狐狸说："稻草人，你的稻草没有啦。"

胖胖熊低头朝地上看看，他想："稻草人是不弯腰的。"

后来，十字路口上聚集了好多人，在看傻乎乎的胖胖熊。

胖胖熊的妈妈不知发生了什么事儿,她也跑来看热闹。她挤进人群,一眼就看见了胖胖熊。

　　胖胖熊的妈妈拉起胖胖熊的胳膊说:"走,快跟我回家去!"

　　胖胖熊不干,他说:"稻草人是不回家的!"

　　妈妈说:"没有稻草,你不算稻草人啦。"

　　胖胖熊这才跟妈妈走了。

　　胖胖熊叹口气说:"唉,做个稻草人真不容易!"

选自 2007 年 10 月 25 日《小学生拼音报》

自由

云弓

奴隶很用功地工作，脚上沉重的镣铐使他步履蹒跚。他就这样工作，记不清已经干了多少年了。这一天，年轻的主人第一次来检阅他的奴隶们，看着他老态龙钟的样子，不禁起了怜悯之心："你，过来。"

"主子，您喊我？听候您的吩咐。"他拖着镣铐，恭敬地走了过来。

"你在这干了这么多年，我决定给你自由，从现在起你就是自由人了，感谢伟大的主吧！"

"自由？自由是什么东西？那东西有用吗？"他有点儿困惑。

主人笑着，命人给他打开镣铐："你可以走了，我再给你一笔钱，你可以安享晚年，感谢伟大的主吧！"奴隶呆在那儿，不知所措。

"走吧，你自由了。"主人很满足。

奴隶抬起脚，抬得很用力，抬得很高，竟然仰倒在地上。他试了几次，终于没有成功，最后叹了口气，坐在地上，看着旁边的镣铐出神。

枷锁是一种桎梏，有时候却是一种依靠，只有当人自己想解脱的时候，自由才有意义。

聪明貉喝水
贺维芳

貉的家在半山腰的树林里。树林里的动物很多,貉却没有朋友,就连一向以好脾气出名的喜鹊也都不爱搭理他。

"我可是世界上最聪明的貉啊!那些傻瓜竟然不跟我做朋友!"貉不服气地想,"你们不理我,我还不愿意和你们住在一起呢!"

貉离开树林,走啊走啊,不知不觉来到了一条山谷,他又饿又渴,幸好山谷中有一个小水塘,他一头扎进水塘痛痛快快地喝了一个饱。

貉休息了一会儿,决定离开这里继续往前走。可是,他看到干净清澈的水塘,眼珠子一转,想:"我可不能让别人喝到这么好的水!"

貉大大咧咧走进水塘中,一边用脚使劲儿在水中搅和,一边得意地喊:"洗脚喽!洗脚喽!哈哈,我看你们谁还能喝?"直到水塘里的水又脏又浑,貉才心满意足地走开。

貉在山谷中走啊走啊,又碰到了几个小水塘,他在每一个水塘中都喝几口水,然后都在水中洗洗脚丫子,把水弄脏。

好景不长,貉迷路了,他在山中兜起了圈子。他又累又渴,可是,他找到的水塘全都是先前被他洗脚丫子弄脏了的。

"这可怎么办啊?我是最爱干净的,我怎么能喝我自己洗过脚丫子的脏水呢?"

貉几乎要渴死了,他蹲在一个水塘的旁边愁眉不展:"我是要渴死呢?还是要喝这些脏水呢?"

"你害得大家喝你的洗脚水,现在你也吃苦头了吧?"

一个声音从旁边的树上传来,貉抬头一看,原来说话的是喜鹊。

"现在,你知道谁也不愿意和你交朋友的原因了吗?"喜鹊又问。

貉惭愧地低下头,心想:"原先我总以为自己是最聪明的,其实我是最愚蠢的啊!"

选自2019年7—8月合刊《少年作家·开心阅读》

佛与老鼠

傅志伟

故事发生在一座古刹。

始初,有老鼠在僧房内活动,僧人不堪其扰,遂买来一个鼠夹。当晚,佛托梦给僧人,说他们违反了不杀生的戒律,将受到惩罚。僧人甚为恐惧,当即将鼠夹除去。

之后不久,胆大妄为的老鼠竟进入佛堂,偷吃供果,佛不禁大怒,是晚又托梦给僧人说:"寺内鼠患猖獗,何不养只猫呢?"

常山孺子曰:涉及自身利益时,又可见一副嘴脸。

选自 1989 年 9 月 13 日《石家庄日报》

花树眼中的园丁鸟

陈福荣

果园里,一棵小树仰头望着旁侧的一棵开花树,好奇地问:"阿姨,那只讨厌的鸟为啥老是要从您的身上取走花瓣呢?它是什么鸟啊?"

"孩子,那是只园丁鸟——虽说它长相普通些,但它绝对是鸟王国里的建筑奇才,现在它忙于筑巢,正从我这里取走花瓣来装饰自己的家呢!"

"真奢侈——为啥不去叼衔些稻叶或草屑之类的材料?我听说过很多鸟搭巢都去找稻叶抑或草屑垫窝的呀!"小树一脸天真地说。

"稻叶、草屑哪有花瓣漂亮?园丁鸟原本长得就不可爱,如不能拥有一个住得舒适的家,怎么能赢得雌鸟的芳心与青睐?它们只有凭借自己的勤劳与技巧弥补这一缺陷!只要你仔细地观察,就不难发现,在园丁鸟生活的世界里,越是羽毛色泽枯淡的园丁鸟,越有才智,越能干无比——它们会把窝设计得别具一格,搭建得精美绝伦!"

听了长者的一番教诲,小树明白了:生存之道就在于,当一条前行的径道被封堵之后,你就得另谋出路,从别处再补偿回来。

稗草对荸荠的奚落

谢丙其

一块荸荠田里生长着一棵稗草。稗草与荸荠一起长大，也差不多高。

秋天，稗草开花了，不久还结出一大串的稗籽。它瞧了瞧荸荠光秃秃的茎叶，上面什么果实也没有，便讥笑道："荸荠，你真没出息，长这么高了也没有开花结果，你真是白活了一生，连一个果实也没有留下。"

秋风送爽，荸荠的茎叶只以点头微笑来回答稗草。

农民来收获荸荠的时候，先把稗草拔除，丢弃在一边，再从荸荠茎叶下面的泥土里挖出一个个紫红色的果实。这时，稗草看见又圆又大的鲜荸荠，感到十分惊奇："它为什么不把红得发紫的荸荠高高长在上面，却埋在泥土底下，有谁知道呢？"

选自2005年第1期《故事大王》

犯了错误的狗

侯建臣

一只狗把主人的一只大母鸡咬死了。主人很生气,拿着棍子把狗追打了一气。

打累了,主人想,反正大母鸡已经死了,再说为了一只大母鸡也不值得把一只狗打死。看着躺在地上的大母鸡,主人对狗说:反正大母鸡已经死了,你也挨了打,你就把大母鸡吃了吧。

狗心里正在惭愧呢,听到主人的话,还以为是主人逗它呢。但主人真的把那只大母鸡扔在了它的跟前。

吃着大母鸡,狗早就忘记了挨打时的疼痛。

过了几天,这只狗看见了邻居家的一只更肥的大母鸡,它就想:我把它咬死算了,说不定挨上几下打,又可以美餐一顿。这样想着,狗真的追着赶着把邻居家的大母鸡咬死了。

这一次,狗没有得到它预想中的大母鸡,它被邻居当成一只疯狗打死了。

选自 2008 年 1 月 14 日《三晋都市报》

冰山和可燃冰

尹翔学

随着全球气温持续变暖,极地冰川不断融化,纷纷破裂掉入大海成为冰山。

在北极圈附近的海面上,一座巨大的冰山正在缓慢地匀速南移,似乎势不可当。

一块一斤多重的可燃冰,在千米深的海底。它顶着千吨重的压力,抗拒着大洋流的冲击,千辛万苦才浮出海面,显得气喘吁吁,灰头土脸。

可燃冰看到了冰山,像蚂蚁遇见大象一样充满敬意:"哇,从未见过的庞然大物呀!"

冰山觉得自己了不起,高傲地说:"喂,小不点儿,你看到的只是我的冰山一角,我的大部分身体藏在海水下面。我的本领还大着呢。巨型邮轮泰坦尼克号就是我撞沉的,举世震惊。我还能不断抬升海平面,有朝一日,许多海岛和沿海城市将不复存在。"

"我的天呀,那您给人类带来多大的灾难啊!"可燃冰惊讶得合不上嘴,神情由崇拜变成了鄙视。随后,可燃冰擦干净脸上的污垢,自豪地说:"我虽然小得微不足道,可我全心全意为人类服务,是块用途广泛的新型清洁燃料。"

其实，评判事物好坏的标准是对人类社会是否有益。如果是危害人类社会的，本事再大，必遭人厌恶；如果是造福人类社会的，本领再小，也受人尊敬。

选自 2022 年第 11 期《优秀童话世界》

黑马和白马

商德刚

黑马和白马赛跑。离终点不远了,黑马和跑在前面的白马只差几步远。黑马拼命往前冲,想超过白马,可腿脚不听使唤,还是落在了白马后面。

休息的时候,黑马对白马说:"真可惜,我和你只差几步,让你拿了头名。"

白马说:"是啊,场上是只差几步,可场下却相差百里甚至千里呢!"

选自 1986 年 11 月 16 日《红领巾报》

四只鸡蛋的命运

筱枫

四只鸡蛋。

第一只放在篮子里,时间久了,壳是好的,打开,里面臭了;

第二只浸在盐水罐里,一段时间后,壳变了些颜色,煮熟,成了香喷喷的咸鸡蛋;

第三只泡在醋瓶里,几天后,壳变软,一搅拌,溶成了一团;

第四只窝在母鸡肚子底下,有一天壳被啄裂,走出了一只可爱的小鸡。

同样是鸡蛋,不同的环境,决定了各异的未来。

选自2013年4月花山文艺出版社《读·品·悟中国金牌儿童寓言书系:狗狗穿上了公主服》

冰凌与钢钻

厉剑童

天寒地冻,一只钢钻在屋檐下"吱吱吱"地钻着一块厚重的铁板,不知什么原因,进展速度显得比较缓慢,握钻枪的小伙子心里有些着急。

屋檐下挂着一串串又长又粗的冰凌,看起来像挂着一根根粗大有力的钢钻,仿佛能钻透一切。那根最粗最长的冰凌早就把小伙子的心思看在眼里,它迫不及待地从屋檐上跳下来,跑过去自告奋勇说:"喂——小伙子,不要着急,让我来帮你解决这个问题。"

握钢钻的小伙子一看是屋檐下的冰凌在说话,便笑着说:"你是冰凌,你能钻铁板?这是不可能的。别开玩笑了,没看见我忙着呢。"小伙子说这话时手里的活一刻也没停下。

冰凌坚持说:"你可不要小看我,我是这里面最粗壮最有力的冰凌,就给我一次机会让我试试,包你满意,而且我不收你一分钱工钱。这样总可以了吧?"

小伙子笑着说:"既然你这么坚持,那好吧。"说着,小伙子把钢钻的钻头取下,换上冰凌。小伙子举着钻枪对着铁板启动开关,冰凌钻头旋转着,刚一触到铁板,"哗啦啦"顿时断成了四五截,掉到了地上,七零八落。

看着狼狈不堪的冰凌，小伙子真诚地告诫说：做事情首先要对自己有充分的了解，知道自己能干什么不能干什么，如果一味逞强，只能处处碰壁。小伙子说着，重新换上钻头，"吱吱吱"地继续忙活起来。

　　太阳出来了，躺在地上的冰凌渐渐融化，随着屋檐下那些化成水的冰凌一起流进路边的淙淙小河，顺着沟渠流到一望无际的麦田里去了。

选自2023年5月上第9期《思维与智慧》

狮子斗犀牛

张振瑞

有一头雄狮,自以为力大无比,连大象这样的庞然大物,他都不放在眼里。一天,雄狮猎获了一头角马,一顿狼吞虎咽后,他走到了一片草原上。

草原上绿草葱郁,动物们在各自领地内悠闲地踱着步,雄狮躺在软软的草地上,似睡非睡。

这时,一群犀牛走过来,领头的犀牛警觉地看着雄狮,雄狮也注意到了这群犀牛。身边一头年轻狮子说:"听说犀牛是世界上最强大、最凶猛的动物,大象见他也会远远地躲开。"

雄狮瞪了那头年轻狮子一眼。"如果犀牛是世界上最强大、最凶猛的动物,那我算啥?"雄狮很不服气,"我才是世界上最强大、最凶猛的动物!"年轻狮子摇摇头,表示不相信雄狮说的话。

雄狮大怒:"太不像话了,你竟然不相信我的实力。"说完就直奔领头的犀牛,准备与他决一雌雄。

犀牛生性胆小,宁愿躲避,不愿战斗。雄狮见犀牛毫无决战之意,便更得意地大肆挑衅。

狮子最终激怒了领头犀牛,他冲上去用鼻子上那个尖刀似的犄角,把雄狮顶了个四脚朝天。

雄狮躺在地上，气都喘不上来，他沮丧地爬起来，看到围观的动物，立刻威风锐减，灰溜溜地走了。

小动物们纷纷鼓掌："世上没有绝对的强大，所谓强大都是相对的。狂妄自大的人，其下场往往是可悲的。"

选自2012年第7期《学生·家长·社会》

狮子和驴子

杨启鲁

交上朋友的狮子和驴子一起在路上走,寻觅食物。不久,狮子捉到了一只肥硕的绵羊:"啊哈,我的朋友,让我们一起享用这道美味吧!少有的佳肴!我的朋友,请先品尝这只羊腿,肥硕、鲜美。"

驴子摇了摇头。

"真的,我的朋友,不是欺骗,我可以起誓。"狮子吼道。

"我可以相信你,忠实的朋友,但我对它并不感兴趣。"驴子解释道。

狮子只好自己饱餐一顿。

后来,他们发现了一片草地。"啊!精美的盛馔!新鲜,清香,丰腴,一切都使我醉了,真的,酩酊大醉。噢,朋友,我们一定要好好享用。"

狮子摇了摇头。

"真的,我的朋友,不是欺骗,我也可以起誓。"驴子叫道。

"是的,忠实的朋友,你还能记起你的话——'我对它并不感兴趣'吗?"

选自1991年第6期《小作家》

想长大的小蚂蚁

张菱儿

一只名字叫"亮黑黑"的小蚂蚁总想长大。

亮黑黑看见一只青蛙,青蛙头戴遮阳帽,一蹦一跳地走着,亮黑黑问:"青蛙姐姐,你好!你能告诉我,你是怎样长这么大的吗?"

青蛙伸出一只前爪扶住头上的帽檐,大声说:"因为雨。我喜欢在雨里散步,雨滴落在身上,凉丝丝,特别舒服,没错,是雨帮助我长大。"青蛙说完,蹦蹦跳跳地走远了。

亮黑黑看见一只大象,大象的脖子里围着一条白毛巾,慢慢吞吞地走着,亮黑黑问:"大象哥哥,你好!你能告诉我,你是怎样长这么高大的呢?"

大象呼扇了两下大耳朵,想了想,说:"因为阳光,阳光这样好,每天暖洋洋地照在我身上,所以我每天都在长。就长成了现在这样大!"大象说完,甩了甩尾巴,迈着威武的脚步,"咚咚咚"地走远了。

亮黑黑看见一只小老鼠,小老鼠举着一片金钱草的叶子,急匆匆地跑着。亮黑黑问:"老鼠弟弟,你好!你能告诉我,你是怎样长这么大的呢?"

小老鼠放下圆圆的金钱草叶,喘着粗气,想了想,说:"因为运动。

我喜欢跑来跑去做运动，不喜欢呆坐，运动会让我感觉浑身舒服。"小老鼠说完，朝亮黑黑眨眨眼睛，迈着小碎步跑远了。

傍晚，亮黑黑正在往家赶，路过一棵大树的时候，看见一只猫头鹰正落在树枝上休息。

亮黑黑打招呼说："猫头鹰太太，你好！你能告诉我，你是怎么长这么大的呢？"

猫头鹰太太正准备等天再暗一点儿，就飞出去巡逻呢。亮黑黑的问话打扰了她的休息，她有点儿不高兴，睁开一只眼睛，瞟了一眼亮黑黑，说："我是黑夜里长大的，没人能够看见，除了我自己。"

亮黑黑回到家，躺在床上，想："阳光、雨水、运动、黑夜，都会帮助我们长大！那我就好好睡一觉吧！也许明天，我就会比今天大一点。"

选自 2022 年 7 月《幼儿园》

马品

张孝成

伯乐在马群旁相马。

相着相着,伯乐的眼睛一亮——那不是千载难逢的宝马良驹吗?只见那匹马的头盖骨高高隆起,眼窝深陷,脊背收缩,马蹄大而端正。一声高叫,声震林木;撒开四蹄,似离弦之箭。

"好马!好马!难得的好马!"伯乐不住地捋须夸奖。

不用说,这匹马立即身价百倍,闻名遐迩。

这一天,伯乐正在屋前石凳上歇息,忽然看到一匹马飞奔而来。伯乐仔细一看,此马正是自己上次相的千里马。

伯乐正要起身相迎,没料到,千里马已奔到他面前,用蹄子狠命地踢他。

幸亏众人赶来相救,伯乐才免于一死。伯乐对被拴住的千里马说:"我使你出了名,你为什么要恩将仇报?"

"为什么?"千里马大言不惭地说,"踢死你,你就不会再相什么千里马了,这样,我的名气就会越来越大。你千里马相得越多,我就越不值钱啦!"

伯乐一听,悔恨不已,跺足叹道:"唉,我怎么一直只注重马的能力,而忽视了马的品行呢？马的品行差，再有能力，又有何用？"

选自2001年第4期《故事大王》

登高

金雷泉

动物王国里有一座山峰,高耸入云,非常险峻。

动物们都想爬上这座高峰,一览众山小,可是许许多多的攀登者都以失败告终。有一只坚强的羚羊下定决心,历尽千辛万苦,终于登上了最高峰。

他站在高峰上,欣赏着云峰、雾海、周围小小的山峰和远处波涛汹涌的大海。羚羊自豪极了,他是第一个登上高峰的动物,这将永远载入动物史册。

突然,羚羊想到,如果再有动物爬上这座高峰,就会出现第二个、第三个,那将对他的地位构成威胁。

想到这里,羚羊用尖锐的羊角把刚才攀上山时的垫脚石全挑下了山崖,四周变得光秃秃的。看到动物们再也爬不上来了,羚羊得意地笑了,他将永远是天下第一。

从此,别的动物再也没有攀上这座高峰,同样,羚羊待在那孤峰上,也再没有下来。

选自1996年8月《少年文艺》

沉入湖底的青铜剑
白水平

一把千年古剑意外地被发现了。

一位老渔民从湖底的淤泥中把这把古剑挖了出来。他左看看右瞧瞧，想着这是一件锈迹斑斑的古董，心里暗自高兴。

老渔民用清水小心地冲洗着剑上的污物。洗着洗着，不觉大为惊讶。这把剑的手柄上雕刻着精美的花纹，剑上连一点锈迹都没有。剑刃寒光逼人，看起来无比的锋利。老渔民拿起一根木头，挥剑一削，折为两段。再拿起一枝羽毛，轻轻一碰，分成了两片。

渔民惊叹不已，对着青铜剑自言自语地说："被淤泥埋没了这么久，仍然光亮如新，和刚刚铸造出来的一样，真是太神奇了！"

青铜剑重见天日，也特别开心，它对老渔民说："这多亏了淤泥的帮忙，要不是它们帮助我隔离了氧气，我早就被氧化得不成样子了。"

老渔民看着脚下厚厚的淤泥，感叹地说："看来，恶劣的生活环境，有时也不是什么坏事情啊！"

选自 2016 年 11 月 4 日《河南日报农村版》

熊和猴

李爱眉

一个偶然的机会,熊和猴成了同船的游人,因为彼此没有游伴,而且猴的机灵令熊好生欢喜,于是,熊向猴表达了爱意,孤独的猴也觉得熊憨厚诚恳,是个好伴侣,于是同意了。

可以说这是一次幸福的蜜月旅行。熊经常背着猴享受这份拥有感,猴呢,骑在熊的身上轻松自在,还可以不费劲地采摘果实吃,可以轻松地为熊准备美食。

熊因此省了力气寻找食物,有这么个机灵的猴子为妻,一日三餐,餐餐美食。

渐渐地,熊的惰性来了,越来越严重,除了偶尔陪猴出去寻吃的,大部分时间躲在家里不出门,睡懒觉,睡醒吃着猴找来的美食,越来越胖。对猴也越来越会使唤,成了衣来伸手饭来张口的懒熊,还对猴撒谎说自己手臂疼、脚疼……

猴找不回当初爱上他的熊的影子,找了一堆食物放在家里,悄悄地离开了熊。

选自2019年团结出版社《蝴蝶守家》

伯乐授徒

王大春

伯乐因有一双善于识马的慧眼而名扬天下，很多人都慕名而来，要向他拜师学艺。一时间，伯乐门前围满了无数求学的人。可伯乐深知，弟子们要想成为下一个"伯乐"，除了聪明勤奋，更重要的是要有过人的天资，否则，是不可能成功的。经过优中选优，他慎重地从几千人中选出一百人，收为弟子，他也因此告别了如日中天的相马生涯，专心在家开堂授课。

每天，伯乐分别安排一部分弟子到马圈喂马，另一部分去骑马驯马，他则带着一部分弟子，教他们怎样识别马的优劣高下，还通过自己的切身体会，向弟子们传授相马经。弟子们也都刻苦认真，把老师的每一句话甚至每一个看马的眼神都在心里揣摩三遍，还有人放弃了休息时间，每时每刻都待在马圈，与马打成一片，好了解熟悉马的脾性，更有人把老师的《识马三得》《相马秘笈》等著作背得滚瓜烂熟。伯乐看在眼里，喜在心里：我精心挑选的这批徒弟，天资聪颖，再经过我的精心雕琢，毕业满师后，将来必定个个是名满天下的相马师。

很快，三年过去了，伯乐的弟子们出师后，走南闯北，相马无数，却没有一个能识出一匹千里马来。这样的结局，不光让弟子们大失所望，也让那些没被选中的人大跌眼镜，他们纷纷额手称庆，让大家不解的是，以伯乐的相马眼力和出众智慧，怎么会出现这样的结果呢？

　　对此，与他相邻的智者告诉众人说："伯乐善于识马，不等于善于识人，即便善于识人，也并不等于善于育人。伯乐舍己之长，却去攻己之短，从一开始，就注定了他开课授徒将会以失败告终。"

　　众人默思片刻，皆大悟。

选自2015年1月15日《襄阳晚报》

蜗牛和母鸡

庄严

母鸡讥笑着对蜗牛说:"你蜗牛是牛,人家犀牛也是牛。就算把你几千只蜗牛加起来,也不及一头犀牛的重量!你怎么不感觉可耻呢?"

蜗牛针锋相对地说:"老鹰身上长着一双翅膀,你身上也长着一双翅膀。就算把你的几千只翅膀加起来,也不及一只老鹰的翅膀有力!你是否感觉可耻呢?"

选自2013年第4期《趣味·成语与寓言》

花儿与风筝

张卫华

花儿在春天也玩性大发,要和风筝一比高下。她用芬芳系住蝴蝶,不用丝线依然收放有度,自如潇洒。

放飞的蝴蝶像一幅舞动的图画,飞到哪里都把眼睛睁大,蜜蜂在一旁也看得两眼犯傻,纷纷醉倒在她的石榴裙下。

风筝怕天不刮风肯定比砸,也怕风太大线一断命也白搭,天空的风儿时小时大,好几次飞上去又一头栽下,焦急的汗水顺着风筝的脊背一阵滴答。

为什么我很小心,还是怕啥来啥。羞愧的风筝脸如红霞,面对花儿不知道说些什么。

所有的生灵都在奔走相告,美丽的花儿是今年最大的赢家。

选自 2011 年第 3 期《汉水》

相捧与相拆
王宏理

黄莺听了画眉的歌儿，就拍着双翅说：

"妹子，你唱得真美！宛如山泉叮咚，恰似琴瑟和鸣！"

画眉听了黄莺的歌儿，也不住地称赞：

"姐姐，你的歌喉也很甜嘛！听一曲儿如喝了一罐蜜！"

布谷鸟听了就对喜鹊说：

"你看黄莺和画眉，你表扬我我夸奖你，多亲密呀！"

不久，森林里举行音乐大赛，获得"金嗓子"这一殊荣者，不但奖金杯一座，而且还有一千只毛毛虫的物质奖励。就在这次大赛上，布谷鸟发现了黄莺和画眉之间的另一面——

画眉在台上唱着歌儿，黄莺就在下面对身边的众鸟说：

"你们看画眉那样儿，搔首弄姿的，唱得真肉麻！"

当黄莺尽情歌唱时，画眉在台下指着黄莺对身边的众鸟说：

"看哪，看黄莺那自作多情的样儿，嗲声嗲气的，真让人作呕！"

"怎么会是这样呢？"布谷鸟不解地问喜鹊，"过去它们不是很友好的吗？"

喜鹊摇了摇头，长叹一声道：

"事情往往就是这样——平常喜欢互相吹捧的人,一旦涉及名利的竞争,就往往会变得互相拆台诋毁!"

选自 2019 年 7 月《演讲与口才》

神的由来

朱丽秋

一头猪很有头脑，在猪群里，有了一些"鹤立鸡群"的味道。

猪想："我已经是'千古一猪'了，干脆再上一个台阶，争取成仙吧。"

苦修多年，累死累活，猪从一头年轻的猪，修成一头年老的猪。死后，猪不服。

猪质问天神说："为什么我这样努力还是没能修成神仙？成仙成佛的标准是什么？"

天神一听笑了："白在世上活了那些年，你没听人说吗？出身很关键。你一头猪，也梦想成仙？"

选自2013年第4期《趣味·成语与寓言》

纯白狐狸

来卫东

很久以前,在一个国家,有一个大臣仗着年事高、阅历丰富,有点治国安邦的学问,就看不起朝中的其他大臣,十分孤傲。

国王很想教育教育这个大臣,就想出一个好主意。一次,国王借故找这个大臣的差错,要问他死罪。在众大臣的苦苦求情下,国王答应暂免他死罪,但让他一个月内做一件纯白色的狐皮大衣,要不然就两罪并罚,决不轻饶。

大臣忧心忡忡地回到家里。他叫来几个儿子,让他们赶紧四处寻找毛色纯白的狐狸。

他的几个儿子找遍了全国,也没有找到一只纯白色的狐狸,沮丧地回到家里。大臣看期限越来越近,很害怕,心想:"难道我真的只有死路一条了吗?"他决定亲自到森林里去找一找。

大臣不辞辛劳来到冰天雪地的山里四处寻找。三天里,他发现了许多只狐狸,有黑色的,有黄色的,也有黑白相间的,就是没有纯白色的狐狸,他十分失望和伤心。

傍晚,大臣碰到一个老猎人,便向他询问。猎人十分自信地说:"我打了三十多年猎,打死的狐狸也有几百只,可一只纯白色的狐狸也没见过,我想世界上是不会有纯白色的狐狸的。"

大臣一听此言，顿觉浑身冰凉。猎人好奇地问："怎么回事？"

大臣把事情的经过一五一十地告诉了猎人。猎人听完哈哈大笑："俗话说'金无足赤，人无完人'，世界上的任何事情都不会是十全十美的。不过，虽然我不能找到纯白色的狐狸，但我有个办法可以救你。"

"什么办法？"

"纯白色的狐狸皮大衣不一定就用整张的纯白色的狐狸皮来做。我家里有许多张狐狸皮，它们上面都有一块纯白色的皮，或大或小，大的有锅盖那么大，小的也有巴掌大，经过裁缝高超的手艺，不就可以做成一件纯白色的狐狸皮大衣了吗？"

"太好了，是你救了我的命啊！"大臣听了，不住地向猎人道谢。纯白色的狐狸皮大衣做成了，大臣不但保住了性命，更重要的是他懂得了做人要谦虚，要取长补短，不断向别人学习的道理。

选自1997年第5期《故事大王》

蜕变

吴宏鹏

一只小鸡,在鸡妈妈艰苦卓绝的训练下,变成了鹰。小鹰该出去闯世界了,鸡妈妈隆重召开鸡族大会,并亲自为他佩上金光闪闪的勋章。

小鹰激动万分地做了一番慷慨激昂的演讲,然后挥泪而去。

几年后的一天,鸡妈妈又带着一群小鸡来到当年的训练场地,绘声绘色地为他们讲述着鸡族的那段荣耀历史。忽然,一只鹰,从空中闪电般地俯冲而下,抓起鸡妈妈,然后一振双翅,转眼便消失在山那边。

有眼尖的小鸡发现,鹰的胸前好像有个闪光的东西晃了一下。

选自2008年第3期《杂文选刊》下旬版

小泉叮咚

窦晶

山谷里有一眼小泉,每天叮叮咚咚唱着歌。

风和日丽的午后,小泉旁边的池塘皱着眉头说:"你呀,别每天都吵吵嚷嚷的,你看我多好,安安静静的,小鱼青蛙都喜欢在我这里安家。"

小泉笑了笑,依然每天冒着泡,清凉凉的泉水快快乐乐向前跑。

春天的风很大,池塘被吹得满面尘沙,它吐着草屑说:"风真讨厌啊,把我弄得这么脏!"

小泉呢,流出的清澈泉水,很快就把自己洗干净了,它一点儿也不怕风。

野猪、狍子、老虎经常跑到池塘洗澡喝水,池塘讨厌臭烘烘的野猪,可是有什么办法呢?!它跑不掉躲不开,只能默默忍受。

小泉却不在意来的客人是香还是臭,反正自己有更新的能力,叮叮咚咚,叮叮咚咚,泉水向前跑就是了。

夏天来了,太阳火辣辣的,一连三十天没下雨,池塘都要干枯了。它唉声叹气道:"唉!这日子什么时候能到头呀,我好像活不了几天了,呜呜呜!"它哭了几声,声音沙哑,眼窝干涸,泪都流不出来了。

小泉非常可怜池塘,但是自己的水流不到它那边去呀!

还好，过了三天，天空乌云密布，电闪雷鸣，痛痛快快下了一场雨，池塘喝饱了雨水，心满意足。拍着圆滚滚的肚皮说："这才是幸福的日子！"

小泉依然唱着歌："我是一眼小泉，内心流淌着欢乐，叮叮咚咚，叮叮咚咚，沐浴阳光，流向远方。"

池塘看了看小泉，心想：它怎么一点儿烦恼都没有呢？

秋天来了，小雨缠绵，一连下了十多天，池塘的水四溢奔流，小鱼都顺着流出的雨水跑远了，池塘东搂一下，西抱一下，还是一条都没留住。它看着天大声喊："别下啦！别下啦！"

但是，乌云不怀好意地狞笑，"哗哗哗，哗哗哗"，小雨依然下不停。

小泉同情地看着池塘，有什么办法呢？它还是帮不上忙。

冬天到了，一场小雪把池塘盖住了，池塘哆哆嗦嗦好不容易睁开眼睛，看着天说："冻死我了，冻死我了！"

小泉却不在意寒冷，"叮叮咚咚，叮叮咚咚"地弹起竖琴，依然从容喜乐。

又一场雪下来，池塘被冻住了，紧绷着脸静静地看着小泉。心想：原来做一眼泉真好，自己能制造快乐，不用看任何人的脸色。

选自2021年第10期《小学生必读》

最丑的好朋友

李宏声

草丛电视台正在举办"谁是我的好朋友"评选活动,草丛里所有的居民都参加了。

评选结果在公布之前,草丛电视台小白兔台长就最先知道谁被选上了。

"怎么会是它!"小白兔台长真的不敢相信,所有的选票都选了长得最丑的癞蛤蟆!

小白兔台长对电视台记者小蜜蜂说:"你现在就到草丛居民中随机采访一下,大家为什么都选它!"

小蜜蜂扛着摄像机飞走了。

第一个接受采访的是只小蚂蚁,它对着镜头一边比画一边说:"有一次我被大风刮到了一个很大的雨坑里,要不是癞蛤蟆救我,我早就没命啦!"

接着,小青蛙也接受了采访:"前几天我生病了,癞蛤蟆哥哥捉到了好多害虫给我吃呢!"

小蜜蜂又采访了乌龟爷爷。

"癞蛤蟆真是个好孩子!"乌龟爷爷高兴地说,"这几天我心情不太好,是癞蛤蟆经常陪着我,给我唱儿歌,还跟我做游戏,现在我的心情可愉快啦!"

"哦,原来是这样!"小蜜蜂一边拍摄一边对自己说,"小白兔台长看完摄像后,一定会明白为什么大家都选癞蛤蟆啦!"

选自 2012 年 2 月 21 日《农村孩子报》低年级版"小学周刊"

智慧有道
刘毅新

半夜的光景，黎震来到智慧老人那里，感觉有些凉意袭身。

黎震不等进门，就问老者："老人家，什么是光明呢？"

"你回去吧。"

"我步行千里到此，什么也没得到，怎么就回去？"

老人点亮了灯，火焰雀跃而动。他说："你离开这里不久，天色会大亮，光明不就来了吗？天晴的话，你能看到耀眼的光明，身上暖洋洋的。"

黎震道："就那么简单？"——智慧像魔术似的一说即破，我们很多时候是有所感受，而不是远在天边，遥不可及。

"是的，但你注意过吗？"

"那倒没有。"

"你恐怕也不知道自己有多少条掌纹吧。"老人和黎震促膝长谈，"时间是无处不在的，智慧就无处不在。智慧呢，我们既可以从别人那里学得，也可以由自己感悟而来……"

后来，太阳露了脸，黑暗无踪，人间满是光明。

选自2014年9月台海出版社《智慧的悖论》

千里牛

晓雷

在诸多的老慢牛里，出了一头跑得飞快的千里牛。可这样一来，反衬得其他牛跑得更慢了，别的牛没一头喜欢他。

跑得最慢的那头牛更是对他妒忌得发狂，散布谣言说："自古以来，世界上只有千里马，从来没有过千里牛。要是有的话，就一定是头疯牛。疯病会传染的，为了大家的安全，应该按照卫生安全法把生病的疯牛立刻处死。"

不到半天，这谣言就家喻户晓，妇孺皆知了，整个牛族都"牛"心惶惶，大家一合计，就把千里牛以疯牛的名义关了起来。

"谁说我疯！你们这些关押我的混账才是一群真正的疯子……"被关起来的千里牛愤怒地狂叫乱骂。

"你们看，这疯子连自己疯了都不知道，还把别人当疯子，都疯到什么程度啦！我看应该把这个危险的疯子立刻处死！"那头最慢的老慢牛又说。

其他牛也一致同意。牛族里这唯一的千里牛就这样被处决了。

从此，即便跑得快一点点的牛，也不敢跑快了。

偶尔，他们也搞跑步比赛，不过他们不是比快，而是比谁跑得慢。

结果呢,所有的牛都越跑越慢,连老肥猪都跑不过!

突然有一天,来了一群觅食的雄狮,这些老慢牛无一幸免地全部被吃。在咽气的一刹那,他们无一例外地都想起了那头被他们以疯牛的名义处死的千里牛……

选自2019年第15期《青年文摘》

两头野牛

程思良

非洲大草原上有两头野牛,他们相约有福同享,有难同当。他们跋山涉水,寻找栖居的福地,历尽千辛万苦,终于找到了一片水草丰美之地。

野牛甲居草地之东,野牛乙居草地之西。他们平安相处了一段时间后,因都想独占整片福地而斗得不可开交。双方势均力敌,屡次相斗皆两败俱伤,难分胜负。

一天,一个狼群蹿来,同时攻击两头野牛。两头野牛并肩作战,拼死力斗,硬是将凶恶的狼群赶走了。他们和平共处了一段时间后,又开始频繁争斗。

不久,狼群再次来袭,这次,他们改变了进攻的策略,只攻野牛乙。在群狼的围攻下,伤痕累累的野牛乙频频向野牛甲哀哀呼救。野牛甲却仿佛没听见似的,兀自低头吃草。

野牛乙被狼群吃得尸骨无存。野狼们打着饱嗝走后,野牛甲望着偌大的丰美草地,心中窃喜——幸亏未出手相救!

十天后,这片草地上,唯有狼影在草地间时隐时现,野牛甲不知所终。

选自2017年第11期《青年文摘》

被拔高的羊
胡明宝

羊村里一只公羊在一次狼的袭击中，利用智慧成功地将狼击退，保全了所有的羊，因此，它被羊村全体成员公推为英雄。

成了英雄的羊，被各地羊村请去做巡回演讲，讲述自己智斗狼群的经历和防狼秘笈。所到之处，英雄羊得到了无数的鲜花和掌声。

英雄羊的事迹被不断地拔高、神化，简直成了羊群中威猛无比、百战百胜、让狼闻风丧胆的神。

有一天，羊村的两只小羊外出吃草的时候，迷失在草原深处，被狼群追逐，两只小羊发出紧急求救信号，请求羊村立刻为它们解围。

羊村村长接到求救信号，想都没想就找来英雄羊，说："能担此急、难、险、重任务的，非你莫属，你可不能推却。"

英雄羊心底一阵发虚，它明白上次自己不过是利用熟悉羊村地形的优势，和孤狼迂回，最终让恶狼跌进陷阱，才保住一命的。而这次是在几十里外的茫茫草原上，地形生疏，自己势单力孤，鏖战群狼岂不是白白送死，更遑论救出小羊！

看到英雄羊犹豫不决，村长和其他村中长老，有的拉长了脸，有的苦口婆心，有的极力怂恿，有的冷言激将，有的鄙夷指责，更有被困小羊的父母,声泪俱下,哀求不已……

　　英雄羊暗暗长叹一声,不拼个鱼死网破,看来是难以面对全村父老了。怪只怪咱是英雄啊,岂能因此懦弱不前,坏了一世英名!

　　英雄羊喝完壮行酒,立刻奔向几十里外的茫茫草原。

　　以后的事,大家很快明白了。英雄羊不但没能拯救小羊,反而把自己的命也搭了进去。

　　英雄羊,不能示弱的羊,正死于不能示弱之弱啊。

选自2021年10月吉林摄影出版社《意林·18周年纪念书A》

蜘蛛织网

黄学之

一只蜘蛛在墙角处织网,眼看网就要结成,突然一阵大风刮过,紧接着是一场大雨。蜘蛛的网被打得支离破碎,几根蛛丝垂下来,上面挂着一串小水滴闪闪发亮。蜘蛛呢,被风雨逼到了墙角,懊恼地注视着悬挂着小雨滴的蛛丝。

风雨过后,这只蜘蛛顽强地向残网艰难地爬去。由于墙壁被雨水淋湿,它爬到一定高度就掉了下来。但蜘蛛毫不气馁,一次一次往下掉,又一次一次向上爬。

屋檐下,一只歇脚的麻雀见了,叹了口气说:"亲爱的蜘蛛,你为何不放弃那残败不堪的旧家,另选一个干燥、安全的角落重新织网呢?"

是啊,屡战屡败的精神固然可贵,但遇到困难开动脑筋比不知疲倦地盲目行动要有用得多。

选自2014年第10期《语文报·小学版》

禅师与灰尘

李菊香

有个弟子问:"偈语说'本来无一物,何处惹尘埃',此时灰尘弥漫,该如何处置?"禅师说:"只需静心稍待,空气自洁。"

风停了,灰尘纷纷飘落在佛像和桌椅之上。弟子又问:"现在空气虽然洁净了,但佛像和桌椅却满是灰尘,请问这算不算惹尘埃?"

禅师不语,用抹布轻轻地把佛像和桌椅上的灰尘擦拭干净。

弟子指着抹布问:"师父,佛像和桌椅虽然洁净了,可是抹布却沾满灰尘,如何算不惹尘埃?"

禅师取来清水一盆,细细地把抹布搓洗得干干净净。弟子瞧着盆中的水又问:"抹布虽然干净,可是盆中之水已经染尘而色变了呀!"

禅师端起盆中之水泼于阶前地上。只一小会儿,水一部分渗入地下,一部分蒸发于空气中。灰尘不见了,地上只留一片湿痕。

禅师对弟子们说:"风动而灰尘起,心动而杂念生。人生难免蒙尘,要学会静待、拂拭、清洗,懂得适时放手,使尘归于尘,土归于土,方能保持一颗无尘之心。"

选自 2010 年 11 月 27 日《清远日报》

想了一夜
俞春江

夜深了，想起这些年来大家给自己的评价，猪心里很难过。

好吃、懒惰、没有责任心……过去的自己真是太不应该了。猪打算好好想一想，做一个全新的自己。那么该向谁学呢？

"汪……汪……"远处响起了狗叫。在这寂静的深夜，狗还在忠实地守护家园。多么忠诚！

"向狗学习吧！从明天开始！"打定了主意，猪安心地睡着了。

"喔喔喔……"睡下没多久，一阵清脆的鸡鸣把猪吵醒。在每个初晓的黎明，公鸡总是第一个起床打鸣。多么守时！

再想到狗整晚都在巡逻，猪有些动摇了——毕竟，打鸣可以多睡一会儿呀。

"还是向公鸡学习吧！从明天开始！"下定了决心，猪翻了个身，又睡着了。

天亮时，猪圈外传来牛粗重的脚步声——牛要去耕田了。在无数个忙碌的清晨，牛耕田拉货，担当重任。多么敬业！

又想到鸡和狗起早摸黑，连觉都睡不好，猪改变了主意。

"我应该学习老牛啊！从明天开始！"听着渐渐远去的脚步声，猪甩了甩耳朵，无忧无虑地睡着了。

再次醒来的时候，已经日上三竿了。主人送来满满一盆猪食，猪想也没想，冲过去一口气喝了个底朝天。

"啊，真舒服！吃得好，睡得香。还是做一头猪好！"

选自2018年12月浙江少年儿童出版社《2018年冰心儿童文学新作奖获奖作品集》

谁是英雄

晓舟

森林中的虎大王手下有两员干将。

猴将军聪明能干，善于思考；熊元帅力大无穷，英勇善战。他们分别管理着猴山和熊山。

猴将军经常巡视猴山，他发现森林干燥易失火，于是发动群猴收集枯叶，集中管理，还建造了阻火通道，制造木桶贮存雨水，以防不测。

熊元帅认为自己管理的熊山井井有条，没有什么问题，就没做任何准备，也没有采取什么措施。

一年夏天，天气干燥异常，阳光出奇猛烈。突然有一天，森林里着了大火。

熊元帅身先士卒，多次带着手下冲入火海，抢救小动物和物资，身上多处烧伤。虽然熊山上的物资被烧掉了一大半，山上的小动物也有死伤，但他的勇敢和无畏却赢得了不少称赞。

猴将军那边由于平时管理良好，所以轻轻松松就将山火灭掉了，也没什么人员伤亡，物资损失也很少。

虎大王召开表彰大会，熊元帅由于在大火中表现突出，被授予"森林卫士"称号，并且官升一级。猴将军因为表现一般，所以没有得到任何奖励，原职不动。

选自2004年总第1545期《少年先锋报新读写·五六年级》

不涸之泉

李官珊

前不着村，后不着店，四十里荒山只有一户人烟。

这是一片干枯的荒山，却是货物运输的必经之路，每天来来往往的行人，渴了累了，只能到这户人家休息。

这家有一个盲女。每逢有人来，盲女都手捧一碗清水，站在门口，笑着。因为她看不到，接受恩惠的人就很坦然，一转身，便成了陌路，一句话也没有。

有一天，一个年轻人接过盲女手里的水，看到其他人对盲女的冷漠，很气愤，便说："你何苦呢，帮助一群不懂感激的人。"

盲女笑一笑，并不搭话，仍旧摸索着去舀水。

年轻人跟着走进去，追问："你为什么要这样做？"

盲女想了想，不好意思地说："妈妈告诉我，等到把这缸里的水全部送给过路人，我的眼睛就能重新见到太阳了。"

缸里的水是满满的，年轻人忍不住向里看，竟没有底。原来，这是一个垒起的泉眼，一眼不涸之泉。

选自2017年3月福建少年儿童出版社《中国当代哲理寓言精品》

一片飞翔的叶子

邹海鹏

一阵风吹来，一片叶子脱离了树枝，飞向了天空。

"我会飞了，我会飞了。"叶子边飞边喊，"我要飞上天了！"

叶子飞呀飞，飞过了一棵棵树，飞过了一只只栖息在电线上的鸟。

"哈哈，我飞得比你们高。"叶子得意扬扬地对鸟儿说。

又一阵风吹过，叶子在天空中盘了几个旋儿，被吹落到了一个小水坑里，随即被路过的一头牛踩进了淤泥里，不见了踪影。

一只鸟感叹地对它的孩子说："看到了吧，要飞翔，必须靠自身的力量。"

选自2006年第9期《思维与智慧》

人参和花椒
楚 林

主人把人参放进一个盛有花椒的盒子里。

人参很不高兴。鄙夷地对花椒说:"真不可思议,主人怎么把我跟你放在一块呢?"

花椒正在睡觉,伸伸懒腰说:"怎么了?"

人参说:"我可是中药里的贵族啊!看我多尊贵,而你多卑贱,全身麻麻点点,就像刚出过天花似的,还有这么难闻的气味,真让人受不了!"

花椒咧开嘴巴笑了笑,又继续睡大觉。

一天,主人调皮的儿子不小心打翻了盒子,花椒和人参撒落一地。儿子怕挨骂,匆匆忙忙地把人参拾进盒子,放回原处。花椒则被扫进了垃圾桶。

这下可好了,没有了花椒难闻的气味,可以好好睡上一觉。人参非常高兴。

可没过多久,人参就觉得浑身发痒。一看,原来是一群小虫子正在一点点地噬咬它的身体。

小虫子还边吃边说:"这人参的味道好极了,幸亏花椒不在。"

人参一点儿办法也没有，只能眼睁睁地看着小虫子把自己的身体一点儿一点儿掏空，吃掉。

人参这才明白，有的朋友，也许存在自己难以忍受的缺点，但它们却是真心诚意帮助自己的。如果容忍不了朋友的这些缺点，自己就会蒙受意想不到的损失。

选自2014年2月10日《襄阳晚报》

兔副教授评职称

渔 火

动物大学一年一度的教授评定工作开始了。已当了多年副教授的兔子翻箱倒柜地收集着自己近年来出版的专著和发表的论文。同教研室的猴子跳过来，揪着兔子的长耳朵说："你还真想凭这些东西评教授呀？"兔子一把拨开猴子的手，揉着被揪疼的耳朵说："不凭这个凭什么呀？通知上写得很清楚嘛。"猴子没答话，撇撇嘴跑开了。

申报材料交上去后，兔子找到评委会主任老虎，拜托老虎多为自己在评委面前美言几句，老虎一口答应下来。

教授评定工作结束后，兔子落选了。老虎说："我一直在努力打破论资排辈的恶习，现在看来还是有些难度。狮子副校长年龄比你大，资历比你老，评委们不自觉地就把它画到圈里了。明年吧，明年你肯定没问题了。"

第二年，兔子又落选了。老虎说："今年我终于打破了论资排辈的做法，主要看发表论文的数量，这不，黑熊院长比你多发表了一篇论文，明年你努努力，多发表几篇论文。"

第三年，兔子再一次落选了。老虎说："今年评委们说不仅要看论文的数量，还要看质量，这样一来，你在核心期刊上发表的论文数量就比金钱豹主任少了。"

送走了老虎，兔子垂下长耳朵闷闷不乐地说："我到底差哪儿呢？"

坐在对面的猴子狡黠地吐吐舌头："差哪儿？明年你争取升个官，就哪儿都不差了！"

选自2011年1月14日《北京晚报》

黄牛和狗

王俊楚

狗因为擅离职守导致了主人的财物被盗,受到了主人的严厉责罚。而黄牛却因为任劳任怨,经常受到主人的奖赏,这让已经心中窝火的狗感到更不爽快。

于是,他便开始在其他动物那儿对黄牛进行恶意诋毁,继而又当着黄牛的面指桑骂槐,最后竟然随便找了个理由对黄牛破口大骂。黄牛听之闻之,不言不语,依如故我。

树上的喜鹊看不下去了,他对黄牛说:"狗那样侮辱你,你为什么不反唇相讥,和他理论一番?"

黄牛说:"如果那样的话,我岂不是也成了一条狗?"

选自 2011 年 5 月上半月第 9 期《思维与智慧》

最受欢迎的小马

李日伟

山羊近日喜得千金,整天乐滋滋的,把两只角跷得高高的。

有些小动物看不惯,撇着嘴说:"生儿育女,再正常不过的事儿,有啥好嘚瑟的?"

小马却为山羊感到开心。它特地从森林里采摘了许多野花编成花环,还在花环的周边衬上"天堂鸟"的大叶子,用柳叶条捆扎住底部。

小马捧着花环献给山羊,真诚地说:"羊阿姨,这是我亲手制作的'幸福花',恭贺您喜得千金,祝福您青春永驻,幸福快乐。"

"你真有心,太感谢你了,快进屋喝杯茶!"山羊把小马请进屋,盛情款待。

最近,大白兔感冒生了病,整天蔫蔫的,独自待在草丛里。

有些小动物说起了风凉话:"见谁都不理睬,太矫情了!一点小毛病,有啥大不了的?"

小马得知消息,立即背上背包,翻山越岭,从山的那一边收割了鲜嫩的苜蓿草,往背包一装,"嘚嘚嘚"地飞速往大白兔家赶。

"听说您病了,我特地去割了些新鲜的苜蓿草,给您补补身体。"小马说。

"我知道,只有山那边才有这么好的苜蓿草,路途远着呢。辛苦你了,小马,谢谢啊!"大白兔感动地说,"快进屋歇会儿吧。"

因为乐着别人的乐,因为苦着别人的苦,小马成了森林里最受欢迎的动物。

选自 2023 年 06 期《福建文学》

两棵树

赵航

一棵树的两粒种子落在地上，春天的时候，它们生出了芽，长出了苗。

一棵三指高的树苗被人挖去，放在花盆中莳弄；另一棵三指高的树苗在原地依旧生长。

多年过去了，花盆中的树苗被培植成不足一尺高的盆景：它苍老弯腰，低眉顺眼，像是逢人便点头哈腰，永远抬不起头的样子。在原地生长的那棵树苗，已长成参天大树：腰杆挺直，动而生风，如同傲然天地间的奇男子。

有个好事的人，出了个很好的价钱把这株盆景买了下来。然后他又把这棵成为盆景的树移出花盆，栽在地上，又花费很多心血来浇水、施肥，希望它能长成参天大树。可是，这棵被移出花盆的树长了很多年，还是那么弯腰驼背，长不成材。

这个好事人看到这种情况，打趣地说道："把人才变成奴才容易，可要把奴才再改成人才就太难了。"

选自2005年3月《杂文月刊》

爱发火的小犀牛

何光占

小犀牛长得很壮,很爱发火,一发火做起事情来不计后果,所以很吓人呐。

一列火车轰隆隆地跑过来了。小犀牛嫌弃火车的声音太吵人,马上就发火了。他都没看清铁道周边的环境,就冲过去要用犄角顶住火车。结果,他一阵猛跑,不小心掉到了一个深坑里,摔伤了腿和后背,还在坑里饿了三天才被救出去。

小犀牛的腿养好了,出来溜达。突然有东西落在了他的头顶上。他一摸,原来是老鹰的粪便。他马上就火了,没有周到地考虑一下为什么会发生这种事情,就开始追老鹰。小犀牛一直跑到两眼冒金星,四肢无力,扑通一声栽倒在地上,也没追到老鹰,还差点儿被气死。老鹰怎么可能故意往他头上拉粪便呢?

回到家里,小犀牛又休养了好几天才恢复过来。有一天,他在水边吃草,一条水蛇路过,不小心碰了他一下。他又发火了,把水蛇追进了水里。他又不计后果地跳进了水里找水蛇算账。水蛇凭着水草与小犀牛周旋了一会儿。很快,小犀牛被淹到了,鼻子冒出一串串水泡,沉了下去,肚子被水灌得大大的。水蛇见状急忙去找人搭救小犀牛。水蛇只是不小心碰了他一下,谁还没有不小心的时候呢?

你看,是不是发火就不会冷静,不冷静就会做出很多错误的事情呢?

选自2022年7月四川教育出版社《小寓言大语文·爱发火的小犀牛》

燕子与麻雀
王宝泉

相传,燕子与麻雀是孪生兄弟,他们不仅叫声相仿,长得也一模一样。在妈妈的哺育下,兄弟俩无忧无虑,逐渐成长。

到了能够独立飞翔的时候,他们的妈妈开始教孩子们如何做巢。燕子总是虚心听从妈妈的教导,一次次从池塘里衔来泥巴,还从很远的地方衔回细枝或干草。终于,结实、漂亮的巢做成了,燕子与人们结成了邻居。

麻雀早已经忘记了妈妈的教诲,蹦蹦跳跳地在树林里与其他鸟儿比唱歌。妈妈见他不听劝导,不肯努力,十分生气,也很无奈。时间长了,也就不愿再问他了。于是,每当刮风下雨或黑夜降临,燕子飞回到温暖的巢穴里,麻雀只好匆忙躲到人们的屋檐下,找个洞穴草草度日。

秋天来了,天气渐渐转凉。燕子在妈妈的帮助下正紧张地练习飞翔,准备到南方过冬了。麻雀懒得去做,他早已蹦蹦跳跳地到田间地头偷吃庄稼。很快,凛冽的北风使大地变得寒冷起来。在此之前,燕子已经在妈妈的带领下飞到暖和的南方去了。由于麻雀不能长途跋涉,只好留在了北方。

寒来暑往,年复一年,由于养成了不同的生活习性,麻雀与燕子的差异越来越大，终于成了现在这样两种完全不同的鸟儿。

选自 2011 年 5 月湖北少年儿童出版社《什么东西最好吃》

三颗种子

未沐

有三颗种子，冬季，它们相依相伴，在泥土里沉睡了好几个月。冬末春初，它们一起醒来。

第一颗种子说："我想出去发芽！我都等不及了！"

第二颗种子说："泥土还没彻底解冻，寒风还没完全退去——还是等等吧。"

第三颗种子说："对啊，还是等等吧。"

第一颗种子没听其他两颗种子的劝告，第一个大胆破土而出。可是，它生根发芽没多久，就被一阵寒风摧折而死。

过了些天，春雨降下，泥土变得蓬松而滋润。

第二颗种子说："现在时机差不多了，咱们该出去了。"

第三颗种子说："还是等等吧。这么早出去也许对春天的风雨不太适应。"

第二颗种子没听第三颗种子的话，小心翼翼地钻出了泥土。

它生根发芽虽然有些挫折——有时需要忍耐一点儿春寒——但也比较顺利。它开始迎着和煦的春风茁壮成长。

又过了些天，草木葱茏，繁花谢去，连绵的雨水使得泥土中的水分十分饱和。

第三颗种子这时想要破土而出，生根发芽。可是，它发现它的胚芽已经开始腐烂。

选自2015年《提前读写报》暑假合订本（低中年级版）

两片叶子

陈巧莉

树上有两片叶子,一片很伤心,一片很得意。

瞧,那片伤心叶被虫咬了一个大窟窿。

一天夜里,天下起了很大的雨。雨点打在叶子上,伤心叶倒没什么,得意叶却被打得没了力气。

第二天,伤心叶醒了,枝头却不见得意叶的身影。

老树摸摸长长的胡须说:"原来太完美的叶子容易受打击。"

选自 2017 年 1 月浙江少年儿童出版社《1917—2017 百年浙江寓言精选》

小公鸡找爸爸

华发生

小公鸡一时贪玩,打烂了一个花瓶,被爸爸严厉地批评了一顿。

他觉得很委屈,自己又不是故意的,爸爸真是小气!他决定离家出走,去找个称心如意的爸爸。

他看见威武雄壮的狮子叔叔,就上前去问:"狮子叔叔,你可以做我爸爸吗?"

狮子叔叔傲慢地看了他一眼,说:"如果你把头上的小花冠送给我,我就答应你。"

小公鸡为难了,他舍不得那漂亮的小花冠呢。狮子叔叔见小公鸡不肯,便发出一声咆哮,吓得小公鸡连忙跑开。

接着,小公鸡又遇到了大象伯伯,觉得他当爸爸也不错,就问:"大象伯伯,你可以做我爸爸吗?"

大象伯伯俯下身子,瞪着小公鸡说:"如果你把小翅膀送给我扇风,我就答应你。"见小公鸡不乐意,大象伯伯的长鼻子里喷出一股强劲的气流,把小公鸡推倒在地,痛得小公鸡"哇"的一声哭了起来。

小公鸡一连找了几位爸爸,可是他们都有很多要求,令小公鸡无法接受。他非常伤心地经过独木桥,一不小心,竟然掉到河里去了。

他大叫救命，可是水湍流急，危险万分，那些狮子叔叔、大象伯伯们都不敢下水营救。就在这时，公鸡爸爸赶来了，他奋不顾身地跳入水里，拼尽全力将小公鸡拖到岸边。

过了很久，小公鸡才停止惊怕，他忽然想起一件事情，惊讶地问："爸爸，你不是不会游泳的吗？"

"哎哟，我都忘记了！"爸爸一拍脑袋，"那时为了救你，哪里还想得了那么多？"

小公鸡的眼眶湿了。是啊，自己的爸爸虽然平凡，可是对自己只知付出、不知索取，甚至不惜性命，也就只有自己的爸爸做得到哦。

"爸爸，你真伟大！"小公鸡再也不去找爸爸了，因为他知道自己的爸爸才是最好的。

选自 2015 年第 11 期《少儿画王》

桶

青山外

空水桶拍着肚子夸耀:"我这肚里曾装过深山矿泉!"

空酒桶拍着肚子显摆:"我这肚里曾盛过陈年佳酿!"

空水桶追忆:"我曾去过高官显贵的府邸!"

空酒桶追忆:"我曾去过富丽堂皇的饭庄!"

……

说完,它们一起鄙视地看着不远处一只个头不小、灰头土脸的不知盛过什么的桶。这个大桶一直沉默地呆立着。

空水桶和空酒桶继续旁若无人地攀谈着,互相吹嘘,突然,一个人走了过来,把它们提起来一起扔进了那个沉默的大桶。

"无论你们盛过什么,"那个大桶沉声说道,"现在在我眼里都是废品而已。"

选自 2018 年 9 月《红蜻蜓》

一只找老虎决斗的猴子

白沙地

一只猴子因为从小在马戏团长大,所以很擅长表演和模仿。一天,它偷偷逃回森林后,开始悄悄观察和偷学老虎的一举一动。

猴子觉得自己的功夫和老虎已经不相上下时,它便开始四处放风:"我要跟老虎决斗,不仅要摆脱它的管制,还要争夺它的王位!"

有动物问:"你凭什么跟它决斗?"

猴子拍着胸脯说:"它会的我都会,它不会的我也会!"

老虎知道后,找到猴子,只轻轻一拳,就把它打得昏死过去。老虎摇摇头,不屑地说:"小样儿,你那两下子,表演让人看看还行!"

选自 2016 年 10 月 13 日《贵州民族报》

猎狗的奖励

周科章

一个年轻的猎人入山打猎,他的收获越来越少,有时甚至空手而归。于是,他向一位老猎人请教:"难道是我的打猎本领不如别人吗?"

老猎人摇摇头,说:"在这一带的猎人中,你可是数一数二的呀!"

"为什么独独我的收获比别人少呢?"

"收获的多少,一半在猎人,另一半在猎狗。"

"我的这条猎狗通晓人性,嗅觉灵敏,善于追捕猎物。"

"猎狗捕猎,最重要的是奖惩。"

年轻的猎人点点头,说:"我对猎狗的奖惩是很分明的。"

老猎人说:"我倒愿意听听你的高见。"

年轻的猎人滔滔不绝地说开了:"捕到一只野山羊,奖励鸡架骨;捕到一只野狼,奖励一整只烧鸡;捕到一只大野猪,奖励一大块酱牛肉……"

老猎人打断了他的话,问:"捕到兔子、狐狸或者麂子,你是怎么奖励的?"

年轻的猎人回答:"这么轻而易举就能捕到的猎物,还给什么奖励,让它吃点米糠填饱肚子就不错了。"

老猎人呵呵笑了起来:"看来你的猎狗非常明白你的意思,它已经不屑捕捉小猎物了。"

"那我该怎么办?"

"你应该考虑对猎狗再增加一条奖励。"

"哪一条?"年轻的猎人迫不及待地问。

老猎人苦笑着回答:"为了激发猎狗的斗志,当捕到老虎或者大象的时候,你该如何奖励它?"

选自2019年10月上第19期《思维与智慧》

宠物狗与流浪猫

谢尚江

一天,一只打扮时尚的宠物狗跟随主人在一高档小区里散步。这时,一只瘦弱肮脏的流浪猫迎面而来。

宠物狗瞟了瞟流浪猫,冷眼相待:"有人陪你溜达吗?"流浪猫摇摇头。

"那你有一日三餐吗?"宠物狗变得趾高气扬。流浪猫依旧摇了摇头。

"那你总有自己的家吧!"宠物狗傲慢极了。流浪猫还是摇头。

"你真没用,什么都没有!"宠物狗嗤之以鼻。

"常言道:狗改不了吃屎。但我向来有不吃屎的骨气!"流浪猫笑着说。

选自2019年第5期《鸭绿江》

生活滋味

林玉椿

山庙里住着一位大师和他的两位弟子。其中，大弟子是个非常喜欢抱怨的人。

这天晚上，大师亲自下厨，精心炒了几个菜。然后，师徒三人围坐在一起吃饭。

饭一开桌，大弟子又开始滔滔不绝地抱怨起来，先是抱怨下山的道路崎岖难行，然后抱怨由于天旱要走很远的路去挑水，接着抱怨化缘时常遭别人白眼，再就是抱怨庙里的香火比不得其他大庙的香火旺盛……

大师一言不发，静静地听。

等大弟子发完一大通牢骚后，大师突然问："今晚的菜味道如何？"

大弟子一愣，说："我刚才光顾着说话，没留意菜的味道。"

大师又扭头问小弟子："今晚的菜味道如何？"

小弟子摇摇头，说："我刚才光顾着听大师兄说话，也没有注意品尝。"

大师说："那你们现在细细品尝一下。"

两位弟子分别夹了各种菜肴，用心品尝，然后异口同声地说："师父，你今晚做的菜真的非常好吃！"

大师微微一笑,说:"当一个人沉醉在抱怨之中时,就无法品尝生活中的乐趣了。"

选自2008年第2期《传承》

门

陆生作

有两扇门守护着一间屋子，一扇前门，一扇后门。

前门总是关得紧紧的，后门呢，只要风一吹，就会轻轻地打开。

黑夜里，常常有路人走进后门，歇息，然后满足地离去。

前门怪后门玩忽职守，后门说这是与人方便。

后来，前门长了蛀虫，渐渐腐坏，直至轰然倒地，而后门一如往昔，只是屋子不再像个屋子了。

选自 2015 年 6 月福建少年儿童出版社《中国当代微寓言精品》

小黄瓜和老黄瓜

王焱

小黄瓜穿着绿绿的新衣服,心里很高兴,见小伙伴就问:"你看我的新衣好看吗?"

胡萝卜说:"呵呵,一般,你瞧白菜的裙子多好看,白白的,跟白雪公主一个样。"

地瓜说:"不咋地,你看看西红柿,一身红,充满青春的气息。"

南瓜说:"依我看,还是我这身金色的衣服漂亮!"

小黄瓜像被兜头泼了盆凉水,鼻子酸酸的,眼眶里盈满了泪水。

老黄瓜看见了,问:"孩子,怎么啦,这么不开心?"

小黄瓜的泪水一下溢了出来:"小伙伴都说我的衣服不好看。"

老黄瓜笑眯眯地说:"孩子,不要在乎别人怎么说,适合自己的,就是最好看的。"

选自2013年第2期《汉水》

三文鱼的同情

汪琦

在一艘豪华游轮的厨房里,两条三文鱼躺在案板上,等待厨师不久之后的开膛剖肚。

不过,厨师现在的兴趣还不在它们身上,他正在不远处的电视前看着电影。电视上放的是《泰坦尼克号》。

"这真是悲惨极了。"三文鱼甲流着同情的眼泪说,"那船上的人无一生还。"

"也许你换一个角度想想,就不认为这是一个悲剧了。"三文鱼乙说。

"喂,你真是一点儿同情心也没有。"三文鱼甲气愤地说。

"唉,你还是把同情留一些给咱们自己吧。"三文鱼乙说,"对于那艘船上也像咱们这样躺在案板上的三文鱼来说,船的沉没就是一个天大的喜剧。相比于那些幸运的三文鱼,咱们的命运悲惨得多。"

很多人喜欢用悲悯的眼光去看待别人甚至这个世界,殊不知自己正处于一个莫大的悲剧中尚未觉醒。

选自 2012 年 12 月《故事大王》

想飞的猪

曾龙

一头猪站在山崖边,正跃跃欲试着跳下去的动作。

山羊惊恐地跑过来劝阻:"猪兄,有事好商量,你千万别想不开呀!"

猪撇了撇嘴说:"山羊老弟,你这就不懂了,我这是在练习起飞。我要做只有梦想的猪,从今天起,我每天都要在这里练习起飞,直到有朝一日能飞起来。"

山羊听后捧腹大笑:"你又没翅膀,怎么可能飞起来?你这是痴心妄想,难怪森林里的动物都说你蠢,看来名符其实!"

山羊的笑声引来了其他动物的围观,他们听说了猪的想法后,也都哄堂大笑起来。

于是,这只想飞的猪成了森林里的动物们茶余饭后的笑谈。有的说猪可能脑子有毛病,有的说猪可能是因为太自卑……

这只想飞的猪,惊动了森林警察局,也惊动了电视台和报社。警察来劝阻无效后,森林电视台和报纸每天都来跟踪报道。猪每天的一举一动轻而易举就成了电视台的焦点和报纸的头条。

忽然有一天,猪却不见了。瞬间,舆论一片哗然,有动物揣测猪已经成功飞上了天,创造了奇迹,也有动物揣测猪已经掉进山谷里,摔了个粉身碎骨……

后来，动物们终于在猪圈里找到了正呼呼大睡的猪。动物们把它拍醒，问它为什么不去练习起飞了。

猪狡黠地笑着说："我赚足了眼球，捞足了金，我已经成功地飞起来了。"

选自 2019 年 12 月 6 日《讽刺与幽默·人民日报漫画增刊》

附 录

中国寓言文学研究会大事记
（1984—2023）

1984年3月　浙江少年儿童出版社出版辑刊《寓言》第一辑，严文井、陈伯吹为顾问，金江为特约编辑。至1987年12月，共出版九辑。

1984年8月　中国寓言文学研究会在长春成立，公木任会长，仇春霖、韶华、金江、朱靖华、孙家晋任副会长，马达任秘书长。

1986年7月　中国寓言文学研究会第二次年会在北京市北方工业大学召开。

1988年1月　鲍延毅主编的《寓言辞典》由明天出版社出版。

1989年5月　柯玉生主编的《中国新时期寓言选》由浙江少年儿童出版社出版。

1989年12月　仇春霖主编的《当代中国寓言大系》三卷本由辽宁少年儿童出版社出版。

1990年7月　陈蒲清主编的《中外寓言鉴赏辞典》由湖南出版社出版。

1990年9月　《世界寓言通论》（陈蒲清著）由湖南教育出版社出版。

1991年1月　中国寓言文学研究会第三次年会在北京召开，选举产生第二届理事会。仇春霖任会长，韶华、陈模、金江、朱靖华、刘征、陈蒲清任副会长，马达任秘书长。

1991年2月　《寓言文学概论》（吴秋林著）由辽宁少年儿童出版社出版。

1991年7月　中国寓言文学研究会第四次年会在贵州省六盘水市召开。

1991年7月　中国寓言文学研究会主办的《寓言·幽默·笑话》丛书出版第1辑，陈模任主编。至1996年12月，共出版4辑。

1991年8月　《寓言学概论》（薛贤荣著）由安徽少年儿童出版社出版。

1992年1月　《中国寓言文学史》（凝溪著）由云南人民出版社出版。

1993年4月　《世界寓言史》（吴秋林著）由辽宁少年儿童出版社出版。

1993年5月　中国作家协会书记处会议批准中国寓言文学研究会为全国性社会团体，报经中华人民共和国民政部批准，成为可以在全国范围开展活动的国家一级学会。

1994年10月 中国寓言文学研究会首届"金骆驼奖"揭晓。公木、仇春霖、陈模、金江、韶华获特殊贡献奖。刘征《刘征寓言诗》、黄瑞云《黄瑞云寓言》、凝溪《凝溪寓言2000篇》获创作一等奖；陈蒲清《世界寓言通论》、朱靖华《古代寓言精华》获理论研究一等奖；任兆文编《古代中国寓言大系》、盖壤编《当代中国寓言大系》获编辑出版一等奖。

1994年10月 中国寓言文学研究会第五次年会在北京市北方工业大学召开。选举产生新的理事会。仇春霖任会长，韶华、陈模、金江、朱靖华、刘征、黄瑞云、陈蒲清、马达、凝溪任副会长，顾建华任秘书长。

1994年12月 仇春霖主编的《古代中国寓言大系》三卷本由山西教育出版社出版。

1996年12月 中国寓言文学研究会第六次年会在海南省海口市举行。

1998年11月 中国寓言文学研究会第七次年会在襄樊市古隆中召开，选举产生第四届理事会。仇春霖任会长，樊发稼、顾建华任常务副会长，黄瑞云、陈蒲清、凝溪、杨啸、罗丹、吴秋林、任兆文、凡夫任副会长。

1998年11月 中国寓言文学研究会第二届"金骆驼奖"揭晓。黄瑞云《黄瑞云寓言》（增订本）、金江《动物寓言150篇》、杨啸《幽默寓言故事精选》、凡夫《动物寓言故事100篇》获创作一等奖；陈蒲清《中国古代寓言史》（增订第二版）获理论研究一等奖；朱靖华《苏东坡寓言大全诠释》、仇春霖《外国寓言大系》获编著整理一等奖。

1999年1月　仇春霖主编的《外国寓言大系》三卷本由山西教育出版社出版。

1999年9月　《美食家狩猎》［雨雨（孙建江）著］获得中国作家协会第五届全国优秀儿童文学奖。

2000年11月　中国寓言文学研究会第八次年会在湖南省长沙市召开。

2001年7月　葛成主编的《百年中国寓言精华》由大象出版社出版。

2002年11月　中国寓言文学研究会第九次年会在河南省郑州市召开。

2003年1月　应韩国东亚寓言研究会邀请，在北京大学东方文学研究基地举行东亚寓言研讨会议。中国寓言文学研究会会长仇春霖，副会长朱靖华、马达、顾建华、陈蒲清参加会议。

2004年5月　韩国古典文学会和韩国仁荷大学韩国学研究所主办的寓言文学国际学术会议在韩国召开，陈蒲清副会长、储佩成教授应邀参加。

2004年10月　中国寓言文学研究会第十次年会在浙江省嵊州市召开。樊发稼当选会长，顾建华任常务副会长，叶澍、李治中、刘斌、吴秋林、陈蒲清、杨啸、杨绍军、罗丹、周冰冰、凡夫、檀冰任副会长，马长山任秘书长。

2004年10月　中国寓言文学研究会第三届"金骆驼奖"揭晓。仇春霖、金江获特殊贡献奖；杨啸《幽默寓言故事精选》、凡夫《黄鼠狼的名声》《少军寓言选》、海代泉《广西当代作家丛书·海代泉卷》、罗丹《伊索与"呵喂先生"》获创作一等奖；马达《〈列子〉真伪考辨》、陈蒲清《中国现代寓言史纲》获理论研究一等奖。

2005年2月　第一届东亚寓言国际研讨会在韩国城南市召开。中国、韩国、越南、日本和中国台湾地区共一百多名学者参加。中国寓言文学研究会副会长凡夫、吴秋林、檀冰和秘书长马长山应邀参加了会议。

2006年12月　中国寓言文学研究会第十一次年会在北京召开。

2008年10月　中国寓言文学研究会第十二次年会在浙江省瑞安市召开。选举产生第六届理事会。刘斌任会长，顾建华、马长山任常务副会长，叶澍、凡夫、安武林、少军、张鹤鸣、周冰冰、吴秋林、檀冰任副会长，马长山、安武林兼秘书长。

2008年10月　浙江省瑞安市被中国寓言文学研究会授予"中国寓言大市"。

2008年10月　中国寓言文学研究会第四届"金骆驼奖"揭晓。韶华、陈模、金江、黄瑞云获荣誉奖；张鹤鸣《喉蛙公主》、刚夫《海底科普寓言》获创作一等奖。

2010年9月　中国寓言文学研究会第十三次年会在上海市云翔寺召开。

2012年10月 中国寓言文学研究会第五届"金骆驼奖"揭晓。余途《余途不多余》、张鹤鸣《老狼跳崖》、吕金华《金华寓言》、桂剑雄《求猫派虎》获创作一等奖。

2013年11月 中国寓言文学研究会第七次代表大会在浙江省温州市召开。凡夫当选为会长，余途、孙建江、安武林、吴秋林、周冰冰、杨绍军、刘岚、桂剑雄、翁京华、洪善新、檀冰当选为副会长，余途兼任秘书长。

2014年1月 中国寓言文学研究会举办纪念中国寓言文学研究会三十周年"我和寓言"征文。

2014年4月 孙建江寓言集《试金石》先后获得冰心儿童图书奖、中国影响力图书特别推荐奖和文津奖推荐图书。

2014年10月 中国寓言文学研究会三十年权威选本《中国当代寓言》三卷本（凡夫主编，孙建江、余途副主编）由浙江少年儿童出版社出版。

2014年10月 中国寓言文学研究会成立三十年庆典在湖北省襄阳市举行。中国寓言文学研究会决定授予公木、季羡林、严文井等12位已故作家、理论家"中国寓言文学终身成就奖"，授予余途等34位作家"中国寓言文学研究会贡献奖"，授予黄瑞云等17位作家"中国当代寓言家"称号，授予陈蒲清等4位学者"中国当代寓言理论家"称号，授予马达等3位编审"中国当代寓言出版家"称号。此外，湛卢《猴子磨刀》等40部书获颁"中国当代寓言名著"称号，彭文席《小马过河》等50篇作品获颁"中国当代寓言名篇"称号。

2014年10月　湖北省襄阳市被中国寓言文学研究会授予"中国寓言大市"。

2015年11月　中国寓言文学研究会2015年年会在浙江省台州市黄岩区召开。黄岩区寓言作家作品研讨会同期举行。

2015年11月　浙江省台州市黄岩区被中国寓言文学研究会授予"中国寓言之乡"。

2016年9月　中国寓言文学研究会闪小说专业委员会成立。

2016年11月　中国寓言文学研究会成立党支部，肖惊鸿任党支部书记，余途任党支部组织委员兼纪委委员，韩胜勋任宣传委员。

2017年6月　中国寓言文学研究会教育教学专业委员会成立。

2017年7月　中国寓言文学研究会第六届"金骆驼奖"揭晓。吴广孝《每周读个智慧故事》、钱欣葆《小熊学捕鱼》、陈仓《谝咣传》获创作奖金奖；陈蒲清《寓言传》、顾建华《寓言探美》获学术著作奖金奖；叶澍《贝壳寓言精选》获创作奖特别奖。

2017年11月　中国寓言文学研究会第八次全国代表大会在浙江省诸暨市召开。孙建江当选为会长，肖惊鸿、余途、周冰冰、吴秋林、安武林、刘岚、少军、桂剑雄、邱来根、马筑生、徐航、程思良当选为副会长，秘书长由余途兼任。

2019年5月 由中国寓言文学研究会主管、主办，孙建江任主编，肖惊鸿、余途任副主编的《中国寓言研究》（第一辑）由浙江少年儿童出版社出版。《中国寓言研究》也是中国寓言文学研究会成立30余年来第一本正式出版的理论刊物。至2023年已出版四辑。

2019年6月 中国寓言文学研究会儿童文学专业委员会成立。

2019年11月 "新时代 新思考 新作为——寓言文学温州论坛暨2019中国寓言文学研究会年会"在温州举行。

2020年10月 庄子故里安徽省亳州市蒙城县被中国寓言文学研究会授予"中国寓言之乡"。

2020年11月 首届年度儿童文学新书榜揭晓。年度儿童文学新书榜由中国寓言文学研究会指导、中国寓言文学研究会儿童文学专委会学术支持，浙江师范大学、温州市瓯海区人民政府联合主办，浙江师范大学儿童文学研究中心、中共温州市瓯海区区委宣传部共同承办。至2023年已举办四届。

2020年11月 2020年中国寓言文学研究会年会暨"寓言文学新发展"温州研讨会在温州举行。

2020年12月 由孙建江担任总主编，凡夫任分卷主编的《中国儿童文学百年百篇：寓言卷 见过世面的老鼠》由浙江少年儿童出版社出版。

2021 年 7 月　中国寓言文学馆在温州市瓯海区泽雅镇正式开馆。

2022 年 1 月　中国寓言文学研究会第九次全国代表大会在北京召开。会议通过北京主会场网络连线参会代表方式举行，选举新一届理事会，孙建江当选会长，肖惊鸿、吴秋林、余途、周冰冰、冰波、谢乐军当选副会长，余途兼秘书长。

2022 年 3 月　中国寓言文学研究会党支部与雁荡山镇党委就"寓言润富　共创幸福"共建活动举行签约仪式。

2022 年 11 月　中国寓言文学研究会荣获全国社会组织评估 3A 等级。

2023 年 4 月　首届中国寓言文学大会在浙江省温州市瓯海区行政中心大会堂开幕。中国寓言文学大会由中国寓言文学研究会、中共温州市委宣传部、温州市瓯海区人民政府联合主办。同期，举行新时代寓言文学研讨会。

2023 年 4 月　2022 年金骆驼奖揭晓，凡夫《智慧心灯》等 44 部作品获得黄金奖、白金奖和亦金奖；彭文席、金江获终身成就纪念奖。